굿
하
우
스

THE GOOD HOUSE
by Ann Leary

이 도서의 국립중앙도서관 출판예정도서목록(CIP)은
서지정보유통지원시스템 홈페이지(http://seoji.nl.go.kr)와
국가자료공동목록시스템(http://www.nl.go.kr/kolisnet)에서 이용하실 수 있습니다.
(CIP제어번호: CIP2018000278)

굿 하우스

The
Good
House

Ann Leary
앤 리어리
장편소설

정연희 옮김

문학동네

일러두기

1. 주석은 모두 옮긴이주다.
2. 본문 중 고딕체는 원서에서 이탤릭체나 대문자로 강조한 부분이다.

데니스에게

The Good House 차례

하나

누구의 집이든 한번 들어가보는 것만으로 나는 그 집 사람들에 대해 정신과의사가 일 년 동안 심리치료를 한 뒤 말할 수 있는 것보다 더 많이 말할 수 있다. 어느 저녁, 내 사무실 위층을 빌려 쓰는 정신과의사 피터 뉴볼드와 이 문제로 농담을 주고받았던 것이 기억난다.

"다음에 새 환자가 오면 내가 그 집에 몰래 한번 들어가볼게요." 내가 제안했다. "당신이 의사로서 환자의 개인사나 꿈 같은 걸 받아 적는 동안, 나는 손전등으로 그 집 다락을 비춰보고, 그릇장을 열어보고, 침실을 살짝 들여다보는 거죠. 그러고 나서 알아낸 걸 서로 비교하면 그 사람의 정신 상태에 대해 내가 제시하는 그림이 더 분명할 거예요. 장담해요." 물론 의사인 그를 놀려주려고 한 말이지만, 나는 그가 초등학교에 다닐 때부터 집 파는 일을 했다. 그러니 내 나름의 생각을 고수한다.

나는 사람이 사는 흔적이 있는 집이 좋다. 일반적인 마모는 건강함의 표시다. 소독제를 뿌린 듯한 집은 완전히 난장판이 된 집만큼이나 가정불화가 심각하다는 것을 말해준다. 알코올중독자, 뭐든 쟁여놓는 사람, 폭식하는 사람, 중독자, 성도착자, 바람둥이, 우울증 환자―어떤 사람이든 간에, 보금자리에 남은 마모의 흔적만 봐도 나는 다 안다. 바닐라 향초 냄새가 절박하게 짙어도 시큼한 스카치 냄새나 역한 담배 냄새를 숨길 수는 없다. 고양이를 키우던 여자가 그 애지중지하던 녀석들을 데리고 이사를 나간 것이 몇 달 전이라 해도, 바닥 판자 사이로 찌든 고양이 냄새가 올라온다. 부부 침실은 남편이 쓰고, 물건들을 이것저것 넣어둔 손님방은 누가 봐도 아내가 쓴다면―어떤 상황인지 뻔하다.

진단을 내리려고 굳이 집안에 들어갈 필요도 없다. 보통은 길가에서 살펴보고 내리는 판단만으로도 충분하니까. 맥앨리스터 부부의 집이 완벽한 예다. 솔직히 나는 리베카 맥앨리스터에 관한 나만의 관찰 결과를 피터의 분석과 정말로 비교해보고 싶다. 우선 그녀는 우울하다. 5월 말의 어느 아침, 그들 부부가 이사 온 지 얼마 되지 않았을 때, 나는 차를 타고 맥앨리스터 부부의 집 앞을 지나갔다. 이른 아침의 희부연 안개 속에서 리베카가 정원에 난 작은 길을 따라 한해살이 화초를 심고 있었다. 일곱시도 되지 않았는데, 정원에 나와 일한 지 족히 몇 시간은 지난 것 같았다. 속이 약간 비치는 흰색 잠옷 상의를 입었는데 땀에 젖어 축축하고 흙이 묻어 있었다. 차들이 다니기 시작했지만, 리베카는 그 일에 깊이 몰두한 나머지 옷을 갈아입어야 한다는 생각조차 하지 못하는 것 같았다.

나는 차를 세우고 차창 너머로 인사를 건넸다. 우리는 잠시 날씨에 대해, 아이들이 새 학교에 잘 적응하고 있는지에 대해 이야기를 나누었다. 그러는 동안 나는 리베카가 화초를 심는 방식에서 왠지 모를 슬픔을 느꼈다. 좁은 땅에 한 줄기씩 모종을 심는 데서 작은 무덤을 하나씩 파는 것 같은 애도의 감정이 느껴졌다. 더욱이 그녀가 심는 화초는 선홍색 봉선화였다. 집 앞에 심는 화초로 그런 대담한 색깔을 선택한다는 것은 항상 광적인 특성을 내포한다. 나는 작별인사를 한 뒤 백미러로 리베카를 흘끗 보았다. 그만큼 떨어진 거리에서 보니, 집 건물에서부터 그녀가 무릎을 꿇은 지점까지 가느다랗게 피 한 줄기가 흐른 것 같았다.

"내가 심겠다고 했는데도 굳이 자기가 하고 싶다고 해서." 그날 우체국에서 맥앨리스터 부부 집의 정원사인 린다 발로가 나에게 말해주었다. "거기 사는 게 외로운가봐. 난 그 집 남편 얼굴을 본 적이 거의 없어."

린다는 그들 부부에게 그 집을 판 사람이 나라는 사실을 알고 있었다. 그래서인지 웬도버에 새로 이사 온 보물—맥앨리스터 부부—이 이 지역에 건강하게 적응하도록 내가 힘쓰지 않는 것은 직무유기라고 말하는 것 같았다. "멋진 맥앨리스터 부부." 웬디 헤더턴은 그들 부부를 이렇게 불렀다. 사실 그 집은 웬디 헤더턴과 내가 공동으로 팔았다. 나는 그 집을 보유하고 있었고, 소더비에서 일하는 웬디는 멋진 맥앨리스터 부부를 알고 있었다.

"시간이 걸리겠지." 내가 린다에게 말했다.

"그렇겠네." 그녀가 대답했다.

"다음 주말에 웬디 헤더턴이 그 부부를 환영하는 파티를 열 거래. 거기서 좋은 사람들을 만날 수 있겠지 뭐."

"아, 그렇군. 그 잘나고 사치스러운 사람들." 린다가 웃었다. "갈 거야?"

"가야지." 내가 말했다. 우편물을 뒤적거리면서. 대부분 청구서였다. 청구서 그리고 쓸데없는 우편물들.

"파티에 가는 게 힘들지는 않겠어? 그러니까…… 지금은?" 이 말을 하면서 린다는 내 손목을 살며시 잡고 목소리를 낮추었다.

"'지금'이라니, 무슨 뜻이야?" 내가 쏘아붙였다.

"아니, 아무것도 아니야…… 힐디." 린다가 말을 더듬었다.

"잘 가, 린다." 이렇게 말한 뒤, 나는 그녀가 내 붉어진 얼굴을 보지 못하도록 돌아섰다. 다른 사람도 아닌 린다가 내가 파티에 가는 걸 힘들어할지 걱정하다니. 린다도 참 안됐지. 나는 고등학교 시절 이후로 파티에서 그녀를 본 적이 없었다.

그런 사람이 리베카 맥앨리스터를 불쌍하게 여기다니. 리베카는 뉴잉글랜드* 지방에서 가장 돈 많은 남자와 결혼했고 귀여운 두 아들을 두었다. 그리고 한때 레이먼드 발로 판사—린다의 할아버지—가 소유했던 집에서 살고 있다. 그 오래되고 커다란 집, 항구와 섬들이 바라다보이는, 진망이 그지없이 아름다운 그 집이 바로 린다가 놀고 자란 집이었다. 하지만 뭐, 일가의 재산이 바닥났고 집주인도 몇 차례 바뀌었다. 지금 린다는 웬도버 크로싱 지역의 약국 위층 아파트에서 살고 있다. 리베카는 린다에게 수고비를 주면서 린다의 할머니가 반세기도 더 전에 심은 다년생 식물—관능적인

---

* 메인, 뉴햄프셔, 버몬트, 매사추세츠, 로드아일랜드, 코네티컷, 이 여섯 개 주를 포함하는 미국 북동부 지역을 말한다.

모란, 향기 좋은 월계화, 라일락, 인동덩굴, 백합과 수선화와 아이리스를 심은 화사한 화단—을 돌봐달라고 부탁했다.

그러니 솔직히 린다가 내 걱정을 하는 것은 웃어넘길 수 있지만 리베카를 동정한다는 건 그야말로 어처구니없는 일이었다. 나는 많은 거물들—정치가, 의사, 법률가, 가끔은 유명한 연예인까지—에게 그 집을 보여주었지만, 리베카를 처음 봤을 때, 그러니까 그녀에게 발로 일가의 집을 보여준 그날 솔직히 무슨 말을 해야 할지 몰라 약간 당황했다. 예전에 딸아이가 숙제로 시를 암송해야 해서 내가 도와준 적이 있는데, 그 시의 한 구절이 떠올랐다.

나는 뼛속까지 아름다운 한 여자를 알고 있었다.

그 당시 리베카는 서른이나 서른한 살이었을 것이다. 집을 보여주기 전 구글에서 브라이언 맥앨리스터를 검색해본 터라 나는 더 나이 많은 여자를 예상하고 있었다. 사람들이 남편을 아빠로 생각하겠어. 그때 그런 생각을 하면서 한편으로는 그녀의 얼굴에서 지혜와 이해심을 보았다. 여자들이 대체로 자식을 다 키운 뒤에야 지니게 되는 그런 고요함이었다. 리베카의 머리칼은 검은색에 가까울 만큼 짙었고, 그날 아침에는 작고 화려한 스카프로 대충 올려 묶었는데 풀면 제법 길고 굽슬굽슬하겠다는 것을 쉽게 알 수 있었다. 그녀는 나와 악수하면서 미소를 지었다. 눈웃음을 잘 치는 여자였고, 눈동자는 한순간 회색이다가 어느 순간 녹색으로 보였다. 나는 그것이 불빛과 관련있을 거라고 생각했다.

그 무렵 그녀는 마른 편이었지만 전반적으로 아담한 체구였다. 훗날처럼 수척한 정도까지는 아니었다. 자그마했다. 아름다웠다. 같은 시를 인용하자면, 그녀는 동글동글 움직였고, 그러면 그 동그라미

들이 움직였다. 시인의 이름은 여전히 기억나지 않지만, 그녀는 옆에
선 사람을 괴물로 보이게 하는, 노력하지 않아도 우아함을 타고난
그런 여자였다. 나는 뚱뚱하지는 않지만 살을 조금 빼도 좋은 정도
다. 웬디 헤더턴은 날씬하지만 온갖 지방흡입술을 받을 대로 받아
서 그런 것이다. 몇 년 전 웬디가 담낭수술이 어쩌고저쩌고 떠들고
다닐 때, 나는 저 여편네가 누구를 바보로 아나 생각했었다.

맥앨리스터 부부가 발로 일가의 옛집을 개조하느라 일 년 동안
돈을 쏟아부은 것은 모두가 아는 사실이다. 브라이언 맥앨리스터
를 잘 모르는 사람을 위해 말해두자면, 그는 세계적인 대규모 헤지
펀드 회사인 R. E. 커윈의 공동 설립자다. 사우스보스턴의 허름한
3층짜리 아파트 건물 맨 아래층에서 남자 형제 넷과 여자 형제 하
나와 함께 자랐지만 오십 세가 되기 전에 억만장자가 되었다. 다른
여자와 결혼했다면 지금쯤 웰즐리나 웨스턴에 있는 저택에서 사람
들을 여럿 부리며 살았겠지만, 그가 결혼한 여자는 가정부 한 명과
데면데면한 부모가 있는 집에서 자라 혼자 알아서 하기를 좋아하
는 리베카였다.

맥앨리스터 부부에 대해 어떻게 이렇게 많은 사실을 알고 있느
냐고? 그들의 집을 보고 알아낸 것은 아니다. 나는 이 타운에서 일
어나는 일은 거의 다 안다. 어떻게든 내 귀에 들어온다. 나는 이 지
역 토박이다. 세일럼 마녀재판에서 마녀로 판정되어 교수형을 당
한 세라 굿의 8대손이다. 고객들과 대화할 때 그 사실을 슬쩍 흘리
면 아주 좋아한다. 내가 사람들이 '굿와이프 굿' 하며 정말 재미있
고 아이러니하지 않느냐는 듯 말하는 그 마녀의 후손이라는 사실
말이다. (그렇다. 그들이 굿올구디 굿, 하며 하하 웃으면, 나는 전에

는 그런 생각이 미처 떠오르지 않았다는 듯 그들과 함께 웃는다.)*
그뿐 아니라 고객들은 우리 집안이 1600년대부터 매사추세츠 주
세일럼과 이곳 웬도버 근처에서 살았다는 사실도 좋아한다.

내 남편 스콧은 다른 시대에 살았다면 나도 마녀로 몰려 교수형
을 당했을 거라고 말하곤 했다. 믿거나 말거나 그로서는 칭찬을 한
것이고, 사실이 그렇다. 나는 마녀를 묘사하는 일반적인 특징에 잘
들어맞는 편이고, 음울한 중년기를 맞은 지금은 더욱 그렇다. 내
이름은 힐다. 자식들은 늘 마녀 이름 같다고 했다. 사람들은 힐디
라고 부른다. 나는 혼자 산다. 딸들은 다 컸고 남편은 더이상 남편
이 아니다. 내 말 상대는 주로 동물이다. 아마도 그것이 적신호였
을 것이다. 어떤 사람들은 나에게 직관력, 영적인 힘이 있다고 생
각하지만, 사실은 그렇지 않다. 그저 몇 가지 트릭을 알고 있을 뿐
이다. 나는 사람들에 관해 어떤 유형의 지식을 갖고 있다. 그리고
앞서 말했듯 사람들의 일을 전부 알고 있는 편이다.

그러니까 다른 사람들에게 일어나는 일을 아는 것이 곧 내 일인
셈이다. 주요 산업이 골동품과 부동산인 이 지역에서 나는 최고의
부동산 중개업자다. 예전에는 조선업과 조개잡이가 주요 산업이
었지만 웬도버의 마지막 조선소가 문을 닫은 지 삼십 년도 더 되었
다. 새로 등장한 헤지펀드 수익금으로 살아가지 않는 우리는 그 수
익금으로 살아가는 사람들에게 해안 지역의 가격이 폭등한 집을
판다. 조개도 잡을 수 있지만—게첼 만灣 아래쪽의 감조습지에서
잘 잡힌다—조개를 잡아서는 먹고살 수 없다. 클렘스 페이머스 프

---

* 착하다는 의미의 굿(good)을 마녀의 성 '굿' 앞에 쓰는 역설을 두고 하는 농담.

라이드 클램스에서 사먹는 조개도 노바스코샤에서 냉동용 팩에 넣어 선적해온 것을 시커먼 기름통에 쏟아부은 것이다. 그러니 이 지역에서 돈을 버는 가장 좋은 방법은 부동산이다. 한때 습지 또는 농지였으나 최근에 〈보스턴〉지에서 "노스쇼어의 뉴 골드코스트*"라고 묘사한 해안 지역의 엄청나게 비싼 대지를 팔고 보수하고 개조하고 관리하는 일 말이다.

공교롭게도 브라이언 맥앨리스터가 〈보스턴〉지의 소유주였다. 처음 만난 날 내가 그를 차에 태우고 가서 장차 그가 살게 될 집을 보여준 뒤였다. 그가 내 옆자리에 접혀 있는 잡지를 가리키며 말했다. "거기 있는 거 제 잡지예요, 힐디."

"그래요? 아, 그럼 가져가세요. 제 건 찾아보면 어디 있을 거예요."

"그게 아니고요." 브라이언이 웃었다. "그 잡지가 제 소유라고요. 〈보스턴〉지 말입니다. 제가 발행인이에요. 작년에 친구 한 놈이랑 같이 매입했어요."

당신 정말 겁나게 거물인데. 이 사람 진짜 잘나가네. 나는 그런 생각을 했다. 나는 부자들이 싫다. 요즘은 나도 그럭저럭 잘살지만, 나 말고 다른 부자들은 모두 싫다.

"그거 제가 좋아하는 잡지예요." 내가 말했다.

결국 나는 그에게 200만 달러짜리 집을 보여주었고, 그 집은 그의 아내가 이미 마음속으로 고칠 건 고치고 복원할 건 복원한 집이었다. 내가 그 집을 보여준 이후로 그녀는 마음속으로 그 집에 페인트칠도 하고 가구도 넣고 배관과 전선도 손보고 조명도 멋지게

---

* '고급 주택가'를 뜻한다.

설치했다.

"원하시면 우리 잡지에 부동산 광고를 특별가로 실어드릴 수 있어요." 브라이언이 말했다.

"그러면 정말 좋겠네요. 브라이언. 고마워요." 내가 말했다.

그래서 나는 그를 조금 덜 미워하게 되었다.

둘

웬디 헤더턴은 자신의 멋진 고객들을 초대해 파티를 여는 것을 좋아한다. 그렇게 함으로써 거래에 대한 감사의 마음을 표하고, 자신이 멋지다고 생각하는 사람들을 서로 소개해줄 기회도 마련한다. 파티 준비는 웬디의 아들 앨릭스와 그의 남자친구 대니얼이 도맡는다. 대니얼은 실내장식가다. 앨릭스는 골동품을 수집한다. 그들은 맥앨리스터 부부를 위해 마련한 디너파티 때 정원에서 식사를 하기로 결정했다. 앨릭스와 대니얼은 꽃이 만발한 목련나무 아래 그늘에 긴 연회용 테이블을 여러 개 갖다놓았다. 나뭇가지에는 종이 랜턴을 매달았다. 테이블에는 웬디의 골동품인 흰색 리넨 테이블보를 깔고, 식기로는 웬디가 가진 것 중 가장 좋은 은, 도자기, 크리스털 식기를 사용했다. 야외 파티용으로는 좀 의외였지만 보기에는 좋았다. 키 큰 꽃병에는 향기로운 라일락을 양옆으로 흘러넘치도록 수북이 꽂았다. 벌레를 쫓기 위해 집 건물에서 시작되는 정원 길을 따라 테이블들을 놓은 곳까지 시트로넬라 토치를 길게 늘어놓았고 테이블 주변 바닥에도 토치를 놓았다. '마술' 같다고 모두들 웬디, 앨릭스, 대니얼에게 입을 모아 말했다. 정말 마술 같았다.

파티는 일곱시부터였지만, 나는 여덟시가 다 돼서야 도착했다. 이제 칵테일을 마시지 않기 때문이다. 나는 '회복'중이다. 파티에도 잘 가지 않는다. 굳이 가야 할 때는 저녁식사 직전에 갔다가 디저트를 먹은 직후에 자리를 뜬다. 맥앨리스터 부부를 위한 파티가 있던 날 밤, 나는 피터와 엘리스 뉴볼드 부부와 동시에 도착했다. 피터와 엘리스, 그리고 아들 샘은 주중에는 케임브리지에서 생활한다. 피터가 근처 벨몬트에 있는 맥린 병원에서 정신과의사로 일하기 때문이다. 피터는 이곳 웬도버뿐 아니라 케임브리지에서도 작은 개인병원을 하고, 웬도버에서는 매주 금요일, 이따금 토요일에 환자를 본다.

헤더턴의 집 앞 계단을 올라가는데, 피터가 내 어깨를 툭 치며 말했다. "이 파티에 아는 사람이 적어도 한 명은 있네요." 그러고는 아내에게 말했다. "엘리스, 힐디 굿이라고, 알지?"

엘리스는 빈정대듯 말했다. "아니, 피터. 힐디 굿이라는 이름은 처음 들어."

피터는 벌써 몇 년째 내 '굿리얼티' 사무실 바로 위층을 빌려 쓰고 있지만, 내가 엘리스를 만난 것은 고작 몇 번에 불과하다. 그녀는 케임브리지에서 글쓰기 워크숍 강의를 하는데, 그녀가 어떤 글을 쓰는지는 잘 기억나지 않는다. 아마 시일 것이다. 샘은 십대가 되자 주말에 친구들과 떨어져 웬도버에 오는 것을 싫어했고, 내 느낌에 엘리스는 이곳에 오는 것을 한 번도 좋아한 적이 없다. 그래서 최근 몇 년 동안은 피터 혼자 여기서 주말을 보낼 때가 많았다. 그는 지금 새 책을 집필하는 중이라—책 제목이 '지역사회의 심리학'이었던 것 같다—사실상 그편이 더 좋다고 말했다.

우리가 집 건물로 들어가자 젊은 여자가 거실로, 이어서 뒤쪽 파티오로 우리를 안내했다. 그곳에 칵테일이 준비되어 있었다. 여자가 뭘 마시겠느냐고 묻자 피터는 맥주를 부탁했다. 엘리스는 화이트와인은 뭐가 있는지 묻더니, 두 종류가 있다는 말을 듣자 코에 주름을 잡으며 고민하다 피노그리지오를 골랐다.

나는 라임 조각을 띄운 소다수를 부탁했다.

내 딸 테스와 에밀리가 내 문제에 '개입'해 나를 놀라게 한 지도 거의 이 년이 다 되어간다. 귀여운 것들. 에밀리는 뉴욕에 살지만, 테스가 사는 마블헤드는 여기서 고작 이십 분 거리다. 추운 11월의 어느 저녁, 테스와 사위 마이클이 자기네 집에서 저녁을 같이 먹자고 했다. 딸 부부의 아들 그래디가 갓 태어났을 때라 애들 집에 간다는 사실이 몹시 기뻤다. 아기가 태어난 뒤로 테스가 멀게 느껴졌기 때문이다. 테스가 나를 멀리했다는 뜻이다. 마이클의 엄마 낸시가 줄곧 와 있었으니까.

"그래디는 언제든 내가 봐줄게. 저녁에 마이클이랑 나가서 식사도 하고 영화도 좀 봐. 그래디는 나한테 맡기고." 내가 테스에게 말했었다.

"마이클의 어머니가 마블헤드에 사시잖아요. 엄마가 그 먼길을 오는 건 제가 싫어요." 테스가 말했다. 나는 정말로 상관없다고 했지만 딸아이는 나에게 부탁한 적이 한 번도 없었다. 그래서 나는 정말로 나를 귀찮게 하기 싫은가보다고 생각했다.

그래서 차를 몰고 마블헤드로 간 그날 밤 나는 테스와 마이클의 집 진입로에 그애들 차 말고도 차 두 대가 더 있는 것을 보고 깜짝 놀랐다.

"나 왔어." 나는 문을 열면서 즐겁게 말했다. 기분이 꽤 좋았다. 그날 오후 거래를 성사시킨 뒤 워릭 태번에서 고객들과 축하의 자리를 가진 뒤였다. 나는 한두 잔만 마셨다. 많아야 세 잔. 테스의 집 거실로 들어간 나는 에밀리까지 와 있는 것을 보고 깜짝 놀랐다. 게다가 에밀리는 뉴욕에서 남자친구 애덤까지 데려왔다. 그리고 수 피터슨도 와 있었다. 내 비서 수. 다른 여자가 한 명 더 있었는데, 놋쇠 색깔의 짧은 머리에 통통한 편이었다. (사실 그 여자의 머리 색은 오렌지색이었다.) 모두 앉아 있다가, 내가 들어가자 일제히 일어섰다. 다들 나를 쳐다보며 동정 어린 미소를 지었는데, 퍼뜩 그래디에게 무슨 일이 생긴 거라는 느낌이 들었다. 정말로 다리에 힘이 풀렸다. 서 있기가 힘들었다.

"엄마," 테스가 눈물을 삼키며 말했다. "여기 앉으세요."

나는 테스가 데려가는 대로 소파에 앉았다. 내 한쪽 옆에는 테스가, 반대쪽 옆에는 에밀리가 앉았다. 나는 아기가 어떻게 된 줄 알고 아직 겁을 먹은 상태였다. 나에 대해 테스와 에밀리가 한 번도 인정한 적 없는 사실이 하나 있었다. 내가 지금껏 해온 일들이 모두 딸들을 위해서였다는 것. 내 최우선 관심사는 언제나 딸들이 잘 사는 것이었다. 그애들이, 지금은 귀여운 그래디가.

이런 상황이 어떻게 흘러가는지는 모두들 알고 있을 것이다. 딸아이들이 내가 엉망으로 취해서 저지른 죄상을 차례로, 가혹하리만치 낱낱이 고했다. 에밀리의 졸업 파티 날 왕창 취한 이야기도 나왔다. 어느 추수감사절 밤에는 저녁식사를 하기도 전에 '뻗어버렸다'(내가 아니라 딸아이들의 표현이다―나는 잠시 잠을 잤을 뿐이다). 어떤 날에는 부득부득 운전해서 집에 가겠다며 '휘청휘청' 차로 걸어가는 나를 보고 걱정이 이만저만이 아니었다고 했다. 물론 취한 채 운전도 했다. 그 전해 여름에는 메이미 랭의 집에서 놀다가 집으로 돌아가는 길에 경찰의 단속에 걸렸다. 메이미는 내 가장 오래된 친구인데―초등학교 3학년 때부터 알고 지냈다―어느 날 밤 둘이 같이 왕창 마신 뒤, 나는 집으로 돌아가다가 조수석 차창을 통해 달을 바라보았다. 해수 소택지를 지나는데 밝은 오렌지색 달이 하늘거리는 거머리말의 잎사귀 끝을 따라 풍선처럼 까불까불 굴러가는 것 같았다. 애틀랜틱 애비뉴로 접어들어 122번 루트에서 신호등에 걸렸을 때 그 차를 보았다. 나는 차를 세웠다. 하지만 거리를 잘못 판단했는지 뒤를 받아버렸다. 살짝 건드린 정도였다. 펜더 쪽이 살짝 찌그러졌을 뿐 별일 아니었는데, 재수가 없었는지 주州 경찰차였다. 주 경찰 스프렌저. 스프렌저여야만 했다. 우리 지역 담당인 주 경찰이 한 명 더 있는데, 에밀리와 사귀던 사이였다. 그리고 우리 지역 경찰인 슬리피 해스컬은 내 남동생 저드의 가장 친한 친구였다. 그날 밤까지 나는 스프렌저를 만나본 적이 없었다. 그도 내가 누구인지 전혀 몰랐다.

그래서 그날 딸아이들이 심문―아니, 그게 아니라 개입―에 착수해 눈물을 글썽이며 내가 저지른 온갖 수치스러운 만행을 귀여운 재판관처럼 공표할 때 나는 가만히 듣고만 있었다. 어떻게 설득했는지 몰라도 딸아이들은 힘을 보태달라고 내 비서 수까지 용케 데려다놓았다. 수가 고객들이 어떻게 알아차리기 시작했는지를 더듬더듬 말했다. 다른 부동산 중개업자들도 다 알고 있다고 했다. 수 역시 훌쩍거렸고, 딸아이들처럼 나에게 바싹 다가와 두 팔로 내 어깨를 감싸고 내 목에 머리를 묻은 채 우는 것으로 할말을 마무리했다. 나는 끌어안기를 좋아하는 사람은 아니지만, 한 사람씩 안아주며 애써 적당한 반응을 해주었다.

"오, 흥미로운 관점인데." 나는 조그만 소리로 이렇게 중얼거렸던 것 같다.

정말로, 달리 무슨 말을 할 수 있겠는가?

논쟁은 소용없다는 것을 알 수 있었다. 내 입장을 밝히는 것도 의미 없는 일이었다. 예전에 베티 포드*의 자서전을 읽은 적이 있다. 모두가 당신이 고통받고 있다고 단언하고 눈물을 글썽이며 그 '병'이 당신에게 미치는 영향력에 대해 설명하면, 당신이 알코올중독이 아니라고 증명할 길이 없어진다. 심문이 시작된 뒤부터는 항변하면 할수록―그들의 말로는 '부인'하면 할수록―당신 주변에서 수치심의 불꽃이 더욱 활발하게 춤을 춘다.

하지만 희망은 있었다. 오렌지색 머리의 제니, 헤이즐든**에서 온 여자였다. 그녀가 해결책을 내놓았다. 이십팔 일 동안 미네소타에서 진행되는 프로그램에 참가하라는 것이었다.

---

* 미국 제럴드 포드 전(前) 대통령의 부인. 알코올중독에서 회복된 뒤 알코올과 물질 의존증 치료 센터인 베티포드 센터를 설립했다.
** 미국에 있는 알코올 및 물질 중독 예방 및 치료 센터.

"못 가." 내가 말했다. "사무실은 어쩌고."

"제가 알아서 잘해왔잖아요." 수가 조잘거렸다. "지금은 불경기고요. 고객들은 웬디만 있으면 될 거예요."—그 당시에는 웬디 헤더턴이 내 일을 돕고 있었다—"한 달 동안이잖아요. 다른 사람들에게는 플로리다에 가셨다고 말할게요."

수는 그야말로 모든 일을 처리했고, 나는 미네소타에서 돌아온 지 몇 주 만에 수를 처리했다. 해고한 것이다.

웬디의 파티에서, 내가 피터와 엘리스와 함께 서서 또 알 만한 사람이 누가 있는지 보려고 사람들을 훑는데, 그러기가 무섭게 웬디가 다가왔다. 웬디는 날씬하고 활달할 뿐 아니라, 누구를 만나든 손을 꼭 잡는 여자다. 손을 잡는 것으로 끝나지 않는다. 상대가 손을 빼지 못하게 두 손 안에 가두고는, 고개를 옆으로 기울여 자기 생각에 가장 자신 있는 매력적인 옆얼굴을 보여주며 미소를 짓는다.

"피터! 엘리스! 힐디!" 그녀가 외쳤고, 우리의 손을 한 명씩 두 손으로 잡을 때마다 고개가 이쪽저쪽으로 기울어졌다. "오셔서 얼마나 기쁜지 몰라요. 때맞춰 오셨군요. 앉아서 저녁을 먹으려던 참이에요. 먼저 이쪽으로요. 오늘의 주인공이신 멋진 귀빈들과 인사를 나눠요. 맥앨리스터 부부예요. 힐디는 물론 브라이언과 리베카를 알고 있을 테고요."

웬디가 북적거리는 파티오 저쪽으로 우리를 데려갔다. 피터의 손을 아직 놓지 않은 채였고, 피터는 다른 손으로 엘리스의 손을 잡고 있었다. 그들을 따라가면서 내 머릿속에, 엘리스의 날씬한 허리를 붙잡아 뱀 같은 콩가춤 라인*을 만들어야겠다는 생각이 스쳤다.

그날 린다 발로에게 솔직히 말할 수는 없었지만, 요즘 나는 파티가 정말로 싫다.

마침내 우리는 파티오 구석에 이르렀고, 브라이언 맥앨리스터의 주변에는 한 무리의 사람들이 둘러서 있었다. 브라이언은 보스턴 아이스하키팀인 브루인스에 대해 이야기하며 열을 올리고 있었다. 공공연한 사실은 아니지만, 브라이언이 제러미 제이컵스 및 다른 몇 명과 더불어 브루인스의 공동 소유주라는 사실을 아는 사람이 많았다. 음, 이런 곳이 바로 매사추세츠다. 대부분의 사람들이 하키에 미쳐 있다. 새로 영입하는 선수는 누구인지, 하키팀의 향방은 어떤지 등 모두들 하고 싶은 질문이 있었다. 메이미의 남편 보티는 옛 명문가 출신의 약간 짜증나는 공화주의자인데, 몇 차례나 끼어들어 필 에스포지토나 보비 오어 등 왕년에 잘나갔던 브루인스 선수들 이야기를 늘어놓았다.

"이번 시즌까지 기다려봅시다. 이번에는 성과가 아주 좋을 거예요." 브라이언이 맥주를 들이켜며 웃는 얼굴로 약속했다.

리베카가 약간 비켜서 있는 것을 보고, 나는 인사를 하려고 다가갔다. 뉴볼드 부부가 나를 따라오기에 서로 소개해주었다. 서로 악수를 했고, 리베카는 자그마한 여자들이 흔히 그러듯 피터를 올려다보았다. 그러고는 말했다. "우리 전에 만난 적이 있나요? 낯이 익어서……"

---

* 쿠바에서 유래해 1930~1950년대에 미국에서 유행한 춤으로, 댄서들이 서로 허리를 잡아 긴 줄처럼 연결되어 원을 그리며 춤춘다.

"글쎄요." 피터가 말했다. 그가 그녀를 유심히 바라보았다. "그런 것 같지는 않은데요. 제 얼굴이 흔한 편이라서요. 저를 보면 늘 다른 누군가가 생각나는가봐요."

리베카는 미소를 머금은 채 여전히 아리송하다는 듯 그를 올려다보았고, 그 순간 피터가 말했다. "사람들이 늘 하키 이야기만 하려 들어서 남편분이 지겹겠는데요."

"아니요, 그렇지 않을 거예요. 남편은 정말로 하키에 미쳐 살거든요." 그녀가 대답했다.

피터는 흥미롭다는 듯 브라이언을 흘끗 돌아본 뒤 다시 리베카에게 미소를 지어 보였다.

"어떤 일을 하세요?" 엘리스가 리베카에게 물었다.

"음, 글쎄, 딱히 하는 일은 없어요." 리베카가 말하고는 불안하게 웃었다.

그녀는 갑자기 주위를 의식하는 듯했고, 나는 낯선 사람으로부터 아기를 보호하려는 엄마처럼 리베카를 내 옆으로 끌어당기고 싶은 충동을 느꼈다. 물론 그 충동을 밀어냈다. 엘리스가 그런 질문을 한 것은 자신에게도 무슨 일을 하느냐고 물어봐달라는 뜻이었다. 그러면 자기는 글을 쓰는 사람이라는 둥 짜증스러운 이야기를 늘어놓을 수 있을 테니까.

"정말 예쁘시네요." 엘리스가 대화를 이어갔다. "어느 글에선가 모델 비슷한 일을 하셨다는 내용을 제가 읽은 적이 없을까요?" 그녀는 거의 다그치다시피 말했고, 잠시 어색한 침묵이 흐른 뒤 누가 봐도 곤혹스러운 표정으로 리베카가 더듬더듬 대답했다. "아, 저는, 그러니까, 예전에 연기를 좀 했었는데, 지금은 그냥 애들을 키우고 있어요."

"오, 그전에는요?" 엘리스가 물었다.

"그게, 그림을 그리고요." 리베카가 대답했다. "예전이라면 시합에 나갈 만큼 승마를 했었고요. 지금은 집을 꾸미는데…… 그것 말고는 정말로 하는 일이 없어요."

리베카는 사실 미국 승마 대표팀 선발 후보 명단에 올랐었다. 그녀의 나이 겨우 열아홉 살 때였다. 그녀는 카터 행정부에서 장관을 지내고 한때 CIA 요원으로 활동했던 웨슬리 포터 대령의 딸이다. 리베카는 아버지의 부임지였던 독일과 아프리카에서 청소년기를 보냈다. 어머니 쪽으로 따지면 J. P. 모건의 증손녀다. 고객에 관한 정보는 어쨌거나 내 귀에 들어온다. 이 정보는 리베카의 변호사가 내 변호사에게 전해준 것이다. 내 변호사는 물론 나에게 귀띔해주었다. 게다가 우리 부동산 중개업자들도 요즘은 전부 구글 검색을 활용한다.

"아이들이 웬도버에서 사는 걸 좋아하나요?" 내가 리베카에게 물었다.

"해변과 새집을 정말 좋아해요……"

"몇 살이에요?" 엘리스가 물었다.

리베카가 불편해하는 것이 느껴졌다. 엘리스는 어쩌자고 리베카에게 자꾸 질문을 해대는가?

"다섯 살, 일곱 살이에요. 죄송해요. 안에 들어가…… 손을 좀 씻어야겠어요. 오후 내내 정원에 있었거든요." 리베카가 말했다. 그러고는 돌아서서 그 모든 멋진 손님들을 헤치고 어두컴컴한 집 안으로 들어가버렸다. 몇 분 뒤, 웬디가 작은 은종을 울리며 저녁식사의 시작을 알렸다. 그래서 모두들 토치가 밝혀진 길을 따라 저녁식사를 차려놓은 테이블로 자리를 옮겼다.

브라이언의 자리는 내 맞은편이었다. 내 오른쪽에는 피터 뉴볼드가, 왼쪽에는 친구 메이미가 앉았다. 지금은 메이미도 나하고 술을 마시면 자신이 얼마나 마셨는지를 의식한다. 우리는 만나면 여전히 친하게 지내지만, 내가 메이미의 집에 놀러가거나 메이미가 우리집에 놀러온 지는 한참 되었다. 이런 동네에서 누가 이십팔 일 동안 사라졌다 나타나면 어디에 갔다 왔는지 모르는 사람이 없다는 사실은 굳이 말할 필요도 없다. 헤이즐든에서 지낼 때, 나는 사람들이 뭐라고 수군거릴지 상상해보았다. 맞아, 술을 정말 좋아했지. 오도널 부부 집에 갔을 때 생각나? 7월 4일 파티 때는? 랭 부부 집에서 열린 크리스마스 파티는? 음주운전 단속에 걸리지 않았던가? 이 동네에는 내가 예전에 마시던 것보다 더 많이 마시는 사람이 수두룩하지만, 알코올중독자라는 낙인은 내게만 찍혔다. 웬디의 파티에서 내 술잔에 와인이 채워지는 것을 내가 잠자코 보고만 있었다면, 상상하건대, 모두들 일제히 입을 벌리고는 당장 힘을 합쳐 내 손에서 술잔을 뺏어가려고 덤볐을 것이다.

리베카는 테이블 저쪽 끝에, 브라이언과는 몇 자리 떨어진 곳에 앉았다. 브라이언의 오른쪽에는 샤론 라이스가 앉았다. 샤론은 호리호리한 오십대 중반의 여자로 머리가 자연스럽게 셌다. 머리 모양은 단발이었다. 샤론은 웬도버 토지신탁의 대표인데, 그 기관은 우리 지역과 근방의 아름다운 숲과 습지, 해수 소택지를 보전하는 일을 한다. 또 샤론은 토지용도 설정위원회와 학교위원회에 소속되어 있고, 린에서는 불우한 아이들을 돕는 아트 프로그램의 회장을 맡고 있다. 웬도버 노인 센터의 주간 활동도 관장한다. 선거일에는 노인과 장애인들을 차에 태워 투표소로 데려간다. 남편 루는 보험업에 종사한다.

브라이언이 주변 사람들에게 신속히 자기소개를 마친 뒤 포크로 샐러드를 찔렀다. 냅킨은 무릎에 놓는 대신, 테이블 모서리에 올린 왼손에 작은 헝겊 부케처럼 꼭 쥐었다.

잠시 뒤, 샤론이 목을 큼큼 가다듬더니 말했다. "브라이언…… 리베카…… 웬디한테서 훌륭하시다는 말을 많이 들었는데 마침내 만나뵙게 되니 정말 반갑습니다."

"네? 아, 저도 반갑습니다." 브라이언은 접시에서 거의 눈도 들지 않고 말했다.

"두 분은 어떻게 이 지역까지 오시게 됐어요?"

"아, 리베카가 여기서 기숙학교를 다녔거든요……" 브라이언이 냅킨으로 입을 닦고 샤론을 흘끗 올려다보며 대답했다.

"어머, 리베카, 웬도버에서 학교를 다녔어요?" 샤론이 테이블 저만치에 앉은 리베카에게 소리를 질렀다.

리베카가 샤론을 보며 뭐라고 말하려는 찰나, 브라이언이 말했다. "네. 아내가 무척 사랑해요. 이 지역을요. 우리가 결혼한 뒤로 아내는 계속 여기 와서 살자고 했어요. 하지만 애들이 태어날 때까지는 보스턴에서 살았습니다. 애들이 어릴 때도 보스턴에서 키웠고. 하지만 리베카가 타는 말들이 여기에 있고, 리베카가 자란 곳이 시골이라, 애들도 시골에서 키우고 싶어했지요."

"여기서 사는 게 어떠세요?" 보티가 물었다. "보스턴 남부에서 자라지 않으셨던가요?"

"그랬죠, 저는 도시에서 자랐습니다. 아버지가 사십 년 동안 보스턴 소방관으로 일하셨거든요. 친척들도 대부분 아직 거기에 살고요. 하지만 우리는 여기가 좋아요. 통근도 생각보다 괜찮던데요. 가끔 주중 며칠은 시내에서 지내고 금요일과 월요일에는 집에서 일을 하고요."

"언제 웬도버 토지신탁에 대해 말씀드릴 기회가 있으면 좋겠어요. 최근 이사회 회의에서 브라이언 씨의 이름이 거론됐거든요." 샤론이 말했다.

"그럼요. 저희 부부가 돌아가기 전에 제 명함을 꼭 받아가세요. 저는 여기서 라이스 씨 같은 환경보호운동가들이 하시는 일을 지지합니다. 여러분 덕택에 이 지역이 계속 멋진 곳으로 남을 수 있을 테니까요. 저희도 적극 참여하겠습니다."

그러자 샤론 라이스는 침이 튈 만큼 칭찬을 늘어놓았고, 말을 더 듣기까지 하며 그렇게 해주면 정말 좋겠다고 했다. 정말 멋지다고.

정말 멋진 맥앨리스터 부부!

그 순간 브라이언이 내 손목시계를 보고 감탄했다. 작년에 대규모 상업용지를 팔고 돈을 펑펑 쓰고 다닐 때, 내 것으로 아름다운 까르띠에 손목시계를 구입했다. 비싼 보석도, 고급 시계도 내 것으로 가져본 적이 없었다. 하지만 잡지에서 이 시계를 보고 내 평생 이렇게 아름다운 것은 보지 못했다는 결론을 내렸다. 그래서 사버렸다. 나 자신에게 주는 작은 보상이었다. 내 성공을 위하여. 내 맑은 정신을 위하여. 그래도 날마다 차고 다니지는 않았는데, 누군가가 알아봐주니 정말로 기뻤다.

"그 시계 멋진데요, 힐디." 브라이언이 말했다. "예전에 저도 리베카한테 까르띠에를 사줬는데 고장을 내버렸어요. 아내는 시계를 차고 다닐 수 있는 사람이 못 되거든요. 몸을 구성하는 화학물질에, 뭐라더라, 정전기라든가 자력이라든가 아무튼 그 비슷한 것이 있어서 차는 시계마다 족족 멎어버려요."

"그런 이야기를 들은 적이 있어요." 메이미가 말했다.

"그래요. 제 아내한테 시계를 차보게 하지 말라는 말씀을 드려야겠네요. 아내는 카 일렉트로닉스에도 말썽을 일으켜요. 어떤 차든 몰기만 하면 스테레오나 GPS를 망가뜨려놓지요. 안 그래, 베키?"

리베카가 옆에 앉은 루 라이스와 대화를 나누다가 어리둥절한 표정으로 브라이언을 돌아보았다. 그의 말을 듣지 못한 것이 분명했다.

"제 차에는 아내를 앉지도 못하게 하죠." 브라이언이 말했다.

"저도 그런 편인 것 같은데요." 내가 쿡쿡 웃었다. "제 손에 들어온 건 뭐든 고장이 나니까요."

"리베카의 경우는 달라요." 브라이언이 말했다. "서재에 텔레비전을 벌써 두 대째 들여놓았다니까요. 우리가 이번 집에서 얼마나 살았지, 베키? 세 달? 지금 아내는 텔레비전 근처에는 가지도 않아요. 아, 참. 우리는 얼음 냉장고도 들여놓은 적이 없어요. 애스펀 주택에도, 보스턴 아파트에도요. 여기는 물론이고요. 서브제로인지 뭔지 아무리 비싼 얼음 냉장고를 사도 리베카가 쓰려고만 하면 망가지니까요."

피터 뉴볼드도 웃고 있었다. "그런 일이 정말 리베카의 몸을 구성하는 화학물질과 관련있다고 생각하는 건 아니죠?"

브라이언이 맥주를 쭉 들이켠 뒤 리베카에게 말했다. "베키……

여보…… 당신이 새로 구입한 토스터의 코드를 꽂았을 때 연기가 난 이야기를 해드려. 완전 새거였잖아. 응, 베키?"

리베카는 샐러드를 한입 먹으려다 말고 브라이언을 돌아보았는데, 그런 이야기가 브라이언만큼 재미있지 않은 것이 분명했다. 어색한 순간이 흐른 뒤 그녀가 웃으며 말했다. "내가 마녀라서 그런가보죠."

우리는 모두 웃었다. 하지만 솔직히 약간 어색한 상황이었다. 그 순간 메이미가 테이블 건너편에서 "당신이 마음의 힘으로 물건을 고장 낸다는 게 사실이에요?"라고 소리를 지르는 바람에 상황은 더욱 어색해졌다.

리베카가 대답했다. "마음의 힘……은 아니에요. 시계가 멎는 건 맞지만요." 그러고는 다시 주변 사람들을 돌아보았다. 자신의 손목시계를 가리키며 뭐라고 가볍게 설명을 하는 것 같았다.

피터는 그것이 재미있는 듯했다. 그가 브라이언에게 말했다. "이런 말씀은 드리고 싶지 않지만, 아내분이 시계나 전자제품에 대해서는 운이 나쁜 편이네요."

"피터는 의사예요." 네가 말해주었다.

"그래요? 전공이 뭐죠?"

"정신과입니다." 피터가 말했다. "그런 일이 실제로 존재한다면 의대에서도 다뤘겠지요."

"정말이에요. 그런 일이 있대요. 정말 그렇다니까요. 집에 돌아가면 구글에서 찾아봐야겠어요." 메이미가 말했다.

피터는 가볍게 웃으며 고개를 가로저었다. 그 순간 나는 피터가 시선을 내리깔고 맞은편에 앉은 리베카를 바라보는 것을 알아차렸다. 그녀는 가느다란 손가락에 낀 반지를 만지작거리다가 눈을 들어 자신을 바라보는 그의 시선을 느끼고는 고개를 돌렸다. 잠시 뒤에 그녀가 다시 피터를 보았는데, 그의 시선은 아직 그녀에게 머물러 있었다.

"미안합니다." 피터가 미소 띤 얼굴을 약간 붉히며 말했다. "아내는 사람을 빤히 쳐다본다고 저에게 늘 뭐라고 해요. 그런데 제가 하는 일이 그런 것이거든요. 치료받는 사람들을 연구하는 게 제 일이라서요. 어딜 가든 결국 사람 연구를 하고 마네요."

"괜찮아요." 리베카가 말했다.

"장담하는데 리베카는 마음의 힘으로 당신도 멎어버리게 만들 거예요." 메이미가 취해서 소리질렀다.

"그럴지도 모르죠." 리베카가 말한 뒤 피터를 보고 방긋 웃었고, 이번에는 조금 뒤에 피터가 시선을 피했다.

"마음의 힘에 대해 말하자면 힐디가 신통력이 있지요!" 메이미가 소리쳤다.

"그래요?" 브라이언이 말했다. "독심술사로군요, 힐디?"

"아니에요." 내가 대꾸했다.

"맞아요." 메이미가 말했다. "집안에 그런 피가 흘러요. 사촌도, 고모도, 모두 신통력이 있어요."

"정말인가요, 힐디? 그런 사실은 전혀 몰랐어요." 샤론이 말했다.

"그렇지 않아요. 사실이 아니에요. 가끔 사람들에게 내가 자신의 생각을 읽는다는 착각을 하게 만들 수는 있어요. 시시한 마술 같은 거죠. 그게 다예요."

내 고모 페그는 세일럼에서 신비한 힘을 갈구하는 관광객들을 상대로 돈을 버는 '심령술사'였다. 고모는 집에서도 손님을 받았다. 사촌인 제인과 나는 자랄 때 고모를 지켜보며 몇 가지 트릭을 익혔고, 그 덕분에 친구들 집을 순례하며 파자마 파티를 할 때 굉장한 인기를 누렸다. 지금도 이따금 믿지 못하는 사람들에게 재미로 독심술을 써보지만, 마음이 내킬 때만 그렇게 한다.

"힐디, 어서. 브라이언한테 해봐." 메이미가 말했다.

"그래요, 힐디. 어떻게 하는 건지 한번 봅시다." 브라이언이 말했고, 곧 주변에 있던 모두가, 심지어 피터마저 해보라고 졸랐다.

"그래볼까요." 내가 말했다. 브라이언이 마음을 읽히기 쉬운 상대임을 미리 드러내지 않았다면 나는 응하지 않았을 것이다. 잠시 뜸을 들이다 내가 말했다. "좋아요, 브라이언. 과거에 자신에게 일어난 일을 생각해보세요. 기억 같은 거요. 제가 몇 가지 질문을 제시할게요. 고개를 끄덕이거나 눈으로 단서를 주지 않도록 애쓰세요. 여기 촛불 옆에서는 더 쉬울 거예요. 어떤 단서도 주지 않기요."

"알겠습니다." 브라이언이 대답했다.

"손을 주세요." 내가 말했다.

브라이언이 악수하듯 손을 내밀었고, 나는 그의 손을 잡아 손바닥이 위로 가도록 테이블에 올려놓았다. 약간 오므린 그의 손가락을 내 손으로 부드럽게 펴서 판판하게 했다. 그의 펴진 손바닥에 내 손을 가볍게, 서로의 손가락이 서로의 손목에 닿을락 말락 하게 올려놓았다.

"그냥 나를 봐요. 시선을 가만히 두면 단서를 주지 않을 수 있을 거예요. 사람들은 가끔 눈을 깜박이거나 고갯짓을 해서 단서를 주거든요. 되도록 그러지 마세요. 이제 그 기억을 떠올려보세요. 그 생각을 하면······ 오, 행복한 기억이네요." 이것이 시작이었다.

그가 쉬운 상대인 것은 알았지만 이렇게 쉬울 줄은 몰랐다.

"어린 시절이네요. 아니, 고개는 끄덕이지 마요." 내가 말했다.

"안 끄덕였어요." 브라이언이 웃었다.

"나도 끄덕이는 걸 못 봤어요." 샤론이 말했다.

"약간 끄덕였어요." 메이미가 말했다.

"쉿," 내가 조용히 시켰다. 그리고 다시 시작했다. "평범한 날은 아니었군요. 특별한 날이었어요. 크리스마스였나······ 아니, 크리스마스는 아니고. 언제일까······ 그래요, 생일이었군요."

브라이언이 싱긋 웃었다. "잘하시는데요."

"나한테 도움이 되는 말은 하면 안 돼요." 내가 말했다. 그리고 이어서 이야기했다. "어린 시절인데, 그렇게 어리지도 그렇게 크지도 않았을 때네요. 아홉 살······ 아니, 잠깐, 열 살 때였나. 열 살이었네요."

이제 브라이언은 포커페이스를 유지하려고 애쓰고 있었다. 하지만 이미 늦었다.

"뭔가를 받았군요. 선물인가요. 그걸 처음 본 순간 당신이 어디에 있었는지 생각해봐요. 집안은 아니고······ 그렇지, 바깥이군요."

브라이언은 애써 웃음을 참았다.

"바깥이에요. 누가 데리고 나갔는데 거기 선물이 있었군요. 정말 행복한 것 같은데요. 그게······"

나는 잠시 멈추었다. 지금이 멈추고 상대를 강렬한 눈빛으로 바라보기에 가장 좋은 시점이다. 상대의 눈을 강렬하게 들여다보며 뭔가 들으려는 듯 고개를 살짝 갸웃한다. 그날처럼 사람들이 여럿 모인 자리라면 핀 떨어지는 소리까지 들린다. 사람들이 내가 상대의 마음을 탐색하고 있다고 생각해주는 편이 더 좋다. 이 일이 그렇게 쉽게 보여서는 곤란하다.

"그렇군요, 알겠어요." 내가 말했다 "열 살이 된 생일에 대한 기억이로군요. 부모님이 자전거를 사주셨어요."

"굉장해요!" 브라이언이 소리를 질렀다. "맞혔어요! 정말 놀라운데요."

"예외가 없다니까." 메이미가 말했다.

"전에도 이렇게 하는 걸 본 적 있어요?" 샤론이 물었다. "사람들이 기억해내는 게 늘 생일인가요? 그게 트릭이에요?"

"아니요. 항상 달라요. 힐디는 언제나 그걸 딱 알아맞히고요." 메이미가 말했다.

"언제나 그런 건 아니에요." 보티가 말했다.

"늘 알아맞히지는 않아요." 내가 맞장구를 쳤다.

"그래도 거의 늘 알아맞히잖아요, 힐." 보티가 수긍했다.

"소름이 쫙 끼치는데요." 브라이언이 말했다.

니는 브라이언의 손을 놓고 무알코올 음료를 한 모금 마셨다. 내 마음을 숨기지는 않겠다. 나 자신이 만족스러웠다. 전에 세 번 연속 틀렸는데, 이번에는 수월했다. 이번에는 반쯤 취하지도 않았으니 훨씬 더 잘할 수 있었다.

"심령술사라고 해도 되겠어요, 힐디." 샤론이 말했다. "나라면 절대 할 수 없을 거예요."

"정말로 독심술을 쓰는 건 아니에요. 그건 장담해요." 내가 말했다.

"그 기억은 심지어 나한테 중요한 기억도 아니었어요." 브라이언이 말했다. "오랫동안 떠올리지도 않았어요. 자전거 말이에요. 왜 하필 지금 그 기억이 떠올랐는지 모르겠습니다."

"생일을 기억해보라고 했어요?" 보티가 물었다.

"아니요." 메이미가 말했다. "안 듣고 있었어요? 뭐든 괜찮다고 했어요."

피터가 나섰다. "뭐든 괜찮지만, 힐디가 생일을 생각해보라고 한 것 같은데요. 맞아요, 힐디?"

"그럴지도." 내가 빙긋 웃었다.

"방금 한 걸 제가 분석해봐도 될까요?" 피터가 물었다.

"물론이죠. 해봐요. 누구보다 내가 트릭이라고 먼저 인정했으니까. 내가 뭘 어떻게 한 건지 말해봐요. 재미있겠는데요."

"우선 말씀하신 몇 가지가 암시에 해당한다는 걸 알겠더군요. 예컨대 질문을 '프리젠트'*한다고 했고, 그뒤에 몇 번이나 '단서를 주지give away 말라'고 했어요. 그러니까 '프리젠트'나 '주다' 같은 단어가 암시로 작용했을 수 있어요. 선물에 대한 기억을 떠올려보라는 암시요."

"아닙니다. 그런 말을 한 것 같지는 않아요." 브라이언이 나섰다. "혹시라도 유도하는 말을 할까봐 제가 신경써서 들었어요."

"그런 말을 했어요." 피터가 말했다.

"내가요? 음." 나는 빙긋 웃었다. 이건 재미있었다.

"그래서 크리스마스나 생일 같은 날로 좁혀진 거고요. '바이 캔

---

* present는 '선물'이라는 뜻과 '제시하다'라는 뜻을 모두 갖고 있다.

들라이트'* 같은 말을 한 것 같은데요. 맞나요? 뭔가 그런 거였는데. 캔들, 캔들라이트."

메이미가 참지 못하고 나섰다. "맞네요, 피터. 그 말이 맞아요. 그 말을 들으면 누가 생일을 떠올리지 않겠어요? 캔들? 캔들라이트라고요?"

"한 번 이상이었어요." 피터가 계속했다. "두 단어를 붙여서 말했습니다. '바이 캔들라이트by candlelight'는 '바이캔들라이트' bycandlelight로 들리죠. 빨리 말해봐요—'바이캔들라이트.' '바이크 앤드 딜라이트'**로 들리잖아요. 바이크가 두어 번 나왔어요. '바이 카인드 오브by kind of'라는 말도 했을걸요. 이것도 '바이크-카인도 브bike-kindof'로 들리고요. 이 말도 보통 의식적인 수준에서는 뚜렷이 알아차릴 수 없지만, 접촉을 통해 손을 잡고 있는 상태라면 그 사람의 무의식에 약간은 접근할 수 있었을 거예요. 그러면 암시하는 것이 가능해지죠."

나는 그저 웃었다. "뭐든 가능하겠네요."

"그뒤부터는 고전적인 콜드리딩***이었어요." 피터가 브라이언에게 말했다. "질문을 하고 눈동자의 움직임에서 반응을 읽어내는 거죠. 맥박에 손가락을 대고 있었어요. NLP와 관련된 지식을 써서— NLP는 신경언어프로그래밍 기술을 뜻해요…… 뭔지 알죠, 힐디?"

처음 듣는 말이라 나는 고개를 가로저었다.

"사람들이 눈동자의 움직임이나 미묘한 보디랭귀지를 통해 무

---

* by candlelight. '촛불 옆'이라는 뜻.

** bike and delight. '자전거와 기쁨'이라는 뜻.

*** 상대의 말투, 신체 언어, 옷차림 등의 정보를 종합해 속마음을 간파해내는 기술.

의식적으로 보내는 신호를 해독하는 기술이에요."

"아, 그게 그거예요?" 내가 웃었다. 세상에나! 사촌과 내가 알아
낸 기술을 일컫는 과학용어가 실제로 있었던 것이다.

"네, 그걸 아주 잘하시던데요." 그러고는 브라이언을 보며 말했
다. "기본적으로 질문은 그렇다, 아니다, 로 대답할 수 있는 것들이
었고, 거기에 당신이 미묘한 신호로 답을 준 거예요."

"나는 눈동자를 움직이지 않았습니다. 그건 확실해요. 눈동자를
움직이지 말라고 했잖아요." 브라이언이 말했다.

"그 말 때문에 눈동자를 움직이지 않을 수가 없게 된 거예요."
피터가 말했다. "그리고 실내에서 받은 선물이 아니라고 말한 이상
답은 무척 간단해졌어요. 열 살짜리 어린애가 밖에 나가서 받을 수
있는 선물이 뭐가 있겠어요?"

"그 부분이 이해가 안 돼요. 말馬일 수도 있었거든요." 메이미가
말했다. "다른 무엇일 수도 있었고요."

"보스턴 남부에서요?" 보티가 콧방귀를 뀌었다.

"전부 사실이에요." 내가 말했다.

메이미가 다시 말했다. "더 있어요. 나는 힐다가 이렇게 하는 걸
아주 많이 봤어요. 그런데 할 때마다 달랐어요."

"오해는 하지 마십시오. 인상적이었어요, 힐디." 피터가 말했다.

"무슨. 고마워요, 피터." 내가 대답했다.

나는 정말로 우쭐한 기분이 들었다. 결국 피터도 또 한 명의 독
심술사였던 것이다. 그것이 정신의학의 바탕인 모양이라고 나는
생각했다. 그 순간 피터의 마음을 읽기는 과연 쉬울지 궁금해졌다.
나는 아직 다른 독심술사의 마음을 읽어본 적이 없다.

나는 평소처럼 디저트를 먹은 직후 그만 가보겠다고 일어섰고, 전혀 취하지 않은 상태로 내 차를 향해 걸어가면서 마음이 뿌듯했다. 딸들의 개입이 진심으로 고마운 이유에는 이것도 있다. 예전에 나는 거나하게 취한 채 레인지로버를 몰면서 동네를 표류했다. 지금에야 인정하는 사실이다. 나는 안전하다고 생각했고, 내가 술에 취했을 때 운전을 더 잘하는 줄 알았다. 나무 한 그루 한 그루를, 집 한 채 한 채를 유유히 지나가곤 했다. 느리게 느리게. 미소 띤 얼굴로 눈을 깜박이며. 모든 것이 환하게 빛났다. 물론 다음날 조금 두려운 마음으로 전날의 행적을 애써 떠올릴 때는 그 기억이 악몽처럼 느껴졌다. 하지만 솔직히 차를 몰아 집으로 돌아온 일 자체가 기억나지 않을 때도 있어서, 이제는 그런 미친 짓을 하지 않아도 된다는 사실이 다행스럽기까지 했다. 음주운전은 이제 그만. 다음날 아침에 후회할 일도 없다.

집에 돌아왔지만 열한시도 되지 않은 시각이었다. 딸내미들은 나를 보자 기뻐서 어쩔 줄 몰라했다. 내가 키우는 개 두 마리 말이다. 둘 다 암컷이고—뱁스와 몰리—둘 다 잡종이다. 뱁스는 테리어 혈통이 섞여서인지 가끔 못된 성질을 드러낸다. 뱁스를 본 적이 없다면, 손을 내밀며 다가가지 않는 편이 좋다. 보통은 송곳니를 드러내며 자기가 알아서 접근하는데, 그러도록 가만히 두는 편이 가장 좋다. 몰리는 보더콜리 잡종이다. 그래서인지 나보다 IQ가 약간 더 높고 때로는 그래서 더 힘이 든다. 게다가 사람을 반길 때 미소를 짓는 개들이 있는데 몰리가 바로 그렇다. 입꼬리를 찢어 이빨을 드러내고 눈을 가늘게 떠서 애처로운 표정을 지은 채 우스꽝스럽게 쳐다보면 그 또한 마찬가지로 나를 힘들게 한다. 그날 밤처럼 낑낑거리기까지 하면 더더욱.

내가 앞문을 열자마자 딸내미들은 집에서 날듯이 뛰쳐나와 차고까지 앞장서서 달려갔다. 우리 차고는 낡은 보트하우스*다. 지금은 여기서 이 개들하고만 살지만 그래도 우리 차고다. 지금 내가 있는 곳은 바닷물이 흘러들어오는 아나왐 강 위로, 강물은 대략 100야드쯤 흘러가 대서양과 합류한다. 전남편 스콧의 낡은 MG가 아직 보트하우스에 세워져 있다. 그가 두고 간 것이다. 나는 제발 좀 가져가라고 재촉하고 또 재촉했다. 그러던 어느 날, 에밀리가 그 차를 자기가 받았다고 했다. 에밀리는 뉴욕에 산다. 그래서 그 차는 차고에 세워진 채 나에게 맡겨졌다. 그 차를 운전한 지 한참이 지났다. 보닛 아래 쥐들이 둥지를 틀었고 앞좌석에도 부스러기 같은 것이 보였다.

개들이 낑낑거리며 낡은 보트하우스의 나무문을 긁어댔다. 내가 문을 들어올리자, 녀석들은 쏜살같이 뛰어들어가더니 신이 나서 꼬리를 빳빳이 세운 채 다 쓰러져가는 보트하우스 구석구석을 킁킁거렸다. 나는 열쇠를 찾아 지갑 안을 뒤적였다. 뱁스가 보트하우스 안에서 쥐를 잡아 죽인 적이 한 번 있지만, 딸내미들은 그 이상으로 흥분하지는 않았다. 보트하우스 안에 들어가면 녀석들은 늘 사냥 모드로 변한다. 사실은 나 역시 그렇다. 낡은 MG의 트렁크, 즉 '부트'를 여는 순간 내 심장은 질주한다. 내가 와인을 두는 곳이

---

* 보트를 보관하는 창고.

거기다. 지금은 그것만 마신다. 와인. 더 독한 술은 끊었다. 와인은 캘리포니아의 어느 포도 농장에서 주문한다. 캘리포니아산 와인이 점점 맛있어진다. 예전에는 왜 와인을 잘 마시지 않았는지 모르겠다. 보드카보다 숙취가 더 심하다고 느꼈었다. 하지만 지금은 과음을 피하려고 애쓴다. 애는 쓰지만, 솔직히 밤에 침대에 누운 사실조차 기억나지 않을 때도 가끔 있다. 그렇다 한들 어떤가? 언젠가 헤이즐든에 돌아가 '그룹'에서 그 이야기를 꺼내보고 싶다. 흥미로운 토론 주제가 될 것이다. 보는 사람이 없다면 필름이 끊긴 것은 정말로 끊긴 것인가? 자기 자신도 의식하지 못한다면? 나는 아니라고 대답하겠다. 그것은 숲속에서 나무가 쓰러지는 것과 다르지 않다. 무슨 상관인가?

하지만 대부분의 밤에 나는 그저 몇 잔만 마실 뿐이다. 나는 혼자만의 밤 파티를 즐기게 되었다. 다른 사람들과 어울릴 필요가 없다. 성가시기만 한 사람들—이렇다 저렇다 판단하고 서로 잽싸게 눈길을 주고받는다. 훔친 즐거움은 정직하게 얻은 즐거움보다 늘 짜릿하다. 불륜이 사람들을 흥분시키는 이유가 그것이 아닐까. 착하게 살아가는 일상의 껍데기 아래 숨겨진 사악함. 어쨌거나 내가 와인을 마실 때 완전히 혼자인 것은 아니다. 딸내미들이 늘 곁을 지켜주기 때문이다. 가끔 공기가 따뜻하고 달이 뜨는 밤이면 나는 파티오에서 옷을 벗고 강가로 내려간다. 거기서 개들과 수영을 한다. 달이 휘영청 밝지는 않았지만, 웬디가 파티를 연 밤이 바로 그런 밤이었다. 계절에 맞지 않게 따뜻한 5월의 밤. 웬디는 자신이 파티를 여는 날은 '마술을 부린' 듯 날씨가 언제나 최고라며 저녁 내내 자기 자랑을 늘어놓았다. 파티오에 앉아 개들을 곁에 두고 와인을 두어 잔 마시니, 비로소 집에 돌아왔다는 사실에 더없는 행복감을 느꼈다.

헤이즐든에서 지낼 때, AA*모임의 발표자들이 밤에 와서 자신들의 이야기를 들려주었는데, 어떤 이야기는 아주 재미있었고 어떤 이야기는 가슴을 찢어놓을 것처럼 아팠다. 어느 날 밤 한 남자가 "저는 석 잔이 부족한 상태로 태어났는데……"라며 고백담을 시작했는데, 그 순간 나는 어쩌면 내 음주 습관에 대한 딸들의 생각이 맞는지도 모르겠다고 생각했다. 그때까지만 해도 나는 이 자리에 앉아 있을 사람이 아니라고 자신했었다. 나는 알코올중독이 아니었다. 딸들이 진짜 알코올중독인 사람을 만나고 싶다면 내 어머니를 만나야 한다. 어머니는 몇 주 동안 술을 입에도 대지 않다가도, 한번 폭음을 하면 며칠 동안 취해 지냈다. 아버지는 이 술집 저 술집으로 어머니를 찾아다녔다. 어떤 날은 학교에서 돌아오면 어머니가 부엌 바닥에 드러누워 있었다. 나는 다섯시 전에 술을 마신 적이 없다. 혼자 마신 적도 없다(중독 치료 센터에 가기 전까지는). 하지만 그 남자가 석 잔 부족한 상태로 태어났다고 했을 때 나는 그게 무슨 뜻인지 알았다. 그 순간 처음 맥주를 마신 때가 떠올랐다. 어느 여름밤 노스비치에서 친구들 무리와 함께 어울렸을 때였다. 더없는 안도감이 느껴지던 그 최초의 순간이 떠올랐다. 전남편 스콧도 떠올랐다. 석 잔을 마신 뒤에는 멈춰야 한다고 그가 나에게 말했었다. "그때가 당신이 자제력을 잃는 때야." 그가 말했었

---

* Alcoholics Anonymous의 앞 글자를 딴 것. 알코올중독자들의 국제적 상호협조 모임으로 1935년 미국에서 처음 시작되었으며, 술을 끊을 수 있도록 중독자들이 서로 도움을 주는 것을 취지로 한다.

다. 나는 그가 무슨 말을 하는지 종잡을 수가 없었다. 내가 자제력이 있다고 느끼는 때는 두어 잔을 마신 뒤였기 때문이다.

사람들은 다 다르다. 모두 똑같을 이유가 있는가? 딸들에게 그걸 물어보고 싶다. 그날 밤 딸들이 내가 입힌 피해를 줄줄이 늘어놓은 방식이라니. 피해. 테스는 고등학교에 다니던 내내 마리화나를 피웠지만 용케 웨슬리언 대학교에 들어가 차석으로 졸업했다. 에밀리는, 음, 에밀리는 조각가다. 그애는 뉴욕에서 내 경제적 지원 없이는 감당할 수 없는 라이프 스타일로 살고 있다. 하지만 에밀리가 나한테 고맙다는 말을 하는가? 당연히 안 한다. 내 말이 좀 뻐딱하게 들리겠지만, 솔직히 그런 건 괜찮다. 그편이 더 낫다. 충분히 마신 것 같지도 않은데 초대한 사람들이 술을 더 주지 않을까봐 마음 졸일 일도 이제 없다. 다음날의 후회도 없다.

요즘은 저녁에 집에 돌아와 조용히 나만의 시간을 갖는다. 딸들은 그걸 슬프게 여기겠지만, 그때가 내 삶에서 가장 행복한 순간이며 내가 나 자신으로 편안히 돌아가는 순간이다. 밤마다 그러는 건 아니다. 밤마다는 아니다. 정녕 아니다. 하지만 그날 밤 웬디의 파티에서 돌아오자 테라스에는 어둠이 아름답게 깔려 있었고 밤공기가 기분좋았다. 병에 든 와인을 잔에 마지막으로 따랐을 때쯤 나는 완전히 달라져 있었다. 나 자신으로 돌아가 있었다. 다시 나 자신이었다.

나는 스커트를 주르륵 벗어내리고 팬티에서 발을 뺐냈다. 블라우스도 벗고 닳아빠진 브래지어의 고리도 풀었다. 나는 예순이다. 뱃살은 늘어지고, 젖꼭지도 꼿꼿하지 않고, 다리는 비쩍 말랐다. 한동안 수영복을 입지 않았지만 나는 수영을 좋아한다. 물을 좋아한다. 항상 좋아했다. 그리고 밤공기가 내 피부에 와닿는 느낌을 좋아한다.

앞서 말했듯, 달이 휘영청 밝지는 않았다. 하지만 강까지 가는 길은 눈을 감고도 알았고, 딸내미들을 데리고 솔잎이 흩어진 모래밭 길을 걸으며 원시시대의 사냥꾼이 된 기분이 들었다. 아나왐 원주민이 된 듯한 기분. 강가에 이르러 나는 와인을 홀짝였다. 강바닥의 고운 모래가 내 발을 휘감다가 유령처럼, 실크스타킹처럼 발목을 타고 올랐다. 마지막 한 모금을 마신 뒤, 보드라운 모래에 빈 잔을 내려놓고 얼음장처럼 차가운 강물에 나 자신을 던졌다. 웃음이 터지고 숨이 토해졌다. 개들도 완전히 신이 나서 컹컹 짖어댔다. 얼마나 사무치게 맛좋은 와인이었나. 그 와인이 박스째 있는 것이다. 그거면 충분할 것이다. 내가 마실 와인은 언제나 충분할 것이다.

셋

이따금 너무 일찍 눈이 떠진다. 그게 문제다. 중년이 되면 그런 증상이 나타난다고 잡지에서 읽었다. 분명 호르몬 때문이다. 잠이 드는 데는 아무런 문제가 없다. 약간의 와인을 곁들여 저녁 시간을 마무리했을 때는 더욱 그렇다. 하지만 정확히 새벽 세시에 두려움과 자기혐오에 허우적거리며 번쩍 눈이 떠질 때가 있다. 나 자신의 작은 지옥으로 이동해 체류하는 그 밤 시간에 악마들이 나를 찾아온다. 악마들은 내 하루하루의 비참함과 내 평생의 사악함을 일깨우며 희열을 느낀다. 어제 잘못한 일들이 줄줄이 나열되고, 수십 년 동안 저지르고 품어온 죄와 앙심, 후회와 원한이 두루마리처럼 펼쳐진다. 때로는 텔레비전을 켜고 옛날 영화를 보다가 다시 잠이 든다. 기분이 좋아지는 건 늘 새벽이 지나서다.

하지만 맥앨리스터 부부를 위한 파티에서 돌아온 그날, 나는 컴컴한 새벽 세시의 어둠 속에서 텔레비전을 켜는 대신, 그저 가만히 누워 리베카를 생각했다. 그래서인지 밤의 괴물들이 접근하지 않았다. 나는 리베카에게 약간 반해 있었다. 리베카에게 그녀가 장차 살게 될 집을 처음 보여준 뒤로 줄곧 그랬다. 집을 보여준 날 재앙이 일어났고, 그때 리베카가 약간의 마술을 부렸다. (마술이 일어나면 매매는 거의 보장된다. 부동산 중개인이라면 누구든 이런 이야기를 해줄 것이다.) 리베카의 매력에 사로잡힌 것은 그때부터였다.

재앙을 일으킨 건 레이턴 부부의 말 한 마리였다. 우리 대부분은 아직 그 집을 발로 일가의 옛집이라고 부르지만, 맥앨리스터 부부가 그 집을 발로 일가에게서 구입한 것은 아니다. 레이턴이라는 보스턴의 부유한 집안으로부터 구입했다. 엘사 레이턴은 그곳에서 웨일스 포니*를 키웠었다. 웨일스 포니는 아주 훌륭한 품종이다. 그 부부의 딸들도 승마대회에 참가했다. 레이턴 가족은 주말에만 그 집에 왔기 때문에 프랭크 게첼에게 말 방목장 관리를 맡겼다. 웬도버에는 아직 말 방목장이 많다. 이곳에서 조금만 운전해 가면 사우스해밀턴에 웨스트필드 헌트클럽이 있다. 프랭크는 자랄 때 몇몇 농장에서 일했다. 아무튼 그 멋진 맥앨리스터 부부가 집을 보고 싶어한다며 웬디가 내게 전화했을 때는 집을 내놓은 사람이 레이턴 부부였다. 맥앨리스터 부부에게 좋은 집은 모두 보여주었지만 지금까지는 어떤 집도 내켜하지 않는다고 했다. 그래서 웬디는 그렇다면 발로 일가의 옛집이나 보여줄까, 하고 생각했다는 것이다.

이 지역의 부동산 중개업자 대부분이 발로 일가의 옛집을 막 포기한 시점이었다. 누구는 레이턴 부부가 집값을 너무 비싸게 불렀

---

* 웨일스가 원산지인 몸집이 작고 강건한 말 품종.

다고 했다— 희망가가 220만 달러였다. 그도 그럴 것이, 대지가 거의 20에이커에 달하고, 집 건물은 전망 좋은 웬도버 라이즈에 우뚝 서 있었다. 감조습지와 대서양이 내려다보이고 저멀리 케이프앤의 작은 섬들도 보였다. 하지만 집 건물은 1700년대 초기에 지어진 것이고, 식민지 시대의 집들이 다 그렇듯, 작고 어둡고 길가에 위치해 있었다. 웬도버에 집을 구하고 싶어하는 사람들은 누구 할 것 없이 길가에서 깊숙이 들어가 사생활이 충분히 보장되는 예스럽고 아취가 느껴지는 집을 원했다. 하지만 그런 집은 없다. 식민지 주민들이 길가에 집을 지은 것은 필요에 의해서였다. 자신들의 모습이 이웃사람들에게 잘 보여야 안심할 수 있었다. 요즘 집을 사려는 사람들은 어째서인지 이 개념을 잘 받아들이지 못한다. 이 집들이 지어진 시대의 집주인들은 근방을 어슬렁거리는 인디언이나 야생동물을 두려워했다고 아무리 설명해줘도 말이다. 그 집은 내가 레이턴 부부에게 팔았는데, 그들이 다시 나에게 내놓았다. 나는 그들에게 희망가를 고수하라고 했다. 그들이 그 집을 너무 비싸게 샀다는 사실이 내 마음속에 늘 꺼림칙하게 남아 있어서 그 집 때문에 큰 손실을 보게 하고 싶지 않았다.

어쨌거나 레이턴 부부는 그 집을 팔아야 했다. 내가 그들 부부에게 그 집을 팔았을 때는 그들이 잘나가던—톰 레이턴이 베어스턴스와 막 제휴를 맺은—시절이었다. 지금은 몰락하고 있다. 베어스턴스가 파산했다. 게다가 레이턴 부부는 이혼수속중이었다. 승마를 즐기던 어린 딸 하나는 지금 마약중독 치료 센터에 있다. 그것이 인생이다. 그리고 어쨌거나 그것이 내가 먹고사는 수단이다.

맥앨리스터 부부에게 집을 보여준 건 어느 봄날의 이른 아침이었다. 내가 차를 댔을 때 웬디와 리베카는 벌써 도착해 집 앞문으로 걸어가고 있었고, 리베카의 어린 두 아들은 마당에서 잡기 놀이를 하고 있었다. 다가가서 내 소개를 했지만, 리베카는 집이 탐탁지 않은 듯 길 쪽으로 시선을 돌렸다. 활달한 웬디도 그 사실을 알아차린 것이 분명했다. 한 손으로는 내 손목을, 다른 한 손으로는 리베카의 손목을 잡아 일종의 인간 사슬을 만들었기 때문이다. 가운데를 차지한 끄떡없는 고리는 웬디였다. "힐디, 리베카에게 집이 있는 곳이 길가이긴 해도 한적한 시골길이라는 말을 하던 참이었어요……" 그녀가 나불거렸다.

웬디도 이 업계에 몸을 담은 지 한참 되었으니 그런 시시한 매력을 끄집어낼 만큼 어리석지는 않을 텐데, 아니나 다를까, 웬디가 그 말을 내뱉기가 무섭게 디젤엔진을 장착한 픽업트럭이 털털거리며 집 앞을 시끄럽게 지나갔다. 이어서 모터사이클이, 몇 박자 쉬었다가 스쿨버스가 덜컹덜컹 지나갔다.

"리엄," 리베카가 큰아들을 불렀다. "벤의 손을 잡아줄래? 길가에 가게 두면 안 돼." 리엄은 여섯 살, 벤은 네 살쯤 돼 보였다. 입양한 것이 틀림없었다. 구글에서 검색해본 바로는 브라이언은 남아메리카 사람이 아니었다. 하지만 아이들은 남아메리카나 멕시코 혈통으로 보였다. "히스패닉이에요." 내 딸들이 있었다면 이렇게 정정해주었을 것이다. 아이들은 말을 잘 듣는 편이었지만, 집을 보러 올 때 아이들을 데려오는 것은 결코 반길 일이 아니다. 아이들이 따라오면 정신만 사납다.

"정말 사랑스러운 아이들이네요." 나는 리베카에게 말한 뒤, 앞문을 가리키며 덧붙였다. "들어가볼까요?"

나는 웬디가 리베카에게 어떤 집들을 보여줬는지 알고 있었다. 기본적으로 가장 비싸게 나온 집들이다. 레이턴 부부가 발로 일가의 집을 무척 매력적으로 바꿔놓았지만—천장은 목재 지름대를 드러내는 방법으로 시공했고, 사람이 들어갈 수 있을 만큼 큰 벽난로 주변은 목조 표면을 다시 손질했다—어쨌거나 주말 별장으로 쓰던 곳이다. 침실도 작고 부엌도 작았다. 더더욱 큰 문제는 안방에 욕실이 딸려 있지 않다는 사실이었다. 어쨌거나 나는 리베카를 데리고 다니며 여기저기를 보여주었다. 우리가 위층의 어느 창밖을 가만히 내다보는데, 리베카가 말했다. "저 말들도 이 농장 거예요?"

"아, 그래요. 그 말씀을 드린다는 걸 깜박했네요. 리베카는 승마를 좋아해요." 웬디가 조잘댔다.

"그러면 마구간과 방목장을 보러 갈까요?" 내가 말했다.

웬디는 어떻게 그 말을 안 했을 수 있는가? 그 집의 가장 큰 장점이 레이턴 부부가 큰돈을 들여 방목장 울타리를 둘러친 것과 거대한 마구간을 되살려낸 것이었다. 웬디의 실적은 굉장히 좋다. 나로서는 웬디가 어떻게 한 채라도 파는지 도통 모르겠지만.

아들들이 이 방 저 방 뛰어다니며 한창 잡기 놀이에 열중할 때 리베카가 소리쳤다. "얘들아, 이리 와. 말을 보러 가자." 아이들이 계단을 뛰어내려왔고, 우리는 함께 밖으로 나갔다.

우리가 사유 차도를 따라 마구간을 향해 한가로이 걸어가는데, 마침 그곳의 관리인인 프랭크 게첼이 픽업트럭을 몰고 올라가다가 차를 세웠다.

프랭크는 늙은 히피다. 키가 작지만 몸은 다부진 편이다. 희끗해진 머리를 하나로 묶었는데, 햇볕에 그을리고 세월에 시달린 두피가 점점 면적을 넓혀가는 것 같다. 조만간 묶을 머리칼이 한 올도 남지 않을 것이다. 그는 언제나 닳아빠진 청바지와 낡은 카우보이 부츠를 신는다. 나온 배는 플란넬 셔츠로 가린다.

"안녕, 프랭키." 내가 말했다.

"안녕, 힐." 프랭크가 대답했다. 그는 리베카와 아이들을 흘끗 보고는 똑바로 앞을 응시했다. 프랭키 게첼은 모르는 사람들이 있는 자리에서는 행동이 조금 서툴다.

"프랭크, 웬디는 알 거고, 이쪽은 리베카 맥앨리스터와 리베카의 아들들. 마구간을 보고 싶어하셔."

"올라가려면 같이 타든가." 프랭크가 여전히 앞을 보며 중얼거렸다. "암말 두 마리가 출산할 때가 지났는데, 그중 한 마리가 간밤에 새끼를 낳았을 것 같은 예감이 들어."

평생 말에는 올라타본 적이 없는 웬디마저 방금 태어난 망아지를 볼 수 있다는 기대감에 기쁨의 탄성을 작게 내질렀다.

"뒤쪽 짐칸에 타도 돼요, 엄마?" 리엄이 물었다.

"안 돼, 거긴 안전하지 않아, 아가." 웬디가 말했다. 하지만 리베카는 되레 "제가 어렸을 때 할아버지 농장에 가면 늘 짐칸에 탔어요. 타도 될까요, 프랭크?" 하고 물었다.

"그래야 할 것 같은데요. 앞은 우리 넷이 앉기에도 비좁겠어요." 프랭키가 얼굴을 찡그리며 대답했다. 그는 차에 타라고 한 것을 벌써 후회하는 듯했다. 우리를 걸어올라가게 내버려뒀어야 했다. 리베카가 짐칸 문을 내려주자 아이들은 빽빽 소리를 지르며 기뻐했다. 아이들이 짐칸으로 기어올라 밧줄과 자투리 목재 따위를 잽싸게 넘어갔다. 그러고는 바닷가재를 잡는 통발 옆에 자리를 잡았다.

나는 리베카, 웬디와 함께 지저분한 앞자리에 끼어 앉았다. 프랭크의 트럭은 마구간을 지나 그 대지에서 가장 높은 곳에 있는 들판까지 올라갔다. 그곳 들판에서 바라보는 전망은 아름답기가 웬도버에서 손꼽을 정도였다. 나는 그 사실을 잊고 있었는데, 꼬마 때 이후로는 거기까지 올라가보지 않았기 때문이었다.

리베카는 집 건물 안을 둘러볼 때까지는 아무 말이 없다가, 말을 본 뒤로는 생기가 넘쳐흘렀다. 딱하게도 프랭크에게까지 말을 건넸다.

"웨일스 포니예요?"

"넵, 대부분은요." 프랭크는 귀찮은 듯 대답했다. 그러더니 백미러를 흘끗 쳐다보고는 차창 밖으로 소리질렀다. "거기 뒤쪽 꼬마들, 얌전히 앉아 있어. 그렇게 난간에 매달리지 말고."

"할아버지가 버지니아에서 순혈마를 키우셨어요." 리베카가 말했다. 그러고는 프랭키의 대답을 기다렸지만 대답이 없을 것이 뻔해서 잠시 뒤에 내가 대꾸했다. "그래요?"

"출산기에도 말을 밖에서 지내게 하나요?" 리베카가 물었다.

"넵." 프랭크가 무뚝뚝하게 대답했다. 바퀴자국이 깊게 팬 곳들이 나오자, 그는 속도를 늦추고 다시 백미러로 아이들을 확인했다.

"할아버지는 말은 들판에서 새끼를 낳아야 가장 건강하다고 생각하셨어요. 다른 사육자들은 그게 위험하다고 생각했고요. 아시겠지만, 그 말은 경주마라서 어떤 새끼들은 엄청 비싸잖아요…… 어머나, 말들이 무리 지은 풍경이 정말 아름다워요." 넓은 초록 들판에 이르자 그녀가 말했다.

프랭크가 마구간 문 옆에 차를 댔고, 내리자마자 리베카가 소리를 질렀다. "여기 있네요." 그녀는 풀밭 구석에 코를 박고 엎드린 귀여운 검은색 망아지를 가리켰다. 회색 암말 한 마리가 보호하듯 망아지를 내려다보고 있었다. 짐칸에서 아이들이 뛰어내리자 리베카가 본능적으로 아이들을 막아섰다. "말들이 있는 들판에는 들어가면 안 돼." 그녀가 엄하게 말했다. "알겠니?"

"씨발, 어떻게 된 거야?" 프랭크가 욕설을 내뱉자, 웬디는 움찔하며 걱정스러운 눈빛으로 아이들을 바라보았다. 프랭크는 중얼중얼 입에 담지도 못할 험한 욕설을 연달아 쏟아냈다. 프랭크를 잘 알지만 이렇게까지 심한 욕설을 하는 건 들어보지 못했다. 나도 리베카와 아이들을 흘끗 보았는데, 아이들의 눈동자에는 깜짝 놀랐지만 재미있어하는 기색이 떠올라 있었다. 리베카는 입술을 깨물며 웃음을 참았다. 프랭크가 문을 활짝 열고 들판으로 달려갔다. 리베카는 다시 한번 아이들에게 웬디와 함께 울타리 밖에 있으라고 다짐을 놓았다. 리베카와 나는 잠시 망설이다 들판으로 들어갔고, 리베카가 조심스레 문을 닫았다. 풀잎이 이슬에 젖어 있었다. 리베카는 앙증맞은 플랫슈즈를 신었지만 개의치 않는 것 같았다.

"저기…… 뭐가 잘못됐어, 프랭키?" 내가 물었다.

"잘못된 거라면 저 망아지를 엉뚱한 암말이 데리고 있다는 거지. 저 암말은 올해 교미를 하지도 않았어."

프랭크가 저쪽에 무리 지은 말 열두어 마리를 살펴보더니 끙하고 앓는 소리를 냈다. 이제 우리도 상황을 파악했다. 작은 검은색 암말이 거품이 된 땀에 흠뻑 젖은 채 회색 암말과 망아지를 향해 미친듯이 달려갔지만, 거리가 10여 피트로 좁혀지면 회색 암말이 귀를 쫑긋 세우고는 검은색 암말에게 덤벼들었다. 여러 번 물어뜯

겼는지 검은색 암말의 목과 옆구리에 피가 묻어 있었다.

프랭크가 다시 울타리를 넘어 트럭으로 가더니 짐칸에서 고삐 두 개와 로프를 낚아채듯 집어들었다.

"저 회색 암말이 대장이야. 저놈은 이미 새끼를 몇 마리 낳았는데, 성질머리가 더러워서 올해는 교미를 시키지 않기로 했지. 성질이 못돼처먹어서 새끼들도 저처럼 성질이 지랄 같은 놈들만 낳았거든. 그중 한 놈이 몇 달 전에 내 배를 걷어찼지." 프랭크가 말했다. 그러고는 잠시 가만히 서 있었다. 꾀를 짜내려는 것 같았다.

"그러니까 저 말이 다른 말의 새끼를 훔쳤다는 건가요?" 웬디가 울타리 밖에서 외쳤다. "정말…… 끔찍하네요. 저 망아지를 진짜 엄마한테 다시 데려다주는 게 좋겠어요, 프랭크." 웬디가 소리를 빽빽 질렀고, 프랭크는 그녀를 흘끗 쏘아보았다. 불쌍한 검은색 어미 말의 옆구리가 들썩들썩했다. 젖통에서는 젖이 뚝뚝 떨어졌다. 프랭크가 회색 암말에게 다가가기 시작했고, 그것을 본 회색 암말은 연약한 망아지를 쿡 찔러 일어서게 하더니 저멀리 풀밭 구석으로 데려갔다.

리베카가 말했다. "트럭에 혹시 곡식이 있어요?"

"아니요. 하지만 나도 같은 생각을 하고 있었어요. 마구간에 얼른 내려가 좀 가져와야겠어요." 프랭크가 대답했다.

"고삐 하나는 저한테 주세요. 제가 어미 말을 잡고 있을게요." 리베카가 말했다. "어미 말이 계속 새끼를 쫓아가다가는 큰일나겠어요. 완전히 지친 것 같아요."

"고마워요." 프랭크가 말했다. 그는 리베카에게 고삐와 로프를 넘긴 뒤 트럭에 풀쩍 올라타고는 마구간을 향해 속도를 냈다. 아이들과 웬디는 울타리 바로 밖 큰 돌 위에 앉아 있었다.

리베카가 고삐와 로프를 등뒤에 숨긴 채, 그녀를 에워싸는 다른 말들을 떼어놓으며 검은색 암말을 향해 다가갔다.

"워워, 엄마." 리베카가 억양 없는 목소리로 나지막이 말했다. 어미 말을 향해 다가가고 있었지만 똑바로 쳐다보지는 않았다. 그녀는 다른 말들을 찰싹찰싹 쳐서 쫓아내면서 키스할 때 나는 소리를 냈다. "쪽쪽, 엄마, 쪽쪽."

지친 어미 말과 거의 나란해졌을 때, 리베카가 그 말의 목 위로 로프를 휙 던졌다. 어미 말은 리베카가 고삐를 맬 수 있게 얌전히 머리를 숙였다.

"리베카, 조심해요! 구두를 버리겠어요. 오, 딱한 것." 웬디가 말했다. "말이 그렇게…… 야비한 짓을 할 수 있는지 정말 몰랐네."

리베카는 어미 말의 목을 쓰다듬다가 등으로 손을 옮겨 물어뜯긴 곳을 부드럽게 어루만져주었다. 어미 말이 땅에 닿을 듯 머리를 숙였다. 두 뒷다리 사이에는 지저분한 태막이 아직 달랑거렸다.

"옳지, 엄마." 리베카가 말했다. "옳지."

프랭크가 통에 곡식을 담아 돌아왔고, 그 곡식으로 유인해 대장 암말을 망아지에게서 간신히 떼어놓았다. 대장 암말이 붙잡혔지만, 그때쯤 검은색 암말―진짜 어미―은 쓰러져 있었다. 출산의 트라우마에 대장 암말과의 싸움이 겹쳐 힘이 부쳤던 것이다. 머리를 바닥에 대고 있었다. 몹시 고단한 눈빛이었다.

"프랭크." 리베카가 외쳤다. 그녀는 어미 말을 일어서게 하려고 쫏쫏 혀를 차며 앙증맞은 구두의 코 부분으로 말의 볼기를 쿡쿡 찔렀다.

"젠장. 힐디, 이 말 좀 잡고 있어줄래?" 프랭크가 이제는 고삐에 묶인 회색 암말을 고갯짓으로 가리키며 부탁했다. 놀랍게도 회색 암말은 방금 전까지 무슨 일이 있었냐는 듯 천연덕스럽게 풀을 오물거리고 있었다. "우리가 망아지를 어미한테 데려가면 또 미쳐 날뛸지 몰라. 만약 그러면 이 로프로 한 대 찰싹 때려줘. 진심이야."

나는 프랭크의 손에서 로프를 받아들고 그가 어미 말에게 달려가는 것을 지켜보았다. 어미 말이 드러누운 곳은 제 새끼에게서 겨우 10피트 떨어진 곳이었다.

프랭크가 부츠 신은 발로 어미 말의 옆구리를 쿡 찔렀다. "이러, 이러." 그가 말했다. "얼른 일어나. 이 바보 같은 녀석아."

"잠시만요." 리베카가 말했다. 그러고는 몇 피트 거리에 역시 기진맥진해서 드러누운 망아지를 향해 성큼성큼 걸어갔다. 리베카가 조그마한 두 손으로 망아지의 몸을 쓸었다. 아직 축축한 꼬리 밑과 다리 사이를 손바닥으로 쓸었고, 축 늘어진 고환과 비에 젖은 희끄무레한 뱀처럼 풀밭에 널브러진, 피가 덕지덕지 들러붙은 배꼽을 만졌다. 그러고는 다시 어미 말에게 돌아가 자신의 손을 말의 코앞에 한순간— 장담하긴대 그만큼 짧았다—갖다 댔는데 그 주문이 통했다.

생명, 아기, 피, 아기, 욕망, 아기, 어미 말은 크게 한 번 숨을 들이마셔 콧구멍으로 그 전부를 빨아들였다. 또 한번 훅 들이마셨다. 말의 눈이 살짝 뜨였다. 뭔가가 기억난 것 같았다. 리베카는 어미 말의 코에 손을 다시 갖다 댔고, 이번에는 암말의 눈이 번쩍 뜨였다.

아기.

어미 말이 일어서는 데는 몇 초도 걸리지 않았다. 프랭크가 어미 말을 망아지에게 데려갔고, 그 모든 광경이 마치 디즈니 영화를 보는 것 같았다. 어미 말이 연약한 망아지를 쿡 찌르자 망아지는 먼저 장작개비 같은 앞다리를, 이어서 구부러진 뒷다리를 펴면서 다시 일어섰다. 그러더니 어미의 젖통을 찾았다. 리베카가 망아지의 벨벳 같은 주둥이를 어미 말의 배 밑에 대주었다.

"물은 어디 있어요?" 리베카가 프랭크에게 물었다.

프랭크가 툴툴거리며 곡식을 담았던 통을 들판 가장자리 길쭉한 구유로 가져갔다. 그리고 그 통을 구유에 푹 담갔다 꺼낸 뒤 젖을 먹이는 어미 말에게 다시 가져갔다. 어미 말이 물을 벌컥벌컥 마셨다. 프랭크의 예측은 적중했다. 망아지가 어미 말과 같이 있는 것을 보자 회색 암말은 내게서 벗어나려고 버둥거리기 시작했다. 하지만 내가 버럭 소리를 지르며 로프로 옆구리를 찰싹 때리자 이내 잠잠해졌다.

우리는 어미 말과 망아지가 나무 그늘 아래 풀밭에서 쉬도록 내버려두었다. 프랭크가 악덕한 암말을 마구간으로 데려갔고 우리도 그를 따라 내려갔다. 아이들은 우리를 앞서 달려갔다. 말들 무리와 훔쳤던 망아지가 시야에서 사라지자 회색 암말이 한번 뻗대는 듯했으나, 프랭크가 단단히 붙잡고 있다가 로프로 볼기짝을 힘껏 내려쳤다.

"이놈아, 들어가라고, 베티." 그가 으르렁거리자 회색 암말이 허겁지겁 문을 통과했다.

"이름이 베티야?" 내가 재미있어하며 물었다.

"내가 부르는 이름이지. 제기랄, 이 집 식구들은 다르게 불러." 프랭크가 말했다. 우리가 울타리 밖으로 나오자, 회색 암말도 얼마간 얌전해졌다. 간밤에 심술을 부린 탓인지 저도 많이 지친 것 같았다. 우리는 모두 마구간에 들어갔고, 베티도 차분하게 따라 들어왔다. 베티가 느닷없이 걸음을 멈추더니 고개를 홱홱 내두르며 히이이잉 길게 울음을 토해냈다. 돌아온 대답은 침묵이었다.

"가여워라, 베티." 리베카가 말했다. 리베카는 눈물을 훔치고 있었다. 내가 알아차린 것을 느끼고 그녀가 주위를 의식하며 웃었다.

"희생된 말이 더 가여워요. 제 새끼를 도둑맞은 불쌍한 어미 말 말이에요." 내가 말하며 웃었다.

프랭크가 베티를 마구간 깊숙이 자리한 칸 안에 넣었고, 리베카는 화난 듯 나에게 소곤거렸다. "교미도 시키지 않을 거면서 저 말을 새끼를 낳는 다른 암말들과 함께 두는 건 잔인한 짓이에요. 정말 나빠요."

그렇게 해서 결국 맥앨리스터 부부가 발로 일가의 집을 사게 된 것이다. 집값은 부르는 대로. 레이턴 부부는 키우던 말을 다 팔아치웠지만 베티만은 팔지 않았다. 리베카가 베티는 그냥 끼워 팔라고 요구했어야 마땅하지만, 내 생각에 리베카 부부는 집값에 더해 그 못된 암말값까지 쳐주었을 것이다.

따뜻한 봄날 오후, 집 공사가 끝나기도 전에 리베카가 베티의 맨 등에 올라타고 해수 소택지 뒤쪽 작은 길로 들어서는 모습이 종종 눈에 띄었다. 리베카는 무척 아담한 체구였지만, 베티는 제법 살이 올라 있었다. 베티와 리베카는 잘 어울리는 한 쌍이었다. 리베카는 고삐와 로프만 가지고 종종 맨발로 베티를 탔다. 티셔츠와 잘라 만든 낡은 반바지를 입고서.

맥앨리스터 부부를 위한 파티가 끝난 뒤 새벽이 오기 전에 나는 리베카를 생각했고, 그러자 마음이 진정되었다.

나는 눈을 감았고, 어떤 악마도 나를 찾아오지 않았다.

넷

근방에서 패치와 캐시 드와이트 부부와 마주치면, 그들 가족의 특수한 상황을 고려하건대, 그들이 행복한 생활을 하고 있으며 잘 적응했다는 생각이 들 것이다. 하지만 그들 부부의 집을 팔려고 일 년 넘게 노력하고 있는 나로서는, 툭 까놓고 그들 가족이 그 집에서 사는 한 그 집을 팔 수 있을지 정말 의문이 든다. 거기 사는 사람들이 얼마나 변했고 얼마나 균형 감각을 상실했는지 알기 위해 굳이 부동산 중개업자나 정신과의사가 될 필요는 없다. 세 사람 다 그렇다. 집에서 나와 시내를 돌아다닐 때 캐시는 대체로 활달하고 유능하다. 하지만 꼬마 때부터 캐시를 알아온 내 눈에는 캐시에게 일어나는 변화가 슬슬 보인다. 곱던 모습에 굳은살이 박였다. 어느 오후, 근처 어느 집의 오픈하우스*에 가보기 전에 잠시 산책을 하

* 집 구매에 관심 있는 사람들에게 집을 둘러볼 수 있도록 공개하는 것.

러 노스비치에 들렀다가 그 변화를 알아차렸다.

노스비치에는 그네와 정글짐이 있는 놀이터가 있고, 대체로 대서양에서 시원한 바람이 불어온다. 그곳 해변은 내가 산책하러 자주 가는 곳이다. 나는 오후에 아이들을 데리고 나오는 젊은 엄마들을 많이 안다. 이따금 걸음을 멈추고 그들과 담소를 나눈다. 해변에서 리베카를 본 것은, 오픈하우스가 있던 그날이 처음이었다. 그녀는 물가에 서서 아래를 내려다보고 있었고, 둘째 아들 벤은 그녀의 발치에서 놀고 있었다. 캐시는 그 근처에 자리를 깔고 앉아 있었고, 캐시의 친구들이 캐시를 둘러싸고 있었다.

암말이나 암늑대 무리와 마찬가지로 암컷들이 모이는 곳에는 대체로 대장이 있게 마련인데, 노스비치에 모이는 무리에서는 캐시 드와이트가 거의 매일 대장이었다. 사교적이고 외향적인 웬도버 토박이 캐시에게 여자들은 하루가 멀다 하고 전화를 걸어 오늘은 노스비치로 갈지 학교 운동장으로 갈지 물어보았다. 그녀의 결정은 대체로 날씨와 특수교육을 받는 그녀의 아들 제이크의 상태에 따라 내려졌다. 캐시는 엄마들 대부분의 생일을 챙겼고, 종종 모두가 먹을 만큼의 컵케이크를 만들어왔다. 아이들이 몹시 좋아했고, 엄마들은 정말 너그럽고 마음씨도 곱다며 감탄했다. 할 일이 차고 넘쳤을 텐데! 남편이 이 지역에서 제일가는 배관공사업자여서, 캐시는 어느 집에서 어떤 공사를 하는지 최신 소식을 꿰고 있었다. 어디에 어떤 건물이 지어지는지, 누가 값싼 자재를 쓰고 누가 수입 대리석에 돈을 처바르는지, 혹은 누가 파도의 물거품이나 도로의 염분과 너무 가깝게 장미 정원을 만들려고 하는지까지.

6월치고는 무더운 날이었다. 엄마들 대부분은 작년에 입던 좀 닳고 늘어난 수영복을 입고 있었다. 다들 그 수영복으로 여름 한 철을 더 버티기로 결심한 것 같았다. 노스비치 놀이터에 모이는 여자들은 주로 노스쇼어에서, 웬도버나 그 근처에서 자란 이 지역 사람들이었다. 옷이 아직 입을 만하면 새 옷을 사는 데 인색했다. 이 지역에 새로 온 여자들은 대부분 남편이 오래된 집을 샀거나 새집을 지은 경우로, 사설 아나왐 비치클럽에서 오후 시간을 보냈다. 이 지역에 깊이 뿌리를 내린 소수의 상류층은 웨스트필드 헌트클럽의 회원이었다. 그들은 아이들이 수영장에서 까불거리며 노는 동안 그곳에서 골프를 치거나 승마를 하거나 테니스를 쳤다. 웬디 헤더턴이 리베카와 브라이언에게 아나왐 비치클럽에 가입하라고 부추겼지만—심지어 보증인이 되어주겠다고 나섰지만—내가 듣기로 브라이언이 꽤 흥미를 보였음에도 리베카는 관심이 없었다고 했다.

나는 캐시 무리에게 손을 흔들어준 뒤 리베카가 서 있는 곳으로 다가갔다.

"반가워요, 리베카." 내가 말했다.

리베카가 손차양을 하고 한낮의 눈부신 햇살 속에서 나를 쳐다보더니, 얼굴에 미소를 떠올렸다.

"안녕하세요, 힐디."

"이 해변에는 자주 오세요?" 내가 물었다.

"네, 대개 아침에요. 벤이 바위가 많다고 이곳 해변을 좋아하거든요. 리엄은 스킴보드* 타는 걸 좋아하고요."

리베카의 시선을 따라가니 리엄이 바다에서 무척 얇은 보드에

---

* 물가에서 얕은 파도를 타는 보드.

뛰어올라 가느다란 물거품을 일으키며 파도를 가르고 있었다. 파도를 핥으며 나아갔다. 팔을 우아하게 쳐들고 무릎은 구부린 채 미끄러지듯 나아가며 하얀 궤도를 남겼다.

"아주 잘 타는데요." 내가 감탄했다.

"하루종일 타라고 해도 탈걸요." 리베카가 말했다.

몇 피트 떨어진 곳에 캐시 무리가 앉아 있었다. 캐시는 나를 보더니 일어서서 어슬렁어슬렁 걸어왔다.

"안녕하세요, 힐디." 캐시가 웃으며 말했지만 시선은 리베카를 향해 있었다.

"어서 와요, 캐시." 내가 말했다. "리베카 맥앨리스터 씨 알죠?"

"만난 적은 없지만 패치가 제 남편이에요. 댁의 배관공사를 맡았었어요." 캐시가 말했다.

"아, 물론 알죠." 리베카가 따뜻하게 웃으며 말했다. 그러고는 손을 내밀어 캐시와 악수했다. "일을 정말 잘해주셨어요. 공사가 전체적으로 다 마음에 들었어요."

"고마워요." 캐시가 말했다. "전에도 여기서 뵌 적이 있는데, 불쑥 와서 제 소개를 하기가 어색했어요. 저희는 오후마다 이맘때쯤 여기 와서 애들을 놀게 하거든요. 우리와 같이 어울리세요."

"아, 그럴게요. 감사해요." 리베카가 말했다.

나는 리베카가 캐시와 인사를 나눈 것이 굉장히 기뻤다. 리베카도 이 지역 엄마들과 알고 지낼 필요가 있었다.

아홉 살 된 제이크가 엄마를 뒤쫓아 우리 쪽으로 왔다. 캐시가 리베카에게 웬도버는 마음에 드는지 물어볼 때 리베카가 제이크를 곁눈질하는 것을 나는 알아차렸다. 제이크는 어린 벤이 가지고 노는 장난감 트럭에 넋이 나가, 벤을 내려다보며 주위를 빙빙 맴돌고 있었다.

"저쪽에 레모네이드가 있어요. 좀 드실래요?" 캐시가 말했다.

"좋죠." 내가 대답했다.

"아, 아니, 저는 됐어요. 아무튼 고마워요." 리베카가 말했다. 그러고는 저만치에서 파도를 타고 있는 큰아들을 흘끗 바라본 뒤 다시 벤을 보았다. 제이크는 작은 원을 그리며 벤 주변을 맴돌았지만, 벤은 그러든 말든 마냥 쭈그리고 앉아 조약돌을 피해 트럭을 밀고 있었다. 캐시는 나에게 줄 레모네이드를 가지러 아이스박스가 있는 친구들 무리를 향해 걸어갔다.

그만큼 자란 아이가 자기보다 한참 어린 벤이 노는 모습에 열중하는 것이 리베카는 이상한 모양이었다.

"안녕, 제이크." 내가 말했지만 제이크는 내 존재에는 관심도 없었다. 내가 웃으며 말했다. "너는 이제 다 큰 아이잖아."

바로 그 순간, 제이크가 벤에게 불쑥 다가가 벤의 손에서 장난감 트럭을 낚아채려 했다. 처음에는 벤도 트럭을 뺏기지 않으려 했다. 다른 엄마들은 그 장면을 보지 못했다. 리베카와 나만 빼고.

"제이크." 내가 말했다. "그러면 안 돼…… 제이크."

"내 트럭이야." 벤이 울상을 한 채 제이크의 눈을 똑바로 쳐다보며 말했다. 하지만 제이크는 잠시 동안 트럭만 내려다볼 뿐이었다. 그러고는 벤이 손에 꼭 쥔 트럭을 홱 뺏어갔다.

"얘들아," 리베카가 소리치며 두 아이 사이를 가로막았다. "한 사람씩 돌아가며 가지고 놀까?"

그러나 제이크는 그 말을 들었는지 말았는지 모래밭에 쭈그리고 앉아 손으로 트럭 바퀴를 빙글빙글 돌리며 돌아가는 바퀴를 들여다보고 있었다. 벤은 애써 울음을 참았다.

"그렇게 하자, 응?" 리베카가 더 큰 소년의 어깨를 가볍게 잡으며 다시 한번 말했다. 그런데 리베카의 손가락이 셔츠에 닿자마자 제이크가 빽빽 소리를 지르며 울기 시작했다. 그러고는 발딱 일어서더니, 손을 앞으로 내밀어 펄럭거리면서 발꿈치를 들고 용수철처럼 일어섰다 앉았다를 반복했다. 그런 다음 트럭은 바닥에 내동댕이치고 작은 원을 그리면서 빙글빙글 돌았다. 하염없이 손을 펄럭이고 빽빽 소리를 내질렀다.

"어머," 리베카가 자신의 실수를 알아차리며 말했다. "어머, 미안해……"

"도대체…… 왜…… 이러는…… 건가요?" 캐시가 어느새 리베카 앞에 나타나 면전에 대고 소리를 질렀다. 리베카가 돌아보았다. 방금 전까지 가볍게 대화를 나누던 여자가 지금은 이글거리는 눈빛으로 쏘아보고 있었다.

"미안해요. 벤보다 한참 형이라서, 제가 나서야 할 것 같았어요. 저는 몰랐……"

"뭘 몰라요?" 캐시가 씩씩거렸다. 얼굴이 분노로 벌겋게 달아올라 있었다. 그러더니 돌아서서 자기 아이를 진정시키려고 했다. "제이크, 제이크……"

나는 무슨 말을 해야 할지 몰라서 그저 리베카만 바라보며 다 이해한다는 듯 웃어주었다.

"정말 미안해요." 리베카가 말했다.

"아니에요." 캐시가 심호흡을 하며 말했다. 자꾸만 빙글빙글 돌고 하염없이 손을 펄럭이는 제이크를 내버려둔 채로. "저도 죄송해요. 아마 모르셨던 것 같네요. 제이크는 중증 발달장애예요."

"어머, 몰랐어요. 어떡하죠. 정말 미안해요."

"누가 자기 몸을 만지는 걸 못 참아요. 아이한테 트럭을 갖고 놀게 해서 진정이 되는지 기다려봐도 될까요?"

"그럼요." 리베카가 벤을 흘끗 본 뒤 말했다. 벤은 아직 울고 있었다. 캐시가 트럭으로 제이크의 관심을 끌려고 애쓰는 동안, 리베카는 벤 옆에 쭈그리고 앉아 벤을 살짝 안아주었다. "아가, 다른 장난감도 가져왔어……"

"저거 내 트럭이에요. 돌려주세요."

"엄마도 알아. 하지만 제이크는 둘이 사이좋게 갖고 노는 걸 너만큼 잘 못해."

"왜요?" 벤이 코를 훌쩍였다. "형이잖아요."

그 순간 캐시가 경계의 눈빛으로 리베카를 쏘아보는 것을 나는 알아차렸다.

"음," 리베카가 말했다. "형이지. 하지만 제이크는…… 불구……"

"어쩜 밉소사." 캐시는 저만치서 안타까운 미소를 머금은 채 자신을 보고 있는 친구들을 흘끗 쳐다본 뒤, 다시 리베카를 쏘아보며 말했다. "도대체 어디서 살다 왔어요? 동굴에서? 모르면 좀 배워요."

리베카의 뺨이 벌게졌다. 그러더니 눈에 힘을 주고 캐시를 올려다보았다. "방금 뭐라고 했죠?"

"제이크는 장애가 있는 아이지 불구는 아니에요."

"어머, 제가 한 말이 그거 같은데요."

"아니요, 댁이 한 말은 비인간적이었어요."

"'비인간적'요? 무슨 말씀을 하시는 건지 모르겠네요. 그리고 말이에요. 저는 댁한테 뭐라고 한 게 아니라, 제 아들에게 말을 하고 있었어요." 리베카는 일어서서 벤의 손을 홱 움켜잡더니, 빽 소리를 질러 다른 아들을 불렀다.

"리엄, 리엄, 돌아갈 시간이야. 우리 동굴로 돌아갈 시간이 됐어."

리엄이 스킴보드에서 풀쩍 뛰어내렸다. "네?" 아이가 소리쳤다.

"당장." 리베카가 소리를 지르고는 주차장으로 씩씩거리며 걸어갔다. 리엄은 스킴보드를 끌면서 허겁지겁 해변에서 뛰어올라와 제 엄마를 쫓아갔다.

"엄마……" 리엄이 투덜거렸다.

"내 트럭." 벤이 서럽게 울었다.

"새. 트럭을. 사주면. 되잖아." 리베카가 흐느끼는 아이를 끌다시피 해 차로 데려가면서 말했다. 그러고는 리엄이 손에 든 스킴보드를 홱 낚아챘고, 리엄은 머리를 숙여 차 안으로 들어가 동생 옆에 앉았다.

"캐시." 내가 말했다.

"왜요, 힐디? 왜요?"

"아니에요."

우리는 제이크가 트럭의 바퀴를 빙글빙글 돌리는 것을 지켜보았다.

"우리 애를 괴물 취급할 건 없잖아요. 우리 애가 누굴 해친 것도 아닌데. 그냥 트럭을 갖고……"

"알아요." 내가 말했다. "나도 알고 있어요."

리베카의 은색 랜드크루저가 모래밭 주차장에서 홱 후진을 한 뒤 속도를 내며 빠져나갔고, 그녀가 떠난 자리에는 뜨거운 모래와 흙먼지 자국이 길게 남았다.

제이크가 아기였을 때가 떠오른다. 캐시는 차를 몰고 시내에 올 일이 있을 때 제이크를 데리고 몇 번 사무실에 들렀다. 크고 파란 눈에 포동포동한 제이크는 보통 아기들보다 더 귀여웠다. 정말 눈부시게 사랑스러운 아기였다. 제이크의 발달이 또래 아기들 같지 않다는 사실을 캐시가 알아차린 것은 제이크가 한 살쯤 되었을 때일 것이다. 캐시의 여동생이 낳은 딸은 네 달 더 늦게 태어났는데도 모든 면에서 발달이 더 빨랐다. 나는 딸 둘을 키웠기 때문에, 그때 캐시에게 사내아이가 여자아이보다 발달이 더 느리다고 말해주었다. "곧 따라잡을 거예요." 그렇게 말했다. 우리 모두가 그렇게 말했다. 하지만 제이크는 따라잡지 못했다. 한 살 반이 되자 발작을 일으키기 시작했다. 그때 염색체 이상이 발견되었다. 일종의 유전적 결함으로―구체적인 명칭은 기억나지 않는다―제이크가 두 살이 되었을 때는 뭔가 문제가 있음을 모두가 알아차렸다. 말을 하지 않았고, 뭘 보여줘도 웃지 않았다. 어지러워 쓰러질 때까지 빙글빙글 돌았고, 몇 시간 동안 트럭 바퀴를 빙빙 돌리면서 가만히 들여다보기만 했다. 그런 건 기분이 좋을 때 하는 행동이었다.

드와이트 부부가 집을 내놓겠다고 해서 그 집을 처음 보러 간 날, 나는 그들의 생활을 조금 엿보게 되었다. 어느 토요일 아침이었다. 벨을 누르고 한참을 기다렸다. 그런데 아무도 나와보지 않았고, 안에서는 빽빽거리며 반복적으로 질러대는 고함소리가 들렸다. 기다렸다가 다시 벨을 눌렀다. 비명소리 때문에 벨소리가 묻혔을 것 같아, 직접 문을 열려고 해보았다. 잠겨 있었다. 건물을 돌아 부엌문으로 가서 다시 두드렸다. 캐시가 창문을 통해 나를 보았다. 제이크는 벽에 등을 기댄 채 바닥에 앉아 머리를 벽에 찧으며 울부짖고 있었다. 캐시가 아이를 벽에서 떼어내려고 했지만, 아이는 엄마의 손아귀에서 꿈틀꿈틀 벗어나 자꾸 벽으로 돌아갔다. 아이는 인간 메트로놈처럼 정확한 리듬에 맞춰 고개를 까딱까딱하며 올림박마다 회반죽 벽에 머리를 찧고 있었다. 캐시가 아이를 두고 황급히 달려와 문을 열어주었다. 그러고는 다시 제이크에게 돌아갔다.

"문을 잠가주세요." 그녀가 소리쳤다. 잠금장치가 어깨 높이에 있어서 찾는 데 조금 시간이 걸렸다.

"패치." 캐시가 제이크의 빽빽거리는 소리보다 더 큰 소리로 남편을 불렀고, 인정하건대 나는 그 순간 눈앞에서 벌어지는 광경에 정신이 쏙 빠졌다. 그때까지만 해도 정말 몰랐다. 잠시 뒤에 패치가 낡은 운동복 바지와 티셔츠를 입은 채 젖은 머리를 하고 뒤쪽 통로에서 나타났다.

"내가 얼마나 불렀는지 알아? 제이크는 완전 통제불능이고, 힐디는 집을 보러 왔어." 캐시가 씩씩거리며 말했다.

"샤워중이었어." 패치가 간신히 분노를 억누른 듯한 목소리로 말했다. "안녕하세요, 힐디." 그는 나를 쳐다보지도 않고 말했다. 그는 제이크를 보고 있었다. 그의 머리도 아이가 머리를 찧는 박자에 맞춰 움직였다.

"안녕하세요, 패치." 내가 말했다.

"자, 제이크." 패치가 아이의 손목을 잡으며 말했다. "〈세서미

스트리트〉를 보자. 엘모를 봐야지."

제이크는 "스니카, 스니카" 하면서 패치가 저를 벽에서 떼어내 아기처럼 두 팔에 안아들고 가는데도 울부짖음을 멈추지 않았다. 제이크의 주먹이 패치의 얼굴로 날아갔다.

"우리가 스니커즈를 찾을 거야. 때리지는 마, 제이크." 패치가 말했다.

캐시는 잠시 선 채로 숨을 골랐고, 나에게 작게 웃어 보였다. "아이가 커가니까 감당하기가 점점 어려워져요."

"그러네요. 아이가 점점…… 커가네요." 내가 대답했다.

정말로, 뭐라고 하겠는가?

캐시가 이리저리 데리고 다니며 집을 보여주었다. 좋게 말해 난장판이었다. 회반죽 벽에 뭔가로 친 듯한 구멍이 여럿 뚫려 있었다. 벽장 바닥에는 커다란 똥 덩어리가 덕지덕지 말라붙은 것 같았다. 욕실 벽에는 여기저기 피가 묻어 있었고, 성인용 기저귀가 어디에나—욕실, 침실, 부엌 할 것 없이—쌓여 있었다. 약품, 차트, 더러운 옷, 병원 청구서, 잡지에서 오려낸 기사 같은 것이 온 집안에 흩어져 있었다. 캐시는 말을 많이 하지 않았다. 그럴 필요가 없었다. 앞서 말했듯, 집 자체가 사연을 말해주니까.

서재(한때는 둘째가 태어나면 둘째 방으로 쓰려고 했다)에는 토끼 의상을 입은 꼬마 제이크의 사진이 걸려 있었다. 사진 속 제이크의 시선은 웃음기 없이, 저멀리 뭔가에 고정되어 있었다. 그리고 캐시와 패치의 결혼식 사진이 있었는데, 둘 다 이십 년은 더 젊어보였다. 하지만 그들이 결혼한 지는 십 년밖에 되지 않았다.

나는 거실의 얼룩진 카펫 밑에 뭐가 있는지 캐시에게 물어보았다. 그러자 그녀가 멍하니 나를 쳐다보더니 대답했다. "바닥이 있겠죠? 누가 알겠어요." 패치는 자신의 아버지가 하드우드 목재를 깔았던 것 같다고 했다. 나중에 카펫을 들어 꼭 확인해보겠다고 했다. 제이크는 텔레비전 앞에 서서 〈세서미 스트리트〉의 숫자 세는 노래에 맞춰 몸을 까딱거리고 있었다.

드와이트 부부는 집을 뉴턴으로 옮기고 싶어했다. 보스턴 지역에 제이크에게 적당한 학교가 있어서, 그곳과 가장 가까운 곳에서 살려는 것이었다. 하지만 먼저 지금 살고 있는 집부터 팔아야 했다. 캐시와 나는 부엌 식탁에 앉아 이것저것 계산을 해보았다. 거실에서 텔레비전 소리가 점점 커졌고, 제이크가 발을 구르며 돌아다니고 노래를 부르는 소리가 들려왔다. 아이의 목소리는 지금껏 내가 들어본 어떤 소리와도 같지 않았다. 맑고 음색이 좋았다. 가사는 없었지만 멜로디는 분명했다. 인디언의 주술 노래 같았다. 북미 원주민이 그 소리에 맞춰 북을 치는 것처럼, 후두 깊숙한 곳에서 울려나오는 주문 외우는 소리처럼. 하지만 앞서 말했듯 가사는 없었다.

우리는 서류를 작성하러 거실로 돌아갔다. 제이크는 텔레비전은 보지 않고 바닥에 앉아 눈을 감고 몸을 까딱거리고 있었다. 그리고 큰 오렌지색 고양이가 아이의 무릎에 길게 드러누워 있었다. 보기 드물게 뚱뚱한 고양이였다. 어떤 타입인지 짐작이 갈 것이다. 정말로 멋쟁이인 수컷 고양이였다. 잘생긴 왕족의 머리에 길고 북슬북슬한 털, 아름다운 털이 수북한 꼬리. 꼬리 끝부분이 방울뱀 꼬리처럼 몇 초마다 한 번씩 씰룩거렸다. 고양이는 한 바퀴 뒹굴어 발라당 드러눕더니 커다랗고 하얀 두 발로 허공을 주무르다가, 다시 발라당 엎드려 보드라운 배를 바닥에 깔고 가르랑거리면서 제이크의 잠옷을 발톱으로 부드럽게 잡아뜯었다. 초록색 눈은 이따금 크게 뜨였다가, 눈꼬리가 올라가면서 작은 초승달처럼 다시 작아졌다. 제이크의 노랫소리는 가르랑가르랑 허밍이 되었고, 고양이는 이리저리 빈들거리며 수염 난 제 뺨을 아이의 손바닥에 이쪽저쪽 갖다 댔다. 고양이의 머리도 즐거운 듯 이쪽저쪽으로 움직였다. 제이크는 웃고 있었다. 아이는 눈을 감은 채 몸을 까딱거리며 고양이의 턱과 배를 쓸어주었고, 고양이는 가르랑거리며 한껏 거만한 표정을 짓고 거대한 제 몸뚱이 너머로 우리를 빤히 쳐다보았다.

"멋진 고양이네요." 내가 말했다. 나는 고양이를 좋아하는 사람은 아니지만 그 말은 진심이었다.

"이름이 스니커즈예요. 그렇죠? 정말 멋진 고양이에요. 둘이 서로 사랑해요." 캐시는 이제 아이가 제 애완동물을 끌어안고 노는 것을 지켜보며 환하게 웃었다. "기분이 좀 나아졌어, 제이키?" 그녀가 아이에게 웃어주며 말했지만, 제이크는 우리가 거기 있는 것도 모르는 것 같았다. "우리 애는 고양이 털의 촉감을 좋아해요. 작업치료사가 그러는데, 가르랑거리는 소리가 아이를 진정시키는 것 같대요."

"어쩜, 잘됐네요." 내가 말했다.

"애완동물을 키울 생각은 전혀 없었어요. 제이크가 고양이를 이렇게 잘 데리고 놀 줄도 몰랐고요. 그런데 지난해 어느 밤에 이 녀석이 나타난 거예요. 길고양이였어요. 며칠 동안 우리 포치에 얼쩡거리길래 먹이를 주기 시작했어요. 제이크를 데리고 밖에 나갈 때마다 고양이가 우리를 따라왔어요. 제이크는 고양이한테 잘해줘야 한다는 걸 줄곧 알고 있었던 것 같아요. 잘해주라고 가르칠 필요도 없었죠."

제이크가 제 뺨을 고양이의 등에 비볐고, 고양이는 심드렁하게 제 앞발 바닥을 한쪽씩 핥았다.

"몇 달 전에 잠금장치를 위로 옮겨 달았어요." 내가 나갈 수 있도록 부엌문을 열어주며 패치가 설명했다. "작년에 제이크가 혼자 나가버려서…… 찾는 데 두 시간이 걸렸어요. 평생 그렇게 열심히 기도해본 적은 없었을 거예요. 제이크는 달리는 차들이나 개들이나 낯선 사람 같은 건 아무것도 모르거든요. 이러다 캐시가 미쳐버리는 게 아닌가 했어요. 앰버경보*도 요청하고 할 수 있는 건 다 했어요. 결국 스톱 앤드 숍 뒤에서 찾았는데, 재활용 쓰레기통 뒤쪽에서 유리병 사이를 맨발로 걷고 있더군요. 몇 주 동안 그 장면이 뇌리를 떠나지 않았습니다. 자꾸 이런 생각이 들었어요. 만약에, 만약에……?"

"그런 생각은 하지 마요. 그러다 당신이 미쳐버릴 거예요." 내가 말했다.

나는 그들의 집값을 50만 달러 바로 아래로 책정해 내놓았다. 그해 겨울에 그 집을 세 번 보여준 것 같다. 하지만 드와이트 부부가 집을 더 좋게 만들기 위해 할 수 있는 일은 많지 않았다. 실제로는 어땠는가 하면, 내가 가볼 때마다 집이 더 흉하게 변해 있었다. 집은 크로싱 지역으로 통하는 한적한 도로변에 있었고, 나는 그 앞을

---

* 아이가 실종되었을 때 다양한 매체를 통해 대중에게 즉시 그 사실을 알리는 시스템을 말한다.

지날 때면, 집 문제를 상의하러 그 집에 처음 갔을 때 캐시가 나에게 해준 말을 종종 떠올렸다. 그녀는 뉴턴에 있다는 그 학교에 대해 말했다.

"거긴 주간학교예요. 언젠가 우리도 늙을 테고, 누가 제이크를 돌보게 될지 몰라요." 그녀가 말했다. "나는 하루에도 스무 번씩 애한테 성질을 부려요. 엄마인데도 그래요. 패치와 나처럼 우리 애를 사랑하지 않는 사람이라면 무슨 짓을 하겠어요? 우리 애한테 조금도 관심이 없는 사람이 우리 애를 돌보면 어떻게 되겠어요? 아실지 모르지만, 몇 년 전에 어떤 노인에 관한 기사를 읽었는데요, 그 노인이 뇌손상을 입은, 서른 살 먹은 자기 아들을 총으로 쏴 죽이고 자신도 쏴아 자살했대요. 나는 그 노인이 왜 그랬는지 이해할 수 있어요, 힐다. 정말로 이해해요." 캐시가 말했다. "언젠가 제이크가 우리 없이도 살아갈 수 있는 방법을 충분히 습득하는 게 우리의 바람이에요. 제이크는 우리와 떨어져서도 충분히 행복하게 지내겠지만, 우리 애를 책임져줄 사람들이 어떨지가 걱정이에요. 그 학교에 보내면, 우리 애도 자기 삶의 질을 훨씬 높여줄 사회생활 기술을 배울 수 있을 거예요……"

나는 감상적이거나 감정적인 사람은 아니지만, 캐시가 그 말을 했을 때 캐시의 팔을 살며시 잡아주었다. 캐시도 감상적이거나 감정적인 사람은 아니었다. 그 팔을 슬그머니 빼냈기 때문이다. 우리는 다시 은행 잔고 내역으로 관심을 돌렸다.

다섯

내 아버지는 1950년대와 1960년대 대부분의 시기에 웬도버 행정위원회의 위원이었다. 이십오 년 동안은 크로싱 부근에서 스테즈마켓 정육점의 카운터를 맡았다. 바키 스테드 노인이 세상을 뜨자, 아버지는 그의 가족에게서 스테즈마켓을 사들였다. 여러 해가 지나 은퇴하면서 아버지는 루크 파면에게 가게를 팔았고, 결국 루크가 스톱 앤드 숍에 가게를 넘겼다. 스톱 앤드 숍은 토지용도 설정 규정을 따라야 했다. 그 규정에 맞게 간판을 세우고 건물 정면도 원래대로 유지했다. 아버지는 늘 그런 규정이 너무 엄격하다고 생각했다. 아버지는 옛날 사고방식을 지닌 뉴잉글랜드 양키로, 누구든 자기가 소유한 땅에서는 자기가 하고 싶은 대로 할 권리가 있어야 한다고 믿었다. 나는 사실 토지용도 설정 규제가 필요하다고 생각하는 사람인데, 슈퍼마켓 체인의 외관이 한때 너새니얼 호손이 물건을 사던 시절처럼 보여야 한다고 생각해서가 아니라, 내 고객들이 그런 풍경을 원하기 때문이었다. 그들은 우리 지역의 역사를 높이 평가하는데, 그렇게 되면 우리 지역에 있는 거의 모든 것의 가치가 높아진다. 물론 모두가 그 점 때문에 이득을 얻지는 않는다. 웬도버에서 성장한 사람들 일부는 오른 집값과 재산세 때문에 더는 이곳 생활을 감당할 수 없어졌지만, 일부는 어찌어찌 버텨나간다. 린다와 헨리 발로 남매가 그 예다.

린다와 헨리의 할아버지인 발로 판사는 웬도버 라이즈에 지어올린 그 집에서 주말농장을 하며 희귀종 소들을 키웠다. 맥앨리스터 부부가 구입한 바로 그 집이다. 한때 발로 판사는 재산이 아주 많았다. 이곳에서 농장을 했고, 보스턴의 커먼웰스 애비뉴에는 브라운스톤 주택이 있었다. 한때는 팜비치에도 가족 별장이 있었다. 지금 린다와 헨리 발로가 아직 이곳 웬도버에서 살고 있긴 하지만, 가족 자산은 없어진 지 오래다. 앞서 말했듯, 린다는 지금 크로싱 지역 근처에서 아파트를 빌려 산다. 헨리는 AA모임에서 낮과 저녁 시간을 보내는데, 술에 취하지 않았을 때 그가 무슨 수로 먹고사는지 정확하게 아는 사람은 아무도 없다―어쨌거나 먹고는 산다. 그는 크로싱 지역에 있는 터무니없이 비싼 커피숍 커피빈에서 고급 커피를 마시며 시간을 보낸다. 아는 사람이 들어오면 쩌렁쩌렁한 목소리로 유쾌하게 인사를 건넨다.

나는 커피빈이 처음 문을 열었을 때 뭣도 모르고 '레귤러' 커피를 주문한 뒤로 줄곧 그곳을 피해왔다. 짙은 금발 레게머리를 한 여자애가 카운터 뒤에서 나를 보며 눈을 끔벅였다.

"음, 어떤 레귤러요?" 여자애가 물었다.

"레귤러 커피요." 내가 떽떽거리며 말했다. "여기는 커피숍이잖

76

아요?"

매사추세츠에서 '레귤러regulah'는 크림과 설탕 두 스푼이 들어
간 커피를 말한다. 그것이 매사추세츠에서만 통하는 표현이라는
사실은 대학에 입학한 뒤에 깨달았다. 나는 모두가 그런 식으로 커
피를 주문하는 줄 알았다. 크림만 넣고 싶으면 "레귤러, 설탕은 빼
고요" 하면 된다. 지금은 그것이 세대 차이라는 것도 배우는 중이
다. 젊은 세대는 커피를 '그란데'나 '드라이' '아메리카노' 같은 이
상한 방식으로 주문한다. 커피 한 잔에 3달러, 심지어 4달러를 써
도 아무렇지 않게 생각한다. 그날 종업원이 커피값을 말해줬을 때
나는 카운터에 커피를 놓아둔 채 그냥 나왔고, 고객이 정말로 라테
같은 걸 마시겠다고 하지 않는 한 커피빈은 피한다. 어쩔 수 없이
가는 날은 헨리 발로가 "힐디! 요즘 어때요?" 하며 지나치게 반가
운 태도로 인사를 건네는 것도 받아줘야 한다.

"잘 지내요, 헨리. 요즘 어떻게 지내요?" 나는 대답한다.

"아주 잘 지냅니다, 힐디. 이렇게 좋을 수가 없어요. 요즘 통 안
보이시던데요."

"그래요?" 보통 내 반응은 이렇다.

"뭐하느라 바쁘세요?" 그가 쩌렁쩌렁한 목소리로 묻는다.

"일하죠." 내가 억지 미소를 지으며 대답한다. "일을 해야 먹고
사는 사람도 있잖아요."

"이렇게 만나니 반갑네요, 힐디. 마음을 편하게 먹어요." 그는
늘 이렇게 말하고는 으레 근엄한 미소를 지어 보이지만, 나는 딴
데로 주의를 돌려 그 순간을 피한다. 왜 "다른 날은 걱정 말고 오늘
하루만 생각해요"라든가 "첫잔에 취하는 법이죠?" 같은 말로 되받

아주지 못하는가?

이건 다 AA모임의 슬로건이다. 컬트 집단의 주문 같은 것.

나 역시 "당신도 마음을 편하게 먹어요"라고 말해주지만, 헨리가 하는 일이 바로 그거다. 마음을 편하게 먹기. 맥앨리스터 부부가 옛날에 헨리 일가가 소유했던 집에 놀이방과 일광욕실을 갖추고 정원을 가꿀 때, 정작 헨리 자신은 조선소 근처의 낡고 허름한 집에서 산다. 그를 보면 그게 그리 놀랄 일도 아니다.

10월 초의 어느 서늘한 아침에 집을 사겠다는 부부가 보스턴에서 나를 찾아왔다. 만나는 장소는 커피빈으로 정했다. 아내가 차를 타고 온 뒤에 커피를 마셔야 한다고 해서 아홉시에 그곳에서 만나기로 한 것이다. 내가 커피숍에 들어간 시각이 여덟시 오십분이었다. 젊은 샌더슨 부부는 이미 도착해 있었고, 헨리가 그들과 대화를 나누고 있었다.

"넵, 평생 여기서 살았지요. 다른 곳에 가서 살 이유가 없었거든요…… 오, 저기 오네요. 힐디, 요즘 어떻게 지내요?"

"잘 지내요. 고마워요, 헨리." 내가 대답했다.

"여기 손님들이 와 계세요. 이름이…… 뭐라고 그러셨더라?"

나는 통화를 했던 힐러리 샌더슨에게 먼저 손을 내밀었다. "안녕하세요, 힐러리. 저는 힐디 굿이라고 해요. 이쪽에 계신 분이 롭이겠네요."

그들 부부가 이미 커피를 마신 것 같아서 나는 바로 같이 사무실로 가자고 했다. 거기에 그들의 차를 세워놓고 내 차로 돌아다니면 된다. 그들을 앞세워 밖으로 나가는데, 헨리가 내 뒤에서 쩌렁쩌렁한 목소리로 외쳤다. "힐디, 또 봐요. 마음을 편하게 먹어요."

"마음을 편하게 먹어요, 헨리. 일은 너무 열심히 하지 말고요."
내가 되받아 소리쳤다. 샌더슨 부부 뒤에서 거리로 나서는데 그의
웃음이 터지는 소리가 들렸다.

외지에서 고객이 찾아오면, 나는 늘 웬도버를 조금 구경시켜준
다. 출발지는 내 사무실 건물인데, 그 건물은 원래는 주택이었지만
지금은 웬도버 그린에서 유일하게 상업적인 용도로 사용되는 곳이
다. 내 사무실―굿리얼티 사무실―은 1층에 있다. 2층에는 정신
과의사 피터 뉴볼드와 '아동여성법률지원' 기구에서 일하는 카트
리나 프랭클의 사무실이 있다.

우리 건물도 웬도버 그린의 다른 집들처럼 정확히 직사각형 구
조로 지어진 클랩보드 건축물이다. 지어진 시기는 1700년대 후반
으로, 한때는 바로 옆 건물인 회중교회의 목사관으로 쓰였다. 흰색
첨탑이 있는 회중교회는 목사관이 더는 필요 없어졌다. 세월이 흐
르면서 이곳 웬도버뿐 아니라 근처 에식스의 신자 수도 줄어, 지금
은 짐 콜드웰이라는 목사가 두 교회를 다 관장하고 있기 때문이다.
콜드웰 목사는 가족과 함께 에식스에서 살면서 주일마다 오전 아
홉시에 예배를 드린 뒤, 이곳 웬도버로 차를 몰고 와 오전 열한시
예배를 드린다.

굿리얼티 사무실로 들어가려면 포치 앞문을 이용해야 한다. 예
전에 남편 스콧이 우리 건물에 가정적인 느낌을 불어넣겠다며 골
동품 흔들의자 두 개와 오래된 채색 테이블을 포치에 갖다놓았는
데, 그뒤로 그 의자와 테이블은 줄곧 그 자리를 지켰지만 누가 그
의자에 앉는 것을 본 기억은 없다. 나는 늘 그 테이블에 계절에 맞
는 꽃 화분을 올려놓고, 포치 위쪽 지붕에는 색색의 푸크시아―내

어머니는 그 꽃을 늘 '피 흘리는 심장'이라고 불렀다—를 바구니에 심어 걸어놓는다. 아이보리색으로 칠해 앞문에 달아놓은 나무 간판이 우리가 무슨 사업을 하는지를 소박하게 말해준다. 건물 옆에 달아놓은 더 작은 간판은 피터와 카트리나의 손님들에게 옆쪽 문으로 들어가는 길을 알려준다. 거기서 가파른 계단을 올라가면 치료실로 갈 수 있다.

샌더슨 부부는 스왐스콧에 있는 아파트에 사는데, 이곳 웬도버에 첫 집을 장만하고 싶어한다. 나는 그들을 데리고 사무실로 들어가, 그들이 원하는 가격대의 집들을 프린트해놓은 종이를 건넸다. 그리고 다 같이 내 레인지로버가 주차된 곳까지 걸어갔다. 모든 부동산 중개업자가 꿈꾸는 뉴잉글랜드의 가을날이었다. 공기가 상쾌하고 약간 쌀쌀하지만, 날씨가 쾌청하고 햇볕이 좋았다. 누군가가 낙엽을 태우고 있었다. 바람이 살랑 불어 초록 들판을 흔들고 지나가자, 들판 가장자리를 빙 둘러 우뚝 선 단풍나무들의 밝은 노란색 잎사귀들이 사방에서 부대꼈다. 우리는 잠시 서서 주변에서 어른 어른 나부끼는 금색 얼룩을 바라보았다.

고객들을 차에 태워 초록 들판을 한 바퀴 돈 뒤 피그록 레인을 구불구불 내려가 내가 사는 리버 로드에 다다랐다. 강가에 있는 내 집은 에밀리가 고등학교 졸업반일 때 구입한 것이다. 내 사업이 정말로 활황을 맞던 첫해였다. 나는 그해(그리고 앞선 두 해)에 에식스 카운티에서 기록적인 판매 실적을 올렸다. 그 집은 1800년대 중반에 이름을 날린 조선업자 엘리엇 킴벌이 지어 소유했던 것으로, 아주 잘 지은 집이자 역사적인 랜드마크다. 유령이 나온다는 소문이 돌았지만, 지금까지 나는 유령의 흔적을 보거나 들은 적이 없다.

나는 그런 흥미진진한 이야기를 부풀려 말하기를 좋아한다. 하지만 내 딸들은 유령이 내는 소리를 듣거나 유령을 봤다며 나 없이는 그 집에서 자고 가지 않는다.

예전에 내가 지불한 액수의 세 배를 주고 그 집을 사겠다는 사람도 있었지만, 최근까지 나는 그 집을 팔겠다는 생각은 꿈에도 해본 적이 없다. 요즘에는 주머니가 두둑한 고객 몇 명에게 그 집을 가리키며 내 집이라고 알려주기 시작했다. 매물 리스트에 올릴 생각은 없지만, 누가 제의를 해오면 귀기울일 마음은 있다. 내가 그 집을 구입한 시기는 2004년—이 지역의 집값이 최고점을 찍었을 때—이다. 살 때 융자를 많이 받았다. 그해에 부동산이 엄청난 호황을 이뤘는데, 고객들이 물었다면 하지 말라고 말렸을 일을 내가 해버렸다. 즉 당시의 내가 감당할 수 있는 집이 아니라, 언젠가 감당할 수 있을 집을 사버린 것이다. 그랬다. 더 현명하게 행동해야 했지만, 그게 다 '구두수선공 자식이 구두 없이' 자랐기 때문인 것 같다. 내 아버지는 이 지역에 하나뿐인 슈퍼마켓 주인이었지만, 내가 자랄 때 우리집 냉장고에는 먹을 것이 없었다. 그리고 나는 이 지역 최고의(지금은 최고가 아닐지 몰라도 분명 톱클래스에는 들어간다) 부동산 중개업자지만, 내 집을 은행에 빼앗길 처지가 되었다.

뭐, 정말로 많이 위험한 상황은 아니다. 한 해만 잘 버티면 된다.

나는 샌더슨 부부를 태우고 리버 로드에서 비치 스트리트로 향했다. 그 길은 하트 보존지구로 이어진다. 원래 하트 보존지구는 20세기 초반의 기업가 로버트 하트의 소유지였다. 1100에이커에 달하는 아름다운 대지에 지어진 작은 성城에서 비탈진 언덕을 내려가면 매사추세츠에서 가장 모래가 많고 가장 청정한 해변이 나온다. 이곳 노스쇼어의 해변은 대부분 바위가 많지만, 하트비치는 그렇지 않다. 지금 하트의 대지는 주립 야생생물 보호구역이다. 성은 결혼식이나 행사용으로 빌려준다. 우리는 성과 대지를 바라보며 감탄한 뒤, 조금 더 북쪽으로 달려 노스비치에 다다랐다. 온갖 놀이시설이 딸린 공공 해변이다.

"집이 예뻐 보여요." 힐러리 샌더슨이 말했다.

"아, 그래요. 좋은 집이에요." 내가 말했다. "게다가 원하시는 가격대고요. 오늘은 보여드릴 수 없지만, 다음에 오실 때 미리 알려주시면 들어가볼 수 있도록 준비할게요."

우리는 강어귀에 있는 보존지구를 지나 다시 리버 로드를 달리다가 웬도버 라이즈로 접어들었다. 웬도버 라이즈는 원래 맥앨리스터 부부가 사는 십 앞의 길 이름이지만, 사람들은 언덕바지로 올라가는 작은 길이 많음에도 불구하고 그 일대 전체를 '라이즈'라고 불렀다. 그 일대에 매물로 나온 집은 거의 없지만, 나는 늘 그 언덕길로 고객들을 데려간다. 전망을 보여주기 위해서다. 해수 소택지, 하구, 저멀리에는 넓은 바다도 보인다. 샌더슨 부부를 데리고 다닌 날은 날씨가 온화했고, 바다에는 겨울을 맞아 건선거에 보트를 넣기 전에 마지막으로 기필코 바다에 나가야겠다는 사람들이 띄운 흰색 돛과 색색의 큰 삼각돛들이 점점이 흩어져 있었다.

마침내 우리는 웬도버 크로싱으로 돌아갔다. 크로싱 지역은 MBTA 기차역을 중심으로 형성된 매력적인 마을이다. 보스턴에서 오는 기차가 하루에 네 번 웬도버에 선다. 우리 역은 록포트/뉴버리포트 선에 속한다. 웬도버 크로싱에는 스콧이 '일곱 박공의 스톱 앤드 숍'*이라고 불렀던 상점, 그리고 물론 커피빈, 웬도버 공공도서관, 히코리 스틱 장난감 가게, 우체국, 피자와 샌드위치를 파는 빅조스라는 작은 가게가 있다. 힐러리는 그 예스러운 풍경에 와와하고 연신 환호성을 질러댔다. 이곳에 꽂힌 것이다. 딱 보면 안다. 웬도버에서 살지 못하면…… 죽으리라. 캐시 부부와 상의를 해봐야겠다. 집을 조금만 더 깨끗이 치울 수 있겠는지.

샌더슨 부부를 데리고 사무실에 돌아와 정면 계단을 막 올라가려는데 리베카 맥앨리스터가 옆쪽 포치에 나타났다. 이따금 심리치료실에서 내려오는 친구나 고객들과 마주치면 어색하지만, 솔직히 처음에만 그렇다. 이 지역에서 그 옆문으로 드나드는 것을 나에게 들키지 않은 사람은 거의 없다. 학습장애와 발달장애 전문인 카트리나 프랭클에게 '평가'를 받게 하려고 자녀를 데려오는 부모가 대부분이다. 내 사무실이 옆쪽 포치를 향해 있어서, 우리 지역에 그런 장애가 있는 아이들이 그렇게 많다는 생각이 들면 어리둥절해지는 것도 사실이다. 예전에 내 영업을 돕는 직원이었던 루시와 함께 물에 뭐가 있어서 그런 거라고 종종 농담을 했지만, 어느 지역이나 다 그렇다는 말을 들었다. 아이들이 의자에 앉아 있는 모습

---

* 너새니얼 호손의 소설 『일곱 박공의 집』에서 따온 말. '일곱 박공의 집'은 1668년 매사추세츠 주 세일럼에 지어진 식민지 시대의 대저택으로, 지금은 박물관으로 사용되고 있다.

이 조금 이상한 것 같으면 교사들이 진단을 받아보라고 시킨다는 것이다.

처음 이 건물을 구입했을 때, 역사광 스콧은 옛 목사관에 대해 좀 찾아보았다. 초창기 목사들이 성직자의 조언을 구하러 오는 사람들을 위해 그쪽 입구를 사용하게 했다고 하는데, 따지고 보면 몇백 년이 지난 지금도 그 입구가 비슷한 용도로 사용되고 있으니 뭔가 아귀가 맞는 느낌이다.

전에도 리베카가 피터의 치료실에서 나오는 것을 본 적이 있다. 리베카는 늘 선글라스를 쓰고 천천히 걸었다. 하지만 샌더슨 부부를 데리고 다닌 그날 오후, 리베카는 포치 모퉁이를 허겁지겁 돌다가 내가 사무실 문을 여는 순간 힐러리와 부딪치고 말았다.

"어머나!" 리베카는 숨이 멎을 듯 비명을 질렀지만 금세 온화한 미소를 지었다. "정말 죄송해요."

"아니에요, 죄송하긴요. 괜찮아요." 힐러리가 말했다.

"어떻게 지내나요, 힐디?" 리베카가 물었다. 표정이 훨씬 좋아 보였다. 초여름 피터의 치료실에서 나오던 몇 번은 무척 우울해 보였는데. 그녀가 어미 말과 망아지를 다룬 그날 아침의 일을 나는 잊은 적이 없다. 파티 이후로, 그리고 해변에서 캐시와 제이크의 일이 있은 뒤로 맥앨리스터 부부가 다른 곳으로 가버리지 않을까 걱정도 했다. 아내가 어떤 곳에 더는 살고 싶지 않다고 단호함을 보일 때 그곳에 남는 가정은 없다.

"아주 잘 지내고 있어요." 내가 말했다. "리베카, 이쪽은 힐러리와 롭 샌더슨 부부예요. 이 지역으로 이사 오는 걸 고려하고 계신대요." 그러고는 힐러리를 돌아본 뒤 말했다. "리베카 씨 가족도 최근에 이곳으로 오셨어요."

"여기 정말 좋아요." 리베카는 그들이 묻기도 전에 말했다. "만나서 정말 반가웠어요." 그렇게 덧붙이고는, 맹세컨대 포치 계단을 폴짝폴짝 내려갔다. 그날은 그런 날이었다. 뉴잉글랜드에는 그런 날이 많지 않다. 나는 샌더슨 부부가 다음 주말에 다시 올 거라고 확신했다. 나는 그날 보여준 집들을 전부 모은 서류철을 그들에게 건넸다.

"시내로 내려가는 언덕에 있던 그 예쁜 집은 어때요?" 힐러리가 물었다.

"네, 그 집은 드와이트 부부의 집인데 좋은 집이에요. 다음에 오시면 꼭 보여드릴게요." 내가 말했다.

우리는 다음 토요일로 약속을 잡았다.

월요일 아침에 캐시 드와이트에게 전화를 걸었다. "그 집을 살 사람들을 찾은 것 같아요." 내가 말했다.

"정말인가요?" 캐시가 말했다. "힐디, 정말 좋은 소식이네요. 뉴턴에 있는 그 학교에 제이크를 등록시키려면 마감일을 지켜야 하거든요."

"가서 상의하고 싶은데 언제가 좋아요?" 내가 물었다.

"오늘 아침에 와주실 수 있어요? 제이크가 학교에 가거든요."

삼십 분 뒤 내가 차를 몰아 그녀의 집 진입로로 들어가니, 그녀는 집 앞 계단 주변에 노란 국화를 심고 있었다.

"예쁜데요, 캐시." 내가 말했다. 그러자 그녀가 환하게 웃었다.

"그 사람들한테 집을 보여주기 전에, 먼저 안으로 들어가 어떤 부분을 손볼지 의논하기로 해요." 내가 말했다. "이번 토요일에 오기로 했어요. 그 사람들이 관심이 없으면, 그다음 수요일에 오픈하우스를 하면 되고요."

집 상태는 평소와 같았지만, 이번에는 오트밀이 부엌 식탁 여기저기에 엎질러져 있었다. 캐시가 두루마리 키친타월을 움켜쥐더니 오트밀을 닦아내기 시작했고, 그러는 내내 뉴턴 학교의 훌륭한 프로그램에 대해 설명했다.

"거기서 하루종일 지내게 된대요. 대부분의 시간은 일대일 치료를 받고요. 우리 애 같은 발달장애를 가진 아이들을 위해 특별히 개발된 프로그램이에요. 지금 보내고 있는 학교는 하늘 아래 온갖 장애를 가진 아이들이 다 모인 곳이에요. 그런 곳이 우리 애한테 어떻게 도움이 되겠어요?"

"그렇군요, 캐시. 그런데 말이에요. 주말까지는 이 집을 좀 손봐야 하겠어요."

"알고 있어요. 패치와 제가 깨끗이 청소……"

"아니요, 정말로 손보는 거요. 계속 생각해봤는데요. 프랭크 게첼의 일꾼에게 일을 시켜야 할 것 같아요. 내일 시작해 진짜 손을 보는 거죠. 거실 카펫 아래 바닥이 뭘로 돼 있는지 패치가 알아냈어요?"

"네, 품질 좋은 하드우드 목재예요. 남편 말이 맞았어요. 하지만 카펫은 우리가 치워도 되는데."

"그 일은 정말 손이 많이 가는 일이에요, 캐시. 카펫만 있는 게 아니라 그 밑에 패딩이 있고, 또 카펫용 압정이 있어요. 프랭키의

일꾼 세 명을 쓰면 두 시간이면 끝날 거예요. 당신하고 패치 둘이
서 하면 여러 날이 걸릴 테고…… 또 그동안 제이크는 어떻게 하
죠? 제이크가 압정을 밟을지도 모르고요."

"프랭키 게첼의 일꾼은 저희가 감당하기에는 너무 비싸요." 캐
시가 딱 잘라 말했다. "제이크를 여러 치료사들에게 데리고 다니는
데 비용이 얼마나 드는지 아세요? 보험 회사에서는 절반도 대주지
않아요. 양쪽 부모님들은 다 은퇴하셨고요. 경제적 도움을 청할 수
가 없어요."

"알고 있어요. 그러니 이렇게 하는 게 어떨까 해요. 내가 먼저 프
랭키에게 비용을 지불하는 거예요. 집이 팔리면 그때 갚으면 되고
요. 비용이 많이 들지는 않을 거예요. 일꾼들이 카펫을 뜯어내고
벽을 보수할 거예요. 페인트칠도 해야 할 거고. 내 생각에는……
이것저것 다 손봐야 할 거예요. 둘이서 하면 몇 주가 걸릴 일을 프
랭키가 일꾼 서너 명만 보내면 며칠 안에 후딱 해치울 거예요. 그
렇게 해서 집값을 더 올려 받으면 프랭키의 일꾼들에게 비용을 지
불하고도 남을걸요."

캐시는 지저분한 식탁에 놓인 자신의 손을 내려다보았다. "정말
로요, 힐다? 그래주실 수 있어요?"

"그럼요." 내가 말했다. "저도 두 분만큼이나 이 집을 팔고 싶어
요. 요즘 사업이 얼마나 안 되는지 전혀 모르죠? 이렇게 하는 게 나
한테 일거리를 주는 거예요. 일종의 프로젝트가 되는 셈이죠."

나는 누구에게도 그 사실을 구체적으로 인정하지 않았다—사업
이 잘 안 되는 것 말이다. 대부분의 사람들은 내가 여전히 이 지역
최고인 줄 알지만, 소더비나 콜드웰 뱅커 같은 기업형 부동산 중개

회사가 이 지역까지 치고 들어온 뒤로 나는 경쟁하기가 힘들어졌다. 이 지역의 집주인들을 평생 알고 지낸 덕분에 가장 좋은 집들 몇 채는 아직 내가 보유하고 있지만, 뉴욕이나 보스턴에서 오는 구매자들은 보통 소더비를 찾아간다. 아마도 명성에 따르는 뭔가를 기대하기 때문일 것이다. 조용한 우리 지역의 실제 분위기나 짧은 여름과 긴 겨울, 이따금씩 길어지는 통근 시간, 신뢰할 수 없는 보스턴행 열차 시각을 충분히 경험하지 못한 채 도시를 떠나 이곳으로 이사 온 집주인들은 종종 몇 년 뒤에 집을 다시 팔기로 결정한다. 그럴 때는 보통 자기에게 집을 판 중개인을 다시 찾아간다. 최근에는 웬디 헤더턴이 그런 중개인인데, 웬디가 누구냐 하면 내 중개업소에서 일하면서 처음 부동산 업계에 발을 들여놓은 사람이다.

웬디는 남편과 이혼한 뒤 뉴저지에서 이곳으로 이사를 왔다. 나는 처음에 그녀를 접수원으로 고용했고, 그녀가 자격을 취득하자 동료로 고용했다. 나는 부동산에 대해 내가 아는 것은 전부 그녀에게 가르쳐주었다. 하지만 그녀는 내가 헤이즐든에서 지낼 때 내가 보유한 최고의 집들을 소더비로 가져가는 것으로 그 은혜를 갚았다. 이 사업을 시작한 뒤로 내가 가장 불황이었던 그해에 웬디는 매우 성공적인 한 해를 보냈다.

사무실로 돌아와 프랭크 게첼에게 전화를 걸었지만, 그는 자리를 비우고 없었다. 그는 자동응답기를 쓰지 않는다. 자기를 꼭 만나야 하면 밖으로 나와 찾아오면 된다는 것이 그의 생각이다. 그날 오후에는 정말로 우연히 그의 말대로 되었다. 내가 크로싱 외곽에 있는 모빌 주유소에서 주유를 하고 있는데, 프랭키가 내 바로 뒤쪽 디젤 주유탱크에 밝은 오렌지색 픽업트럭을 대더니 차에서 내려 나를 보자마자 외쳤다. "힐디, 요즘 어때?"

프랭키는 웬도버에서 가장 오래 산 집안의 마지막 후손 중 한 명이다. 웬도버 최초의 주민은 에이머스 게첼이라는 사람이라는데, 그는 세일럼 정착에 실패한 일종의 낙오자로, 노를 저었다던가 어쨌다던가 아무튼 배를 타고 여기까지 올라와 아나왐 인디언들과 어울려 몇 년을 살았다. 그는 지금은 게첼 만이라고 알려진 곳에서 커다란 잉글랜드 에일 통 안에 살면서 첫번째 겨울을 났다. 그는 아나왐 인디언 여자와 눈이 맞았고, 그래서 현재 게첼 일가의 모든 후손에게는 북미 원주민의 피가 흐른다. 해안에서 내륙으로 이어지는 수로를 따라 식민지 개척자들이 정착하기 시작해 게첼 일가가 그 개척자들과 섞이기 시작한 시점보다 그 일이 몇 세대 더 앞서기 때문이다.

나는 프랭키 게첼을 평생 알고 지냈다. 그는 나보다 세 살 더 많다. 지금 사는 집은 그가 성장한 집이다—언덕길에 있는 어둡고 오래된 솔트박스* 집이다. 흉물인데다, 많은 사람들이 집의 관리 상태에 불만을 표했다. 오로지 프랭키의 문제만을 논의하는 토지 용도 설정회의도 몇 차례 있었는데, 프랭키는 그 사실을 무척 기뻐했다.

프랭키의 집은 허물어져가고 있다. 썩어가는 클랩보드에서 페인

---

* 앞쪽은 2층이고 뒤쪽은 1층이라 뒤쪽 지붕이 지붕의 정점에서 길게 뻗어내리는 형태의 집을 말한다. 소금을 보관하던 통과 비슷하게 생겨서 이런 이름이 붙었다.

트칠이 벗겨져 나오고, 지붕은 자꾸 내려앉았다. 잔디밭 여기저기에 낡은 배관시설의 잔해(변기 대여섯 개를 포함해), 철도 침목, 건축자재—상인방용 목재, 벽난로 선반, 석판, 목재, 난간동자—가 흩어져 있고, 심지어 오랜 세월에 걸쳐 어딘가에서 틈틈이 실어 나른 괴물 같은 기름통도 몇 개 있었다. 폐품을 살려내거나 공사하는 일 말고도, 프랭키는 우리 타운 자원 소방대의 대장이기도 했다. 어떤 집이 불에 탔는데 그 집의 낡은 설비물을 원하는 사람이 아무도 없으면 그가 가져간다. 나도 그런 질문을 해본 적이 있지만, 집 앞 잔디밭에 시커멓게 탄 목재가 아직도 연기를 피우며 나뒹굴고 있는 이유를 물으면 그는 정말로 당혹스러워한다.

"완전 멀쩡한 거야." 그의 대답은 이렇다. "저렇게 멀쩡한 걸 왜 버려?"

전부 다 '완전 멀쩡'한 것이니 전부 판매용인데, 다만 집 건물과 대지만은 팔지 않는다. 그는 잡초가 자란 집 앞 잔디밭에서 연례행사로 야드세일을 한다. 그것 말고도, 그는 주변 100마일 반경 안에서 가장 낡고 가장 덜컹거리는 픽업트럭 다섯 대로 구성된 함대를 거느리고 있다. 이곳 웬도버에서는 자치정부가 쓰레기 수거를 하지 않기 때문에, 쓰레기를 직접 하치장으로 가져가 버리든가 아니면 프랭키 게첼을 고용해 치우게 한다. 내가 보기에는 웬도버 주민 2800명 중 80퍼센트가 월 50달러에 프랭키와 계약해 그의 일꾼들에게 쓰레기를 치워가게 하는 것 같다. 그 돈을 다 합하면 상당한 액수가 된다—계산은 직접 해보라. 눈보라가 치는 겨울에는 프랭키의 일꾼들이 밤새 술을 마시면서 고객들의 집 앞에 쌓인 눈을 치운다—이 일도 웬도버의 주민 대부분이 위탁한다. 프랭크는 또한 레이턴네 말 방목장을 돌봤던 것처럼 사유지를 관리해주고, 그 밖에도 조경이나 목수 일을 한다. 웬도버 사람이면 누구나 그를 '수리공'이라고 부른다. 내부건 외부건 집에 관련된 일이면 무조건 프랭크와 그의 일꾼들을 부르면 된다. 사업은 잘되지만, 그는 벌어들인 돈을 그 자신의 집이나 차에는 한푼도 쓰지 않는 것 같다. 그의 트럭들은 걸핏하면 고장나서 도로변에 서 있다.

내가 고객을 태우고 프랭키의 집 건물과 대지 앞을 지나갈 때 '저곳'에 사는 사람은 어떤 '인물'인지 묻는 사람들이 있다. 그들이 떠올리는 인물은 틀림없이 늙고 가난하고 못 배운 은둔자일 것이다. 하지만 아니다. 프랭키 게첼은 머리가 비상하게 돌아가는, 웬도버에서 손꼽히는 부자 중 하나다. 적어도 멋진 맥앨리스터 부부가 이곳으로 이사 오기 전까지는 그랬다.

프랭키의 땅은 집 건물 저 뒤까지 펼쳐져 있다. 언덕을 내려가 하구까지 이어진다. 그곳에 120에이커에 달하는 알짜배기 땅이 있고, 강에 면한 12에이커의 땅이 더 있는데 그 땅은 내 땅과 경계를 이룬다. 그곳의 땅은 값을 매길 수 없을 만큼 비싸다. 그 땅은 예전부터 프랭키 일가의 소유였다. 강에 면한 그 땅의 반대쪽에는 50에이커에 달하는 습지대가 있지만 개발이 불가능하고 웬도버 토지신탁에 권리가 이양되어 있다. 샤론 라이스와 토지신탁 관리들은 예전부터 적어도 그의 사후에는 강에 면한 높은 지대에 있는 그의 땅(즉 건물을 지을 수 있는 땅)에 대한 권리를 이양해달라고 그를 설득하고 있다.

"그렇게 해야 다른 사람이 그곳을 개발하지 못할 거예요. 영원히 지금과 똑같이 보전될 수 있을 거라고요." 샤론이 간곡히 말했다.

"내가 죽은 뒤에 사람들이 그 땅을 어떻게 할지 왜 신경을 씁니까?" 그때마다 그는 쏘아붙였다.

프랭키는 그 땅 대부분을 농지로 등록했기 때문에 세금은 거의 내지 않는다. 내가 기억하는 한 그의 집 뒤쪽은 크리스마스트리 농장이다. 게다가 그는 북미 원주민 혈통이라 세금 혜택을 받는 것으로 알고 있다. 하지만 몇 년 전 토지용도 설정위원회가 구성되기 전에 그에 대해 쏟아져나온 이웃 주민들의 불만 대부분은 그의 잔디밭에 널브러져 있는 잡동사니 때문이었다. 웬도버 라이즈는 주거지역으로 설정되어 있다.

프랭크 게첼은 명백히 사업체를 운영한다. 여름이면 그가 하는 사업은 보기 흉하고, 시끄럽고, 냄새가 난다. 일꾼들이 쓰레기 수거를 끝내면 종종 하치장까지 운반하기에는 너무 늦은 시각이 되는데, 그러면 그 악취 나는 쓰레기를 주말 내내 트럭에 방치하기도 한다. 겨울이면 크리스마스가 되기 전 몇 주 동안 실제로 그곳에 차들이 북적거린다. 프랭키의 농장이 '자기가 쓸 나무는 자기가 직접 베어가는' 시스템이라, 눈밭을 이리저리 돌아다니며 트리로 쓸 나무를 직접 골라 베어가려는 사람들이 저멀리 방방곡곡에서 찾아오기 때문이다.

일부 이웃들이 그에게 '즉각 중단'을 요청했다.

이런 동네에서 지역 주민들—지역 토박이들—이 자신과 긴밀한 관계를 맺고 있다고 믿고 싶어하는 새 주민들을 보면 재미있다. 이곳에 주말 별장을 구입한, 출세한 소송 전문 변호사 앨런 해리슨이 그중 하나인데, 다른 많은 사람들처럼 그도 프랭키가 근근이 벌어 먹고사는 줄 알고 무료 법률 서비스를 제안했다. 더욱이 타운

주민들 대부분이 토지용도 설정회의에 나타나 착한 늙은이 프랭키 게첼, 불쌍하고 천대받는 프랭크의 편을 들었다. 그들이 정말로 그렇게까지 할 필요는 없었다. 프랭키는 자신의 권리를 보호받고 있으니까. 그가 사업을 시작한 것은 토지용도 설정 규제법이 만들어지기 한참 전의 일이므로, 그는 새 규제법의 적용 대상이 아니었다.

평소 같으면 프랭키에게 손만 흔들어주고 말았겠지만 이번에는 캐시의 집 문제로 상의할 것이 있었다. 그래서 주유를 마친 뒤 낡고 녹슨 트럭에 기대선 그를 향해 걸어갔다. 낡은 포드 트럭은 유유자적 서 있었고, 라디오에서는 쿵쾅쿵쾅 음악이 흘러나왔다. 내가 다가가자 프랭키가 씩 웃었다. 그가 기름을 채우면서 나를 보고 자꾸 싱긋거렸지만 나는 모른 척했다. 우리 사이에는 작은 사건 하나가 얽혀 있었다. 프랭키와 나 사이에. 그는 그 일을 재미있어하지만 나는 다소 창피해하는데, 그는 내가 그러는 것을 더 재미있어하는 것 같다.

"킹크스야, 힐디." 그가 말했다.

"뭐라고?"

"라디오에서 나오는 노래." 그가 운전석을 향해 고갯짓을 했다. "킹크스가 부른 노래라고. 이 방송 안 들어봤어, 힐디? 옛날 노래를 쭉 틀어줘. 좋은 노래들로만."

"안 들어. 저기, 오늘 아침에 전화했었는데, 프랭크."

"그래? 무슨 일 있어?"

"패치와 캐시 드와이트의 집을 팔려고 하는데…… 랠프 드와이트의 아들 패치 알지?"

"그럼, 잘 알지."

"그 집을 좀 손봐야 해. 그 집 아이가…… 장애가 있잖아……
알겠지만."

"그럼, 알지. 발달지체잖아. 패치가 시장에 늘 데리고 다니던데."

"응. 심각한 중증 장애 때문에 그애를 특수학교에 보내려면 뉴턴
으로 집을 옮겨야 한다나봐. 아무튼 집을 살 것 같은 사람이 나타
났는데, 이번 주말에 집을 보고 싶어해. 그런데 집이 엉망이야. 작
은 집이지만 건식 벽체를 손봐야 해. 내부 전체에 페인트칠도 싹
해야 하고……"

"글쎄, 이번주에는 일꾼들을 전부 맨체스터로 보냈어, 힐. 새집
지을 터를 닦고 있거든. 큰일이라 일꾼들이 다 달라붙어야 해."

"일꾼들 전부?"

프랭크 게첼의 '일꾼'에는 술집을 전전하는 지역 주민들, 불법체
류중인 멕시코인들 조금, 간간이 전과자들도 포함된다. 여름에는
게첼의 일꾼으로 일하는 것을 남자로서의 통과의례로 생각하는 고
등학생과 대학생 군단도 대거 포함된다. 그들은 셔츠를 벗고 까무
잡잡한 피부를 드러낸 채 잔디 깎는 기계나 제초기, 혹은 다른 조
경 장비를 실은 트레일러를 트럭에 달고 덜컹덜컹 타운을 누빈다.
혹은 역시 셔츠를 입지 않은 채 땀을 번질거리며 사다리에 올라서
서 집 외벽을 칠하고, 아는 여자애가 걸어가거나 차를 몰고 지나가
면 소리쳐 부른다. 점심시간에는 게첼의 고물 트럭들이 죄다 노스
비치 주차장에 나타나는데, 일꾼들은 그곳의 너른 바위에 앉아 점
심을 먹는다. 내 딸들과 딸들의 친구들은 주중에 일이 없으면 정오
에 비키니 차림으로 노스비치에 가서 놀고 싶어했다. 하지만 지금
은 가을이고, 일하던 학생들도 학교로 돌아가고 없다.

프랭키는 어깨를 으쓱한 뒤 노즐을 제자리에 돌려놓았다. 주유 탱크에 찍힌 기름값을 보더니, 그가 휙 휘파람을 불었다. "이것 좀 봐, 힐다. 이 썩을 놈을 채우는 데 90달러 가까이 들었어."

"그 말을 하니까 생각나는데, 강에 면한 그 땅을 팔 생각이 없는 지 얼마 전에 누가 나한테 알아봐달라던데. 내 땅 옆에 있는 그 땅 있잖아. 여름 내내 그걸 물어보려고 몇 번 전화를 했는데…… 자 동응답기가 없어서 말이야."

프랭키는 눈살을 찌푸려 태양을 올려다보고는 나를 바라보았다. "누가? 개발업자가?"

"아니. 사업가. 보스턴 사람이야."

"사고 싶은 이유가 뭐래? 들어봐. '더 후'야. 겁나게 좋은 노랜 데, 힐." 프랭크가 차 안에 손을 넣어 라디오 볼륨을 높였다.

"사고 싶은 이유가 뭘 것 같아, 프랭크?" 나는 음악 소리보다 더 크게 소리를 질렀다. "거기 집을 짓고 싶대. 그 땅은 정말로 비싼 땅이야. 집값은 당신이 앞으로……"

"싫어. 나는 그 땅이 필요해. 거기서 낚시하는 걸 좋아하거든." 트럭 운전석에서 음악이 쿵쾅쿵쾅 흘러나왔고, 프랭키는 주유구 뚜껑을 돌려 닫으며 음악에 맞춰 흥얼흥얼 노래를 따라 불렀다.

"오, 프랭크. 나는 이 노래가 좋았던 적이 없어. 게다가 당신이 듣기 싫게 고양이 울음소리를 내듯 따라 불러서 더 미치겠어." 나 는 귀를 막고 몸을 움찔하며 말했다. 이 남자는 분별력이란 것이 전혀 없다. 자신의 땅값이 수백만 달러가 나가는데 그저 낚시를 한 다는 이유로 팔지 않겠다는 것이다. 그런 땅을 팔 수만 있다면 챙 겨받는 중개수수료만으로도 내 모기지 상황이 깔끔하게 정리될 것이다.

프랭크가 껄껄 웃더니 시끄러운 라디오 소리보다 더 크게 고함을 질렀다. "내 노래가 듣기 싫어, 힐?"

"목소리가 녹슨 것처럼 꺼끌꺼끌하게 울린단 말이야, 프랭크. 사실을 있는 그대로 말해주는 건 친구뿐이거든. 지금 생각해보니 음정도 늘 안 맞았던 것 같네." 그 말에 프랭크는 더욱 껄껄거렸다. 그는 청바지 주머니에 손을 찔러넣은 채 길 건너편을 응시했고, 어깨가 즐겁게 들썩거렸다.

"저기, 프랭크, 그 사람한테 땅값을 얼마나 쳐줄 건지 정도는 물어보고 싶지 않아?"

프랭크가 몸을 숙여 차창 안으로 집어넣고 볼륨을 줄였다. 그리고 말했다. "물론 알고 싶지. 물어봐. 그 사람이 얼마를 쳐줄 건지 아는 것도 괜찮겠는데."

"됐어. 그 사람 시간을 허비하고 싶진 않아. 이번주에 몇 달러 더 벌고 싶어하는 사람이 없다는 건 확실해?"

"언제까지 해야 해?"

"토요일에 집을 보여준다니까."

"간밤에 당신이 수영하는 걸 본 것 같은데, 당신 맞아, 힐디?" 프랭크가 물었다. 그는 나를 흘끗 보더니 다시 바닥을 내려다보았다. 또다시 그 멋없는 웃음을 짓고 있었다.

"뭐? 간밤에 수영을? 아니야. 그러니까…… 나는 말이지…… 봤을 수도 있겠네. 이따금 몸을 적시러 가거든. 밤에 날씨가 좋으면. 그러네. 생각해보니 잠깐 수영을 하러 갔었네……"

"그랬군. 당신 같았어. 나도 밖에 나갔었거든. 장화를 신고. 밤낚시를 하려고. 당신을 본 것 같았어. 어젯밤은 수영하기에는 좀 쌀쌀했을 텐데."

"지금이 연중 물이 가장 따뜻할 때야. 알잖아." 내가 말했다.

장화를 신고 나갔다고? 밤중에?

전날 밤 일이 어렴풋이 떠오른다. 지금은 후회하지만, 내가 두 병째 와인을 가지러 보트하우스로 둥실둥실 걸어가던 것과 나중에 물가까지 내려갔던 것이 떠오른다. 딸내미들이 내 발치에서 깽깽거리며 신이 나서 뛰어다닐 때, 나는 실오라기 하나 걸치지 않은 모습으로 콧노래를 부르며 키득거렸다.

나는 프랭크를 쏘아보았다. 장화를 신고 나갔다고.

"그러다가 죽을 수도 있어." 프랭크가 킬킬거렸다. 얼음장 같은 물에 풍덩 뛰어들었다가 섬뜩 놀라는 한편 즐거워서 꽥꽥거렸던 것이, 차가운 파도를 헤치고 비틀비틀 나오면서 키득거리고 욕설을 내뱉었던 것이, 딸내미들을 밟아 넘어질 뻔했던 것이, 녀석들이 서로 덤벼들었던 것이 떠올랐다.

프랭크는 트럭 문에 기대서서 늙은 두꺼비처럼 멍청하게 꺽꺽 노래를 따라 불렀고, 나는 물가에서 도망치듯 집으로 달려가는 내 모습을 그가 지켜봤는지가 어쩔 수 없이 궁금해졌다. 미친듯이 웃으면서, 늘어진 젖가슴을 출렁거리면서, 펑퍼짐한 엉덩이를 이쪽저쪽으로 흔들면서, 얼굴에 머리칼을 해초처럼 휘감은 채. 아침에 일어나보니 발가락 사이에 잎사귀가 끼여 있었고 머리칼은 모래로 푸석거렸다. 그래서 어떻게 된 일인가 했는데……

그래, 이제 알겠다.

나는 차로 돌아가면서 쏘아붙이듯 말했다. "내가 직접 전화를 돌려서 일할 수 있는 사람을 찾아봐야겠어."

"아니야, 힐디. 됐어. 내가 지금 거기로 가볼게. 뭘 손봐야 하는지 일단 보자고."

"정말 그래줄 거야, 프랭크?" 내가 약간 누그러져서 물었다. 뺨이 발갛게 달아오른 것을 의식하면서 나는 그를 돌아보았다. "드와이트 부부는 정말로 도움이 필요해."

"이런 일로 가끔 부르는 사람이 비벌리에 있어. 그 사람이나 아니면 다른 사람에게 부탁하지 뭐."

"그렇게만 해주면 정말 좋지, 프랭크. 고마워."

"뭘, 힐."

나는 고개를 돌렸고, 그는 노래의 마지막 소절을 흥얼거렸다. 프랭키의 기분이 유별나게 좋아 보였다. 그가 무엇 때문에 그렇게 신이 났는지 나로서는 도통 모를 일이었다.

여섯

나중에 리베카로부터 직접 듣기로는, 그들 부부가 웬도버 라이즈에 와서 산 지 한 달도 되지 않아 그녀는 어쩌면 일생일대의 실수를 저질렀는지도 모르겠다는 생각을 했다고 한다. 시골로 옮겨오면 보스턴에 살면서 경험했던 불안이 줄어들 거라고 기대했다. 그녀는 브라이언의 회사 일 때문에 만나게 되는 다른 아내들에게 늘 강한 경쟁의식을 느꼈지만 그들만큼 잘하지 못했다. 더욱이 그여자들 다수는 흥미로운 직업을 가진 사람들이었다. 또한 보스턴에서 아이들을 사립학교에 보내려고 애쓰다가 그녀 자신이 지쳐서 나가떨어졌다고 나중에 말했다. 그래서 자신이 어린 시절을 보낸 것처럼 아이들을 데리고 시골에 가서 살면 모두가 더 만족하며지낼 줄 알았다는 것이다. 물론 그녀가 브라이언을 보는 횟수는 줄겠지만, 그에게도 도시에서 며칠 지내다 집에 돌아와 더 여유 있고 행복한 아내를 보는 것이 밤마다 집에 돌아와 신경이 곤두선 아내를 보는 것보다 더 낫지 않겠는가? 이곳으로 이사 온다는 그녀의 결심 이면에는 이런 생각들이 있었지만, 언덕에서 아이들 그리고 웃음기 없는 표정의 폴란드인 유모 마그다와만 지내다보니 버려진 느낌이 들었다. 그때의 상황을 설명하면서 그녀가 사용한 단어가 그거였다. 브라이언이 그녀를 웬도버에 '버렸다'.

그들은 이사 날짜를 학기중인 3월로 잡았는데, 그렇게 해야 아이들이 새 학교에서 새 친구를 만들 수 있을 거라는 생각에서였다. 5월이 되자, 그녀는 브라이언에게 가을 학기에는 아이들을 다시 보스턴에 있는 예전 학교에 등록시키자는 이야기를 꺼냈다. 해변에서 캐시와 언쟁이 있던 무렵에는 이미 짐을 꾸릴 마음을 먹고 있었다. 브라이언은 리베카가 이랬다저랬다 계획을 바꾸는 것에 몹시 화가나 있었다. 그녀의 충동적인 기질에 점점 지친 그는 이제는 그녀의 만성적 불만이 아이들에게 어떤 영향을 미칠지가 걱정되었다. 브라이언은 그녀에게 피터 뉴볼드를 찾아가보라고 강력하게 말했다. 그리고 그녀는 그 말에 따랐다. 초여름에 피터의 치료실에서 나오는 그녀를 몇 번 본 것이 기억난다. 내 사무실 창문 하나가 옆쪽 포치를 향해 나 있는데, 피터의 환자들은 그 포치로 드나들기 때문에 리베카가 그리로 나오는 것이 내 눈에 띈 것이다. 리베카는 짙고 큼직한 선글라스를 썼고 깡말라 보였다. 브라이언은 일단 여름 동안은 이곳에서 지내기로 하고 당장은 가을에 대한 계획을 세우지 않는 것으로 리베카와 합의를 보았다. 어쨌거나 아이들은 새 학교와 뛰어놀 곳이 많은 넓은 시골집을 좋아했다. 브라이언은 아이들을 보트 타기 강습과 YMCA 캠프에 등록시키자고 리베카를 설득했고, 리베카는 그의 말을 따랐다.

그리고 브라이언은 그녀에게 해트트릭을 사주었다.

해트트릭은 올림픽 은메달리스트이자 리베카의 예전 조교사인 트레버 브라운이 독일에서 들여온 말로, 몸이 완전히 검은색인 하노버 품종의 어린 거세마였다. 리베카는 본인 입으로 이런 말을 하는 사람은 아니지만, 내가 알게 된 바로는 십대 후반에 미국 승마 대표팀 선발 후보 명단에 올랐었다. 브라이언과 결혼한 뒤에도 리베카는 트레버와 연락을 끊지 않았고, 트레버는 종종 브라이언의 두둑한 지갑을 염두에 두고 그녀에게 전도유망한 어린 말들의 사진을 보내곤 했다.

브라이언은 여러 해 전 자신의 부모에게 팜비치의 집을 사주었고, 겨울이면 리베카와 꼬마들을 데리고 종종 그곳으로 갔다. 팜비치에 가 있는 동안 리베카와 브라이언은 가끔 승마대회를 구경하러 갔고, 웬도버로 이사 오기 바로 전해에 열린 겨울승마축제에서 트레버가 그들에게 해트트릭을 소개했다. 해마다 열리는 그 축제는 큰 상금을 노리는 참가자들이 북아메리카 각지에서 몰려드는 장애물비월 飛越 경기였다. 해트트릭은 겨우 다섯 살이라 아직 미숙하고 경험이 부족해서 낮은 장애물 종목에서만 뛰었지만, 마치 가젤처럼 펜스 위로 날아올랐다.

리베카는 그 말이 장애물비월 경기에 월등한 재능을 타고난 것을 알아보았다. 그 어린 말에 붙은 가격 자체가—린다 발로의 말로는 수십만 달러에 달한다고 했다—올림픽에 출전할 잠재력이 있음을 말해주었다. 리베카는 그 정도 수준의 말까지는 필요하지 않았지만 그 말에 반해버렸고, 하키광인 브라이언은 그 말의 이름이 마음에 들어서* 4월인 리베카의 생일에 깜짝 선물로 주려고 트레버로 하여금 그 말을 웬도버로 보내게 했다. 훗날 리베카는 자신이 웬도버에 마음을 붙이는 데 해트트릭이 가장 큰 기여를 했다고 내게 말했다. 그녀에게도 할 일이 생긴 것이다.

메이미 랭은 옛날부터 웨스트필드 헌트클럽의 회원이었다. 메이미가 전하기로는, 이 지역 승마인들 대부분이 리베카가 그곳 시설을 이용하기 위해 클럽에 가입할 거라고 예상했다고 한다. 웨스트필드 헌트클럽은 실내 마장 두 곳과 상근직 사육사 몇 명, 그리고 일류 조교사들을 보유하고 있지만, 리베카는 어린 '트리키'를 베티, 그리고 장애물비월 경기를 뛰는 나이 많은 서피코와 함께 집에 데리고 있기로 했다. 그녀는 그들의 집 대지에 만들어져 있는 마장에 일련의 장애물을 설치했다. 그리고 날마다 트리키를 직접 가르쳤다. 웨스트필드 헌트클럽에서는 여름 동안 주말마다 무등급 '훈련마 승마대회'를 개최한다.

웨스트필드 헌트클럽은 초여름에 C급 승마대회를 많이 개최한다. 8월에는 팜비치에서 열리는 겨울승마축제만큼 유명한 AA급 승마대회를 개최한다. 그랑프리 장애물비월 경기에 참가하려고 전국 가지에서 정상급 승마인들이 몰려드는데, 우승자에게 돌아가는 상금은 10만 달러다. 하지만 훈련마 경기는 경기 경험을 쌓고자 하는 지역 승마인들을 위한 것이다. 이따금 웨스트필드나 근처 마방에서 일하는 조교사들이 전도유망한 어린 말들을 승마대회 분위기에 적응시킬 목적으로 훈련마 경기에 데려오는데, 어린 말들은 종종 감당할 수 없을 만큼 그 분위기에 압도되곤 한다. 리베카는 여

---

* 하키에서 해트트릭은 한 선수가 한 경기에서 세 골 이상 넣는 것을 말한다.

름 동안 해트트릭을 그 경기에 여러 번 데려갔다.

리베카가 해트트릭을 웨스트필드에 처음 데려갔을 때 메이미는 내게 전화를 걸어왔다.

"그 말 정말 굉장하던데, 힐디. 리베카가 트레일러에서 그 말을 내려오게 했을 때 조교사들이 전부 입을 쩍 벌렸어." 메이미가 말했다. "무급수 경기였지만, 리베카랑 린다 발로는 말의 갈기와 꼬리털을 멋지게 땋고 단장도 완벽하게 해서 데려왔어. 마구와 부츠도 번쩍거릴 만큼 잘 닦았고. 조교사 한 명이 훈련생들에게 말하는 걸 들었는데, 등급이 있는 경기건 없는 경기건, 대회에 출전한 말은 그렇게 해야 한대."

훗날 린다 발로는 리베카가 말을 아주 특별하게 관리했다고 나에게 말해주었다. 마구간은 언제나 흠잡을 데 없이 깨끗했고, 말을 탄 뒤에는 매번 안장과 굴레를 반질반질하게 닦았다. 리베카는 린다에게 말의 갈기 땋는 법도 알려주었다. 어린 시절 우리가 말의 갈기를 땋을 때 그랬던 것처럼 엉성하게 대충 땋아 고무줄로 묶는 방법이 아니라, 오닉스를 깎아 만든 조각품의 스캘럽 장식처럼, 물마루같이 아름다운 말의 목선을 따라 완벽한 대칭을 이루도록 촘촘히 땋는 방법이다. 리베카는 린다에게 말갈기를 땋을 때는 고무줄을 쓰지 말고 옛날 방식대로 바늘과 편물용 실을 쓰라고 가르쳤다. 그러니 그들이 훈련마 경기에 처음 나타났을 때 얼마나 강렬한 인상을 남겼을지 상상할 수 있었다.

메이미는 그 혈기 왕성한 말이 경기장에 들어가기 전에 얼마나 흥분했는지 말해주었다.

"처음에는 똑바로 서 있었어, 힐디. 그러더니 앞다리를 번쩍 들었는데, 서커스에 나오는 그 리피자너종(種) 말들처럼 허공을 향해 달려나갈 기세였어. 리베카는 그 말을 프로선수처럼 탔어. 말이 그런 돌발 행동을 하는데도 리베카는 웃으면서 그 말을 계속 앞으로 나아가게 했어. 그러더니 말을 구보로 경기장에 들어가게 한 뒤 깨끗하게 한 바퀴를 돌았어. 높은 장애물을 뛰어넘었어. 그런데 그 말은 아직 여섯 살도 안 된 말인 거지. 리베카는 기품이 있었어. 비월도 깨끗했고. 하지만 마지막 비월을 일부러 엉뚱한 방향에서 해서 경로 이탈로 실격 처리됐어."

"어째서?" 내가 물었다.

"잘된 거야. 리베카의 말은 그 경기에 출전한 다른 말들보다 월등히 뛰어났거든. 그런 대회에 출전한 사람들 중에는 자기가 도전한 등급에서 블루리본을 아직 한 번도 차지하지 못한 사람도 있어. 그 사람들한테 블루리본은 굉장히 의미가 크지. 리베카가 실격 처리돼서 열일곱 살짜리 말이 블루리본을 차지했어. 리베카는 그 검은색 말을 트레일러에 싣고 다시 집으로 데려갔고."

여름이 지나는 동안 리베카는 더 많은 경기에 출전했고, 지역 승마인들도 그런 그녀에게 점점 익숙해졌다. 메이미가 말해주기로는, 이제 다른 사람들도 출전할 때 갈기와 꼬리털을 땋고 리베카처럼 격식을 갖춘 복장을 착용하기 시작했다고 한다.

"리베카는 말에 관해서만큼은 멋지게 옛날 방식을 지킨 거지. 젊은 사람들에게 말이 대중 앞에 설 때는 어떤 모습이어야 하는지를 보여주는 모범이 됐어. 모든 사람에게 승마 예법이 무엇인지 일깨워준 셈이지." 메이미가 말했다.

메이미는 리베카에게 반해서 셋이 같이 저녁식사 하는 자리를 마련해달라고 나에게 부탁했다. 나는 그러겠다고 약속하면서 메이미에게 리베카의 전화번호도 같이 알려주었다. 그들 사이에 끼어나만 혼자 다이어트 콜라를 홀짝거리느니, 두 사람이 나 없이 와인을 나눠 마시면서 더 좋은 시간을 보낼 수 있을 거라고 생각해서였다. 하지만 메이미와 리베카, 두 사람은 끝내 친해지지 못했다. 메이미가 두 번 전화를 걸어 같이 저녁을 먹자고 초대했지만 리베카는 두 번 다 정중히 거절했다. 메이미는 모욕감을 느꼈고, 그 일은 그렇게 끝났다.

　나도 리베카가 해트트릭을 데리고 출전한 경기를 한 번 보러 갔다. 웨스트필드 헌트클럽에서 8월에 개최한 대규모 AA급 승마대회였다. 리베카는 해트트릭을 그랑프리대회에 출전시켰다. 가장 어렵고 도전적인 코스로, 10만 달러의 상금이 걸려 있었다. 그 대회가 열릴 때, 메이미는 대개 경기장 바로 옆에 텐트를 쳐놓고 오찬을 제공한다. 오찬은 자선행사로 진행되고, 수익금은 세일럼에 있는 가정폭력 피해 여성들을 위한 보호소로 보내진다. 나도 늘 테이블 하나를 맡아놓고 고객들을 초대한다. 이 지역에 집을 구입하는데 관심 있는 사람들을 데려가기에 더없이 좋은 기회다. 웨스트필드 헌트클럽의 마장 관리는 흠잡을 데가 없고, 어디서나 아름다운 말과 아름다운 사람들이 눈에 띈다. 내 테이블에 앉은 고객 하나는 랄프 로렌 광고 모델이 된 것 같다며 끊임없이 감탄사를 쏟아냈다. 그 모습을 보니 절로 미소가 지어졌다. 그들 부부가 관심을 보이는 집도 랄프 로렌 광고에 나올 법한 집이었고, 150만 달러만 내면 그들 것이었다.

　브라이언 맥앨리스터가 테이블 하나를 예약해서, 보스턴 친구들이 리베카의 경기를 보러 몰려왔다. 테이블이 시끌벅적했는데—일찍부터 샴페인을 마신 것이 틀림없어 보였다—내가 도착하자 브라이언이 나를 여기저기 소개했다. '친구들' 대부분은 브라이언의 사업 동료들이었다. 그가 사업 파트너로 소개한 사람이 몇 명 있었는데, 내가 보기에는 하나같이 이런 행사에 오기에는 좀 과하게 차려입은 멍청하고 예쁘장한 아내들을 옆에 앉혀놓고 있었다. 두 명은 로열 애스콧* 행사에라도 온 것처럼 모자를 썼다. 여기는 뉴잉글랜드인데. 웨스트필드 자선 오찬에 오는 여자들은 대부분 소박한 서머드레스를 입는다. 한번은 전남편 스콧이 나더러 젊고 예쁜 여자들에 대한 편견이 있는 것 같다고 말했다. 그는 내가 그런 여자들을 늘 '멍청하'거나 '우스꽝스럽'다고 생각한다고 말했다.

그의 생각은 틀렸다. 내가 젊고 예쁜 여자들을 전부 그런 시선으로 보는 것은 아니다.

예컨대 리베카에 대해서는 항상 진지하게 생각했다.

메이미가 나에게 마련해준 테이블은 경기장 바로 옆이었다. 나는 고객들과 함께 연어찜, 신선한 깍지콩, 봄 감자, 크림을 곁들인 신선한 딸기를 먹었다. 맥주나 와인뿐 아니라 보드카나 위스키 같은 술도 마련되어 있었다. 내 주변 여기저기에서 샴페인을 따라 마셨다. 나는 경기장에서 시선을 떼지 않았다. 그랑프리 경기가 시작되자, 메이미가 의자 두 개를 들고 내 옆자리로 왔다. 웨스트필드의 수석 조교사 앨런 맨스필드도 함께 왔다. 그들은 누가 기수인지, 어느 팀이 올림픽에 출전할 실력이 되는지, 어느 말이 노련한 프로

---

* 영국 왕실에서 주최하는 경마대회.

고 어느 말이 전도유망한 씩씩한 젊은 말인지 말해주었으므로, 나는 그들이 내 옆에 앉은 것이 무척 좋았다.

그랑프리대회에 출전한 기수들 대부분은 근처나 다른 지역에서 사설 마방을 운영하는 프로들이었다. 그들의 말들 중에는 승마대회에서 유명한 말도 있었다. 그래서 리베카가 대기장에서 몸을 푸는 것을 보자, 메이미는 흥분해서(앉자마자 샴페인 한 병을 거의 다 비운 것 같았다) 큰 소리로 외쳤다. "저기 리베카예요, 앨."

앨런은 못마땅한 듯 꿍얼거리며 고개를 가로저을 뿐이었다.

"앨런은 저 말이 대회에 출전하기에는 너무 풋내기라고 생각해." 내가 바로 옆에 앉아 있는데도, 메이미는 소리를 지르며 말했다.

"쉬잇, 브라이언과 그 부부의 친구들이 바로 옆 테이블에 있어." 내가 그녀를 조용히 시켰다.

"어머나." 메이미가 키득거렸다.

"완전 풋내기라니까요." 앨런이 꿍얼거렸다. "저런 애송이 말을 애써 물리칠 이유는 없지."

"둘 다 정말 아름다운데." 내가 말했다.

메이미는 앨런의 말을 웃어넘겼다. 그리고 소곤거렸다. "앨런은 자기가 저 말의 조교사가 아니라서 심통이 난 거야. 내 생각에 저 말은 그랑프리대회에 나올 준비가 충분히 됐어. 여름 내내 지켜봤거든. 리베카는 우승하면 상금을 전부 보호소에 기부하겠다고 약속했어."

"리베카가 이 등급의 장애물 경기에 출전한 건 보지 못했잖아요. 저렇게 어린 말이 넘기에는 정말 무리예요." 앨런이 말했다.

그랑프리대회는 두 단계로 되어 있었다. 출전팀 전원이 높은 장애물이 있는 코스를 돈다. 일부 장애물은 5피트가 넘는다. 장애물 중 다수는 '옥서oxer', 즉 펜스들의 간격을 벌려놓은 높고 넓은 장애물이다. 넓은 덤불을 넘는 '인 앤드 아웃in and out'을 하려면 난이도가 높은 펜스 두 개를 연거푸 넘어야 하는데, 두 펜스 사이에 짧은 한두 걸음이 필요하다. '트리플triple'은 세 개의 펜스를 연달아 넘는 것으로, 각각의 펜스 사이에 몇 걸음이 필요하다. 말이 가로대를 차서 떨어뜨리거나 장애물 앞에서 버티는 일 없이 깨끗하게 한 바퀴를 다 돌면 말과 기수가 점프오프에 진출할 수 있다.

점프오프는 앞서의 경기와 동일하게 구성된 연속 장애물 코스다. 이 경기에서는 실수 없이 가장 빠르게 뛴 말이 이긴다. 그랑프리대회에서 가장 흥미진진한 부분이다. 기수들은 몇 초를 단축하려고 가끔 무리수를 둔다. 그렇게 하다가 말이 제 페이스를 잃게 되면 훨씬 힘든 난관이 기다린다. 점프오프를 할 때 말은 기수를 전적으로 신뢰해야 한다. 비월하고, 착지하고, 잽싸게 방향을 바꾸는데, 예상치 못했던 장애물이 말을 기다린다. 말과 기수가 최고의 팀을 이루려면, 말은 기수와 함께 힘든 코스를 여러 차례 완주한 뒤 내가 할 수 있다고 기수가 생각하면 나는 할 수 있어, 라고 굳게 믿어야 한다. 자신감이 없거나 소심한 성격을 타고난 말에게 이런 자신감을 심어주려면 몇 년이 걸릴 수도 있다. 용감하고 운동신경이 뛰어난 말은 어린 나이에 이런 도전에 맞닥뜨린다. 리베카는 해트트릭이 그 도전을 받아들일 수 있다고 믿는 것이 확실했다.

그러나 여름 내내 리베카가 해트트릭을 데리고 출전한 경기들을 지켜본 앨런은 해트트릭이 그 정도 역량까지는 안 된다고 확신했다.

경기가 시작되자, 메이미와 앨런은 세계적으로 유명한 미국인 기수 로즈메리 하인스가 자신의 말 탱고에 올라탄 것을 지켜보았다. 나는 리베카가 경기장 입구 근처에서 해트트릭에 올라타고 있는 것을 보았다. 해트트릭은 잔뜩 흥분한 상태였다. 앞다리를 불쑥불쑥 들면서 어정쩡하게 뒷다리로 서려고 했다. 하지만 그럴 때마다 리베카가 몸을 앞으로 숙여 말을 작은 원을 그리면서 돌게 했다. 말이 조금 진정되자 리베카는 등을 토닥여주었다. 그러고는 고개를 들고 경기장 저만치 있는 누군가를 향해 손을 흔들었다. 나는 그 사람이 누구인지 보기 위해 눈을 찡그려야 했다. 남자였다. 그가 리베카가 있는 문 근처로 다가가자 리베카는 뭐라고 소리를 질렀다. 예전에 리베카와 함께 일한 조교사일 거라고 예상했지만, 더 가까워졌을 때 보니 그 남자는 피터 뉴볼드였다.

피터 뉴볼드가 웨스트필드 승마대회에는 왜 온 거지?

브라이언의 테이블을 흘끗 건너다보니 모두 리베카의 경쟁자에게 정신이 팔려 있었다. 탱고가 가로대 하나를 떨어뜨리자 그 테이블에서 환호성이 터져나왔고, 메이미는 발끈해서 그들을 조용히 시켰다. 로즈메리 하인스가 마지막 장애물까지 깔끔하게 넘자, 관중석과 텐트 아래에 있던 구경꾼들이 환호성을 질렀다. 내가 보기에는 가로대 하나가 떨어진 것만 빼면 잘 뛴 경기였다.

이제 리베카 차례였다. 그녀가 해트트릭을 타고 경기장에 들어오자 브라이언의 테이블에 있는 사람들은 함성을 지르고 난리법석을 떨었다. 메이미는 그들에게 목소리를 낮춰달라고 다시 부탁했다.

"리베카의 말이 겁을 집어먹겠어요." 메이미가 그들에게 쉿, 했다. "맙소사, 저 사람들은 다 어디서 왔대?" 그녀가 나에게 소곤거렸다.

리베카는 경기장 저쪽 끝에서 해트트릭을 큰 원을 그리며 구보로 한 바퀴 돌게 했다. 그런 다음 출발을 알리는 호각 소리를 기다렸다.

"저기 봐." 메이미가 말했다. "리베카가 말을 돌게 하는 곳은 유니언 세이빙스 뱅크 광고가 부착된 저 무시무시한 장애물 바로 옆이야. 말이 그 장애물을 미리 잘 볼 수 있게 하려고 저러는 거야. 로즈메리의 말이 그 장애물에서 겁을 먹었거든."

앨런이 뭐라고 구시렁거렸지만 우리 둘 다 알아듣지 못했고, 그 바람에 메이미와 나는 키득거렸다. 그 순간 호각 소리가 삑 울렸다. 리베카는 심판들을 향해 정중하게 머리를 까딱한 뒤 해트트릭을 첫번째 장애물로 데려갔다.

장애물비월에 대해 일일이 열거해서 지루하게 만들 생각은 없지만, 요약하자면 리베카와 해트트릭은 장애물을 가뿐히 넘었다. 리베카 팀은 정확한 보법으로 각각의 장애물에 접근했고, 해트트릭은 높이 솟아올라 모든 장애물을 우아하고 기품 있게 넘었다. 해트트릭은 해당 코스에서 요구되는 것보다 더 느린 속도감을 선호하는 것 같았지만, 그때마다 리베카가 박차를 가했다. 그러면 말은 살짝 껑충 뛰며―뒷다리를 바깥쪽으로 차며―앞으로 달려나갔다. 마지막 장애물까지 깔끔히 넘자 브라이언의 테이블에 앉은 무리가 벌떡 일어서서 환호성을 질렀다. 메이미도 환호성을 지르며 장난스럽게 팔꿈치로 앨런을 쿡 찔렀다. 해트트릭은 리베카가 시키는 대로 큰 원을 그리며 구보로 달렸는데, 환호하는 군중의 소리에 놀랐는지 연달아 껑충껑충 뛰었다. 리베카는 잔뜩 신이 난 말을 보고 웃으며 목을 토닥여주었다. 그러고는 말을 탄 채 경기장에서 빠져나왔다.

"점프오프에 나갈 만큼 힘은 충분해 보이는데요." 내가 앨런에게 말했다.

"저 말은 속도감을 좋아하지 않네요. 하지만 리베카가 워낙 뛰어난 기수니까요. 두고봅시다." 앨런이 조용히 말했다.

린다 발로가 문밖에서 리베카와 해트트릭을 기다리고 있었다. 나는 피터 뉴볼드가 서 있던 자리를 돌아보았지만, 그는 사라지고 없었다. 어쩌면 엘리스와 같이 잠시 구경하러 왔다가 관중석 어딘가에 자리를 잡았을 것이다. 어쩌면 말을 타는 리베카를 보러 온 건지도 몰랐다. 어쩌면 리베카를 경쟁의 세계로 돌려보내는 것이 치료의 한 부분이고, 그것을 확인하러 온 건지도 몰랐다. 나는 브라이언의 테이블을 흘끗 보았다. 모두 브라이언과 하이파이브를 하거나 샴페인을 벌컥거리고 있었다.

해트트릭을 포함해 네 마리의 말이 점프오프에 출전할 자격을 얻었다. 첫번째 말인 단테의 기수는 마이클 월리스였는데, 아주 빠른 기록으로 실수 없이 경기를 마쳤다—일곱 개의 장애물을 넘는데 49초가 걸렸다. 다음 차례인 캐나다 출신 기수 린다 랜돌프는 가로대 하나를 떨어뜨렸고 54.3초를 기록했다. 린다 다음은 레슬리 카터였는데, 유명한 종마 로뮬러스에 올라탄 채 실수 없이 경기를 마쳤지만 51.5초가 걸렸다. 따라서 리베카가 물리쳐야 할 말은 단테가 되었다.

"어떨 것 같아요, 앨런?" 해트트릭이 경기장에서 속보로 달릴 때 내가 물었다.

"내 생각에는 리베카가 영리하다면 시간이 많이 걸리더라도 실

수 없이 경기를 마치는 걸 목표로 해야 할 거예요. 괜히 모험을 걸어 말의 자신감에 상처 낼 이유가 있습니까?"

삑 소리가 들리자 리베카는 구보로 첫번째 장애물에 다가갔다. 기록 측정은 말이 첫번째 장애물을 실수 없이 넘은 뒤부터 시작되기 때문에, 리베카는 첫번째 장애물에 우아하게 천천히 접근했다. 하지만 착지하고부터는 박차를 가해 빠른 습보로 방향을 튼 뒤 두번째 장애물을 향해 달려갔다. 다음 장애물—높은 수직 장애물—을 넘고 나면 또다른 수직 장애물이 나오는데, 그전에 방향을 홱 꺾어야 했다. 말들이 가로대를 차서 떨어뜨리는 지점이 바로 이 두번째 수직 장애물이었다. 모든 말들이 무척 어려워한 코스였다. 방향을 전환한 후 말들은 균형을 잃어 걸음이 흐트러졌고, 두번째 장애물을 지나치게 가까운 지점에서 뛰어넘어야 했다. 린다 랜돌프의 말이 뒷발로 가로대를 차서 떨어뜨린 이유도 그거였다. 앨런은 기수들이 방향을 너무 급하게 틀어서라고 말해주었다. 리베카가 첫번째 수직 장애물 앞에 이르자, 앨런은 고개를 가로저으며 중얼거렸다. "너무 빨라. 너무 빨라." 해트트릭은 가슴 앞으로 무릎을 당겨올렸고, 가장 높이 뛰어올랐을 때는 몸이 우아한 도개교의 형상으로 맨 위 가로대 위에 여유 있게 떠 있었다. 리베카는 허공에서 무게중심을 이동하며 말의 방향을 틀었다. 다른 말들은 펜스를 넘은 뒤 몇 발짝 뛰고 나서야 방향을 틀었는데 말이다. 덕분에 해트트릭은 착지할 때 행로를 바꾸어 다시 균형을 잡을 필요가 없었다. 완벽히 균형을 잡은 채 이미 올바른 행보로 두번째 장애물을 향해 달리고 있었다. 그 장애물 역시 거뜬히 넘었다. 그다음 장애물을 뛸 때, 이전 기수들은 커다란 산울타리 펜스를 습보로 빙 돌아 정면에서 '인 앤드 아웃' 장애물로 접근했다. 그런데 리베카는 산울타리 앞에서 거리를 단축하기로 결심했다. 그녀는 바로 전 펜스를 넘은 직후에 채찍으로 때려 해트트릭의 머리를 돌렸고, 그러자 두 개의 '인 앤드 아웃' 중 첫번째 장애물이 고작 세 걸음 떨어진 거리에 있었다.

"어머나 세상에." 메이미가 외쳤다.

"미쳤군." 앨런이 말했다.

나는 차마 지켜볼 수 없었지만, 그래도 지켜보았다. 해트트릭이 저항하는 것 같았다. 몸이 움츠러들었고 고개가 돌아갔다. 리베카는 채찍을 높이 들어 자신의 다리 뒤쪽으로 말의 옆구리를 홱 내리치는 동시에 짐승 울음에 가까운 포효 소리를 냈다. 그 순간 해트트릭은 저항한다는 생각은 아예 단념한 듯 첫번째 장애물을 아슬아슬하게, 하지만 실수 없이 뛰어넘었다. 그리고 두번째 장애물 앞에 어설프게 착지했다. 리베카는 안장 깊숙이 앉아 박차를 가하여 말을 두 발짝 더 달리게 했다. 그 순간 작은 체구의 리베카가 육중한 체구의 말을 번쩍 들어올려 두번째 장애물을 뛰어넘게 하는 것처럼 보였다. 그녀의 손은 말의 귀에 닿을락 말락 했고, 몸은 말의 목의 곡선 위로 아치를 그렸다. 그들은 장애물을 건드리지 않고 착지했다. 관중석에서 환호성이 터져나왔다. 남은 펜스들도 거뜬히 넘었고, 47.3초의 기록으로 경기를 마쳤다. 리베카가 그랑프리였다.

브라이언의 테이블에 있는 사람들이 모두 일어서서 또다시 하이파이브를 하며 허공에 주먹을 휘둘러댔다. 브라이언은 눈에 고인 눈물을 훔쳤다. 굉장한 경기였다. 내가 메이미와 앨런을 보며 방긋 웃었지만, 두 사람의 표정은 조금 어두웠다.

"저 여자는 언젠가 자기가 죽거나 다른 누군가를 죽일 거예요." 앨런이 말했다.

"그 말대로 될까 두렵네요." 메이미가 대꾸했다.

"무슨 말이야? 너는 지금 기분이 째지게 기뻐야 하잖아, 메이미." 내가 말했다. "그 많은 돈이 다 보호소로 갈 텐데."

"당연히 기쁘지. 하지만 말을 데리고 저런 위험을 무릅쓰는 걸 보니 마음이 좀 불편해져서 그래." 그녀가 말했다.

"하지만 저 말은 괜찮아 보이는데." 내가 말했다. 솔직히 나는 장애물비월 경기에 대해 그들만큼 잘 알지 못한다. 나에게는, 그리고 다른 관객들에게는 말과 기수가 힘을 합쳐 놀라운 기개와 스포츠정신을 발휘한 것만 보였다.

앨런과 메이미는 그저 고개만 가로저었다. 앨런이 또다시 욕설을 내뱉었고, 메이미는 축하의 말을 전하러 브라이언에게 다가갔다.

메달 수여식이 끝난 뒤, 상을 받은 말 세 마리가 승리를 자축하며 마지막으로 경기장을 한 바퀴 돌았다. 그때 피터 뉴볼드가 다시 내 눈에 띄었다. 그는 우리 텐트에서 그리 멀지 않은 곳에, 관중석 맨 아래쪽에 서 있었다. 리베카가 그의 앞을 지나가며 방긋 웃었다. 등자에 올라서서 그가 있는 쪽을 향해 손을 흔들었고, 그는 그녀를 지그시 올려다보았다. 그는 눈 위로 손차양을 하고 있었다. 그가 서 있는 자세로 그냥 올려다보려면 그녀를 보기가 힘들었기 때문이다—8월 오후의 환한 햇살이 눈부시게 강렬했으니까.

일곱

웨스트필드 헌트클럽 승마대회가 끝나고 얼마 되지 않아 나는 피터와 리베카의 관계에 대해 처음으로 약간의 의심을 품었다. 프랭크의 일꾼들이 드와이트 부부의 집 공사를 시작한 주였다. 수요일 밤이었다. 다음날 아침에 마무리지을 계약이 하나 있었다. 큰 거래였다. 글로스터에 새로 지은, 물가가 내려다보이는 전망 좋은 집이 100만 달러에 조금 못 미치는 가격으로 팔린 것이다. 이번에는 내 고객이 구매자였고 팔린 집은 웬디가 보유한 매물이었다. 그날 저녁에는 비가 내렸고, 나는 다음날 아침에 필요한 서류를 하나씩 훑어보았다. 집에 도착해 MG에서 꺼내온 맛좋은 피노누아 한 병을 비우면서. 한 병을 다 비우지는 않으려고 하지만, 다 비우지 않으면 마시다 만 병을 다시 MG로 가져가 트렁크에 넣고 돌아와야 한다. 딸아이가 예고 없이 집에 왔다가 찬장에서 마시다 만 와인 병을 보면 어쩌란 말인가? 다 마신 빈병은 부엌 쓰레기 밑에 감추면 된다. 그래서 그날 밤 비도 억수같이 퍼붓고 해서 한 병을 끝까지 마시기로 했다. 그것이 딱 필요했다. 몸이 따뜻해졌다. 더욱이 자축할 일이 있었다. 날이 밝으면 어마어마한 액수의 수표를 건네받는 것이다.

서류를 서류철에 정리하는데, 구매자들의 주택보험 서류가 빠진 것을 깨달았다. 계약을 마무리지을 때 구매자들은 오지 않기로 해서 필요한 서류를 팩스로 받아둔 터였다. 빠진 서류는 사무실 책상 위에 있었다. 조수를 새로 구해야겠어, 나는 마지막 와인 한 방울을 혀에 흘리며 생각했다. 친구 앨리스의 딸인 켄들이 일 년 휴학한 동안 내 일을 돕고 있었다. 그때는 너무 바빠서 면접까지 보면서 더 실력(어떤 실력이든) 있는 사람을 고용할 여유가 없었다. 지금으로서는 어쩔 도리가 없다. 내일 아침에 사무실까지 갔다 올 시간 여유는 없을 것이다. 은행은 비벌리에 있는데, 웬도버 그린과는 반대 방향이고 그리로 가는 길은 내내 교통이 혼잡할 것이다.

헤이즐든에서 돌아오고 몇 달 뒤 가끔 와인을 한 잔씩 마시기 시작하면서, 나는 뱃속에 술이 한 방울이라도 들어간 상태에서는 누구에게 전화를 걸지도 않고, 이메일을 보내지도 않고, 운전도 하지 않기로 다짐했다. 그 결심만큼은 절대 어기지 않았다. 하지만 그날 밤 나는 약간 알딸딸하게 취해 있었다. 정신을 못 차릴 만큼은 절대 아니었다. 사무실까지는 차로 십 분 거리다—비가 와도 많이 걸려야 십오 분. 운전은 특별히 조심해서 천천히 할 것이다.

나는 레인코트를 머리끝까지 뒤집어쓰고 차를 세워놓은 곳으로 달려갔다. 곧 구불구불한 피그록 레인으로 접어들었다. 솔직히 사무실까지 가는 길은 눈을 감고도 운전할 만큼 훤하다. 게다가 나는 전혀 취하지 않았다. 전에는 두 개로 보이는 길을 하나로 모아서 보려고 한쪽 눈을 감고 집까지 운전한 적도 몇 번 있다―사실은 여러 번. 물론 중독치료를 받기 전의 일이다. 나는 천천히 운전하면서 유령이 나올 것 같은 음산한 가을 저녁을 사실상 즐기고 있었다. 헤드라이트 불빛 앞으로 낙엽이 파닥이는 박쥐처럼 미친듯이 흩날리고, 와이퍼는 이쪽저쪽으로 휙휙 움직였다. 비 내리는 그날 밤 도로에 나온 사람은 나 말고는 아무도 없었다. 도로 전체가 내 것인 것처럼 달리다니 얼마나 멋진가. 졸음에 겨운 우리 지역을 관통하면서, 비에 젖어 검은 리본처럼 구불구불 펼쳐진 길을 유유히 달려가는 기분은 얼마나 좋은가.

사무실 뒤쪽 주차장에 들어가면서, 나는 위층 피터의 사무실에 불이 켜져 있는 것을 보고 깜짝 놀랐다. 그는 보통 수요일에는 이곳에 오지 않았다. 피터의 볼보가 주차장에 세워져 있었고, 그 옆에 다른 차가 서 있었다. 은색 랜드크루저였다. 나는 피터의 차 옆에 차를 댄 뒤 조심스럽게 차에서 내렸다. 그리고 천천히 뛰어서 건물 주변을 돌아 포치 앞쪽 계단으로 갔다. 내 사무실로 가려면 옆쪽 출입구가 더 가까워서, 포치를 통해 거기까지 걸어갔다. 열쇠를 고르느라 시간이 좀 걸렸다. 나는 열쇠를 너무 많이 들고 다닌다. 그게 늘 문제다. 그래서 열쇠 꾸러미를 뒤적거리다가 그만 떨어뜨리고 말았다. 열쇠 꾸러미는 포치 주변에 심어놓은 진달래 수풀 속으로 떨어졌다.

나는 당연히 욕설을 내뱉었다. 그리고 포치에서 잔디밭으로 뛰어내리기로 했다. 다시 계단을 내려가 수풀로 가면 열쇠 꾸러미가 어느 쪽에 떨어졌는지 기억해내지 못할 것 같았다. 그래서 포치에서 폴짝 뛰어내렸는데, 풀밭이 흠뻑 젖어 있어서 그만 미끄러져 엉덩방아를 찧고 말았다. 머피의 법칙―정확히 그 순간에 피터 뉴볼드가 옆문을 열고 포치 밖으로 나왔다.

"누가 있습니까?" 그가 불안하게 물었다.

나는 벌떡 일어났다. 운동선수처럼 그렇게 벌떡 일어나면 술에 취하지 않았다는 증거가 될 것 같았다. 그런데 피터와의 거리가 고작 몇 피트여서, 아래쪽에서 벌떡 일어나는 내 모습을 그가 보면 심장발작을 일으킬지도 몰랐다.

"뭐하는 거예요?" 그가 비틀비틀 물러서면서 소리쳤다. 실제로 가슴을 움켜잡고 있었다. 그러고는 말했다. "힐디? 맞아요?"

"당연히 나죠, 피터." 내가 대답했다. 말하면서 혀가 잘 돌아가지 않는 느낌은 실로 오랜만이었다. "열쇠 꾸러미를 떨어뜨렸거든…… 그래서…… 찾으려다…… 발이 미끄러졌어요."

나는 허리를 굽히다가 주변의 진달래 수풀을 살짝 쳤다. 매끄럽고 자연스럽게 움직이려고 했지만, 비는 내리고 바닥은 미끄러웠다. 또 휘청 넘어질 뻔해서 포치 모서리를 잡고 몸을 가눠야 했다.

"여기요, 도와드릴게요." 피터가 말했다.

나는 그 순간이 꿈인지 생시인지 어렴풋했지만, 그는 재미있다는 표정이었다. 술을 마시면 나는 편집증적으로 변한다. AA모임에 참석하고 중독치료를 받으면 그렇게 된다. 요즘 나는 내가 술을 쳐다보기만 해도 사람들이 알아차리지 않을까 걱정을 한다. 하지만 솔직히 이런 밤에 약간 취했다고 해도 다른 사람이 어떻게 알아보겠는가? 비가 억수같이 퍼붓고 있으니, 땅이 미끄러울 것은 누가 봐도 뻔한 일이었다.

피터가 포치에서 내려왔고, 잠시 뒤 수풀 속에서 열쇠 꾸러미를 찾아 나에게 내밀었다.

"고마워요, 피터." 내가 말했다. 나는 내 차로 돌아가려 했고, 그는 나를 계속 지켜보면서 다시 포치로 올라갔다.

"아 참," 나는 웃으며 다시 사무실 쪽으로 몸을 틀었다. "뭘 가지러 왔는데…… 그냥 갈 뻔했네요."

나는 피터가 있는 곳으로 씩씩하게 걸어가 다시 포치 위로 올라가려고 하면서 말했다. "손 좀 잡아줄래요, 피터?"

피터가 나를 유심히 바라보았다. "저쪽으로 돌아가 계단을 이용하는 게 더 낫겠어요."

"아니, 이게 더 빨라요." 나는 이렇게 말하고는 포치 위로 올라가기 시작했다. 피터가 팔을 뻗어 내 팔을 붙잡고 포치 위로 끌어올렸다. 이번에는 열쇠 꾸러미를 들고 뒤적거리는 대신 피터와 함께 옆문으로 곧장 들어갔다. 내 사무실로 들어가는 문은 피터의 사무실로 올라가는 계단 아래쪽에 있다. 내 사무실 문 옆에 테이블이 있고 그 위에 양치식물 화분이 놓여 있었다. 벽에서 테이블을 떼어내면 그 안쪽 서랍을 열 수 있다. 나는 피터가 지켜보는 앞에서 그 서랍을 열었다.

"이 열쇠를 쓰면 돼요. 늘 여기 두니까." 내가 주절주절 말했다. "보조열쇠 하나는 여기에 두고…… 빌어먹을 놈의 차." 그러다가 얼른 손으로 입을 막았다. 나는 가끔 욕설을 내뱉는데, 대체로 술이 들어갔을 때 그런다. "그놈의…… 멍청한…… 최신식 레인지로버, 그 차에 장착된 자동 잠금장치 때문에 차에서 내리기만 하면 문이 잠겨버려서 말이죠."

"하지만…… 지금 열쇠를 갖고 계시잖아요. 제가 방금 드렸는데요." 피터가 말했다.

"알아요. 알고 있어요." 내가 서랍을 닫으면서 말했다. 사실 나는 그가 열쇠를 찾아준 사실을 깜박했다. 그가 나를 어떻게 생각할지 걱정하느라 정신이 빠져 있었다. 내가 술을 마셨다고 생각하지는 않을지.

"그럼 괜찮은 거죠, 힐디?" 내가 사무실 문을 열 때 피터가 물었다.

"물론이죠." 내가 선언하듯 말했다. "도와줘서 고마워요. 당신도 이제 환자한테 다시 가봐야겠네요."

피터는 잠시 어쩔 줄 몰라하는 것 같더니, 이윽고 말했다. "저 혼자입니다. 작성할 서류가 있어서요."

"아, 다른 차를 본 것 같아서."

"그래요? 가끔 여기에 차를 대는 사람들이 있어요. 밤중에……"

"아, 그렇군요. 아무튼 고마워요." 내가 말했다.

"정말 괜찮은 거죠? 미끄러져 다치셨으면 집까지 모셔다드릴게요."

"네?" 내가 쏘아붙이듯 말했다. "난 아무렇지도 않아요."

물론 다음날 아침이 되자 공포가 나를 찾아왔다. 내가 술을 마신 걸 피터가 알아차렸을까? 내가 중독치료를 받고 온 걸 그는 알고 있을까? 피터의 환자 중에 뉴버리포트의 AA모임(중독치료가 끝난 뒤 거기서 시킨 대로 몇 주 동안 참석했다)에 참석하러 갔다가 얼굴을 익힌 젊은 여자가 하나 있는데, 가끔 포치에서 그녀를 지나치곤 했다. 그 여자가 피터에게 AA모임에서 나를 봤다고 말하지 않았는지 가끔 궁금했다. 모임의 원칙은 익명이지만.

"여기서 누구를 봤는지, 무슨 말을 했는지, 다 놓아두고 떠납니다." 모임이 끝날 때마다, 벙글거리는 얼간이들의 집회에 참석한 것처럼 모두 빙 둘러서서 손을 잡고 외치는 구호가 바로 이것이다. 그러고는 고개를 숙이고 평화의 기도를 올린 뒤, 여전히 손을 잡은 채 또다시 함께 외친다. "꾸준히 참석하세요. 노력하면 보람이 있습니다. 그러니 노력하세요. 당신은 가치 있는 사람입니다." 그런 다음 양옆에 있던 사람들이 내 손을 살며시 쥐고, 그러고 나서야 손을 놓는다. 그러면 그 자리를 떠날 수 있다.

젠장, 그만 좀 하라고. 그곳을 나서면서 나는 늘 이렇게 생각했다. 솔직히 나는 그 모임에서 만난 사람들이 안쓰러웠다. 정말이다. 누구라도 그럴 것이다. 내가 들은 이야기들. 어떤 남자는 어느 추운 겨울밤에 사랑하는 푸들을 밖으로 내보냈다. 그러고는 술에 취해 뻗었는데, 아침에 일어나보니 개가 앞쪽 포치에서 얼어죽어 있었다. 어떤 여자는 술에 몹시 취해 아기를 손에서 놓쳐버렸다. 걸음마를 배우던 아들의 두개골에 금이 갔다. 이런 사람들은 분명 문제가 있다. 뉴버리포트 모임에 왔던 여자가 피터에게 나를 봤다는 말을 해서 피터가 나도 같은 부류로 여기면 어쩌지? 다음날 아침 비벌리로 가는 내내 나는 그 걱정으로 안절부절못했다. 그러나 계약이 마무리되고 나니 그 일이 그리 대단한 문제로 느껴지지 않았다. 수수료로 3만 달러짜리 수표를 받은 것이다. 그 정도면 내 모기지 대출 문제 해결에 도움이 될 것이다. 나는 노스쇼어에서 가장 성공한 여성 사업가 중 한 사람이 아닌가. 억지나 부리고 고마워할 줄 모르는 버릇없는 딸들을 제외하면, 나에게 음주 문제가 있다고 누가 상상이나 하겠는가?

웬도버로 돌아와 돈을 예금하려고 은행 앞에 차를 대는데, 리베카 맥앨리스터가 보였다. 은색 랜드크루저의 뒷문을 열어 아이들을 태우는 중이었다. 물론 이 지역에는 랜드크루저를 모는 사람이 많다. 은색도 흔한 색깔이다. 나는 동작을 멈추고 그녀를 잠시 지켜보았다. 간밤에 비슷한 차를 사무실 건물 뒤쪽 주차장에서 본 것이 어렴풋이 기억났다. 리베카는 차에 올라타는 아이들에게 무슨 말인가를 했고, 문을 닫고 돌아서다가 나를 보자 손을 흔들었다.

"안녕하세요, 힐디." 그녀가 웃으며 말했다. 나도 웃으며 손을 흔들어주었다. 그러자 그녀는 내가 서 있는 곳으로 성큼성큼 걸어왔다.

"안 그래도 전화드리려고 했어요." 그녀가 말했다.

"그래요? 무슨 일로요?"

리베카는 잠시 자신의 손을 내려다보았다. "말씀드리기가 조금 그런데, 저기요, 여름에 해변에서 캐시 드와이트와 작은 언쟁이 있었을 때 같이 계셨잖아요. 캐시의 남편 패치의 회사에서 저희 집 배관공사를 했고요. 그런데 배관공사를 할 곳이 더 생겼어요. 집 뒤쪽에 작은 스튜디오를 지었거든요. 그림을 다시 시작해서……"

"오, 정말 멋진데요, 리베카. 내 딸이 조각가라는 이야기를 했는지 모르겠네요. 한동안은 그림도 그렸어요."

"아니요, 몰랐어요!" 리베카가 외쳤다. 그녀는 무척 발랄해 보였다. 내가 처음 집을 보여준 날, 그 망아지를 본 날과 같았다. 그날도 활기가 넘쳤다. 그뒤로 여러 달 동안 내가 보고 들었던 불안하고 어두운 리베카가 아니었다.

"드와이트 부부와 오랫동안 알고 지내셨잖아요." 그녀가 수줍게 웃으며 말을 이었다. "어떻게 해야 할지 정말로 모르겠어요. 틀림없이 나를 미워할 거예요. 그 사람들과 부딪치지 말고 그냥 다른 사람한테 부탁할까도 생각했는데요. 그 사람들이 내가 앙심을 품고 다른 사람한테 일을 시켰다고 생각하는 건 또 싫어서요⋯⋯"

"리베카," 내가 말했다. "캐시가 그날의 '언쟁'을 기억이라도 할지 모르겠네요. 짐작하겠지만, 캐시는 무척 버거운 삶을 살고 있어요. 진지하게 말하면 캐시가 그 문제를 다시 생각했는지 그것조차 모르겠어요. 내가 패치의 직장으로 전화를 걸어 그 스튜디오에 가서 견적을 내줄 수 있는지 물어볼게요. 아직 단단히 화가 나 있다면, 그렇지는 않을 것 같지만, 바빠서 힘들겠다고 말하겠지요. 하지만 내가 알기로 그 사람들도 사업을 이용할 줄 아니까요. 패치에게 그 공사를 맡기는 게 관계 개선에 더 도움이 될 거예요."

그러자 리베카가 웃었다. "저도 같은 생각을 했어요." 그러고는 말했다. "힐디, 언제 오셔서 저희가 집을 어떻게 바꿔놓았는지 봐주시면 좋겠어요. 언제 점심이든 차든 하러 오시겠어요? 주중에는 대부분 여기서 애들하고만 지내니까, 누가 놀러오면 저도 좋아요."

나는 맥앨리스터 부부가 발로 일가의 옛집을 어떻게 바꿔놓았는지 꽤 궁금했기 때문에 기꺼이 가겠다고 말했고, 다음 화요일로 약속을 잡았다. 퇴근하고 잠시 들르겠다고 했다. 특별히 준비할 건 없고, 그냥 잠시 둘러보고 집으로 돌아가겠다고.

"그러지 마세요. 저녁은 들고 가셔야죠." 그녀가 고집을 부렸다.

"그래요." 잠시 뒤 나는 내 MG를 쓸쓸히 생각하며 말했다. 사람들과 어울리는 것도 좋을 것이다. 너무 외롭다는 생각이 조금씩 나를 잠식하고 있었다.

은행 볼일을 끝낸 뒤 점검차 사무실에 들렀다가, 드와이트 부부 집에 가서 프랭크의 일꾼들이 얼마나 일을 잘하는지 한번 보기로 했다. 프랭크는 그 집 공사를 맡을 만한 사람을 찾을 수 있을 거라고 했다. 끽해야 두 명. 도착해서 보니 놀랍게도 트럭 몇 대가 집 앞에 세워져 있었다. 프랭키가 모는 오렌지색 흉물 트럭도. 진입로에는 파편들이 가득찬 소형 쓰레기 수거함이 있었다. 안으로 들어가보니 모두 다섯 명—비수기에 일하는 프랭크의 일꾼들—이 열심히 일을 하고 있었다. 거실에 깔려 있던 카펫이 치워지고 반짝반짝 닦인 하드우드 바닥이 드러나 있었다. 일꾼 하나가 벽에 페인트를 덧칠하고 있었다. 부엌에 가니 또다른 일꾼이 천장에 페인트칠을 하고 있었다. 그리고 놀랍게도 일꾼 두 명이 더럽고 오래된 흰색 냉장고가 있던 자리에 최신형 스테인리스 스틸 냉장고를 넣고 있었다. 청바지를 입은 프랭크의 다리와 작업용 부츠를 신은 발이 반짝거리는 새 스테인리스 스틸 싱크대 수납장 밖으로 삐져나와 있었다. 그 부츠를 내가 잘못 봤을 리 없었다.

"프랭크?" 내가 불렀다.

그러자 프랭크가 싱크대 밑에서 몸을 좀 빼내고는 나를 올려다보며 싱긋 웃었다.

"무슨 생각을 하는 거야, 힐디?"

"뭐가 뭔지…… 모르겠어. 전부 어디서 난 거야?"

"뭘, 나한테는 늘 싱크대가 남아돌잖아. 이건 누가 주문했던 건데 안쪽에 스크래치가 약간 있었어." 그가 싱크대 바닥을 가리켰다. "그래서 안 쓰겠다는 거야. 그러더니 다른 싱크대로 완전히 마음을 바꿨어. 그런데 이걸 반품하기까지 너무 오래 기다려야 하고 그때까지 끌어안고 있어야 하니까 나한테 줘버렸어. 이 자리에 딱 인데. 배관공사는 패치가 와서 하면 되고. 여기 있던 싱크대는 여기저기 찌그러졌더라고."

프랭크는 청바지에 손을 닦으며 일어서서는, 눈을 가느스름히 뜨고 천장에 페인트칠을 하고 있는 광경을 올려다보았다.

"냉장고는?"

"새거야."

"어디서 났어?"

"그냥 생겼어. 요즘은 모두 이런 스테인리스 스틸 제품을 원하잖아. 그런 건 나도 알아. 이렇게 하니 완전히 새 부엌 같지 않아, 힐?"

새 냉장고와 새 싱크대, 깔끔하게 칠한 흰색 페인트가 부엌을 어떻게 변화시키는지는 정말로 놀라웠다. 프랭크가 싱크대에 팔꿈치를 얹고 기대서서 나에게 미소를 지었다.

"일꾼들이 전부 다른 일을 하러 간 줄 알았는데."

"며칠만 이리로 빼돌렸어. 맨체스터에 있는 그 집터 주인이……뭘 어쩌겠어. 이틀 동안 자기 집터를 닦아줄 다른 사람을 찾기라도 하겠어? 괜찮아. 실내에서 일하니까 기분 전환도 되고 좋네. 패치는 늘 착했어. 알잖아, 나하고도 두어 번 여름에 같이 일한 거."

앞서 말했듯 나는 감상적이거나 감정적인 사람은 아니지만, 프랭크에게 다가가 두 손으로 그의 손을 꼭 잡으며 웬디 헤더턴식의 악수를 했다.

"고마워, 프랭크…… 진심으로."

"언제든 도와줄게, 힐디." 그가 바닥에 시선을 고정한 채 말했다. 그것이 나 혼자만의 생각은 아니었던 것 같다. 그의 얼굴이 약간 붉어졌다. 내 얼굴도 붉게 달아올랐다.

　오래전 고등학교를 갓 졸업했을 때, 나는 프랭키 게첼과 사랑하는 사이였다. 좀 지난 일인데, 어느 날 밤 메이미 랭과 내가 술을 몇 잔 걸쳤을 때, 메이미가 내 딸들에게 그 사실을 폭로해버렸다. 그 일에 대해서는 메이미를 절대 용서할지 않을 것이다.

　"뭐라고요?" 딸들이 비명을 질렀다. 그러더니 자지러지며 얼굴이 일그러질 정도로 웃어댔다.

　"우우우우웩, 엄마." 딸들이 꽥꽥 소리를 질러댔다. 어찌나 심하게 웃는지 숨도 제대로 못 쉴 정도였다.

　"그만, 그만해." 내가 키득거렸다. 약간 알딸딸한 상태였지만 나는 그 사실이 웃긴 이유를 알 수 있었다. 딸들은 프랭크의 지금 모습만 알았다. 그를 자기들의 아빠와 비교하는 것도 당연하다. 자기들 아빠는 늘 보기 좋은 외모에 멋진 몸을 유지하는 사람이었으니까. "그때는…… 보기가 훨씬 괜찮았어." 내가 말했다.

　"늙은 땅속 요정*이 아니라 젊은 땅속 요정 같았다는 거죠?" 테스가 침을 튀기며 말했다.

　"우우우우. 그냥 우우우우." 에밀리가 괴성을 질렀다.

　프랭크의 키가 작은 편인 건 맞다. 그리고 땅딸막하다. 하지만 고등학교에 다닐 때 그를 멋있다고 생각한 여자애는 나만이 아니었다. 잘생겨서가 아니다. 그건 아니다. 그는 남성미가 넘치고 섹

---

* 옛이야기에 등장하는, 뾰족 모자를 쓰고 남자 모습을 한 작은 요정.

시했다. 나는 주인이 누구인지도 모르는 보트에서 그와 사랑을 나누며 여름 한철을 보냈다. 고등학교 마지막 학년을 보낸 뒤의 여름이었다. 메이미와 나는 웬도버 요트클럽에서 종업원으로 일했고, 프랭키는 그 클럽 바로 옆에 있는 조선소에서 보트의 마감 손질이나 수리를 했다. 클럽 회원들이 다 돌아가고 일이 끝나면, 요트클럽 매니저—짐 랜들이라는 이름의 멋진 남자—가 직원들에게 술 몇 잔을 허락했다. 여름이 흘러가면서 우리는 일이 끝난 뒤 친구들을 초대하기 시작했다—옆문으로 몰래 들어오게 해서 클럽 회원들이 지불한 엄청나게 비싼 회비로 구입한 술을 비우는 것이다.

난잡한 파티였다. 1969년 여름의 일이었다. 우리는 모두 자신을 히피로 생각하고 싶어했지만 우리 동네에서 진짜 히피는 프랭키 게첼뿐이었다. 머리 길이가 어느 누구보다 길었고 마리화나를 달고 살았다—모두들 그렇게 말했다. 오후에 일하러 갈 때면 나는 요트클럽 종업원 유니폼—무릎 길이의 감청색 스커트와 짧은 소매의 흰 블라우스—차림으로 조선소를 통과해 질러가곤 했는데, 그때 그는 셔츠를 벗은 채 땀범벅이 되어 요트의 커다란 목재 선체를 사포로 문지르고 있었다. 나는 예쁜 십대는 아니었지만 못생기지도 않았다. 사실 어쩌다 한 번씩 그레이스 슬릭을 닮았다는 말을 듣곤 했다. 숱 많은 갈색 머리를 길게 기르고 앞머리는 내리고 아이라인을 짙게 그려서 일부러 외모를 슬릭처럼 꾸미기도 했다. 어렸을 때 프랭크는 내 사촌 에디와 같은 반이어서 우리집에 놀러오곤 했다. 나는 일부러 그를 못 본 척했지만, 그는 뭐라고 소리치며 나에게 꼭 말을 걸었다. 그는 내 이름을 재미있어하는 것 같았다. 당시 유행하던 노래에 가사를 새로 붙여 흥얼거리기도 했다. "힐디가 오네. 힐디가 오네. 힐디 구우우웃."*

그를 지금 처음 보는 사람이라면 그가 한때 얼마나 잘생겼었는지 상상이 되지 않겠지만, 그는 잘생긴 남자였다. 남성미가 넘치는 쪽으로. 그는 열심히 일했고, 몸이 근육질이었다. 여름에는 아나왐 선조들로부터 물려받은 갈색 피부가 멋져 보였다. 나는 그를 애써 못 본 척했지만 사실은 그의 목소리만 들어도 찌릿한 전율을 느꼈다. 그러던 어느 날, 그가 우리의 애프터아워** 파티에 나타났다. 한여름이 되면서 우리는 요트클럽을 우리만의 작은 비밀 술집으로 바꾸어놓았다. 누군가의 트랜지스터 라디오로 음악—비틀스, 밥 딜런, 제퍼슨 에어플레인, 지미 헨드릭스—을 틀었고, 모두 술을 마시거나 담배 또는 마리화나를 피우거나 바에 올라가 춤을 추었다. 그해 여름 경찰이 두 차례 시찰을 나왔지만, 우리 중 몇 명이 늘 클럽 꼭대기 층 '코모도어 룸'에서 망을 봤다. 경찰이 오면 그들이 곧장 알려주었다. 우리는 우르르 주류창고에 숨었고, 짐 혼자 남아 경찰에게 이곳에 있는 사람은 자기뿐이라고 잡아뗐다.

프랭크가 클럽에 처음 온 날 밤 나는 이미 약간 취한 상태였고, 그가 나타나사 과장하지 않고 기쁜 마음이 들었다. 그 무렵 웬도버에 사는 청년들은 대부분 머리를 약간 길게 길렀지만, 프랭크의 머리는 정말로 길어서 이따금 머리칼이 말의 풍성한 앞 갈기처럼 눈을 덮곤 했다. 그래서 그는 상대방을 볼 때 늘 고개를 약간 옆으로 기울여야 했다. 수줍어서 바닥으로 시선을 떨어뜨릴 때면 앞머리

---

* 어소시에이션의 노래 〈Along Comes Mary〉를 개사한 것.
** '폐점 후'를 뜻한다.

가 흘러내려 다시 눈을 덮었다.

　그날 밤 우리 둘은 맥주를 몇 잔 마신 뒤 대화를 나누었다. 그는 나에게 대학에 갈 계획인지, 내 아버지는 어떤지 물었다. 프랭크의 부모님은 그때 이미 돌아가신 뒤였다—프랭키가 아직 고등학생일 때 암에 걸려 여섯 달 간격으로 돌아가셨다. 하나뿐인 형 데이브는 베트남에 가 있었다. 그때 프랭크는 언덕 위 그 솔트박스 집에 혼자 살았고, 지금도 그 집에 산다. 잠시 뒤 우리는 부두로 걸어갔고, 프랭키는 거기 묶여 있던 보스턴 웨일러 요트 한 척을 알아보았다. 며칠 전 그 요트를 밀어 물에 띄울 수 있도록 주인을 도와주었던 것이다. 프랭키는 자신이 요트를 잘 손보는 것을 자랑스러워했고, 그래서 나에게 보여주고 싶어했다. 그 무렵 웬도버 요트클럽의 부두를 이용하는 사람들은 모두 열쇠를 배에 두고 다녔다. 그걸 누가 썼을까? 음, 프랭크와 나였다. 여름 내내. 그 첫날밤 우리는 보스턴 웨일러의 시동을 걸었고, 파도가 약간 출렁거렸지만 속도를 높여 웬도버 부두 근처를 누볐다. 프랭키는 정박된 보트들이 자신이 직접 배치한 슬랄롬* 코스라도 되는 양 요리조리 피하며 나아갔다. 우리는 길쭉한 목조 요트—지난 몇 주 동안 그가 그 요트에 달라붙어 작업하는 것을 보았다—옆에 우리 요트를 댔다. 그리고 우리의 웨일러를 그 요트 뒷부분에 묶고 프랭키가 그 요트에 먼저 올라탔다. 프랭키는 손을 내밀었다. 내가 손을 잡자 그는 나를 갑판에 올려주었다.

　그 당시 나는 약간 마르고 아담한 편이었다.

---

*스키, 카누 등의 종목에서 장애물 사이를 지그재그로 빠져나가는 경기.

그에게 와인 상자의 열쇠가 있었다. 우리는 널찍한 뱃머리에 앉아 와인을 병째 마셨다. 서로 말은 거의 하지 않았다. 우리는 서로를 흘끗 보고는, 고개를 들어 수줍게 웃으며 별들을 쳐다보았다. 나는 그날 처음으로 마리화나를 피웠다. 그리고 프랭키 게첼과 키스했다. 그 주 얼마 뒤에 우리는 다시 그 요트로 갔고, 이번에는 키스를 한 뒤 선실로 내려갔다. 그가 내 첫 상대였다. 어느 순간이건 레몬오일 냄새만 맡으면 어김없이 그 어두운 선실과 진한 시트러스 오일 냄새가 떠오른다. 소금기를 머금은 채 건조된 요트의 낡은 표면에 프랭키가 꼼꼼하게 발라놓은 그 오일 냄새가. 우리는 보트 주인의 침상으로 올라갔다. 거기서 프랭키는 자신의 단단한 몸으로 내 몸을 세게 눌렀다. 바닷물이 선체에 부딪혀 철벅거렸고, 소금과 레몬, 처음 맡아보는 남자와 섹스의 원시적인 냄새가 났다. 요트는 오르락내리락 출렁거렸고—그날 밤 파도가 거셌다—그 모든 순간이 얼마나 짜릿하고 위험했는지 나는 절대 잊지 못한다. 그 처음이 안겨준 황홀한 고통은 며칠 동안 이어졌고, 그 순간을 생각할 때마다 가슴이 두근거렸다.

오랫동안 나는 스콧과의 모든 문제—특히 섹스와 관련된 모든 문제—를 프랭키가 내 첫사랑이었다는 사실에 돌렸다. 프랭크는 남자답게 구는 것을 좋아하는 편이었다—심하지는 않고 적당히 남자다웠다. 자신만만하고 보스 기질이 있었지만 유쾌했다. 그랬다. 그에게서는 강렬한 사랑과 박력이 느껴졌지만 그것이 드러나는 순간은 사랑을 나눌 때만이었다. 음, 여자는 자신을 이끌어주는 남자를 좋아한다. 적어도 나라는 여자는 그렇다. 여름이 끝나고 매사추세츠 주립대학에 입학하기 위해 이곳을 떠나야 했을 때, 솔직히 나는 가는 내내 울었다. 아버지는 내가 우는 이유가 뭔지 상상도 못했을 것이다. 내가 프랭키 게첼과 그렇고 그런 사이라는 것을 알았다면 아버지는 죽으려고 했을 것이다.

프랭키는 그해 가을 징집영장을 받았고, 크리스마스 무렵에는 베트남에 가 있었다. 전쟁이 끝난 뒤, 그는 웬도버로 돌아왔다. 나도 졸업하고 이곳에 돌아와 있었다. 남편 스콧 올드리치와 함께. 나는 프랭크와의 지난 시절을 거의 떠올리지 않았다. 그는 폭삭 늙었다는 느낌이 들 만큼 나이를 먹어 있었다. 여러 해 전 스콧과의 관계가 정말로 나빴던 어느 날 밤, 유감스럽게도 프랭키와 나 사이에 작은 사건이 있었다. 프랭크는 아직도 그 일을 재미있어하는 것 같다. 그때 나는 취해 있었다. 완벽한 사람은 아무도 없다. 지금 나는 회복중이다. 그도 틀림없이 알 것이다—다른 사람들도 다 안다. 그러니까 일반적으로 생각하자면 그가 나를 볼 때마다 짓는 재미있어하는 표정을 이제는 거둘 때인 것이다.

금요일 아침에 프랭키의 일꾼들이 드와이트 부부의 집 공사를 다 끝냈다. 나는 프랭키의 집에 들러 감사의 표시로 스카치 한 병과 내 앞으로 공사비를 청구하라는 내용의 쪽지를 두고 왔다.

금요일 오후에 샌더슨 부부가 전화를 걸어왔다. 주말에 웬도버로 올 수 없게 됐다고 했다. 아마 다음주에는 올 수 있을 것 같다고. 나는 드와이트 부부의 집이 아직 멀쩡할 때 사람들에게 보여줘야 한다는 생각에 마음이 급해져서 에식스 카운티에 있는 모든 중개인에게 전화를 걸었다. 두 사람에게 집을 보여주었다. 그러나 어느 쪽도 손톱만큼의 관심도 보이지 않았다. 그 주말에 캐시와 패치는 제이크를 데리고 일과에 없는 외출 계획을 세우느라 녹초가 되었을 것이다.

"저기, 사겠다는 사람 없었어요?" 일요일에 캐시가 집으로 돌아와 말했다.

"없었어요." 내가 대답했다. "아직 샌더슨 부부에게 희망을 걸고 있어요. 어쩌면 다음 주말에 올 거예요. 그사이에 오픈하우스를 하기로 해요."

제이크는 거실에서 소리를 지르며 빙글빙글 돌고 있었다.

"우리 애가 변화에 잘 적응하지 못하네요. 카펫이 그리운가봐요." 캐시가 조용히 말했다.

우리는 한동안 식탁 앞에 앉아 제이크에게 귀를 기울였다. 얼마 뒤 나는 일어섰고, 내가 나가자 캐시는 문을 잠갔다.

여덟

　그다음주 화요일 여섯시에 나는 사무실을 나와, 시내를 통과해 리베카의 집으로 향했다. 보통때라면 애틀랜틱 애비뉴를 달리다 웬도버 라이즈로 차를 돌렸겠지만, 리베카가 여섯시 반쯤에 오라고 했기 때문에 시간을 좀 죽일 필요가 있었다. 나는 예전에 살던 곳인 해트숍힐 로드로 차를 돌렸다. 언덕으로 올라가는 뒷길이다. 내 고객들 중 일부는 우리 지역의 길 이름을 듣고 나면 재미있다며 호들갑을 떤다. 진저브레드 힐, 올드베리얼 힐, 피그록 레인, 해트숍힐 로드, 몇 개만 예를 들어도 이렇다. 길의 유래가 노골적으로 드러난다. 진저브레드 힐에는 한때 베이커리가 있었고, 올드베리얼 힐은 과거에 묘지가 있던 곳이다. 피그록 레인은 그 길이 아직 마찻길이던 시절 모퉁이에 돼지 형상의 큰 바위가 있었다고 한다. 자동차가 다니도록 길을 넓히면서 그 바위는 치워졌다. 전남편 스콧은 이 모든 시시콜콜한 사실들을 사랑했지만, 정작 그 자신은 조립라인의 발명과 더불어 역사가 시작된 중서부 미시간 출신이었다. 그게 오히려 이유가 됐는지 그는 나보다 이 지역 역사를 더 많이 알았다. 그가 말해주기 전까지 나는 피그록 레인에 돼지 모양 바위가 있었다는 사실을 전혀 몰랐다.

내가 자란 해트숍힐 로드는 경사가 가파른 비탈길인데, 한때 모자 가게가 있었다. 진짜 가게라기보다는 1800년대 언제쯤 모자 만드는 재주가 있던 어떤 여자가 집에서 모자를 만들어 팔던 것을 말했다. 우리집은 해트숍힐 20번지였다. 해트숍힐 로드 20번지는 아직 있지만, 그 집은 내가 자란 집이 아니다. 아버지가 돌아가신 뒤 그 집을 팔았고, 받은 돈은 여동생 리사와 남동생 저드와 나누었다. 대략 십 년이 지난 일인데, 그때 우리집을 산 사람들이 집을 허물고 흔히 맥맨션*이라고 불리는 새집을 지었다. 굿 일가의 집이 헐린다고 사람들 사이에 이러쿵저러쿵 말이 많았다. 얼마나 당황스러웠느냐고 말해온 많은 사람들에게 나는 내 마음을 솔직히 밝혔다. 나는 그 집에 오래 살지 않았다고. 특별히 매력적인 집도 아니었다고. 그저 기울어가는 옛 농가에 불과하다고. 누구든 자기 소유의 땅에서 뭐든 할 권리가 있다는 것이 아버지의 생각이었다.

"하지만 추억은……" 사람들은 말한다. 모두는 아니지만 대부분의 사람들이. 어머니가 돌아가셨을 때 내 나이는 겨우 열두 살이었다. 아주 오래된 일이어서 근방에서 그 사실을 아는 사람은 얼마 없다.

---

* 건축 공법이나 속도가 맥도널드의 패스트푸드처럼 신속한 주택. 대량 생산된 것처럼 특색 없는 것이 특징이다.

나는 해트숍힐 로드로는 거의 다니지 않는다. 하지만 그날 저녁 리베카의 집으로 가면서 그 길을 택했고, 20번지 건물 앞에 차를 세웠다. 덩치만 크고 값싸 보인다는 점에서는 맥맨션이 맞았다. 건물 전면은 스톤베니어*로, 나머지 부분은 전부 비닐사이딩**으로 처리한 듯했다. 지붕 선도 모양만 여러 개로 꾸며놓았다. 내가 유년 시절 '발자국'을 남긴 옛집은 그 집의 거실 자리만 겨우 차지했을 것이다. 하지만 새로 지은 많은 집들과는 다르게 그 집은 어색하지 않게 터에 들어앉은 것 같았다. 그 집 앞을 지날 때마다 그런 생각을 했지만, 그 이유를 깨달은 것은 리베카의 집으로 가던 그날 밤이었다. 새집을 지을 때 집터에 원래 있던 나무들을 싹 베어버리는 것이 요즘 건축업자들의 관행이지만 그 집은 그러지 않았다—기존 나무들을 살리면서 집을 짓는 것보다 싹 베어버리는 편이 비용이 훨씬 절감된다. 그 집을 지은 건축업자는 다 큰 나무들은 대부분 그냥 두고 집 건물에 바투 붙어 자란 몇 그루만 없앴다. 우리가 숨바꼭질을 하고 놀던 나이 많은 단풍나무를 알아보고 눈시울이 촉촉해졌다고 말할 수 있으면 나도 좋겠다. 나무는 건강한 듯했다. 하지만 나는 이런 일로는 다른 사람들처럼 감상적이 되지 않는다. 나무는 그냥 나무다. 우리는 그 아래에서 놀았을 뿐이다. 지금 그 나무는 중앙 냉난방이 되고 화강암 싱크대가 있는 집 건물 앞에 서 있다. 이제 이곳 웬도버에 남은 우리 집안의 흔적은 나, 그리고 6000제곱피트 면적의 하드우드와 화강암과 시트록 아래 오래되고

---

* 자연석을 본떠 만든 건축 외장용 자재.
** 목재 클랩보드 형태를 본떠 플라스틱으로 만든 건축 외장용 자재.

닳아버린 유령 같은 발자국뿐이다.

발로 일가의 옛집 앞에 차를 댔을 때, 솔직히 놀라서 잠시 넋이 나갔다. 맥앨리스터 부부가 집을 아름답게 바꿔놓았다는 말을 듣기는 했지만, 발로 일가의 옛집이 이렇게…… 아름답게 변할 거라고는 상상도 하지 못했다. 어쨌거나 그뒤로 나는 그 집을 맥앨리스터 부부의 집이라고 부르게 되었다.

내가 차에서 내리자 커다란 독일종 셰퍼드가 목털을 약간 곤두세운 채 엄포를 놓듯 사납게 컹컹 짖으며 달려들었다. 그 개를 보고 깜짝 놀란 사람도 아마 있겠지만—나를 향해 곧장 덤벼들었다—내가 보기에 개의 몸짓은 어딘지 장난스러우면서 확신이 없었다. 게다가 덩치만 컸지 어린애였다—어설픈 십대처럼. 내가 쭈그리고 앉아 내 무릎을 톡톡 치자, 개는 쭈르르 달려와 온몸을 흔들면서 혓바닥을 내밀었다.

"옳지, 놀랐잖아. 잘했어, 착하지." 내가 조용조용 말했다. 개가 옆으로 발라당 드러눕기에 나는 개의 드러난 배를 쓰다듬어주었다. 리베카의 아이들이 옆쪽 마당 나무에 밧줄을 매달아 만든 그네에서 놀고 있었다. 젊은 여자 하나가 아이들과 놀아주고 있었다. 리베카가 나를 맞으러 왔다.

"해리랑 인사하셨죠." 그녀가 허리를 숙여 개의 거대한 가슴팍을 툭툭 치며 말했다. 개가 장난치듯 손목을 물자, 그녀는 짤막하게 "어-어-어" 소리를 냈다. 그러자 개는 손목을 놓고는 미안하다는 듯 꼬리로 바닥을 탁탁 쳤다.

리베카는 리엄과 벤, 그리고 유모 마그다에게 나를 다시 소개했다. 소년들은 지난번에 본 뒤로 더 자라 있었다. 다른 아이들 속에 있는 걸 봤다면 알아보지 못했을 것이다. 나이가 드니 애들이 다 고만고만 비슷해 보인다. 예전만큼 아이들을 잘 알아보지는 못하겠다. 한편, 그런 일이 있을 것 같지는 않지만, 비슷하게 생긴 독일종 셰퍼드를 한 줄로 늘어세워놓고 해리를 찾아내라고 하면 대번에 찾아낼 것 같다. 해리는 멋진 개고, 그애들은 그냥 사내애들이다.

늦은 오후였다. 가을날 오후가 흔히 그렇듯, 마지막 햇살이 나무 꼭대기에 떨어져 저멀리 숲속의 붉은색, 노란색, 오렌지색 우듬지를 더욱 환히 밝혀주었다. 어두워지는 회청색 하늘을 배경으로 마치 횃불을 들어올린 것 같았다.

"정말 아름다운 저녁인데요." 내가 말했다. "저기 하늘을 봐요."

리베카가 웃었다. "골든아워네요."

"'골든아워'?"

"아, 영화나 사진에서 쓰는 용어예요. 예전에 영화 몇 편에 출연했거든요. 들어보셨을 만한 작품은 아니지만요. 그중 한 편의 대본에 소위 골든아워에 해변에서 찍어야 하는 장면이 있었어요. 해변에서 사흘 동안 촬영하면서 모두들 엉덩이가 얼어붙는 줄 알았죠. 그 바보 같은 영화에서 주인공들이 골든아워 동안 키스를 했거든요."

"그렇다면 일몰 같은 거네요, 골든아워는?"

"아니요, 해가 지기 직전이에요. 아니면 해가 떠오른 직후나요. 해가 뜬 뒤의 시간이나 지금처럼 해가 지기 전의 시간을 말해요. 대기가 무척…… 오묘하고 독특하죠. 그게 다 빛의 투명도와 태양의 각도, 그리고 햇살이 수평선에 어떻게 닿는지와 관련이 있대요. 빛이 걸러진다고 해야 할까요. 물론 지금은 영화를 찍느라 부들부들 떨면서 해변에 서 있던 그때보다 화가의 관점에서 빛을 인식하게 됐지만요. 요즘은 빛만 생각하는 날도 있어요."

리베카의 말을 듣고 나니 갑자기 저멀리 언덕을 배경으로 햇빛이 물결처럼 출렁이는 것이 보였다. 리베카가 고개를 옆으로 살짝 기울여 아이들을 지그시 바라보았다. 자신이 무척 기분좋게 '오묘한' 대기, '골든아워'라고 부른 그 순간에 신나게 뛰어노는 아이들을 바라보며 리베카는 아주 즐거워 보였다.

"아이들의 그림자가 어떻게 변했는지 보이세요? 전부 긴데 까맣지는 않아요. 빛이 그렇게 강하지 않거든요. 뚜렷한 대비는 사라지지만 모든 사물이 독특한 색조를 띠어요. 푸르스름한 색조요. 저기, 저 장미 색깔 보이세요……? 어머, 제가 왜 이렇게 말이 많은거죠? 안으로 들어가요." 리베카가 웃었다.

"아니에요, 넋을 놓고 들었네요. 골든아워." 내가 말했다.

내가 생각해온 골든아워는 항상 칵테일 아워였다. 참으로 골든아워인 시간.

우리는 집 건물로 걸어갔다. 핼러윈까지는 아직 몇 주가 남아 있었지만, 깎아낸 호박 네 개가 집 앞 계단에서 우리를 올려다보며 미친 사람처럼 활짝 웃고 있었다. 모두 치아가 들쑥날쑥했고, 곰팡이 핀 삼각형 눈과 얼굴은 초가을 햇살의 습격을 받아 처참하게 허물어지고 있었다.

앞마당에서 바라보면 집 건물은 발로 일가의 원래 집과 비슷해 보였다. 창문마다 검은 덧문을 달아놓은 식민지 시대의 고풍스러운 하얀 집이었다. 집안에 들어가서야 그 작고 오래된 집이 달라진 것을 알아보았다. 현관홀을 널찍한 다락 느낌으로 바꾸어놓았다. 거실은 천장의 목재 지름대를 노출시키고 바닥에 널찍한 유광 널빤지를 깔아 아름다웠다. 벽을 전부 허물어 널찍해진 공간 한복 판에는 커다란 벽난로가 자리를 잡았는데, 벽난로 주위에 짙은 버 건디색과 황금색의 번쩍거리는 벨벳 천을 씌운 소파를 빙 둘러놓 았다. 쿠션이 여기저기에 흩어져 있었는데, 화려한 실크와 인도에 서 들여온 태피스트리 같은 직물로 만든 것들이었다. 우리는 거실 을 지나 벽과 천장이 아름다운 유리로 된 일광욕실 같은 통로로 들 어갔다. 유리방의 바닥에는 연마한 청석青石을 깔아놓았다. 유리벽 을 따라 설치한 긴 선반에는 향이 나는 허브와 꽃을 피우는 식물들 이 세라믹 화분에 줄줄이 심어져 있었다. 구석에는 레몬나무가 있 었다.

유리 통로 너머가 새로 만들었다는 스튜디오였다. 크지 않지만 작지도 않았다. 어디를 보든 모든 것이 원래부터 그 자리에 있던 것처럼 보였고, 하나하나가 서로 보완적이었다. 작은 서재와 식사 실을 지나 홀을 통과하자, 이어서 널찍한 부엌이 나왔다. 흰색으로 칠한 멋지고 아름다운 부엌이었다. 한복판에 대리석 상판을 깐 커 다란 아일랜드 식탁이 있었고, 그 위에 마개를 딴 레드와인 한 병 과 유리잔 두 개가 놓여 있었다. 한 잔은 반쯤 채워져 있었다.

"저는 레드와인으로 할 건데, 화이트와인을 드시고 싶으면 따드 릴 수 있어요." 리베카가 말했다.

내 '개인사'를 모르는 누군가와 같이 있는 것이 실로 오랜만이었 다. 내가 초대를 받고 가면 사람들은 대체로 "힐디, 음, 마실 건 종 류별로 다 있어요. 콜라, 다이어트 콜라, 셀처*, 물……" 하고 말 한다.

리베카가 잔을 채워주겠다고 천진난만하게 나서는 바람에 나는 선뜻 지금 당신이 마시는 그 맛좋은 피노누아를 따라달라고 말할 뻔했다. 하지만 그러지 않았다. 그 대신 이렇게 말했다. "저기, 지금은 그냥 물만 마실게요." 그러고는 처방약을 먹고 있어서 그렇다고 중얼거렸다. 그날 밤만 마시지 않지 보통때는 사람들과 어울려 마신다고 그녀가 생각할 수 있도록. 그녀처럼, 이 세상 모든 선량한 사람들처럼 나도 그렇게 마신다고 생각하도록.

"스튜를 만들어서 레인지에 올려뒀어요. 소고기는 드시죠?" 리베카가 물었다.

"그럼요." 내가 대답했다.

"지금 마그다한테 애들 식사를 차려주라고 할게요. 제 스튜디오를 보여드리고 싶어요. 그러고 나서 다시 돌아와 저녁을 먹어요." 리베카가 방긋 웃으며 나에게 물잔을 내밀었다. 그녀는 와인을 기분좋게 홀짝거렸다. 그러고는 예전에 그랬던 것처럼 나에게 다시 눈웃음을 쳤다.

우리는 조금 더 대화를 나누었고, 스튜디오를 구경하려고 밖으로 나갔을 땐 날이 이미 어누워져 있었다. "손전등을 찾아서 가져가야 할 거예요. 그런데 달이 거의 보름달이네요." 부엌문을 열고 나갈 때 그녀가 말했다. "밤길이 걷기 괜찮으셔야 할 텐데요, 힐디." 리베카가 말했다. "브라이언이 자꾸 바깥에 투광조명등을 설치하라고 하는데, 저는 그런 조명이 싫어서요."

"그건 나도 싫어해요." 내가 말했다. 나는 그런 조명이 딱 질색

* 독일의 비스바덴 부근 젤터스(Selters) 마을에서 나는 천연 광천수.

이다. 특히 보스턴이나 뉴욕 같은 도시에서 온 사람들은 어둠이 두려운지 우주에서 눈에 띄려고 안달이 난 것처럼 자신들의 땅을 환하게 밝히려고 한다. 나는 어둠이 좋았고, 리베카도 그렇다는 사실을 알게 되니 기뻤다.

달은 정말 거의 보름달이었다. 이번은 추분 무렵의 보름달이라 사방 천지가 그림자와 달빛으로 어지러웠다. 해리는 밤 산책이 무척 좋은지 리베카 옆에서 깡충거리며 따라왔다. 솔송나무가 무리지어 자란 좁은 길을 통과하자, 한쪽 벽 전체가 유리로 된 작은 집이 나왔다. 리베카가 문을 열고 잠시 벽을 더듬더니 전등 스위치를 켰다. 삼면에는 백색 도료를 발랐고, 앞서 말했듯 한쪽 벽은 유리였다. 짐작건대, 햇빛이 드는 낮 동안 해수 소택지까지 아름다운 경치를 바라볼 수 있을 것이다. 그녀는 큰 캔버스에 그림을 그렸는데, 그림은 다소 추상적이고 인상주의에 가까운 바다 풍경이었다. 나는 미술 전문가는 아니지만, 내 딸이 로드아일랜드 디자인스쿨에 다녔고 좀더 돈이 되는 조각으로 진로를 결정하기 전에는 그림도 좀 그렸다. (이 딸은 브루클린에서 친구와 함께 수도시설이 없는 로프트에 산다. 집세는 내가 낸다.)

리베카의 그림은 모래색과 바다색으로 채워져 있었다. 내가 사진을 보고 그린 건지, 아니면 실제로 야외에서 그린 건지 물었다. 그녀는 큰 캔버스에 그린 그림들은 이 스튜디오에서 그린 것이지만, 작은 그림들은 윈드포인트 로드 끝에서 그린 거라고 했다.

"오. 아름다운 길이죠." 내가 말했다. "그 길 끝에 피터 뉴볼드의 집이 있는 거 알아요? 해변 근처에요." 나는 별생각 없이 말해버렸고, 그녀가 피터에게 심리치료를 받는 것을 내가 알고 있다는 사실에 그녀가 당황하지 않을까 잠시 걱정했다. 하지만 내가 그의 이름을 언급하자 그녀의 얼굴이 밝아졌다. 그리고 말했다. "알아요." 그녀는 스튜디오 저쪽에서 커다란 캔버스를 끌고 왔다. "이게 피터의 집 잔디밭에서 찍은 사진을 보고 그린 거예요."

"아름답네요, 리베카." 내가 말했다. 그리고 물었다. "피터와 엘리스의 집에 갔었군요?" 나는 심리치료를 받아본 적이 없어서, 환자가 바깥에서도 의사와 어울리는 게 흔한 일인지 아닌지는 전혀 알지 못했다. 하지만 맥앨리스터 부부와 뉴볼드 부부가 서로 잘 지내는 것은 있을 법한 일이었다. 그들 모두가 친구로 지낸다 해도 이상할 것이 없었다.

"네…… 음, 사실 집안에는 들어가보지 못했어요. 하지만 거기서 사진을 찍고 있는데 피터가 해변으로 걸어가는 걸 봤어요. 제가서 있던 곳이 거의 그의 집 앞이었는데 저는 전혀 몰랐어요."

리베카가 이 말을 할 때 나는 그녀의 얼굴을 쳐다보고 있었기 때문에 그녀가 거짓말을 한다는 것을 알 수 있었다. 계속 이야기할거라 생각했지만, 그녀는 이야기를 멈추고 입술을 깨물었다. 그러더니 웃으며 말했다. "음, 이야기가 긴데, 간단히 말해서 피터도 사진에 심취해 있어요. 사진을 찍고 싶으면 거기 잔디밭에 와서 찍어도 좋다고 했어요."

"어쩜, 이 그림은 마음에 쏙 드네요." 나는 그녀가 들고 있는 커다란 캔버스로 한 걸음 다가가며 말했다. 그녀가 계속 거짓말을 한다 해도 나는 상관없었다. 우리는 모두 때때로 거짓말을 한다. 그리고 그 이면은 대체로 별것 아니다. 하지만 나는 예술작품에 대해서는 거짓말을 하지 않는다. 마음에 들지 않는 것을 마음에 든다고 말하지는 않는다. 그런 때는 대체로 입을 다문다. 리베카의 그림은 정말로 마음에 들었다. 바다 냄새가 나는 것 같았다. 아름다웠다.

"사실은 그 사진, 피터가 찍은 거예요." 리베카가 말했다. "내가 보고 감탄하니까 피터가 줬어요. 그래서 그걸 보고 그림을 그렸어요."

"나도 피터를 참 좋아해요." 내가 말했다. "정말 좋은 사람이에요. 틀림없이 심리치료도 아주 잘할 거예요……"

나는 리베카의 반응을 관찰했지만, 대답할 때 그녀는 내게 등을 돌린 채였다. 그녀는 그림들을 다시 벽 쪽에 옮기고 있었다.

"그렇죠…… 음, 피터가 정말로 제 심리치료를 해주지는 않아요. 저한테 필요한 약을 처방해주는 게 다예요. 하지만 그게…… 음, 그게 제 삶을 바꿔놓았어요. 지금까지 정신과의사를 여러 명 찾아갔고 다양한 항우울제를 처방받았어요…… 어머나, 잘 아는 분도 아닌데 제가 미주알고주알 다 털어놓네요." 리베카가 말했다. 그녀는 나를 돌아보며 방긋 웃었다. 그러고는 집 건물에서 나올 때 가져온 와인잔을 페인트 얼룩이 묻은 테이블에서 들어 한 모금 홀짝였다. 와인을 맛있게 마시는 모습을 보자 나도 기분이 좋아졌다. 나는 사람들이 술을 어떻게 마시는지에 늘 주목한다. 나처럼 술을 좋아하는 사람을 보면 기분이 좋다. 리베카가 혹시 내 동족일지 모른다는 생각이 들었다.

"걱정하지 마요. 사람들은 나에게 모든 걸 털어놓지만, 나는 그걸 떠들고 다니는 사람은 아니니까."

나는 정말로 그런 사람이 아니다. 그런 진짜 이야기는 절대 말하지 않는다.

"음, 하고 싶은 말이 많은 건 아니에요. 피터가 처방해준 약이 마침내 저한테 잘 들었다고요. 이제 우울하지 않아요."

"그렇군요. 나도 항우울제가 늘 궁금했어요." 내가 말했다. 딸둘이 모두 항우울제를 복용했다. 나는 복용하지 않을 것이다. "그걸 먹으면 안정이 되나요? 기분이 아주 좋아져요?"

"아니요. 사실 대부분의 약은 먹으면 기분이 개똥 같아져요. 걸쭉한 배설물 속에서 헤엄치는 바보 천치가 된 것처럼요. 하지만 피터가 처방해준 약은…… 음, 기분이 좋아지기 시작했어요. 조금씩요. 어느 날은 음식이 어찌나 맛있던지 깜짝 놀랐어요. 잉글리시머핀 같은 별것 아닌 걸 먹는데, 지금까지 먹어본 것 중에 최고로 맛있어, 이런 생각이 드는 거예요. 갑자기요. 그 바람에 몸무게가 몇 파운드 늘었어요. 음식 맛이 다시 좋아졌어요."

그 말은 사실이었다. 리베카는 몇 파운드 더 쪄 보였다. 사실 그녀는 살이 좀 쪄야 했다.

"어느 날은 개를 쓰다듬다가 생각했어요. 이 녀석의 털이 이렇게 부드러운 걸 예전에는 왜 몰랐지? 전에는 뭔가를 그렇게 부드럽다고 느껴본 적이 없거든요."

"우와, 무슨 약을 복용하는지는 모르겠지만, 그 약을 만드는 제약 회사 광고에 나가도 되겠어요." 내가 말하자 리베카가 웃었다. 그녀가 하는 말을 들으니 정말로 솔깃했다. 영원히 두 잔째 술을 마시는 기분이 든다는 말처럼 들렸다. 취하지는 않았지만, 지독히 맑은 정신도 아닌 상태. 항상 그런 상태로 살면 좋을 것 같았다. 우리는 그림 몇 점을 더 본 뒤 집 건물로 돌아가 저녁을 먹기로 했다.

"와인 챙겨야죠." 내가 말했다. 하마터면 그 잔을 두고 갈 뻔했다.

"어머, 그럼요." 리베카가 말하며 와인잔을 들었다. 그녀는 스튜를 내오면서 그 잔에 담긴 와인을 홀짝홀짝 비웠다. 식사할 때는 나와 같이 물을 마셨다. 사람들이 술 마시는 방식에 주목하게 되는 것은 어쩔 수가 없다. 와인을 한두 잔 마신 뒤 물로 바꿔 마시는 사람을 보면 나는 늘 놀란다. 리베카는 그런 사람처럼 보이지 않았는데, 지금 보니 그런 사람인가보다.

그날 밤 리베카의 집에서 나와 웬도버 라이즈를 내려간 뒤, 나는 강과 내 집이 있는 쪽으로 방향을 꺾는 대신 게첼 만을 지나 달리기로 했다. 물에 어린 보름달을 보려고. 그 만에는 정박된 보트가 아직 몇 척 있었다. 오래된 오티 클라크의 크리스크래프트 요트와 스타인 일가의 요트, 웨스턴 일가의 요트가 보였다. 잔잔한 물이 사방에서 반짝거리는 가운데, 나는 황금색 달빛 아래 출렁이는 보트들을 지켜보았다. 그리고 예전에 그 만에 정박되어 있던 내 작은 요트를 생각했다. 내가 대학에 가기 전 여름에 프랭키 게첼이 나에게 준 요트였다. 버려진 낡은 위전을 그가 고쳐내 살려놓았다. 그는 선체를 수리하고 밝은 빨간색 페인트를 칠한 뒤 나에게 가지라고 했다. 그리고 내게 요트를 모는 법을 가르쳐주었다. 지금 위전은 단종됐을 것이다. 요즘엔 그 배를 본 사람이 없겠지만, 위전은 작고 멋진 요트다. 뱃머리에 지브돛과 주돛이 있고, 두 명이 탈 공간이 되긴 하지만 혼자 타기에도 비좁다. 우리는 내 조상의 이름을 따서 요트에 세라 굿이라는 이름을 붙여주었고, 웬도버 항에서 그 요트를 몰고 나가 많은 오후를 함께 보냈다. 나는 그해 여름 내

내 입고 다닌 줄무늬 비키니, 프랭크는 헐렁한 도장공 바지에 셔츠는 벗은 차림이었다. 풍향에 따라 침로를 바꾸는 법과 바람을 등지고 나아가다 돛을 이동시켜 방향을 바꾸는 법을 배울 때는 서로 욕설을 내뱉고 웃음을 터뜨리며 팔을 부둥켜 잡았다. 나 때문에 배가 뒤집힐 뻔한 적도 한두 번이 아니었다. 위전은 바로 세우기 쉬운 배가 전혀 아니었지만, 프랭크는 센터보드에 어떻게 서서 어떻게 몸을 움직여야 흔들리는 배를 다시 바로 세울 수 있는지 가르쳐주었다. 나 혼자 바다에 나갔을 경우 혼자 힘으로 하는 법도 가르쳐주었다. 나도 요트를 몰 수 있게 되자, 프랭크와 나는 훨씬 수월하게 항해했다. 서로 말은 많이 하지 않았다. 그럴 필요가 없었다. 말 없이 요트를 출항시킨다. 프랭크가 키 손잡이를 팔 밑에 끼우고 편안한 미소를 머금은 채 담배를 꼬나물고 선미에 기대앉는다. 나는 지브돛을 조절하는 밧줄을 손가락 사이에 끼우고 얼굴은 태양을 향한 채 근육이 탄탄한 그의 안쪽 허벅다리에 눕는다. 그 여름 동안만 그랬다. 그리고 나는 대학에 갔다. 하지만 세라 굿호를 없애지는 않았다. 여름이 끝나갈 무렵 트레일러를 가진 친구가 그 배를 옮겨주었다. 겨울 동안은 아버지의 집 뒷마당에 두었다. 넘실거리는 흰 바다에 떠오른 빨간 고래의 넓적한 등처럼, 배의 선체가 하얗게 쌓인 눈 위로 삐죽 나와 있었다.

스콧이 웬도버로 나를 처음 찾아온 것은 우리가 3학년을 보낸 뒤의 여름이었다. 내 요트를 정박해놓은 곳으로 갈 때 나는 부치 해스컬의 작은 배를 빌리곤 했다. 스콧은 뭔가를 보면 자기 느낌을 곧잘 표현했는데, 우리가 그 작은 배를 타고 내 찌그러진 작은 요트 옆으로 갔을 때 큰 소리로 외쳤다. "와우, 미끈한데."* 우리 둘은 배를 잡고 웃었고, 그날 오후 요트를 타고 웬도버 항을 돌면서 캐서린 헵번과 캐리 그랜트처럼 말했다. 물론 우리 둘 다 캐서린 헵번이 되고 싶어했다. 믿기 어렵겠지만, 결혼하고 십육 년 가까이 지나 스콧이 동성애자임을 밝힌 순간까지 나는 그 사실을 전혀 눈치채지 못했다.

---

* "My, but she's yar." 캐서린 헵번이 출연한 영화 〈필라델피아 스토리〉에 나오는 대사.

아홉

안녕, 엄마, 테스예요. 오늘 그래디가 아파요. 심한 감기에 걸렸지만 괜찮아요. 오늘밤에는 우리가 집에 데리고 있을 거예요. 그러니까 안 오셔도 돼요. 어쨌거나 감사해요. 시간 날 때 전화 주세요. 추수감사절 문제로 상의드리고 싶어요.

집 전화기에 이런 메시지가 남겨져 있었다. 금요일 저녁이었다.

내가 중독치료 센터에서 돌아오고 얼마 되지 않았을 때, 테스와 마이클은 이따금 저녁때 아이를 봐달라고 내게 부탁하기 시작했다. 그러다가 금요일에는 늘 봐달라는 식이 되었고, 금요일 밤은 테스와 마이클이, 또 나와 어린 그래디가 데이트를 하는 시간이 되었다. 그래디와 함께 보내는 시간을 나는 정말로 고대했다. 할머니가 손자를 애지중지하는 그렇고 그런 지겨운 이야기를 늘어놓지는 않겠지만, 이것만은 말해두고 싶다. 지난 금요일에 나는 그애들 집에 갔었다. 아이가 아프다며 나에게 오지 말라고 한 그날로부터 일주일 전의 금요일 밤에. 그래디는 높다란 아기용 의자에 앉아 있었다. 방금 '저녁식사'를 끝낸 뒤였다.

내 딸들이 아기였을 때는 끼니를 먹이는 것이 큰일이 아니었다. 두세 칸으로 나뉜 플라스틱 접시가 어렴풋이 기억나는데, 그 칸칸에 음식―고기, 채소, 아마도 과일 약간―을 담아 먹이곤 했다. 빨아먹는 아기용 우유컵도 있었다. 그전에는 젖을 먹었다.

그런데 그래디의 식사는 여간 복잡하고 심각한 일이 아니었다. 매번 그랬다. 태어난 순간부터 그랬다. 테스는 퇴원하자마자 곧바로 '수유 전문가'를 찾아갔다. 아기가 젖을 충분히 먹지 않는 것 같아 걱정이 되어서였다. 수유 문제가 해결되자, 아기가 배앓이를 시작했다. 그래서 온갖 의사와 영양학자들을 찾아다니며 상의했다. 결국 유당불내증 진단을 받았고, 그래디는 젖을 떼면서부터 두유만 먹어야 했다. 우유도, 치즈도, 버터도 안 된다. 그 짧은 인생 동안 땅콩은 손도 댈 수 없었다. 마이클 쪽으로 땅콩 알레르기가 있는 사촌이 있었기 때문이다. 따라서 그 집에서는 땅콩이나 땅콩오일과 관련된 것은 어떤 것도 허용되지 않았다. 지금은 글루텐 알레르기를 '차단하려고' 애쓰는 중이었다.

"그럼 뭐가 남아?" 내가 테스에게 물었다. "그래디는 뭘 먹고 살아?"

테스와 마이클은 내가 그래디의 식이요법에 대해 질문하는 것을 싫어했다. 어느 날은 마이클이 이런 말도 했다. "장모님이 그래디의 음식을 가지고 생각 없이 이렇다저렇다 하시는 게 저희는 걱정이 됩니다. 그건 이 문제를 심각하게 생각하지 않는다는 뜻이고, 혹시…… 깜박하고 먹여서는 안 될 음식을 먹일 수도 있다는 뜻이니까요."

나는 '음식 문제'가 심각한 것임을 알고 있으며 그래디가 먹어서는 안 되는 음식을 먹이는 일은 당연히 없을 거라고 마이클을 안심시켰지만, 종종 작은 컵에 담긴 아이스크림이나 케이크 한 조각을 몰래 먹이는 못된 상상에 빠져들면서 즐거워했다. 아이는 잘 먹지 않았다. 하지만 누가 아이를 나무랄 수 있겠는가? 어쨌거나 그 금요일 저녁에 그래디는 유기농 완두콩으로 만든 퓌레와 글루텐이 들어가지 않은 파스타, 소이버거 같은 것을 끝내 싫다며 밀쳐냈고, 내가 높다란 아기용 의자의 쟁반에 엎질러진 음식물을 닦아내는 동안 나를 올려다보며 방싯방싯 웃었다.

그래디는 나를 '함마'라고 부른다. 그러면 내 가슴은 날아오를 것 같다.

딸들의 개입에 대해 내가 고마워하는 또하나의 이유가 이것이다. 내가 술을 많이 마시던 시절에 테스와 마이클은 나에게 절대 그래디를 맡기지 않았다. 예전에는 정말로 많이 마셨다. 지금은 알겠다. 몇 달 술을 끊은 뒤—헤이즐든에서 보낸 시간과 그 이후의 두 달—의지만 있으면 술 없이 버틸 수 있다는 사실을 깨달았다. 그래서 그래디를 보러 가기 전에는 절대 술을 마시지 않았다. 매주 하루이틀 정도 밤에 술을 참으니 좋았다. 아기를 봐주고 돌아온 밤에는 와인을 한 잔도 마시지 않을 때도 더러 있었다. 몹시 피곤해서 곧장 잠자리에 들었기 때문이다.

아무튼 그날 저녁을 먹은 뒤 그래디는 나를 올려다보며 방싯거렸고, 나는 아이를 어떻게 해야 할지 몰라 약간 허둥댔다. 아기가 하는 말은 고작 몇 마디였지만, 높다란 아기용 의자에 앉은 아기는 무척 행복해 보였다. 그래서 내가 말했다. "함마가 노래 불러줄까?"

"으으으으으음머." 그래디가 웅얼거렸다. 좋다는 뜻이었다.

그래서 나는 스콧과 내가 우리 딸들에게 불러줬던 것처럼 〈Good Morning Starshine〉을 불러주었다. 1절만 불렀다. 기억나는 노래는 그게 전부였다. 오랫동안 노래라곤 부르지 않았다. 다 부른 뒤 나는 그래디에게 웃어주었고, 아이도 나를 보며 방긋 웃더니 손뼉을 쳤다. 그러고는 말했다. "더." 아이가 할 줄 아는 말 중 하나였고, 나는 다시 그 노래를 불렀다.

나는 아기를 들어 의자에서 내려준 뒤 기저귀를 갈고 잠옷을 입혔다. 그러고는 소파에 앉아 아기를 무릎 위에 앉히고 흔들흔들 튕겨주며 노래를 몇 곡 더 불렀다. 조니 미첼의 노래와 빌리 홀리데이의 〈God Bless the Child〉를 불렀지만, 빌리 홀리데이 노래는 내가 썩 잘하지 못했다. 빌리 홀리데이 노래는 스콧이 잘했다. 내가 노래를 시작했다. "야생마라 해도…… 나를 끌고 갈 수는 없지……" 그리고 우리의 대학 시절에 스콧이 작곡한 노래도 몇 곡 불렀다. 가사까지 거의 다 기억났다.

스콧과 나는 매사추세츠 대학교 아카펠라 동아리에서 처음 만났다. 그리고 다른 커플과 함께 작은 포크그룹을 결성했다. 팀 이름은 '더 놉스the Knobs'라고 지었다. (이유는 묻지 마라—그 이름이 멋있다고 생각했을 뿐.) 우리는 애머스트나 홀요크, 혹은 그 근처의 커피숍들을 돌며 공연을 했다. 딸아이들은 그 사실에 대해, 그리고 자기들이 그런 노래를 얼마나 싫어했는지 아느냐며 우리를 무자비하게 놀려댔지만, 딸아이들이 어렸을 때는 차를 타고 가면서 그 노래를 가르쳐 우리와 같이 부르게 했었다. 화음 넣는 법도 좀 가르쳤다. 특히 에밀리는 목소리가 예뻤고, 스콧과 에밀리는 어떤 노래든 함께 부를 수 있었다. 내 생각에는 어린 그래디도 음악적 소질이 있는 것 같다. 그래디에게는 타고난 리듬감이 있다. 음악에 맞춰 고개를 까딱거리고, 내가 노래를 끝낼 때마다 "더, 더" 하고 소리친다.

어쩜, 이 아이는 정말 사랑스럽다. 테스가 그러는데 이 아이가 처음 말한 단어가 그거였다. 더.

당연히 그랬을 것이다. 이 아이는 내 손자다. 나를 닮았다. 테스나 마이클이 알아차렸는지는 모르겠지만. 내가 처음 말한 단어도 더가 아니었을까 하는 생각마저 든다(내 어머니의 뒤엉킨 머릿속에 그런 사실이 입력되고 인식됐는지는 알 수 없다). 하지만 요점은, 쾌락에 관한 한 나는 채워질 줄 모른다는 것이다. 나는 늘 더 원했다. 꼭 어린 그래디처럼.

그래서 그 금요일에 녹음된 메시지를 틀어본 뒤, 나는 그래디를 볼 수 없어 슬펐지만 한편 마블헤드까지 운전해 가지 않아도 된다는 사실에 약간 안도감을 느꼈다. 춥고 비가 내렸다. 벽난로에 장작개비를 좀더 넣고 개들과 함께 영화를 보기 좋은 밤인 것 같아 그러기로 했다. 물론 먼저 보트하우스로 갔다. 와인을 곧 집안에 들여놓아야 할 것 같았다. 머지않아 날씨가 얼어붙을 듯 추워질 테고, 딸들이 절대 찾아내지 못할 또다른 보관 장소를 찾아야 했다. 고민 끝에 지하 저장고 안의 기어서 들어가야 하는 장소로 정했다. 거기가 완벽한 것 같았다. 다만 와인을 옮기는 일에는 아직 착수하지 못했다. 여덟시가 다 된 시각이라 바깥이 몹시 어두워서 와인병의 목을 잡고 천천히 집으로 돌아오는데, 돌연 차 한 대가 우리집 진입로로 들어왔다. 나는 탈주자처럼 그 자리에 얼어붙었고, 와인 병은 무용지물이 된 무기처럼 옆구리께에 내려졌다.

"힐디?" 여자 목소리였다.

나는 눈을 찡그려 헤드라이트 쪽을 봤지만 나를 부른 사람의 얼굴은 보이지 않았다. 이런 밤에 불쑥 나타날 만한 사람이 누구지? 차 옆쪽으로 가서 보니 은색 랜드크루저임을 알 수 있었다. 운전석에는 리베카가 앉아 있었다. 손으로 눈을 가린 채 떨면서 울고 있었다.

"리베카? 무슨 일 있어요?" 내가 물었다. "무슨 일이에요?"

그녀는 흐느껴 울기만 했다. 나는 와인병을 만천하에 드러낸 채 길가에 바짝 서 있다는 사실이 의식되어 이렇게 말했다. "리베카, 들어가요. 시동을 끄고 우리집에 들어가요."

한동안 우리집에는 놀러온 사람이 없었다. 중독치료 센터에 다녀온 뒤로 가까운 친구 두 명이 들렀던 것 같고, 물론 드물지만 테스와 에밀리가 온다. 그래서 리베카를 데리고 집에 들어갈 때 집안 꼴이 조금 의식되었다. 그 순간 나는 내 집을 리베카의 눈으로 보았다—부동산 중개인이 되면 그것이 제2의 천성이 된다. 앞문 옆에 레인부츠 한 켤레가 외롭게 놓여 있고, 그 위로 개들의 목줄이 걸려 있었다. 우리가 거실을 통과할 때, 나는 정말로 이 공간에 앉은 사람이 일 년 넘게 한 명도 없었는지 돌이켜보았다. 부엌 개수대 옆 식기 건조대에는 커피를 마시는 머그잔 하나와 와인잔 하나만 달랑 놓여 있었다. 나는 그 잔들을 매일 손으로 씻는다. 집에 돌아올 때 일본 음식을 사들고 올 뿐 요리는 거의 하지 않는다. 사온 음식을 서재에 들고 들어가 종이 접시째 텔레비전 앞에서 먹는다.

지독히 조용하고 외로운 곳이 돼버린 이 집이 겉보기에도 그렇게 보일까? 나는 우왕좌왕하며 전등을 켰지만, 리베카를 흘깃 건너다보니 집 내부에는 아무런 관심이 없어 보였다. 화가 많이 난 것 같았다. 개들은 손님이 찾아오자 기뻐서 어쩔 줄 몰라했다. 리베카가 무릎을 꿇고 개들을 쓰다듬어주자, 심지어 성깔 있는 뱁스조차 눈물에 젖은 그녀의 얼굴을 핥아주었다.

"뭘 좀 가져올까요?" 내가 물었다. 그러고는 내 손에 들린 와인병을 보며 말했다. "와인 한 잔은 어때요?"

"아주 좋아요, 힐디. 정말 감사해요. 이렇게 불쑥 나타난 거 정말 창피해요. 지나가다 여기 계신 걸 보고 그만……" 그녀는 우리가 처음 만난 날 그 도둑맞은 망아지 사건으로 가슴 아파했을 때처럼 눈물을 흘리며 웃었다.

그래서 나는 그릇장에서 유리잔 두 개를 꺼냈다. 와인잔으로. 잔 두 개에 와인을 따르는데, 기쁨과 안도감이 밀려오면서 마음이 따스해졌다. 나는 다시 세상 속의 사람이었다. 사람들과 어울려 술을 즐기는 사람이었다. 리베카는 지금 자신이 나와 함께 어둡고 금지된 일을 시작하려 한다는 사실을 분명 모를 것이다. 나는 그녀에게 와인잔을 건넸다. 그리고 그녀가 그 아름다운 입술에 와인잔을 갖다 대는 모습을 지켜보았다. 우리는 와인을 길게 한 모금 들이켰다. 리베카가 나를 보고 웃어주었다. 나도 마주 웃고는, 병을 집으며 말했다. "다른 방으로 갈까요. 벽난로에 불을 지피려던 참이거든요."

리베카와 나는 와인 한 병을 다 비운 뒤 또 한 병을 거의 다 비웠다. "아니요, 이제는 정말로 가야 해요." 그녀는 거듭 그렇게 말하면서도 더 따라달라는 듯 내 앞에 잔을 내밀었다. 그럼 그렇지, 리베카는 동족이었다. 처음 만난 사람이라도 나는 그 사람과 술의 관계가 나의 그것과 같은지 다른지 알 수 있다. 나 같은 사람들은 술을 마시지 않았을 때 매우 섬약하다. 처음 만난 그날 농장에서 리베카의 그런 면을 엿보았다. 세상사에 능통한 피터 뉴볼드가 요즘 어떤 연금술을 팔고 다니는지는 모르지만, 우리에게 잘 맞는 치료약은 하나뿐이다. 정말로.

한 병을 다 비운 뒤 두번째 병을 가지러 가면서 나는 리베카에게 헤이즐든에 갔던 사실을 고백했다. 그녀는 전혀 놀라는 기색이 아니었다. 프렙스쿨이나 대학에 같이 다녔던 친구들 중에 중독치료센터에 갔다 온 친구들이 많다고 했다. 지금은 모두 다시 술을 마신다고. 나는 못 믿겠다는 듯 눈을 깜박였다. 눈물이 글썽거렸다. 나 같은 사람들로 이루어진 종족이 이 세상 어딘가에 있다고 알려주는 것 같았다. 나만 괴물은 아니었던 것이다. 우리 같은 사람은 어디에나 있었다.

내가 작은 비밀을 고백하자, 그녀도 왜 그렇게 화가 났는지 이유를 말해줄 용기가 생긴 듯했다. 브라이언과 싸웠기 때문이었다. 주말에 브라이언의 부모님을 만나러 같이 팜비치로 가기로 했는데, 대판 싸움을 하는 바람에 브라이언만 아들들을 데리고 가고 그녀는 남기로 했다. 지금 남편은 떠나고 없었다. 리베카는 차를 운전해 위로해줄 친구를 찾아갔지만 친구는 집에 없었다. 그래서 내 집 앞을 지나가는데 진입로에 있는 나를 본 것이다.

"문제가 뭐예요?" 내가 잔을 채워주며 물었다. "브라이언하고 무슨 문제가 있어요?"

리베카는 숨을 깊이 들이마셨다. 그리고 말했다. "음, 사소한 문제로 싸웠어요. 내가 뭐라고 따졌더니 남편이 버럭 화를 내더라고요."

"아." 내가 말했다. "그런 일이라면 해결할 수 있는 문제 같은데요……"

"그럴 거예요." 그녀가 대답했다. 그때 그녀가 조금 성급하게 말을 꺼냈다. "아, 그런데요. 요전날 밤 말씀드렸던 문제를 분명히 해두고 싶어요. 저희 집에 오셨던 그날 밤요."

"네?"

"피터 뉴볼드가 제 심리를 치료하는 의사라도 되는 것처럼 말씀드린 것 같아서요. 그냥 한두 번 찾아간 것뿐이에요. 제 담당의사는 아니에요……"

리베카는 아주 영리한 사람이다. 그러니 와인을 그렇게 많이 마시지 않았다면 결혼생활에 관한 문제를 한참 말하다가 불쑥 그런 선언을 하지는 않았을 것이다. 그 순간 어떤 생각이 자랐다. 나에게 그림을 보여줄 때, 특히 피터의 집에서 바라본 전망을 그린 그림을 보여줄 때 그녀가 얼마나 즐거워했는지, 그리고 그의 집에는 절대 들어가보지 않았다고 귀여운 거짓말을 하던 것이 떠올랐다. 새로 깨달았다는 식성, 갑작스레 분출한 창의성—그런 것은 처방약 때문이 아니었다. 리베카는 사랑에 빠져 있었다.

"아." 나는 그녀의 마음을 떠보려고 덧붙였다. "피터는 틀림없이 훌륭한 의사일 거예요. 아주 괜찮은 사람이고요. 가끔 측은한 생각이 들어요. 외로워하는 것 같다는 느낌이 들거든요."

이 말은 아기에게 사탕을 주는 것과 같았다.

"정말로요?" 리베카는 자리에 앉은 채로 상체를 쑥 내밀었다.

"피터가 외로워해요? 왜요?"

우리는 타닥거리는 벽난로 불꽃 앞에, 어느 해인가 스콧이 브림 필드 벼룩시장에서 사온 빨간 가죽 안락의자 두 개에 마주보며 앉아 있었다. 내가 그의 이름을 말했을 때 내게로 숙여진 그녀의 몸짓이란. 그녀가 내 얼굴을 살피던 방식이란. 반사된 불빛 때문에 더욱 짙어진 초록 눈동자에 간절한 그리움을 담은 채 내 눈을 살피던 그녀의 방식이란. 그녀는 그들이 치료의 시간을 함께했음을 애써 부인하지만, 나는 그 시간에 피터 뉴볼드가 어떤 느낌을 받았을지 문득 알 것 같았다. 그녀의 눈동자가 아주 뚜렷이 보였다. 마음을 읽기에 완벽한 상황이었다. 와인을 마시면 나는 늘 장난기가 발동한다. 그래서 더 찔러보기로 했다.

"리베카, 피터와 그런 사이라는 거 알아요. 사귀는 사이요." 내가 말했다.

그녀는 아무런 대답이 없었지만, 앞서 말했듯 벽난로 불빛이 그녀의 얼굴을 밝히고 있어서 내 말이 맞았다는 것을 알 수 있었다.

"대답할 필요는 없어요. 다 알고 있으니까."

그러자 리베카가 방긋 웃더니 말했다. "웬디의 파티에서 초능력을 보여주신 거 기억해요. 그런 건 믿지 않지만요."

"나도 안 믿어요." 내가 말했다. "하지만 괜찮다면 두 사람 사이에 정확히 어떤 일이 있었는지 내가 한번 알아맞혀볼까요?"

"음, 아무 일도 없었으니까, 해보면 재미있겠는데요." 그녀가 웃었다. "제가 뭘 해야 하나요? 최면 같은 거에 걸려야 하나요?"

"아니요, 그냥 나를 쳐다봐요. 고개를 끄덕인다거나 눈짓으로 나에게 단서를 줄 만한 행동은 하지 말고요. 맞았는지 틀렸는지 말하지 않아도 돼요. 말하고 싶지 않으면 말을 하지 않아도 되고요. 그냥 실험 같은 거예요."

"재미있겠는데요." 리베카는 그렇게 말하고는 더 깊이 몸을 숙여 내 눈을 응시했다. 재미있을 것 같다는 눈빛을 반짝이면서.

"우울할 때 피터를 몇 번 찾아갔고 피터가 처방해준 약을 먹고 호전됐다는 사실은 직접 말해줬으니까 이미 알고 있어요."

"그렇죠."

"한번 더 찾아가—아니, 아마 몇 번은 더 갔겠군요—유년 시절 이야기를 했네요. 어머니…… 어머니의 사랑을 한 번도 느껴본 적이 없군요. 아버지는 어머니에게 신의를 지키지 않았고, 그래서 당신은 아버지가 당신에 대한 신의도 저버렸다고 느꼈고요. 청소년기 초기에 부모님이 헤어지셨네요."

"제법 잘 맞히시는데요. 하지만 제 아버지 이름을 구글에서 검색해보면 그 정도는 누구나 알아낼 수 있어요. 아버지에 대한 글이 많이 올라와 있어요."

"그렇겠죠." 내가 말했다. "그런 방법으로 알게 된 사실일 수도 있겠네요. 그래서 그 모든 문제를 피터와 함께 다루고 있는 거고요. 가슴속에 슬픔이 좀 있네요. 혹시 두 아이 중 하나를 입양하는 과정에서 아버지가 돌아가셨나요? 벤? 아니, 리엄이었군요."

리베카는 아무 말 없이 내 눈만 바라보고 있었다. 사람들은 술이 좀 취한 사람의 마음을 읽기가 더 어려울 거라 생각하지만, 사실은 그편이 더 쉽다. 자연적으로 발생하는 방어심이 조금 걷히기 때문이다. 물론 너무 많이 마신 날에는 나 자신이 그렇게 예리하지 않지만, 그날 밤 나는 리베카에 대해 얼마간 불이 지펴져 있었다.

"심리치료를 받으러 다니다가 피터를 매력적인 사람으로 느끼기 시작했군요."

"음, 그건 추측하기 어렵지 않겠네요. 피터는 굉장히 매력적인 사람이니까요."

나는 고개를 끄덕인 뒤 애써 웃음을 참았다. 대부분의 사람들은 피터 뉴볼드가 이 동네에서 가장 매력적이라고 생각하지는 않을 것이다. 특히 바로 지난해에 〈보스턴〉지에서 보스턴에서 가장 섹시한 남자 중 하나로 뽑힌 리베카의 남편 브라이언과 비교해본다면. 물론 브라이언은 그 잡지의 소유주다. 그래도 어쨌든.

"늦여름의 일이었군요. 이 지역 어디를 가든 피터와 마주쳤어요. 만날 때마다 깜짝깜짝 놀랐네요." 내가 말했다. "교실이 아닌 곳에서 선생님을 만났을 때처럼요. 운명⋯⋯처럼 느껴졌어요. 거의 마법 같은 우연한 만남이 계속됐어요. 아주 신기한 우연도 있었고요."

리베카는 이제 정말로 흥미가 생긴 것 같았다. 내가 정말로 자신의 과거를 들여다본다고 느꼈을 것이다. 그녀와 피터에 관한 그런 시시콜콜한 것을 내가 어떻게 알게 됐는가? 그것이 핵심이었다. 그것이 내 고모가 돈을 번 방법이었고, 점성술사들의 독심술이 매우 정확해 보이는 이유다. 우리 모두는 다 똑같지만, 다들 자신이 아주 특별하다고 생각한다. 새로 시작하는 대부분의 연인들은 자기들이 마법 같은 우연에 둘러싸였다고, 운명의 힘이 그들을 같은 곳에 데려다놓는다고 생각한다. 이것은 새로 불같은 사랑을 하게 될 때 일어나는 마법 같은 생각이다. 대부분의 여자들이 그런 생각을 한다.

"같이 테니스를 치기 시작했나요?" 내가 계속했다.

이 말은 그녀를 완전히 속인 것이다. 내 친구 린지 라이트에게 전해 듣기로, 피터와 리베카는 아나왐 비치클럽에서 혼합복식 토너먼트 파트너로 뛰었다고 했다. 그 이야기를 좀 부풀려봐야겠다고 느꼈는데 그것이 통한 것이다.

"그래요. 이번 건 그냥 한번 찔러본 거겠죠." 리베카가 말했다. 그녀의 뺨이 활활 타올랐고 얼굴은 밝게 웃고 있었다. "자꾸 부딪치니까 이상한 생각이 들긴 했어요. 신기한 우연들이 좀 있었는데, 가장 신기했던 건 혼합복식 경기를 하는데 한 명이 부족하다고 낸시 치버가 저한테 전화를 걸어왔을 때였어요. 가보니 누가 내 파트너였는지 알아요?"

"누구였는지 알겠군요. 피터였어요." 내가 말했다.

"더 해줘요, 얼른요." 리베카가 말했다.

"한번은 우연히 마주쳤는데…… 감전되는 느낌을 받았네요. 그래요. 실내—아니, 잠깐, 바깥인데 집과 가까운 곳이었어요. 언덕 위였군요. 정원을 손질하고 있었던가요? 아니…… 집은 아니었군요. 베티를 타고 있었어요. 맞아요, 베티를 타고 가는데 피터와 마주친 거예요. 피터는 달리기를 하고 있었고요. 피터는 웬도버 라이즈를 뛰어서 오르는 걸 좋아하는데, 당신은 그 사실을 몰랐기 때문에 또다시 피터와 마주친 게 운명이라고 느낀 거예요."

"어쩜, 맞아요. 나는 언덕 꼭대기에 있었기 때문에 그 사람이 누구인지 제대로 알아볼 수도 없었어요. 하지만 거리가 좁혀지자 피터인 걸 알아봤죠. 피터는 숨을 헐떡거리며 언덕 꼭대기로 올라왔어요." 리베카가 말을 이었다. "나를 보더니 완전 깜짝 놀랐어요. 피터가 손을 내밀어 베티의 목을 쓰다듬길래 내가 말했죠. '조심해요, 물지도 몰라요.' 베티가 피터의 살점을 물어뜯을까봐 고삐로 때려서 목을 돌리게 했어요. 그러자 베티는 그 자리에 서서 발을 쿵쿵거리고 꼬리를 홱홱 흔들었어요. 베티는 남자들을 싫어하거든요. 프랭크 게첼이 베티를 정말로 학대한 것 같아요."

"프랭크가 베티를 학대한 건 아니에요." 내가 발끈해서 말했다. "베티가 마녀인 거죠."

리베카는 그 말이 즐거운지 웃었다.

나도 베티의 처지가 불쌍한 것에 대해서는 웃고 말았지만, 리베카가 프랭크를 그런 사람으로 본 것은 염려스러웠다. 이제 이 지역에는 내가 어렸을 때만큼 말들이 많지 않다. 하지만 어느 집이든 적어도 개는 키우고, 나를 포함한 많은 사람들이 동물학대가 아동학대만큼이나 잔인하다고 생각한다. 누가 자신을 그런 사람으로 보면 정말로 싫을 것이다. 프랭크는 생명이 있는 것은 무엇이든 학대할 사람이 아니다.

"계속해봐요. 또요?" 리베카가 물었다.

"다음에 서로 마주친 건 해변에서였네요. 피터의 집 앞요."

"그다음주에 일어난 일이었어요." 그녀가 말했다. "나는 뉴볼드의 집이 어디인지 전혀 몰랐지만, 윈드포인트 로드로 차를 몰고 가다가 해변 근처에 주차를 하려면 거기에 하면 되겠다고 생각했어요. 그래서 해리를 데리고 간 거예요. 수채화 물감이랑 도화지를 들고요. 가끔 수채화로 먼저 그린 뒤, 스튜디오에 돌아가 내키면 유화로 그리거든요. 그래서 유목에 앉아 그림을 그리는데, 느닷없이 '리베카?' 하고 부르는 피터 뉴볼드의 목소리가 들린 거예요. 우리 둘 다 깜짝 놀랐어요. 내가 있는 곳이 바로 그의 집 앞이었거든요."

그곳은 사실상 윈드포인트 로드 끝에 있는 사유지 해변이었다. 그 사실을 알리는 커다란 표지판이 세워져 있다. 리베카 같은 사람들—돈 많은 집안에서 자란 사람들—에게는 그런 표지판이 깊이 와닿지 않는다. 그녀는 분명 그것을 봤을 테지만 그냥 무시하고 들어간 것이다.

"그뒤부터 해변에서 정기적으로 만나기 시작한 거네요. 매일은…… 매일은 아니고, 일주일에 몇 번. 둘 다 처음 몇 번은 우연을 가장했겠지만, 어느 순간 둘 중 하나가 그런 우연한 만남에 늦거나 오지 않으면 사과를 하게 된 거고요."

리베카는 얼어붙은 듯 꼼짝도 하지 않았다.

"피터가 당신 그림에 깊은 관심을 보였어요. 당신을 며칠 만나지 못하면 이렇게 물었죠. '어떤 걸 그렸어요?' 피터는 당신의 예술에, 그 자신의 해변과 그 자신이 바라본 바다를 그리고 싶어하는 당신의 소망에 관심이 아주 많았어요. 피터는 당신의 예술에 관심을 보였지만 브라이언은 그러지 않았죠."

"힐디, 그건 사실이지만, 피터가 그런 건 그가 정말로 예술가이기 때문이에요. 피터는 늘 사진에 관심이 있었어요. 어느 날 피터가 저녁 무렵에 찍은 사진 몇 장을 보여줬어요. 피터가 좋아하는 시간대의 해변을 찍은 사진인데, 빛 때문에요, 사진이 정말 아름다웠어요. 피터는 예술가들이 다들 그러듯 빛과 색채를 사랑해요." 그녀가 말했다. "그건 아셨어요? 피터의 꿈이 예술가였던 거요?"

"아니요, 나는 피터를 그렇게 잘 알진 못해요." 내가 말했다. 하지만 그 말은 전혀 사실이 아니었다. 나는 줄곧 피터를 아주 잘 안다고 생각했고, 이제는 더 잘 알게 되었다.

"더 말해주세요." 리베카가 말했다. "알고 있는 건 다 이야기해 주세요."

"피터는 일을 그만두고 싶어해요." 내가 선언하듯 말했다. "그만 두고 싶어 죽을 지경이에요. 완전히 소진된 상태예요. 결혼생활이 엉망이 된 건 벌써 여러 해고요. 지금 집필중인 책을 끝내면 세계 여행을 하고 싶어해요……"

그러자 리베카의 눈에 눈물이 그렁그렁해졌다. "믿어지지 않아 요. 피터는 나 말고 어느 누구한테도 그 이야기를 하지 않았거든 요. 하지만 전부 사실이에요."

맙소사. 사람들이란, 그리고 사랑에 빠진 사람들의 어리석음이 란. 물론 그것은 사실이었다. 하지만 피터를 포함해 중년의 로맨 스를 즐기는 다른 남자들 모두에게 해당되는 사실이었다. 이번에 도 핵심은 이것이다. 우리는 누구 할 것 없이 거의 똑같다. 하지만 그 명명백백한 사실을 아무도 믿고 싶어하지 않는다. 차라리 대부 분은 보이지 않고 있을 법하지도 않은 사실을 믿으려 한다―운명 은 별들의 배열에 따라 결정된다는 것을, 특별하고 멋진 그들을 응 원해주는 영적인 존재가 있다는 것을, 인간이 인간의 마음을 읽는 것이 가능하다는 것을, 운명은 예언될 수 있고 어쩌면 변경될 수도 있다는 것을. 하지만 간단한 진실은 이것이다. 대부분의 인간들은 서로 아주 비슷하다는 것. 간단하고 분명한 진실은, 인간이 주어진 상황에서 어떤 행동을 하고 어떤 생각을 하고 어떤 두려움과 어떤 욕망을 품는지에는 변수가 그리 많지 않다는 것이다.

"하루는 애들을 확인하기 위해 마그다한테 전화를 걸어야 했어 요." 리베카가 말을 이었다. "금요일이었어요. 피터는 여기 와 있는 동안은 집필에 전념하려고 금요일에 환자 보는 걸 그만뒀거든요. 집필하는 도중에도 내가 어떤 그림을 그리는지 보려고 틈틈이 해변에 왔어요. 그래서 나에게 자기 집에 들어가 전화를 해도 좋다고 했어요. 그렇게 했죠. 내가 전화를 끊고 나가려는데, 그 사람이 포치로 이어지는 문간에 서 있었어요. 밖으로 나가려면 그 사람 옆을 지나가야 했죠. 그래서 그 옆을 지나가는데, 무슨 마음이 들었는지 내가 손가락으로 그의 팔을 건드린 거예요. 팔꿈치 안쪽을요. 그리고 보이지 않는 선을 따라 내 손가락을 그의 손까지 쓸어내렸어요. 그러자 그 사람이 내 손을 잡고는…… 꼭 쥐었어요. 그게 시작이었죠."

흥미로웠다. 피터가 먼저 시작한 것이다. 그가 그녀를 집으로 끌어들였고, 그녀를 붙잡은 것도 그였다. 나는 반대로 생각했지만, 이제는 모든 일이 확실해졌다.

"당신은 잠자리에서 주도권을 쥐는 남자를 좋아하는군요. 브라이언이 겉으로 보기에는 과시적이고 남성미 넘치는 보스턴 남부 남자라도 잠자리에서는 좀 부드러운 편인가봐요."

리베카는 와인을 마시다 화들짝 놀라 사레가 들린 듯 캑캑거리며 웃음을 터뜨렸다.

"어쩜 그런 걸 다 아세요. 그렇죠. 브라이언은 바닐라 같은 남자예요. 사실이에요."

리베카의 말로는, 피터는 잠자리에서 확실하게 주도권을 쥐는 부류였다. 큼직한 한 손으로 그녀의 가녀린 두 팔목을 잡아 머리 위에 고정시킨 뒤 키스를 하면서 나머지 한 손으로 옷을 벗긴다고 했다.

"키스 때문이었어요." 리베카가 말했다. "그 남자는 키스가 뭔지 알아요."

나는 그 말에 한숨을 쉬며 내 잔에 와인을 다시 따랐다.

그래, 키스 때문에 그렇게 되지. 그렇지.

"밤에 피터를 만나러 치료실에도 갔었지요." 내가 계약 관련 서류 때문에 사무실에 들렀던 밤을 떠올리며 말했다. 사람의 마음을 읽는 일이 얼마나 쉬운지 생각하면 정말로 부끄러웠지만, 나는 그 순간을 즐기고 있었다.

"맞아요. 피터가 집에서 만나는 것에 대해 화를 내기 시작했어요. 누가 내 차를 알아볼지 모른다고 걱정했고, 우리가 만난…… 증거가 남을까봐 그것도 걱정했어요. 우리가 몇 차례 치료실에서 만나긴 했어도, 치료가 목적은 아니었어요. 그러니까 그건…… 로맨틱한 만남이었어요. 지금은 피터의 차고 위에 있는 작업실에서 만나요. 글을 쓰는 곳요. 엘리스는 거기까지 올라오지 않거든요. 아주 아늑해요. 작은 게스트 아파트처럼 꾸민 거라 침대도 있고 없는 게 없어요. 보통은 제가 시내에 주차를 하고 피터가 와서 저를 데리고 가요. 아무도 제 차를 보지 못하게요. 힐디 당신이 아래층 사무실을 쓰시니까, 피터는 지금은 그 걱정만 해요. 저를 피터의 환자나 뭐 그런 걸로 생각하셨을 텐데 지금은 우리 관계를 의심할지도 모른다고 걱정해요."

"하지만 환자였잖아요."

"그렇지는 않아요, 힐디. 보통 치료를 받는다고 하면 몇 달, 가끔은 몇 년씩 받는 걸 의미해요. 저는 두 번 찾아갔고, 치료가 전혀 필요하지 않다는 걸 깨달았어요. 이건 완전히 다른 관계예요."

"두 사람의 관계에 대해 나에게 털어놓은 걸 피터한테 말할 거예요?"

"제가 말했다고요? 제가 말한 게 아니잖아요. 제 마음을 읽으신 거죠. 제 머릿속에서 그 이야기를 끄집어내신 거잖아요. 안 해요, 힐디. 우리가 이런 대화를 나눈 걸 그 사람이 알면 미쳐버릴걸요. 저는 당신을 믿고 있어요. 우리 관계를 당신이 알게 된 게 좋아요. 이런 이야기를 털어놓을 사람이 없었거든요. 꼭…… 언니 같아요."

그녀가 '엄마'라고 말할 뻔한 것을 나는 알 수 있었다. 그녀는 말하기 전에 생각할 줄 아는 지혜로운 사람이고, 나는 나이에 좀 민감하다. 누가 그렇지 않겠는가?

"믿어도 되죠?" 그녀가 물었다.

"그럼요." 내가 말했다. "물론이죠."

상대의 마음을 성공적으로 읽고 나면 보통은 뿌듯하고 기분이 좋아진다. 상대가 나를 믿고 빈 부분을 채워나가기 시작하면 제대로 성공했다는 표시다. 다른 누구에게 할 만한 이야기는 아니다. 그때 나는 그런 일이 흔히 그렇듯 시간이 지나면 모두 알게 될 거라고, 그들의 관계가 끝내는 밝혀질 거라고 생각했다. 부부 중 누가 의심을 품기 시작한다. 혹은 스콧처럼 '거짓으로 사는 삶'에 싫증을 낸다. 나는 피터와 리베카가 각자 현재의 결혼생활을 정리하고 합치는 것도 가능하겠다고 생각했다. 이런 소식을 접하면 보통 나는 사냥꾼의 짜릿한 본성을, 살생의 맛을 느낀다. 솔직히 인정하면, 침도 조금 흘린다. 모든 상황이 정리되기 전에 적어도 한쪽 가정은 희생될 가능성이 높고, 그 가정의 집을 보유하고 싶은 내 욕심은 당연한 것이다.

하지만 그날 밤 리베카와 함께 벽난로 앞에 앉아, 나는 리베카와 함께라는 달콤한 사실에 마음이 흘리고 혼자 술을 마시지 않는다는 사실에 몹시 행복해져서, 집 파는 일에 대해서는 조금도 생각하지 않았다. 오히려 침착하게, 피터 뉴볼드에 관한 솔깃하고 아기자기한 사실들로 리베카를 감질나게 했다. 내가 어렸을 때 우리집에 왕진을 왔던 가족 주치의이자 피터의 아버지인 닥터 데이비드 뉴볼드에 대해서도 말해주었다. 피터는 그의 아버지가 늘그막에 두번째 결혼에서 얻은 유일한 자식이었다. 내 친구 앨리 다이어가 여름이면, 또 주말이면 그를 돌봐주었다.

"정말 귀여운 꼬마였지요." 나는 벽난로의 잉걸불을 부지깽이로 아무렇게나 흩어놓으며 추억에 잠겼다.

"그 사람이 귀여웠어요?" 리베카가 물었다.

"같이 숨바꼭질을 했었어요. 피터가 좋아하는 놀이였거든요. 우리가 숨으면 피터는 어떻게든 우리를 찾아내려고 발끝으로 집 안을 돌아다녔어요. 하지만 약간 겁도 냈는데, 우리가 숨어 있다가 피터가 가까이 다가오면 와락 뛰쳐나가 겁을 줬거든요." 나는 피터가 그 순간을 얼마나 사랑했는지, 또 한편으로는 얼마나 싫어했는지를 떠올리며 웃었다. 그는 이따금 웃으면서 울었고, 그런 뒤에는 또 숨바꼭질을 하자고 우리를 졸랐다.

내가 불을 쑤석거릴 때 리베카의 시선이 나에게 머물러 있는 것이 느껴졌다. 오랫동안 밤에 유배생활을 하다가 누군가의 관심에 흠뻑 적셔지는 기분이 잘 상상되지 않을 것이다. 나는 부지깽이를 내려놓았고 우리의 잔이 빈 것을 보았다.

"피터가 엘리스와 결혼한 사실이 나는 늘 놀라웠어요. 엘리스는 피터가 좋아하는 타입이…… 아니었거든요. 와인 더 하겠어요?"
내가 리베카에게 물었다.

"이런, 벌써. 아니에요. 정말로 돌아갈 시간이에요." 대답은 그
렇게 했지만, 그녀는 내가 들고 있는 병 쪽으로 잔을 들어올렸다.

그 순간 나는 그녀가 내 자식처럼 사랑스러웠다. 더. 더. 그녀는
더 원했다.

열

    나에게도 친구가 생겼다. 리베카와 보낸 그날 밤 이전에는 친구가 필요하다는 사실을 깨닫지 못하고 살았다. 사실 나는 줄곧 친구가 많다고 생각했다. 웬도버에 사는 사람들 대부분은 나를 친구로 생각한다고 말할 것이다. 하지만 중독치료를 받고 돌아온 뒤로, 두 개의 세상에 양다리를 걸친 느낌이었다. 낮에는 비즈니스우먼이자 지역 자선단체 기부자이며, 이웃, 고객, 동료 중개인 들의 '친구'였다. 하지만 밤은 조금 외로운 시간이었다. 어느 누구와도 어울리는 일이 드물었다. 메이미와 함께 밤늦게까지 있는 일도 없어졌다. 거래가 끝난 뒤 술을 곁들인 점심식사나 축하를 위한 저녁식사를 하는 일도 이제는 없다. 디너파티도 대체로 거절한다. 술을 다시 마시기 시작한 뒤부터는 더욱 그렇다.

    이상한 일이지만, 헤이즐든에 다녀오고 처음 몇 달 동안은 술에 대한 욕구가 생기지 않았고, 술을 마시는 파티에 참석해도 견디기

굿 하우스 169

가 그리 어렵지 않았다. 어쨌거나 술에 대한 강박관념이 없어졌고, 술을 마시고 싶다는 충동도 순간적으로 일어났다 사라질 뿐이었다. 술을 달라고 했다가는 다시 헤이즐든에 가게 될지도 모른다는 생각이 늘 머릿속을 떠나지 않았다.

그러던 어느 날, 테스가 옛날 사진을 좀 찾아달라고 부탁해서 지하 저장고에 내려갔다가 와인 한 상자를 발견했다. 스콧과 나는 와인을 즐기는 사람들은 아니었다. 그러니 아마 파티를 하고 남은 와인이었을 것이다. 상자를 열어 한 병을 꺼냈다. 메를로였다. 나는 한동안 라벨을 살펴보며 그 병을 아기 안듯 두 손으로 잡고 있었다. 그리고 그 병을 살살 돌리면서 진홍색 액체가 병목까지 올라와 코르크 마개를 스치며 찰랑거리는 것을 지켜보았다. 병을 거꾸로 뒤집었다. 바닥에 침전물이 좀 보였다. 먼지가 묻어 있어서 옷소매로 유리를 깨끗하게 닦았고 라벨을 후 불어 먼지를 없앴다. 그러고는 조심스럽게 그 병을 다시 상자 안에 넣었다. 아마도 언젠가 와인을 대접할 날이 있을 것이다. 와인이 거기 있다는 생각만 해도 기분이 좋았다.

그 순간부터 집에 있을 때는 와인이 거기 있다는 사실을 한시도 잊은 적이 없었다. 아침에 눈을 뜨면 그 생각을 했고, 퇴근해 집에 들어가는 순간에도 그 생각을 했다. 내가 집을 비운 사이 테스와 마이클이 내 주류 수납장에 보관된 술이라는 술은 모두 없앴다(훔쳐갔다). 나를 위해서라고, 그들은 해명했다. 중독치료 센터에서 그렇게 잘 해냈는데 내가 다시 술의 유혹을 받는 것은 바라지 않는다고 했다. 그애들이 지하 저장고를 확인할 생각은 하지 않았던 것 같다. 아이들이 찾아내지 못한 것—와인 한 상자—이 있다고 생각하니 어쩐지 짜릿하고 뿌듯했다. 나는 그 상자를 몇 주 동안 건드리지 않고 내버려두었다. 그러던 어느 금요일 밤, 그래디를 봐주고 집으로 돌아온 나는 외롭고 조금 슬펐다. 그날 그래디에게 딸아이들이 어렸을 때 좋아했던 책 한 권을 읽어주었다. 닥터 수스의 『호튼이 후의 소리를 듣다』*였다. 이유는 모르겠지만, 현미경으로나 보일 법한 작은 후who들이 먼지 한 점에서 "우리 여기 있어요! 우리 여기 있어요! 우리 여기 있어요!" 하고 소리치는 부분에서 나는 늘 목이 멘다. 하지만 나는 감정적인 것과는 거리가 먼 사람이다. 그 부분에서 늘 그러는 이유는 모르겠지만, 아무튼 울컥한다.

다 읽어준 뒤, 나는 어린 그래디에게 포근한 파자마를 입혀 아기침대에 고이 내려주었다. 아이가 눈을 감고 '뷰키'(아이가 무지무지 좋아하는 나달나달하게 낡은 담요)를 발그레한 뺨에 갖다 댔고, 나는 갑자기 아이의 편안함이 부러워졌다. 테스와 마이클이 집에 돌아오기까지 한참의 시간이 흐른 것 같았다. 마침내 돌아왔을 때, 마이클은 약간 취해 있었다. 애들은 대화를 하자고 했지만, 나는 몹시 지쳤다고 둘러대며 애들 집을 빠져나왔다.

마침내 집에 돌아온 나는 곧장 지하 저장고로 내려갔다. 뱁스와 몰리가 내 앞에서 신나게 달려갔다. 뱁스는 앞발을 이용해 우스꽝스럽게 계단을 내려갔다. 뒤쪽 발은 두 계단에 한 계단씩 스치기만 했다. 몰리는 흙바닥에 먼저 내려서려고 몸을 날려 마지막 네 계단을 한 번에 뛰어내렸다. 그러고는 둘 다 지하 저장고에 사는 쥐를 찾아 미친듯이 킁킁거렸다. 나는 먼지 묻은 와인 상자로 곧장 걸어

---

* *Horton Hears a Who*. 〈호튼〉이라는 제목으로 영화가 만들어졌다.

가 병 하나를 꺼냈다. 그것을 팔오금에 부드럽게 꼈다. 그리고 위로 가지고 올라갔다. 부엌에 가서 조금 뒤적거려 찾아낸 코르크 마개 따개로 마개를 뽑았고, 풍부한 맛의 메를로를 와인잔에 조금 따랐다. 아름다운 크리스털 와인잔, 예전에 스콧이 경매에서 구입한 워터포드 세트 중 하나인 그 잔에. 한 모금. 또 한 모금—길게 기분 좋은 한 모금. 익숙한 온기가 느껴졌다. 처음에는 혀 뒤쪽에서, 목 안쪽에서, 이어서 뱃속까지 내려갔다. 한 모금 더 마시자 온몸에 온기가 퍼졌다. 처음 몇 모금만으로 내가 그리워한 모든 따뜻함과 편안함이 되살아왔다. 늘 그랬듯 그 느낌은 내게 용기를 주고 내 마음을 위로해주었다.

기분좋은 느낌—그토록 오랫동안 잊고 살았던 내면의 기분좋은 느낌—이 되살아났다. 2월 말의 추운 밤이었다. 나는 거실 카우치에 앉아 사랑스러운 개들을 옆에 앉힌 채 따라놓은 와인을 마시고 다시 잔을 채웠다. 한 병을 다 비우지는 않았다. 한 병을 다 마신 건 아니었다. 절대 아니었다. 그저 그 신성한 레드와인 두어 잔이면 족했다. 어디 어두컴컴한 지하에서 다시 밖으로 올라온 것 같은 기분이 들었다. 다시 한번 산소를 흡입해 내 정체된 혈류 속을 통과시키는 것 같은 기분.

하지만 리베카와 내 와인을 나눠 마시던 그 순간, 내가 혼자 마시는 술에 얼마나 넌더리가 났는지를 깨달았다.

날마다 혼자 술을 마시는 것은 정상적인 행위가 아니다. 그 사실을 헤이즐든에서 깨달았다.

그날 밤 전까지 나는 리베카 또한 조금 외로워했다는 것을 알고 있었다. 리베카의 아이들이 몬테소리 학교에 다니기 시작했고, 그녀도 이제 몇몇 엄마들과 친구가 되었다. 하지만 내가 알기로 그녀에게 믿고 마음을 터놓을 만한 진정한 친구는 없었다.

11월 초에 짧은 인디언서머가 찾아왔고, 리베카는 아이들을 데리고 몇 번 강으로 낚시를 하러 갔다. 나는 어린 벤과 리엄을 점점 예뻐하게 되었다. 내가 우리 지역 몬테소리 학교에서 종종 양산해내는 터무니없이 조숙한 아이들에 대해 약간의 편견을 가지고 있음은 인정한다. 그 학교에서는 성적을 매기지 않고 게임을 해도 점수를 내지 않는다. 아이들이 가진 어마어마한 크기의 자존감이 줄어들지 몰라서다. 어른들은 가르치는 '선생님'이 아니라, '학습 파트너'다. 내가 듣기로 거기서는 네 살짜리 어린애도 선생님을 이름으로 부른다고 했다. 생각해보면 최근에 슈퍼마켓에서 만난, 몬테소리 학교에 다니는 어린 여자애가 나한테 "안녕하세요, 힐디. 아이스크림은 사면 안 돼요. 아이스크림을 먹으면 더 뚱뚱해질 거예요"라고 말한 이유도 거기에 있을 것이다.

나는 그 가족을 안다. 최근에 그들이 빌려 살 집을 구해주었다. 그래서 나는 팔짱을 낀 채 엄마가 일곱 살짜리 딸을 나무라는 순간을 기다렸다. 그런데 웬걸, 아이 엄마는 천사처럼 귀여운 딸을 보고 방긋 웃기만 할 뿐 아무 말도 하지 않았다. 아이가 말했다. "살만 찌는 걸 왜 사요?"

이번에는 나도 엄마를 쏘아보았다.

"음, 애슐리, 그건 힐디의 특권이야." 엄마가 말했다.

"특권이 뭐예요?" 버릇없는 딸이 물었다.

나는 냉동칸에 손을 넣어 또 한 통을 꺼냈다. "지금 예의범절을 가르치지 않는 건 아이에게 못할 짓이에요. 어른이 되면 힘들어질 테니까요." 내가 아이 엄마에게 말했다.

내가 걸음을 옮기자, 그 엄마가 말했다. "내 딸을 무시했으니 좋은 본보기가 된 것 같지는 않네요."

그래서 나는 다시 아이에게 돌아가 말했다. "나는 어른이야. 그러니까 나를 부를 때는 굿 아주머니라고 좀더 예의를 갖춰 불러야 해. 그리고 누구한테든 뚱뚱하다고 말하는 건 무례한 일이야."

"오, 제발!" 아이 엄마가 소리쳤다. 그러고는 딸아이의 손을 잡아 끌고 통로를 쿵쾅쿵쾅 걸어갔다. 꼬마가 나를 돌아보았고, 나는 아이를 엄하게 쏘아보았다. 그것이 내 특권이었다.

하지만 리베카의 아이들은 늘 나를 굿 아주머니라고 불렀고, 말할 때 내 눈을 바라보았다. 리베카는 아이들을 대할 때 굉장한 유머감각을 보였지만, 아이들이 조금이라도 무례한 행동을 할라치면 언제라도 바로잡아주었다. 칭얼거리거나 불평하는 것은 용납하지 않았다. 한번은 함께 강가에 가서 의자에 앉아 아이들이 낚시하는 것을 지켜보았다. 일곱 살인 리엄은 아무것도 잡지 못했다.

"엄마, 벤은 세 마리나 잡았는데 나는 왜 한 마리도 안 잡혀요?"

"저런, 리엄," 리베카가 웃으며 말했다. "그런 걸로 배 아파하지 마. 벤이 낚시하는 곳 가까이로 옮겨가서 잡아보렴."

"엄마 말이 맞아, 리엄. 벤은 그늘에 앉아 있지?" 내가 말했다. "저기가 날씨가 따뜻할 때 송어가 숨기 좋아하는 곳이야."

"진짜요?"

"그럼." 내가 말했다. "낚싯대를 더 강가 쪽으로 던져봐. 송어는 튀어나온 바위 밑을 잘 돌아다니거든."

몇 분 뒤, 그날의 첫 물고기를 잡은 리엄이 말했다. "알려주셔서

감사해요. 굿 아주머니." 그러고는 낚싯줄 끝에 매달려 빙글빙글 돌고 있는 송어의 무게로 휘청해진 낚싯대를 제 엄마에게 가져갔다. 아이들은 낚싯바늘에서 물고기를 빼내는 일은 늘 리베카나 나에게 부탁했다.

"약한 척은 그만해." 리베카가 아이를 나무랐다. 그러고는 아이를 도와 낚싯바늘에서 송어를 빼냈다. "이제 이걸 가져가 다시 강물에 던져넣어. 어서."

리엄이 조심조심 송어를 받아들었다. 그러고는 강둑으로 달려가 송어를 다시 물속에 던져넣었다. 리엄이 손을 청바지에 닦으며 말했다. "우웩, 뱀처럼 끈적거려요."

리베카가 웃었다. "오늘밤에 또 뱀꿈을 꿀 거예요. 리엄은 뱀꿈을 자주 꾸는데, 정말 사랑스러워요."

"그래요?" 나는 약간 어리둥절했다.

"그건…… 아시겠지만, 리엄이 페니스에 대한 강박에 사로잡혀 있다는 뜻이에요. 피터가 그러는데, 사내아이가 그런 꿈을 꾸는 건 자연스러운 거래요. 피터한테 우리가 꾼 꿈 이야기를 자주 하거든요. 제 꿈이랑 아이들 꿈요. 피터는 꿈 분석을 아주 잘해요."

"그래요? 피터한테 꿈 이야기를 해요? 그러니까 둘이…… 같이 있을 때요?" 내가 소곤거렸다.

"그럼요. 꿈이 얼마나 매력적인데요. 꿈은 우리에 대한 온갖 사실을 알려줘요."

"내 꿈은 그렇지 않아요. 나는 항상 집에 대한 꿈만 꿔요. 아마 내가 부동산 일을 해서 그럴 거예요."

"아니에요!" 리베카가 소리쳤다. "피터가 꿈에 관한 책을 줘서

요전날 읽었는데요. 꿈속에 등장하는 집은 자기 자신을 나타낸대요. 자기가 다락이나 집 꼭대기에 있는 꿈은 지성을 나타내거나 영적인 것을 추구한다는 의미고요. 지하실은 잠재된 충동, 원시적인 갈망, 성적 욕망을 의미해요. 꿈속에서 집 어디에 계신데요?" 그녀가 물었다.

"항상 부엌에 있는 것 같아요."

"그건 뭔가에 대한 욕구를 의미해요. 결핍된 뭔가를 채우고 싶은 거예요."

나는 기분좋게 웃었다. 리베카는 자기가 무슨 분석 전문가라도 되는 양 행동했는데, 그건 오로지 피터와의 로맨스에 기반한 것이었다. 나는 내 손목시계를 내려다보았다.

"다섯시네요. 와인 한 잔 어때요?"

"좋아요. 딱 한 잔이에요."

적어도 일주일에 한두 번, 브라이언이 시내에서 지낼 때 리베카는 잠자리에 든 아이들을 유모에게 맡겨두고 밤에 집에서 나온다. 그리고 우리집에 와서 벽난로 앞에 함께 앉아 와인을 조금 즐긴다. 대체로 회요일이나 수요일이다. 목요일 밤은 피터와 보낸다. 금요일에는 브라이언이 주말을 보내러 집으로 돌아온다.

리베카는 함께 어울리기 매우 유쾌한 사람이라 나는 그야말로 우리의 우정을 즐긴다. 그녀는 아주 재미있다. 외지 출신이라, 내가 평생 알고 지낸 많은 사람들에 대해 배꼽을 쥘 만큼 우스운 견해를 제시한다. 그 사람들의 괴짜다운 특징이 내 고향 전체의 아주 많은 부분에 속속들이 스며 있기 때문에 나는 그녀가 지적할 때까지는 유별난 점을 알아차리지 못했다. 예컨대 윈스턴 형제가 그렇다. 지금은 팔십대 후반이 된 일란성쌍둥이 에드 윈스턴과 필 윈스턴은 오후만 되면 크로싱 지역을 산책하는데, 늘 옷을 맞춰 입고 다닌다. 신경성 식욕부진증 환자인 다이애나 머천트는 노령의 나이에도 불구하고 홀터 상의와 하이힐을 신고 슈퍼마켓에 나타난다. 미치광이 넬 햄린은 항상 염소들을 풀어놓아 리베카의 말들을 겁먹게 만든다. 리베카는 정원 손질과 마구간 허드렛일을 돕는 린다 발로의 흉내를 썩 잘 냈다. 나는 태어났을 때부터 린다를 알았지만, 리베카가 린다의 거칠고 씩씩한 태도를 흉내내어 우리집 거실을 성큼성큼 걸어가고 왕왕거릴 때까지는 린다가 얼마나 남자같은지 정말 몰랐다.

어떤 밤에는 리베카와 나 둘 다 웃다못해 울 때까지 웃었다. 리베카가 남편에게 만족하지 못하는 것은 확실했다. 그녀는 지나치게 자기중심적인 그의 행동을 말해주었는데, 그래서 우리는 와인을 마시다가 가끔 사레가 들려 캑캑거리기도 했다. 그녀는 남편이 정말로 못마땅한 이유도 말해주었다. 여자를 밝히고 바람을 피웠다는 것이다. 여기로 이사 오기 전에 그는 젊은 모델과 바람을 피웠다. 〈보스턴 헤럴드〉에 두 사람이 함께 앉은 사진이 실렸다. 보스턴 셀틱스 경기에서 가든 경기장 맨 아래 관중석에 앉아 있는 사진이었다. 브라이언은 그 여자와의 관계가 끝났다고 리베카에게 말했다. 하지만 리베카는 그의 말을 믿지 않았다. 신기한 것은, 그녀가 신경을 쓰지 않는 것 같다는 점이었다. 처음에는 무척이나 속을 태웠다고 했다. 그것이 그들이 처음 여기에 왔을 때 그녀가 우울증을 앓았던 원인이기도 했다. 그가 바람을 피운 사실, 그리고 그녀가 아이를 가질 수 없다는 오래된 슬픔. 그녀는 브라이언에게 버림받을까봐 두려웠고, 그녀의 행동 하나하나가 그를 더 멀어지게 할까봐 두려웠다. 그를 늘 지켜볼 수 없다는 사실 때문에 그녀는 이곳으로 오자마자 이사한 것을 후회했다. 지금은 웃어넘기지만, 처음에는 밤마다 시도 때도 없이 보스턴 집으로 전화를 걸어 지금 여자와 함께 있지 않느냐며 남편을 다그쳤고, 이 집을 팔고 다시 보스턴으로 돌아가고 싶다고 말했다.

"생각해보면 제가 미쳤던 거죠." 그녀가 말했다. "여기로 이사 온 건 저한테 일어난 일들 중 가장 좋은 일이었어요."

나는 그녀가 브라이언 맥앨리스터와의 결혼을 실패한 사랑으로 여긴다는 느낌을 받았다. 부질없는 노력. 물론 지금은 피터 뉴볼드와 진정한 사랑을 찾았다.

나는 스콧이 나를 버리고 리처드에게 가버린 사실을 말했다. 그녀는 전혀 모르고 있었다. 이 동네 사람들은 누구나 스콧이 나를 버리고 남자에게 가버린 사실을 알았지만 리베카는 전혀 눈치를 못 챘고, 린다 발로의 아들이 아기 때 자동차 사고로 죽은 사실도 몰랐다. 그때 운전을 했던 린다는 찰과상만 조금 입었다. 나는 그 사실을 리베카에게 말하지 않기로 했다. 그 말을 들으면 자신이 린다를 놀린 것을 굉장히 미안해할 테니까. 리베카의 재치 넘치는 평가에는 나쁜 의도가 전혀 없었다. 그녀는 우리 토박이들이 평생 알고 이해해온 면면한 저류底流는 깨닫지 못한 채, 우리와는 다른 항로를 따라 우리 지역을 항해하는 것 같았다. 그녀는 자신의 관찰 범위에 있는 것―표면적인 부분―만 알았고, 나는 리베카를 통해 표면적으로만 보면 가끔 그 대상이 무척 재미있게 보일 수도 있음을 알게 되었다.

그 기간에 나는 사무실 건물에서 피터 뉴볼드와 마주칠 때마다 나를 대하는 그의 행동에 약간의 변화가 있음을 알아차렸다. 나 혼자만의 생각 같지는 않았다. 피터는 늘 사려 깊고 배려심 많은 이웃이자 세입자였지만, 리베카가 처음 우리집에 찾아온 뒤 몇 주 동안은 유별나게 자상했다. 어느 금요일 아침에는 우리가 동시에 출근했는데, 그는 내가 들어올 때까지 문을 잡아주고는, 평소 같으면 그대로 계단을 뛰어올라갔겠지만 어떻게 지내는지 안부를 물었다.

"아주 잘 지내요, 피터. 어떻게 지내요?" 사실 나는 심한 숙취에 시달리고 있었다.

"잘 지냅니다, 잘 지내요, 힐디."

"엘리스와 샘은 이번 주말에 오나요?"

"내일밤에나 올 것 같아요. 엘리스는 요즘 토요일 아침마다 워크숍 강의를 해요. 샘은 케임브리지에서 친구들과 어울리는 걸 더 좋아하고요……"

"그렇겠네요." 내가 말했다. 어쩐지 피터가 전날 밤을 리베카와 함께 보냈을 것 같았다. 그가 내게서 간밤에 마신 와인 냄새를 맡지 않았을까 걱정이 되었다. 그 전날 밤 나는 혼자 와인을 마셨는데 평소보다 조금 더 마셨다. 머리가 깨질 것 같았다. 그 자리에 서서 열쇠를 뒤적거리면서, 내가 피터에게 약간 화가 난 것을 깨달았다. 내 숙취는 그의 탓이었다―그가 내 술친구를 납치한 것이다. 전날 밤 곯아떨어졌어도 한참 곯아떨어졌을 시각에 내가 계속 술을 마신 이유는 바로 그것이었다.

누굴 속이려는 거야? 나는 헝클어진 그의 머리칼과 약간 지친 표정을 흘끗 올려다보며 생각했다. 그리고 한편으로는 그가 전날 밤에 리베카와 함께 있었다는 사실을 떠올리며 묘한 흥분을 느꼈다. 그가 나의 리베카와 함께 시간을 보낸 것이다. 피터와 리베카와 나 말고는 아무도 그 사실을 모른다. 게다가 나는 귀로 듣지 않고도 그 사실을 알았다. 마침내 찾아낸 열쇠로 사무실 문을 열려는 찰나, 내가 피터에게 말했다. "최근에 내가 리베카와 자주 만나는 건 알고 있죠?" 머리가 지끈거렸다. 아마 전날 마신 술 때문에 아직 알딸딸해서 그런 말까지 했을 것이다.

"리베카라면……" 피터가 말했다.

"그래요. 리베카에게 그 집 해변에서 그림을 그릴 수 있게 호의를 베풀었다던데."

"아, 그래요. 리베카 맥앨리스터. 맞아요." 그가 말했다. "맞습니다."

"그 부부가 여기로 이사를 와서 나는 정말 좋아요. 그 사람, 브라이언 맥앨리스터는 잘은 모르지만요. 그 사람은 여기 자주 오는 것 같지 않던데요." 내가 말했다.

"그래요?" 피터가 대답했다. 나는 그의 마음을 읽으려고 해보았다. 진땀이 나야 할 상황에서 그는 냉정해 보였다. 정신과 공부를 하면서 그런 것도 배웠을 것이다. 마음을 들키지 않고 백지처럼 보이는 법을.

"음, 주말 즐겁게 보내요." 내가 마침내 맞는 열쇠를 찾아 문을 열면서 말했다.

"주말 잘 보내세요, 힐디." 피터가 대답했다. 내가 사무실로 들어갈 때까지 지켜보는 그의 시선이 느껴졌다.

내 친구 앨리 다이어는 피터가 아장아장 걸음마를 뗄 때부터 대략 여덟 살이 될 때까지 그를 돌봐주었다. 피터의 아버지 데이비드 뉴볼드는 피터가 태어났을 때 거의 오십이었다. 닥터 뉴볼드는 이 지역에서 병원을 했는데 환자가 많았다. 어머니인 콜레트는 이십 대였고, 뉴볼드 부인으로서 사교생활을 하느라 여념이 없었다. 집을 지키는 적이 거의 없었고, 여름에는 특히 그랬다. 그래서 앨리 다이어를 베이비시터로 고용해 피터를 전적으로 맡겼다. 콜레트 뉴볼드는 날마다 테니스를 쳤다. 또한 브리지 게임과 골프를 즐겼고, 웨스트필드 헌트클럽에 자기 소유의 말도 있었다. 지역의 여러 위원회에서 활동했고, 헌트클럽 말고도 아나왐 비치클럽, 웬도버 요트클럽의 열성 회원이었다. 8월에 웨스트필드 헌트클럽에서 개최하는 대규모 승마대회에서 자선 오찬을 시작한 것도 그녀였다.

앨리는 피터가 어렸을 때 윈드포인트 로드 끝에 있는 뉴볼드 일가의 집에서 그를 돌봤다. 매일 아침 피터의 어머니가 테니스나 승마 복장을 하고 횡하니 나가버리면 메이미, 린지, 나는 자전거를 타고 그 집으로 갔다. 우리는 뉴볼드 일가의 집 앞에 있는 해변에서 일광욕을 했고, 그 집 냉장고에서 뭐든 꺼내 게걸스럽게 먹었다. 콜레트는 아무런 불평도 하지 않았다. 자기만 아니면 누가 피터를 돌보든 상관없는 것 같았다.

앨리가 운전을 해도 될 나이가 되자, 우리는 피터를 곳곳으로 데리고 다녔다. 우리가 피터를 노스비치로 데려가기 시작했을 때 피터의 나이는 아마 대여섯 살이었을 것이다. 우리는 거기서 남자애들을 만나 시시덕거리고 콜라를 벌컥거리고 담배를 피우고 비키니 차림으로 파도치는 바다를 뛰어다녔다. 피터를 데리고 있기만 하면 앨리가 한 시간에 1달러를 벌었기 때문에 우리는 늘 피터를 데리고 다녔다. 피터는 우리가 쓰는 속어를 속속 익혔고, 우리는 그것이 재미있었다. 피터에게 우리가 모르는 예쁜 여자애들이 지나갈 때 휘익 휘파람을 부는 법을 가르쳤고, 여자애들이 정말로 돌아보면 발작을 일으킬 듯 웃음을 터뜨렸다. 가장 크게 웃은 사람은 어린 피터였다. 앨리의 차를 타고 가다가 손가락으로 평화의 상징을 만들어 차창 밖으로 내미는 법도 가르쳤다. 가운뎃손가락을 쳐드는 법도 가르쳤는데, 피터의 손가락질을 받은 작은 체구의 할머니들이 놀란 표정을 지으면 우리 넷은 깍깍거리며 웃어댔다. 메이미는 채 일곱 살도 되지 않은 피터가 선글라스를 끼고 담배를 꼬나문 사진을 아직도 가지고 있다. 메이미 남자친구의 모터사이클에 앉아 포즈를 취한 피터의 사진을 찍은 적도 있다. 머리에 반다나를 둘러 〈이지 라이더〉에 나오는 피터 폰다처럼 꾸며주었다. 피터는 우리와 함께 돌아다니는 걸 좋아했고, 그렇게 돌아다닐 때면 우리는 피터가 민감한 나이라는 것과 남자라는 사실을 대체로 잊었다. 우리가 비키니 차림으로 모래밭에 아무렇게나 드러누워 남자애들 이야기나 누가 누구와 잤는지 같은 이야기를 하면, 피터는 앉아서 가만히 듣기만 했다. 우리가 생리에 대해서나 부모님, 학교에 대한 불만을 이야기하면, 피터는 그 이야기를 잠자코 들으며 모래밭에 그림만 그렸다. 저녁에 놀 계획이 있으면 우리는 하루종일 그 이야기만 했고, 피터는 이따금 자기도 끼워달라고 졸랐다. 그러면 모두들 웃었다. 콜레트는 종종 밤에도 피터를 봐달라고 했고, 그러면 우리는 피터를 데리고 해변 파티에 가거나 영화를 보러 가거나 우리 중 누군가의 집으로 데려갔다. 어쩐지 피터는 부모님과 함께 집에 있을 때 더 외로움을 타는 것 같았다. 그는 또래 친구들이 많지 않았는데, 우리가 그런 말을 하면 다른 애들은 너무 어리다고 대답했다. 이상할 것도 없었다. 꼬마 시절의 대부분을 십대들과 보냈으니까. 가끔 자기도 우리가 노는 데 당연히 끼어야 한다고 생각하면, 그는 우리의 진짜 친구가 아니라는 사실을 일깨워줘야 했다.

"앨리가 돈을 받는 한은 같이 가도 좋아." 메이미가 말하면, 앨리는 메이미를 못마땅한 눈빛으로 쳐다보았다. 피터는 앨리에게 조금 반해 있었다. 우리 모두 그 사실을 알고 있었으니, 메이미가 한 말은 틀림없이 피터의 마음에 상처를 입혔을 것이다.

"하지만 사실이 그렇잖아." 메이미가 꿍얼거렸다. "우리가 자기와 놀아주는 데 다른 이유가 있다고 생각하면 곤란하지. 고작 여덟 살짜리 애인걸. 우리는 돈을 받고 친구가 돼주는 거고."

"메이미." 앨리가 피터를 살짝 안아주며 소리쳤다. 하지만 그 말은 사실이었다. 피터도 알고 있었다.

피터 뉴볼드에 관한 매우 사랑스러운 이야기가 있다. 한번은 피터가 생일에 할아버지 할머니로부터 10달러짜리 지폐를 한 장 받았다. 엄마가 그 돈으로 뭘 할 건지 묻자, 피터는 그 돈을 앨리와 함께 열 시간을 보내는 데 쓰고 싶다고 했다. 뉴볼드 부인은 피터가 듣지 않는 데서 그 말을 앨리에게 전했고, 두 사람은 같이 웃으며 참 사랑스러운 아이라고 말했다. 하지만 나중에 앨리는 그 이야기를 듣고 마음이 불편했었다고 내게 털어놓았다. 그 일이 있은 뒤 얼마 되지 않아 앨리의 가족은 뉴햄프셔 주로 이사했고, 남은 우리는 윈도버 요트클럽에 일자리를 구했기 때문에 피터를 자주 보지 못했다. 하지만 우리 여자들의 이야기를 들으며 보낸 여름들과 우리의 정신없는 수다 덕분에 피터가 정신과의사가 되도록 소양을 쌓은 거라고 나는 이따금 생각한다. 그는 늘 잘 들어줬으니까.

처음 웬도버에 병원을 개업할 때, 그는 자기 집 차고 위 공간을 썼다. 그러다 십 년쯤 전부터 내 사무실 위층 공간을 빌려 쓰기 시작했다. 몇 년 전의 일이다. 2월의 어느 저녁 우리는 폭설에 갇혔다. 프랭키의 일꾼이 제설기를 가지고 나타나기를 기다리는 동안, 우리는 내 사무실의 대기실에 앉아 고객이 선물한 샴페인 한 병을 나눠 마셨다. 피터는 맥린 병원에서 그가 하는 일에 대해 이야기했다. 오래전 그는 레지던트 과정을 마치기 위해 그 병원에 갔다. 레지던트 과정을 마친 뒤에는 정신과 전문의로서 그 병원에 남았다. 초창기에 그는 조현병에 큰 흥미가 있었다. 사실 그것이 그의 전공 분야로 여겨졌다. 그 주제로 논문도 여러 편 발표했다. 다른 의사들이 읽는 임상 논문 말이다. 또한 그는 이곳뿐 아니라 케임브리지에서도 이른바 '걱정 우물'*이라 일컬어지는 사람들을 위한 개인병원을 계속 운영했다.

그는 증세가 심각한 환자들과의 작업에서 영감을 받아 '애착'에 관한 책을 집필했다. 『인간의 유대감에 관하여』라는 책이었다. 일반 대중을 대상으로 쓴 책으로, 어느 정도는 대중심리학 서적일 것이다. 그가 그 책에 서명을 해서 나에게 선물했지만, 고백하건대 리베카와 관련된 그 일들이 있기 전까지는 그 책을 읽지 않았다. 하지만 이제는 피터 뉴볼드에 대해 알아낼 수 있는 것은 뭐든 알아

---

* 자신의 신체적, 정신적 문제에 대해 지나치게 걱정이 많은 사람.

내려고 혈안이 되어 그 책을 샅샅이 살폈다. 보통은 소설만 읽는다. 어쨌든 그날 밤 제설기가 오기를 기다리며 나는 그 책에 대해 물었다. 책이 나온 지 몇 달밖에 되지 않았을 때였다. 그는 부모와 아기 사이의 유대에 대해 조금 설명했다. 그것이 얼마나 중요한지. 모두가 알 만한 이야기였다. 그는 아동기 트라우마에 대한 설명도 했다. 그런 소소한 대화를 나누던 중 그가 불쑥 말했다. "그러니까 예를 들면, 어머니가 자살하셨을 당시 당신 나이가…… 열 살이었나요? 열한 살?"

나는 어안이 벙벙했다. 피터가 그 사실을 아는 것이 놀랍지는 않았다. 내 어머니에 관한 이야기는 이 지역 사람들 대부분이 알고 있으니, 그때 피터의 나이가 어렸어도 어디선가 들었을 것이다. 하지만 어머니가 돌아가시고 그토록 오랜 세월이 흘렀지만, 그날 밤 피터가 그런 것처럼 어머니의 죽음에 대해 나에게 그토록 분명하게 말한 사람은 없었던 것 같다. 사람들은 내 어머니의 죽음에 대해 '비극적'이라거나 '너무 이르다'고 말하긴 했지만 '자살'이라는 말은 입에 올리지 않았다. 아버지마저 그랬다. 술을 마신 어느 저녁, 스콧에게 내 어머니가 어떻게 세상을 떠났는지를 털어놓은 것도 우리가 결혼하고 몇 년이나 지난 뒤였다. 말을 하고 나서 곧바로 후회했다. 역사광인 그가 시시콜콜한 것까지 다 알고 싶어했기 때문이다. 그 일이 있은 뒤 내가 애도상담이나 심리치료 같은 것을 받지 않았다고 하자 그는 깜짝 놀랐다.

"그때는 이곳에 그런 것이 없었던 것 같아." 내가 말했다.

물론 스콧과 내가 헤어졌을 때 딸들에게는 '애도를 다루도록' 심리치료를 받게 했다. 학교 상담사가 권했다. 그때 테스가 열네 살,

에밀리는 열두 살이었다. 딸들은 그뒤부터 띄엄띄엄 심리치료를 받는다. 치료비는 내가 내고 있지만 감당할 여력이 점점 없어진다. 그래서 그건 약간 응석인 것 같다고 딸들에게 말했다. 나는 심리치료 같은 건 받은 적이 없는데도 썩 잘 버티고 있지 않은가. 내가 보기에는 심리치료가 딸들을, 특히 테스를 더욱 사색적이고 자기몰입적인 인간으로 만든 것 같다. 테스의 경우 어떤 시점에 이르자 내 어머니에 대해 빠짐없이 알아내는 일에 강박적으로 몰두했지만 이제 그 단계는 넘겼다.

"정말로 뭐가 문제였어요?" 테스가 물었고, 이따금 두어 잔쯤 마신 날에는 내가 아는 사실을 말해주었다. "조울증이었어. 의사들이 아빠한테 조울증이라고 했대."

"양극성장애." 테스가 흥분하며 외쳤다. "지금은 '양극성장애'라고 해요."

"그래. 알았어." 내가 대답했다.

"감정을 종잡을 수 없는 엄마를 둬서 엄마도 힘들었겠어요." 테스가 말했다.

"솔직히 나는 알아차리지도 못했어. 그다지 관심을 두지 않았던 것 같아. 하루종일 학교에 있었으니까. 여름에는 주로 밖에서 시간을 보냈고……"

"할머니가 자식들 감당이 안 돼서 그랬군요?"

"아니, 그 시절에는 다른 애들도 다 그랬어."

나는 대체로 화제를 바꿔보려 했지만 테스는 다시 그 화제로 돌아갔다. "그걸 아는 게 저한테는 중요해요." 테스가 말했다. "심리치료사 선생님이 제 개인사를 알고 싶어하시거든요. 엄마의 엄마가 정신적으로 아팠다거나 알코올중독이었다거나 그런 거요. 게다가 엄마의 아빠 쪽에도 정신병적 기질이 있다는 걸 알고 있어요. 세라 굿까지 거슬러올라가면……"

"오, 제발. 그 마녀사냥 이야기는 다시 꺼내지 마." 내가 외쳤다. "그 불쌍한 쭈그렁 할망구는 목매달려 죽었어. 이제 편안히 쉬게 해줘."

스콧과 우리의 둘째 딸 에밀리는 내 마녀 조상인 세라 굿에 대해 나름대로 정리한 생각이 있었다. 심지어 에밀리는 고등학교에 다닐 때 세라 굿에 대한 에세이도 썼다. 제목은 '굿 와이프 굿'이었다. 딸과 스콧이 알아낸 사실은 이렇다. 세라 굿이 어렸을 때 아버지가 자살을 했고 그뒤에 어머니가 재혼을 했는데, 재혼한 남편이 유산을 가로챘다. 세라는 열여섯 살에 결혼을 했다가 과부가 되었다. 그리고 다시 결혼을 했는데 이번에는 굿이라는 성姓을 쓰는 남자였다. 내 생각에 그녀는 정신이 약간 나갔던 것 같은데, 어쨌거나 뒤따른 파산이나 빚의 원인이 어느 정도 그녀에게 있었기 때문이다. 굿 가족―네 살짜리 딸 도커스를 포함하여―은 곧 집 없는 알거지 신세가 되었다. 세라 굿은 다소곳하고 겸손한 거지는 아니었다. 반사회적이고 호전적이었다. 세일럼 빌리지의 이 집 저 집을 돌아다니며 문을 두드렸는데, 혹여 구걸을 거절당하면 말도 안 되는 욕설을 중얼중얼 쏟아냈다. 모녀는 씻지 않았고, 사람들이 버린 넝마 쪼가리를 걸치고 다녔다.

세라 굿은 마녀재판이라는 집단 히스테리가 시작됐을 때 세일럼에서 처음 마녀로 지목된 세 여자 중 한 명이었다. 어린 딸 도커스와 남편마저 그녀에게 불리한 증언을 했다. 내가 세라 굿의 이야기에서 정말 슬프게 생각하는 부분은 이것이다. 네 살짜리 도커스까지 마녀로 몰렸다. 어리고 무지했기 때문에 자백을 했다. 도커스는 쇠사슬에 묶여 지하감옥에 갇혔다. 붙잡히고 며칠 뒤 재판관들이 심문을 하자 도커스가 말하기를, 엄마가 뱀을 줬는데 그 뱀이 자신의 엄지를 물고 피를 빨아먹었다고 했다. 재판관들은 그 뱀을 '퍼밀리어'*로 여겼고, 그 순간 세라 굿의 운명은 거의 결정되었다. 붙잡힌 당시 세라 굿은 임신중이었으므로 출산 후(아기는 바로 죽었다) 교수형에 처해졌다. 도커스 굿은 결국 풀려났다. 그러나 쇠사슬에 묶인 채 지하감옥에서 보낸 시간이 도커스를 미친 사람으로 만들었고, 그래서 도커스의 아버지는 딸을 '아무짝에도 쓸모없는' 존재로 여겼다. 아버지는 자식이 그 꼴이 된 것에 대한 보상을 받았다. 도커스는 뭔가에는, 어떤 남자에게는 쓸모가 있었을 텐데, 내가 그녀의 후손이고 내 딸들 또한 후손인 것을 보면 알 수 있다.

에밀리는 에세이에서, 세라 굿이 요즘 시대에 살았다면 아마도 중증 정신질환—양극성장애나 조현병—진단을 받았을 거라고 주장했다. 에밀리는 세라 굿의 이상한 행동—혼자 혹은 타인들에게 중얼거린 것과 이따금 적대적이고 반사회적인 성격을 보인 것—에 대한 목격자 진술을 인용했다. 그리고 이런 정신질환에는 유전적 병인이 있다고 쓴 뒤, 세라 굿의 아버지가 자살한 사실을 언급했다. 스콧이 에밀리의 조사를 도와주었고, 에밀리는 A를 받았다. 에밀리의 에세이는 주州 단위로 개최된 에세이 콘테스트에 출품되었다. 수상은 하지 못했지만 잘 쓴 작품으로 칭찬받았다.

---

* familiar. 마녀나 마법사를 돕는 정령이나 동물.

스콧은 이처럼 나의 집안에 이중으로 흐르는 광기에 대한 추론에 매료되어 있었다. 물론 그는 내 어머니를 만나본 적도 없지만, 어머니가 처한 상황의 '아이러니'에 푹 빠졌다. 예컨대 어머니는 내 어린 시절의 상당한 기간을 정신이상자를 수용하는 기관인 댄버스 주립병원에서 보냈다. 실제로 세일럼 마녀재판이 일어난 곳이 지금은 댄버스라는 이름으로 불리는 세일럼 빌리지이고, 그곳은 어머니가 여러 번 수용된 그 병원과 지척의 거리라는 사실을 모르는 사람들이 많다. 스콧은 1800년대 후반에 지어진 댄버스 주립병원의 원래 이름이 '댄버스 주립 정신병원'이었다는 사실에서, 그리고 그 병원이 호손 힐에 있다는 사실에서 짜릿함을 느꼈다. 호손은 세일럼에서 마녀재판을 했던 재판관 중 한 명인 존 호손의 이름을 딴 것이었다.

"사람들은 그 병원을 실제로 정신병원이라고 불렀던 거야." 스콧이 도서관에서 빌려온 책을 읽다가 소리쳤다. "당신 어머니가 거기서 지낼 때도 정신병원이라고 불렀어?"

"아니야, 물론 아니지." 나는 짜증을 내며 대답했다.

스콧은 내가 그 병원 이야기를 싫어한다는 것을 알고 있었다. 그가 내 어머니에 대해 알고 있는 것은 전부 우리가, 우리 두 사람이 거나하게 취했을 때 알게 된 것이었다. 나는 술을 마시면 입이 가벼워진다. 술은 틀림없이 어머니에게도 같은 영향을 미쳤을 것이다. 아버지 말로는, 어머니가 '조증' 상태일 때—사실 나는 조증 상태일 때의 어머니는 잘 기억나지 않는다. 그런 적이 자주 있었던 것 같지는 않다—술을 마신 것은 흥분을 조금 가라앉히고 수면을 약간 취하기 위해서였다. 하지만 짐작건대, 어머니는 술을 과하게 마셨을 것이다. 내가 아주 어렸을 때 딱 한 번 들은 이야기로는, 어머니가 덴버스에서 생을 마감한 것은 차를 운전해 회중교회의 하월 목사 집을 찾아갔기 때문이라고 했다. (스콧이 좋아하는 또하나의 아이러니는 하월 목사의 옛 식사실이 지금 내 사무실이라는 사실이다.) 어머니가 하월 목사의 식사실로 행진하듯 걸어들어가, 목사와 그 아내와 어린 세 자녀가 저녁 식탁에 앉아 있는 자리에서 이렇게 물었다는 것이다. 왜 자신에게 반복적으로 성폭행을 했으며 교구 어린아이들에게 비역질을 했느냐고. 내가 그 사실을 알게 된 것은 대학에 가기 위해 이곳을 떠나기 며칠 전, 페그 고모가 망설이듯 목소리를 낮추어 말해줬을 때였다. 어린 시절에 우리 가족은 매주 일요일마다 회중교회에 갔다. 하월 목사의 부인이 내 주일학교 선생님이었고 어린이 성가대도 지휘했다. 그녀는 나에게 늘 친절했고, 나는 그런 일은 전혀 몰랐다.

　내 기억으로 어머니가 댄버스의 병원에 처음 간 것은 남동생 저드가 태어난 뒤였다. 나는 여섯 살이었고, 여동생 리사는 네 살쯤이었다. 엄마는 우리가 태어날 때마다 산후우울증에 시달렸던 것 같다─그 당시 사람들은 그런 것을 알지 못했다. 어머니는 심한 우울증이었다. 하루종일 잠만 잤다. 저드가 태어난 뒤에는 페그 고모가 와서 지냈다. 사촌 제니가 나보다 딱 한 살 어렸고 에디는 세 살 위라서 우리는 한집에서 늘 같이 재미있게 놀았다. 어느 날 페그 고모가 부엌에서 무슨 일을 하면서 어머니에게 저드를 안고 있어달라고 부탁했다. 그러자 어머니는 싫다고 말하며 눈물을 글썽였다. 나중에 어머니가 페그 고모의 귀에 소곤거린 말은, 저드를 욕실로 데려가 욕조에 넣고 익사시킬까봐 안기가 두렵다는 것이었

다. 자기가 그런 행동을 하는 환시가 자꾸 보인다고 했다. 어머니
는 몇 주 동안 목욕도 하지 않았다. 아기를 익사시키는 환시 때문
에 욕조 근처에 가는 것도 두려웠던 것이다.

그래서 어머니는 다시 댄버스 주립병원으로 돌아갔다. 그 시절
의 어머니는 기억이 난다. 우리가 어머니의 병실로 찾아갔었기 때
문이다. 술을 몇 잔만 마시면, 스콧은 나를 설득해 그 이야기를 하
게 했다. 내가 기억하는 것은 주로 냄새였다. 그 냄새는 댄버스 주
립병원의 공기에 깊이 배어 있었다. 오줌 냄새, 똥냄새, 암모니아
냄새, 화학물질 냄새가 밴 체취들이 뒤섞인 요상한 냄새. 간병인들
이 병동으로 들어가는 문을 열어주는 순간, 그 역한 냄새의 한가운
데로 들어갔다. 냄새에 흠뻑 적셔지기 때문에 그 냄새를 맡지 않기
란 불가능했다. 그 냄새를 없애려면 집으로 돌아와 한 시간은 욕조
에 몸을 담그고 머리를 샴푸로 감고 또 감아야 했다. 우리가 병원
에 갔을 때 어머니는 몹시 혼란스러워 보였지만 대체로 말이 없었
다. 아마 많은 양의 진정제를 복용했기 때문이었을 것이다. 하지만
그 병동에 있는 다른 여자들은 낄낄거리고 중얼중얼 욕설을 쏟아
냈다. 어떤 여자는 내 머리 위에 악마가 보인다고 했다. 그 여자 말
로는, 악마가 언제나 그곳의 수증기 속에 있다는 것이었다. 그러고
는 눈을 부릅뜨고 내 머리 위 허공을 뚫어져라 쳐다보며 고개를 가
로저은 뒤, 불쌍하다는 눈빛으로 나를 바라보았다. 나는 그뒤로 다
시는 그곳에 가지 않았다. 마침내 어머니가 집에 돌아왔다.

어머니는 우울했다. 달리 무슨 말을 하겠는가? 스콧과 딸들은
내 어머니에 대해 늘 더 알고 싶어했지만 내가 아는 것은 많지 않
았다. 어머니는 동물을 사랑했다. 우리집 고양이 캘리코는 예외 없

이 어머니를 웃게 만드는 몇 안 되는 것들 중 하나였다. 어머니는 나에게 뜨개질을 가르쳤다. 어머니는 독서를 좋아했다. 어머니에게는 조용한 시간이 필요했다. 어머니는 예쁜 편이었다. 그리고 내 나이 열두 살 때 스스로 목숨을 끊었다.

여름 초입의 어느 날이었다. 학교에 가지 않는 날이어서 나와 동생들은 그날 아침 무척 들떠 있었다. 어머니는 침대에 누워 있었지만 그건 특별한 일이 아니었다. 우리는 자전거를 타고 마켓에 갔고, 아버지는 아침식사로 도넛을 사주었다. 그러고는 페그 고모 집에 가서―고모는 우리집 아래쪽 길에 살았다―사촌 제니, 에디와 같이 놀았다. 결국 페그 고모가 우리를 집에 데려다주었다. 저녁식사 시간이었는데, 페그 고모는 이상한 예감이 들었다고 했다. 고모는 내 어머니가 괜찮은지 확인하고 싶었다.

어머니는 여전히 누워 있었다. 침실 문은 잠겨 있었다. 페그 고모는 노크하고 다시 노크했다. 그런 다음 내 아버지에게 전화를 걸었다. 아버지가 돌아와 집 벽에 사다리를 댔다. 내가 사다리를 타고 위층까지 올라가 작은 창문을 통해 기어들어갔다. 아버지는 덩치가 커서 창문을 통과할 수 없었고, 페그 고모는 눈물을 흘리고 손을 비비며 안절부절못했다. 그래서 내가 올라가 창문을 통과한 뒤 냅다 침실 문 쪽으로 뛰어가 얼른 문을 열었다. 방안을 달려갈 때, 왠지 모르지만 수영장 한쪽 끝에서 반대쪽 끝까지 물속을 헤엄쳐 가는 것처럼 숨을 참았던 것이 기억난다. 나는 곁눈질로 슬쩍 어머니를 보기만 했다. 어머니는 벽을 향해 웅크리고 있었다. 나는 잠긴 문을 열고 아버지를 스쳐 문밖으로 달려나갔다. 어머니가 죽은 것을 내가 어떻게 알았는지 모르겠다. 그냥 알았다. 어머니는 집에 있는 약들을 전부 삼켰다(우리집에는 약이 한가득 있었다).

나중에 나는 그렇게 쌩하니 방에서 달려나간 것에 대해 여러 해 동안 묘한 죄책감을 느꼈다. 가서 어머니를 들여다봤어야 했다. 그 이야기를 아는 사람들은 내가 당연히 그랬을 거라고 생각했다— 침대로 걸어가 어떻게든 어머니를 깨웠을 거라고. 하지만 나는 그러지 않았다. 내가 왜 그런 죄의식을 느끼는지는 모르겠다. 지금도 이따금 느낀다. 가슴 저 안쪽 어딘가에서, 아버지가 방안으로 뛰어들어가 그랬던 것처럼 내가 어머니의 코앞에 손을 대고 숨을 쉬는지 확인했다면 어머니가 살 수도 있었을 것 같다는 생각이 든다. 내가 어머니를 필요로 했으니까. 리베카를 처음 본 날 아침 그녀가 구해낸 어미 말이 새끼라는 존재 때문에, 새끼가 자신을 필요로 한다는 단순하고 부인할 수 없는 사실 때문에 살아난 것처럼.

하지만 알약을 전부 삼켰을 때 어머니는 우리가 자신을 필요로 한다는 사실을 잘 알고 있었다. 우리의 존재를 부인한 것은 아니었다. 우리는 아기가 아니었으니까. 우리는 천방지축이었다. 남동생도 여동생도 나도 그랬다. 집안을 신나게 뛰어다녔다. 서로 고자질을 했고, 격렬한 싸움질이 어머니의 침실로까지 이어졌다. 어머니의 침대에 올라가 쿵쿵 뛰고 악을 쓰며 서로를 비난했다. 저드는 학교에서 늘 말썽쟁이였다. 지금은 경찰이 되어 스왐스콧에서 일하지만. 여동생 리사(지금은 LA에서 메이크업 아티스트로 일한다)와 나는 소리를 지르고 때리면서 싸웠고, 어머니를 자기편으로 만들려고 어머니 앞에서 빽빽 소리지르고 욕을 했다. 이따금 어머니가 어느 한쪽을 편들기도 했다. 하지만 대체로 어머니는 조용히 쉬고 싶다고 했다. 어머니는 몹시 피곤해했다. 우리더러 방에서 나가

달라고 했다.

"안 그래도 불쌍한 엄마를 너희가 더 미치게 만들고 있구나." 페그 고모는 정기적으로 '점검을 하러' 우리집에 들러서는 큰 소리로 우리를 야단쳤다. 우리가 어머니를 그렇게 만들고 있었다. 우리도 알고 있었다. 우리가 어머니를 자신만의 세계에 빠져 살게 만들고, 어머니를 우리에게서 먼 존재로, 슬픈 존재로 만들고 있는 것 같았다. 하지만 지금 깨닫기로 어머니는 그때 극심한 우울증에 시달리고 있었고, 그런 상태가 되면 우리가 옆에 있는 것조차 모르는 듯했다. 우리가 침대 주변을 뛰어다니고 소리를 지르고 욕을 하고 서로 발로 차도, 어머니는 그저 돌아누운 채 벽만 보았다.

우리 여기 있어요, 우리 여기 있어요, 우리 여기 있어요. 우리가 끊임없이 무질서와 불협화음을 일으키며 외친 소리는 바로 이것이었다.

나더러 어쩌란 말이니. 아마 이것이 어머니의 대답이었을 것이다.

열하나

    테스와 마이클이 추수감사절에 저녁식사를 하러 오라고 했다. 테스, 마이클, 마이클의 부모인 낸시와 빌 왓슨이 함께하는 자리였다. 에밀리도 뉴욕에서 오기로 했다. 애덤은 올해는 웬일인지 자기 가족과 추수감사절을 보낸다며 같이 오지 않는다고 했다. 스콧도 온다. 이혼한 뒤로 우리가 아이들과 함께 명절을 보내는 것은 이번이 처음일 것이다. 몇 주 전 테스가 처음 그 의견을 냈을 때 나는 멈칫거렸다.

    "아빠만 불러. 나는 제인 이모랑 같이 저녁 먹으면 되니까." 내가 말했다. 내 사촌 제인이 웬도버에 살아서, 그전에는 스콧이 딸들과 명절을 보내고 나는 제인의 가족과 함께 보냈다.

    "엄마, 이유가 뭔데요?" 테스가 고집을 부렸다. "아빠도 혼자고 엄마도 혼자잖아요. 두 분이 자연스럽게 지낼 수 있을 거예요. 아빠가 지난주에 엄마랑 통화를 했다던데요."

그 말은 맞았다. 레녹스에 사는 스콧이 나에게 전화를 걸어 그의 집을 지금 내놓아야 할지, 아니면 봄까지 기다려야 할지 조언을 구했다. 지금은 리처드와 헤어진 터라, 그래디를 더 자주 보고 싶다며 마블헤드에 더 가까운 곳으로 집을 옮기고 싶어했다. 나는 기다리라고 했다. 내 견해로 버크셔 지방은 봄에는 아름답지만 가을과 겨울에는 좀 적적하다. 버크셔 지방에 대한 내 견해가 이십 년 전 한여름에 레녹스에 한 번 갔다 온 것과 『이선 프롬』이라는 소설을 여러 번 읽은 데 기인한다는 것은 스콧도 잘 안다. 하지만 그는 내 충고를 받아들였다. 그는 봄까지 기다리기로 했고, 그사이 에밀리를 보러 브루클린에, 테스를 보러 마블헤드에 자주 갔다. 그는 한결같이 헌신적인 아버지였다.

추수감사절 주간부터 우리 일은 슬슬 뜸해진다. 대체로 나는 그 시기가 오기를 고대하지만 올해는 달랐다. 올해는 앞서 여러 달 동안 사업이 부진했다. 게다가 내가 떠밀리듯 헤이즐든에 갔던 것도 이 년 전 추수감사절 직전이었다. 올해에도 벌써부터 초대장이 날아오기 시작했지만 나는 어떤 파티에도 참석하고 싶은 기분이 아니었다. 명절 때는 사람들이 파티에서 흠뻑 취한다. 나는 그런 것을 정말 좋아했었다. 그러면 나도 평범하게 술을 마시는 사람이 되는 것 같았다. 요즘에는 파티에서 내 정신이 흐트러짐 없이 맑은데, 기필코 자기 이야기를 들려주겠다며 버락 오바마에 대한 이야기나 자기는 바다를 너무도 사랑한다는 따위의 어처구니없는 독백을 늘어놓는 남편들에게 꼼짝없이 붙들린다. 코가 삐뚤어지게 술을 마신 사람들이 주로 그런다. 물론 자기 집 매매가가 얼마나 되는지 물어오는 사람들도 항상 있다. 자꾸 물어보니까 약간 짜증이 난다. 사교모임에서 만난 의사에게 계속 기침이 나는데 어떻게 하느냐고 물어보는 꼴이다. 그렇게 물어보는 사람들에게 가끔 집을 팔기도 했다. 보통 술을 마시면 나는 그들이 구입했을 때의 집값보다 10퍼센트는 더 올려서 말하는데, 단지 그들을 더 행복하게 해주기 위해서다. 지금은 있는 그대로 말해주고 싶어진다. "구입할 때의 집값 근처에도 못 미쳐요." 그저 그들의 얼굴에 떠오르는 표정이 궁금해서다. 대체로 나는 명절 파티 초대는 거절하고 있지만, 결국 테스 집에 가서 나머지 가족들과 같이 명절을 보내는 데 동의했다.

추수감사절 바로 전날, 내가 서류를 작성하고 있는데 리베카가 불쑥 사무실로 찾아왔다. 그녀는 승마바지에 부츠를 신고 감청색 윈드브레이커를 입고 있었다. 바람을 맞아 피부가 붉어진 것 같았고 광채가 흘렀다. 계절에 어울리지 않게 온화한 날씨여서, 린다 발로와 함께 서피코와 해트트릭을 트레일러에 실어 하트비치까지 내려가 승마를 즐긴 것이다. 말들은 생소한 파도 소리를 들으면서 긴 다리를 쭉쭉 뻗으며 내달렸다. 윈드포인트 로드를 지나서까지 달렸다고, 리베카는 별일 아닌 듯 말했다. 윈드포인트 로드의 끝까지 달려갔다가 돌아왔다고.

"이런 날씨여서 참 행운이네요. 해변에서 말을 타기에 참 좋은 날씨예요." 내가 말했다.

리베카는 내 책상을 마주보는 안락의자에 앉아 한쪽 발목을 다른 쪽 무릎에 올리고는 의자에 기댔다. 그러고는 처음 온 사람처럼 사무실을 둘러보며 구석구석 꼼꼼히 살폈다.

"사무실이 멋진데요. 전남편분이 꾸며준 거예요?" 그녀가 물었다.

"그럼요. 나는 이런 일에는 젬병이에요." 내가 말했다.

리베카가 방긋 웃었다. "같이 쇼핑하는 걸 좋아하셨어요? 옷 같은 거요. 그러니까…… 당신 옷요."

"그랬겠죠." 내가 중얼거리듯 시큰둥하게 대답했고, 우리 둘 다 웃었다. 리베카는 그 긴 세월 동안 온갖 단서를 눈앞에서 목격하고도 스콧이 게이라는 것을 내가 전혀 눈치채지 못했다는 사실을 더 재미있어하는 것 같았다. 리베카가 그것으로 농담을 하면 솔직히 재미있었다.

"남편은 보스턴과 뉴욕에서 끊임없이 뭔가를 사왔어요. 나라면 절대 사지 않을 것들이지만 실제로는 굉장히 좋은……"

내게 쏠렸던 리베카의 관심이 사라지는 것이 보였다. 누군가가 잠긴 옆문—위층 사무실로 올라가는 입구—을 열고 계단을 올라가는 소리가 들렸다. 그 순간 리베카의 얼굴이 빨개졌는데, 바람을 맞아서만은 아니었다.

"피터가 틀림없어요." 그녀가 내 책상에 놓여 있던 문진을 들어 살펴보는 척하며 말했다.

"아닐 거예요. 수요일에 피터가 여기 오는 일은 드물어요. 그리고 뉴볼드네 식구들은 대개 엘리스의 언니 집에서 추수감사절을 보내요. 엘리스의 언니 집은 아마 콩코드일 거예요. 지금 지나간 사람은 패치 드와이트 같아요. 위층 수도꼭지가 새거든요."

"아." 리베카가 말했다. 문진—가운데 디지털 시계가 박혀 있는 돔 모양의 단순한 크리스털 제품—이 갑자기 리베카에게 엄청 매력적인 대상이 되었다. 리베카는 그것을 불빛에 비춰보기도 하고 크리스털의 깎인 면을 통해 천장을 바라보기도 하는 등 꼼꼼히 살폈다.

"그런데 패치한테 전화해서 스튜디오에 수도 배관을 해달라고 부탁은 했어요?"

"네." 리베카가 말했다. "음, 사실은 브라이언을 시켜 전화했어요. 그때 하신 말씀이 맞았어요. 패치가 선뜻 맡아줬고 공사할 때도 아주 친절했어요. 이제 스튜디오에서 붓을 씻을 수 있게 됐어요."

"그림은 많이 그렸어요?"

리베카의 얼굴이 밝아졌다. "아주 많이요. 바다 위에 뜬 달을 커다란 캔버스에 유화로 그리고 있어요. 연작으로 할 거예요. 대부분은 피터가 찍은 사진을 보고 그려요. 하지만 어느 날 밤 피터의 집에 가서 직접 보면서 그린 것도 있어요. 보름달이 뜬 밤이었는데 카메라로는 달의 크기를 담을 수가 없었거든요. 피터가 그 달을 보자마자 전화를 해서는 그림 도구를 가져오라고 했어요."

위층에서 사람이 뛰어내려오는 소리에 리베카의 고개가 휙 돌아갔다. 리베카는 패치가 창문 앞을 지나가는 것을 지켜보았다. 그러고는 나를 돌아보며 미소 지었다. "당신 말씀이 맞았네요. 패치였어요."

내가 책상에 놓인 서류를 흘끗 내려다보는데 리베카가 말했다. "힐디, 피터가 나한테 좀 화가 났어요. 사실은 우리 두 사람한테요."

"그래요? 왜요?"

그녀는 손톱 하나를 파고 있었다.

"잠깐, 내가 알아맞혀볼게요. 두 사람 사이가 어떤지 나한테 털어놓은 걸 피터가 알아버렸군요."

"네, 당신이 그 사실을 어떻게 알게 됐는지 말했더니…… 그 사람이 정말로 화를 냈어요. 당신이 우리의 약점을 이용할 거라면서요."

"약점을 이용해요?" 나는 애써 웃음을 참았다. 내가 리베카를 이용한 건 맞다. 하지만 우습기도 하지, 피터가 그런 말을 하다니. 자기가 그러는 줄은 모르고.

"화내지 마요, 힐디. 다 괜찮아요. 그 사람은 그저 제가 보통은 아무에게도 하지 않았을 이야기를 그런 상황에서 털어놓게 된 거라고 생각하는 것뿐이에요. 당신의 초능력 같은 게 다 연기라고요."

"리베카, 그건 연기가 맞아요. 말했잖아요. 나는 사람들의 마음을 읽지 못한다고. 그쪽에서 생각하는 독심술 같은 게 아니에요. 내가 뭔가를 말하도록 한 게 아니라고요. 내가 놀란 건 오히려, 피터가 그쪽을 너무 휘둘리기 쉬운 사람으로 봐서 내가 뭔가 수를 써서…… 음, 지금 생각해보니 놀랄 일이 아니네요. 피터가 그쪽을 아주 성공적으로 조종하게 된 것처럼 보이니까요."

"힐디, 어떻게 그런 말을 해요? 그건 지금껏 제가 들은 말 중에서 가장 잔인한 말이에요. 우리는 서로 아주 진지해요, 힐디. 우리가 진지하다는 거 알잖아요. 전부 다 알잖아요."

"내가 아무한테도 절대 말하지 않겠다고 하더라고 피터에게 전해주세요. 내가 누구한테 그런 말을 하겠어요? 이곳 사람들은 피터의 아내가 누군지도 몰라요. 자신 있게 말하는데, 사람들은 피터가 모든 환자들과 바람을 피울 거라고 생각할걸요……"

이 말은 비열했다. "미안해요. 그런 뜻은 아니었어요." 내가 말했다.

"괜찮아요." 리베카가 말했다. "피터는 제가 이 말을 전하면 당신이 화를 많이 낼 거라고 했지만, 말씀드릴 수밖에 없었어요. 당

신은 이곳에서 저의 가장 친한 친구잖아요. 사실 피터가 걱정하는
건 엘리스가 눈치챌지 모른다는 것만은 아니에요. 이 일이 밝혀지
면 의사면허가 취소될 수도 있어요. 정신과의사는 환자들과 친밀
한 관계를 가지면 안 되거든요. 법에 어긋나요. 다른 주 같으면 우
리 사이에 일어난 일로 피터가 감옥살이를 할 수도 있어요. 아주
짧은 기간 동안 제 담당의사였지만요."

"두 성인이 관계를 가진다고 그게 법에 어긋나요? 둘이 합의를
한 건데도요? 그건 아닌 것 같은데요, 리베카. 아마 청교도 시대에
나 그랬겠죠. 지금은 원하는 사람 누구하고나 섹스를 할 수 있어
요. 두 사람 다 성인이라면요. 이 말은 하고 싶지 않지만, 피터가
말도 안 되는 거짓말을 주입하고 있는 것 같은데……"

"피터가 왜요? 그 말은 거짓말이……"

"나는 나랑 같이 사는 동안 다른 남자와 이 년이나 관계를 가진
남자에게 이혼수당을 주고 있어요. 법은 그걸 전혀 잘못된 것으로
보지 않아요. 어쨌거나 나는 그 사람을 경제적으로 부양할 책임이
있어요. 그 사람은 물론 한때는 그 사람과 동거했던 남자까지요.
이유는 내가 돈을 더 많이 번다는 거였어요. 그러니 나는 당신이
피터와 그런 관계를 지속하는 것이 어째서 법에 어긋난다는 건지
모르겠네요. 피터는 그런 생각을 심어주는 것이…… 오, 신경쓰지
마요. 미안해요."

"괜찮아요, 힐디. 하지만 그 부분은 잘못 알고 계신 거예요. 제가
직접 찾아봤어요. 그건 법에 저촉돼요. 비윤리적인 의사들이 과거
에 환자들의 약점을 이용했대요. 어떤 환자들은 전이*를 일으켜서
자기가 심리치료사를 사랑한다고 생각하고요. 그건 진짜 사랑이

아니죠. 하지만 피터와 저는 그런 게 아니잖아요. 저는 정말로 피터의 환자였던 적은 없으니까. 정말 그런 관계가 아니었어요. 어쨌거나 길게는 아니었죠. 우리는 사랑하는 사이예요."

그때 리베카는 매우 여리고 상처를 잘 받는 사람으로 보여서, 나는 내가 했던 말이 마음에 걸렸다.

"알아요. 알고 있어요."

그러자 리베카는 몸을 앞으로 숙여 내 눈을 바라보았다. 그러더니 마음을 읽어달라고 했다.

"정말로 알고 계셔요? 그 사람의 감정을요? 솔직히 말해주셔도 돼요, 힐디. 봐주지 말고요. 정말로 알아야 해요. 다 알고 계시다는 거 저도 알아요."

"모른다니까요." 내가 한숨을 쉬었다.

내가 오래전에 그런 짓을 그만둔 이유가 바로 이것이다. 사람들은 자기들이 특별하다는 말을 해주기를, 자기들의 인생길에는 우주적 의미가 담겨 있으며 예견할 수 있는 운명이 자기들을 기다리고 있다고 말해주기를 바란다. 늙어가는 특별한 그들 앞에 밝고 행복한 운명이 기다리고 있다고.

"힐디, 힐디, 나를 보세요. 잠시만요."

리베카를 바라보았다. 그러자 몸에 전율이 일었다. 딱하기도 해라, 리베카.

"그럼요, 그럼요. 피터는 물론 당신을 사랑해요. 이제 걱정은 그

---

* 심리치료에서 쓰는 용어로, 환자가 과거에 중요했던 인물과의 관계에서 느꼈던 감정을 현재 심리치료사와의 관계에서 느끼는 것을 말한다.

만해요. 오늘밤 우리집에 올래요? 아이들을 재운 뒤에요. 와서 와인 한잔하고 가요."

"그러고 싶어요, 힐디. 하지만 그럴 수가 없어요. 오늘 브라이언이 온댔어요. 추수감사절에 시댁 식구들이 오거든요. 집으로 돌아가 옷을 갈아입는 게 좋겠어요."

"추수감사절 행복하게 보내요, 리베카." 내가 말했고, 그녀도 나에게 같은 말을 해주었다.

나는 그녀가 옆문으로 나가는 것을 지켜보았다. 리베카는 피터의 사무실로 올라가는 계단 밑에서 잠시 걸음을 멈추는 듯했다. 그러고는 승마부츠를 신은 발로 쿵쿵거리며 포치를 걸어갔고, 잠시 뒤 그녀의 차가 처치 스트리트를 쌩하니 달려가는 소리가 들렸다.

그날 나는 늦게까지 일했다. 연말까지 장부 정리를 마쳐야 했다. 사무실에서 나오니, 바깥은 이미 어둑어둑했다. 내 책상 시계가 세시 삼십분이어서, 어두워진 바깥을 보고 깜짝 놀랐다. 그뒤로 건전지를 수도 없이 갈아 끼웠지만, 크리스털 문진 한복판에 박힌 작은 시계는 계속 세시 삼십분을 가리켰다. 리베카가 그 일과 관련이 있다는 건 아니다. 하지만 나는 웬디가 연 파티에서 브라이언이 리베카의 신기한 자기장과 그녀의 파괴적인 힘이 가전제품에 미치는 영향력에 대해 말했던 것을 기억하고 있다. 물론 문진 시계는 중국에서 만든 싸구려였다. 아마 리베카가 만지기 며칠 전에 멈추었을 것이다. 내가 알아차리지 못한 것뿐이다.

나는 사무실 건물과 회중교회 사이의 차도를 따라 걸으면서 코트 깃을 세웠다. 날씨가 추워지면 두 건물 사이로 늘 매서운 동풍이 불어왔다. 나는 손을 호호 불며 불이 환하게 켜진 높다란 교회 창문을 올려다보았다. 수요일 밤이었다. 수요일 밤엔 대개 교회 성가대가 주일 예배를 위해 리허설을 한다. 나는 종종 내 사무실 창가에서 뿌연 교회 유리창을 통해 그들의 모습을 지켜본다. 샤론 라이스, 크로싱 도서관에서 일하는 브렌다 돕스, 프리지 웬트워스, 늙은이 헨리 맬러드, 그리고 일부 내가 모르는 사람들이 보였다. 밤에 늦게까지 일할 때는 내 책상 쪽에서 그들을 지켜보곤 했다. 그토록 열심인 사람들을 보면 보통은 나도 모르게 미소가 지어졌다. 그들의 찬송은 높이높이 올라갔고, 그들의 입은 경건하고 진지하게 한 음절 한 음절을 벙긋거렸다. 열정적이고 순종적인 눈동자는 내 눈에는 보이지 않는 성가대 지휘자에게 고정되어 있었다. 추수감사절 전날인 그날 밤, 그들은 핸드벨 연주를 연습하고 있었다. 나는 걸음을 늦추며 그 앞을 지나갔다. 교회 벽은 두껍고 단단했고 내가 서 있는 곳에서는 음악 소리가 전혀 들리지 않았지만 사람들이 벨을 들어올리는 모습은 보였다. 저마다 손에 오크나무 손잡이가 달린 밝은 빛깔의 황동색 벨을 들고 있었다. 그들은 벨을 들어올렸다 내렸다 했는데, 내가 서 있는 곳에서는 그 순서가 무작위 같았다. 이 웬도버 개신교 신자들은 내 어린 시절의 성가대원들과 전혀 다르지 않은 듯했다. 짧은 단발머리에 화장기 없는 얼굴, 어린아이나 순례자처럼 성적 욕구가 없어 보이는 매사추세츠 여자들. 그리고 배가 불룩 나온 가정적인 남자들. 그들은 모두 벨을 들고 소리를 맞추고 있었다. 따로 또 같이. 위로. 아래로. 이번 차례는…… 이번 차례는…… 이번 차례는…… 내가 선 곳에서는 보이지 않는 누군가의 지휘에 따라 순서를 맞춰.

지금은 누가 교회에서 음악을 담당하는지 모르지만, 내가 어렸을 때는 목사의 아내 하월 부인이 맡았다. 나는 하월 부인을 무척 좋아했다. 음악에 처음 흥미를 가진 것도 하월 부인 덕분이었다. 그녀는 내가 음악을 사랑하게 만들었다. 정말 그랬다. 하월 부인은 성인과 어린이 성가대를 모두 지휘했다. 예배드릴 때 어린이 성가대가 성인 성가대와 함께 찬송을 할 때도 있었고, 우리 아이들만 찬송을 할 때도 있었다. 하월 부인은 자신은 아이들의 노랫소리를 들을 때 하느님이 존재하심을 가장 분명히 느낀다고 했다. 그러니 노래할 때 두려워하지 말라고 가르쳤다. 음정을 틀릴까봐 걱정하지 말라고, 가슴으로 노래를 부르라고 가르쳤다. 그렇게 하면 어떤 음정도 삐끗하거나 틀리지 않을 거라면서.

　그랬다. 나는 하월 부인을 아주아주 좋아했다.

　내가 2학년인가 3학년이던 어느 해에, 그녀가 독창자로 나를 선발했다. 크리스마스이브 촛불의식 때 부르는 〈거룩한 밤〉의 시작 부분이었다.

　"거룩한 밤!" 제단에 홀로 서서 떨리는 가녀린 목소리로 오래된 교회의 통로와 신자석을 향해 용기를 내 노래를 불렀다. 그해 크리스마스이브에는 교회 안이 몹시 어둡고 추웠다. 흔들리는 불빛과 손에 든 초에서 덩굴처럼 구불구불 올라오는 검은 연기 때문에 잘 아는 얼굴도 누구인지 알아보지 못할 만큼 일그러져 보였다. 선명히 보이는 사람은 바로 앞에 선 하월 부인뿐이었다. 조용히 웃는 얼굴, 허공을 살며시 감싸쥔 듯 손을 오므려 부드럽게 위로 올리는 손짓, 내가 부르는 가사를 함께 벙긋거리는 입술.

"별빛이 찬란하다. 우리 주 예수님 나신 이 밤." 나는 속삭이듯 지저귀듯 노래했다.

교회는 사람들로 가득했다. 내가 아는 사람들 대부분이 신자석에 앉아 있었지만, 나는 바라볼 수가 없었다. 손이 떨렸다. 떨지 않으려고 빨간 격자무늬 스커트를 꼭 잡고 있었다. 그러고는 숨을 깊이 들이쉬고 다시 노래했다. 하월 부인에게 시선을 고정한 채.

"오랫동안 죄악에 얽매여서 〔꼴깍〕 헤매던 우리 위해 오셨네."

그러고는 (얼마나 기쁜지) 어린이와 성인 성가대, 회중 모두가 다 같이 노래했다.

"온땅이 주의 나심 기뻐하며 희망의 아침 밝아오도다. 무릎 꿇고!" (이 부분에서 우리 교회의 바리톤 해밀턴 씨의 음성이 들리고 라일리 부인의 아름답고 날카로운 소프라노 음성이 우리 머리 위를 맴돈다.) "천사와 화답하라. 오 거룩한 밤, 주님 탄생하신 밤……"

혼자 부르다가 갑자기 단원들 전부가 다함께 부를 때의 안도감과, 함께라는 느낌은 말로 설명하기 어렵다. 나는 환하게 웃으며 신자석에서 친구들, 아버지, 어머니의 얼굴을 찾았고, 끝까지 그 성탄곡을 불렀다. 이제는 촛불의 따뜻한 불빛 속에 그들의 얼굴이 보였다. 그들이 와 있었다. 그들이 와서 나를 올려다보았고, 우리와 함께 노래했다. 그날 밤 어머니의 모습을 나는 기억한다. 어머니가 어떻게 노래했는지, 어떻게 나를 올려다보며 미소 지었는지, 그리고 어머니의 얼굴에 눈물이 흘러내리던 것도.

하월 부인은 주일학교에서 그 성탄곡을 가르치면서 우리 모두에게 한 소절씩 가사에 해당하는 그림을 그려보라고 했다. 나는 '헤매던 우리 위해 오셨네' 부분을 맡았다. 나는 구유에 누워 있는 아기를 그렸다. 머리 위에 후광을 그리고 그 주위로 노란 햇살이 뻗어나가게 했다. 하월 부인이 말했다. "영혼의 고귀함을 표현하기 위해 사용한 노란 햇살이 좋구나." 나는 자랑스럽다는 듯 웃었지만, 그전에 아기 예수의 그림을 여러 번 보았기에 나도 그대로 따라 그린 것뿐이었다—아기 예수 뒤에는 언제나 후광과 황금빛 햇살이 그려져 있었다. 영혼, 고귀하고 거룩한? 어른이 아이들에게 그런 말도 안 되는 생각을 심어준다는 게 상상이 되는가?

다음날은 추수감사절이었다. 나는 아침을 먹고 개들을 산책시킨 뒤 양모 스커트와 스웨터를 입었다. 날씨가 달라져 있었다. 결국 추운 추수감사절이 될 듯했다.

나는 정오쯤 집을 나섰다. 테스는 세시에 식사를 할 예정이니 모두 한시까지 와달라고 했다. 에밀리와 스콧은 하루 전 테스의 집에 이미 도착했고, 마이클의 부모는 바로 길 아래쪽에 살았다. 내가 도착한 무렵에는 모두 와 있었다.

앞서도 말했지만, 지금은 술 마시는 사람들 주변에 있기가 힘들다. 테스와 에밀리는 대체로 내가 있을 때는 많이 마시지 않으려고 신경을 쓴다. 딸들은 아마 와인을 조금 마시긴 하겠지만 전혀 좋아하지 않는 것처럼 행동하리라는 것을 나는 알고 있었다. 왓슨 부부는 술을 거의 마시지 않는다. 그래서 조금 늦게 도착할까 하는 생각도 잠시 해보았다. 집에서 나오기 전에 와인을 한 잔 마셔둘까 고민도 했다. 많은 사람들이 일을 하지 않는 날에는 점심식사 때 와인을 곁들인다. 하지만 그들이 내게서 술냄새를 맡을까봐 겁이

났다. 게다가 그런 행동은 헤이즐든에서 알게 된 여자들이 지금은 창피하게 여기지만 왕성하게 술을 마시던 시절에 했다고 털어놓는 행동이었다─행사에 가기 전 마음을 단단히 먹기 위해 술을 마시는 것이다. 나는 그들과는 다르다. 그런 건 필요하지 않았다. 그래서 시간을 딱 맞춰 한시에 도착했고, 앞쪽 포치에서 이제는 나이를 먹은 보니를 발견했다.

추운 날씨라 보니를 데리고 들어갔는데, 테스가 커다란 치즈 접시를 들고 문 앞을 걸어가다가 나를 보더니 대뜸 말했다. "엄마, 방금 내보냈어요. 이걸 커피 테이블에 놓을 건데, 보니가 다 먹어버릴 거란 말이에요."

"오, 테스. 얼어붙을 듯 추운 날씨야. 보니를 방이나 다른 곳에 두면 안 되겠니?"

"안 돼요. 낑낑거리면서 문을 긁어댈 거예요. 그래디가 낮잠을 자는 중인데 깰지도 몰라요. 내보내세요, 제발."

"알았어, 알았어." 나는 목줄을 잡으며 대답한 뒤 보니를 다시 밖으로 내보냈다. 그리고 보니에게 나중에 몰래 칠면조 고기를 가져다주겠다고 약속했다. 보니는 낑 하고 신음 소리를 내며 포치에 털썩 주저앉았다.

내가 다시 안으로 들어가자 모두들 나를 반겨주었다. 낸시와 빌 왓슨도 어색한 포옹으로 나를 맞아주었다. 왜 사람들은 늘 포옹을 해대는 걸까? 스콧은 블러디메리를 손에 들고 있었다. 하필 블러디메리를. 그건 나도 좋아한다. 테스가 뭘 마시겠느냐고 묻길래, 다이어트 콜라로 달라고 말하려다가 마음을 바꾸었다. "블러디메리로 하지 뭐…… 보드카는 넣지 말고."

"버진메리*네, 안 그래?" 스콧이 웃었다. 그러고는 말했다. "내가 만들어줄게, 힐디." 나는 그를 따라 부엌으로 들어갔다. 다시 스콧을 보니 좋았다. 그 사실은 인정한다. 나는 스콧을 좋아한다. 앞으로도 그럴 것이다. 내가 스콧과 결혼한 것은 가장 친한 친구와 결혼한 것과 같았다. 우리에게 최악의 시절은 스콧이 자신이 동성애자임을 알고도 나에게 알려주지 않은 몇 년 동안이었다. 처음에는 그가 자꾸 나를 거부하는 것이 괴로웠고, 경제적인 문제로 다툼도 있었다. 그후 별거를 하면서 나는 스콧을 다시 오랜 친구로 볼 수 있게 되었다. 스콧도 나와 같은 느낌임을 나는 안다.

테스는 낸시 왓슨과 함께 부엌을 부산스럽게 돌아다니고 있었는데, 우리가 들어가자 약간 짜증이 난 것처럼 보였다.

"음, 엄마, 아빠, 우리는 여기서 준비할 게 많아요. 거실로 가서 다 같이 어울리지 그러세요?"

"엄마에게 음료를 만들어주려고." 스콧이 말했다.

"아, 알았어요." 테스가 말했다. 나는 테스가 칠면조 고기에 소스를 바르면서 스콧이 어떤 재료를 넣는지 곁눈질로 지켜보는 것을 눈치챘다.

"그래디는 언제쯤 일어날 것 같니?" 내가 테스에게 물었다.

"두시쯤에요. 요즘은 하루에 한 번만 낮잠을 자거든요." 낸시가 대답했다.

나는 낸시를 향해 미소 지으며 생각했다. 그래, 알아. 매일 그래디를 돌봐주는 사람이 당신이라는 거.

---

* '성모마리아'라는 뜻으로, 술을 넣지 않는 것에 대한 농담이다.

스콧이 레몬을 꼭 짜서 내 음료에 즙을 넣은 뒤 타바스코를 몇 방울 톡톡 떨어뜨렸다. 내가 즐겨 마시던 방식이다. 우리가 다시 거실로 돌아가니, 마이클과 빌이 축구를 보고 있었다. 스콧과 나는 스포츠를 별로 좋아하지 않지만 잠시 거기에 서 있었다. 마이클과 빌은 의자 모서리에 엉덩이를 걸치고 있었다. "안 돼, 오오오오, 안 돼." 마이클이 갑자기 주먹으로 카우치를 탕 치며 소리를 질렀다. 스콧과 나는 텔레비전을 보면서 이 소동이 다 무엇 때문인지 알아내려고 했다. 내가 텔레비전으로 스포츠 중계방송을 보는 건 고양이가 텔레비전을 보는 것과 다를 바 없다. 화면에 보이는 동작도 다 좋고 화면 속 인물들의 움직임도 따라갈 수 있지만, 뭐가 어떻게 되어가는 건지는 도통 알지 못한다.

"그래, 그거야." 빌이 외쳤다.

"아아아아." 마이클이 소리를 질렀다.

스콧과 나는 서로의 얼굴을 보며 싱긋 웃었다. "식사실에 가서 식탁을 한번 봐줘. 오늘 아침에 내가 꾸몄어." 그가 말했다.

우리는 식사실로 갔고, 식탁은 아니나 다를까 예쁘게 꾸며져 있었다. 〈마사 스튜어트 리빙〉 잡지에 실릴 법한 추수감사절 식탁 차림이었다. 스콧은 프랑스 도자기나 아름다운 골동품 식탁보, 냅킨을 수집해 항상 딸들에게 후하게 나눠주었다. 우리집에도 보물 같은 수집품을 한아름 두고 갔지만, 나는 절대 스콧처럼 식탁을 꾸미지 못했다. 그는 꽃병에 꽃도 꽂아놓았다. 솔방울과 색색의 아름다운 잎사귀를 센터피스로 활용했다. 작은 박으로 촛대도 만들었다. 우리는 식탁에서 의자 두 개를 빼낸 뒤 앉아서 잔을 부딪쳤다.

"건배." 내가 말했다.

"건배, 힐디." 스콧이 말했다. 우리는 음료를 홀짝였다.

"마블헤드에는 얼마나 있을 거야?" 내가 물었다.

"내일 돌아가, 아주 일찍. 내가 자리를 비울 때 믿고 가게를 맡길 만한 사람이 없어. 겨울에는 주말에만 가게를 열거든."

"맞아, 그랬지. 내일이 대목이네, 그렇지?"

"갭에서만 그렇겠지. 요즘엔 골동품 사업이 시원찮아. 하지만 우리는, 아니, 나는 대체로 수입이 짭짤한 편이야."

스콧은 전 남자친구인 리처드와 동업을 했지만, 둘이 헤어진 뒤 리처드는 뉴욕으로 가버렸다. 스콧과 나는 다시 음료를 홀짝였고, 서로를 바라보며 웃었다. 스콧의 얼굴이…… 부석부석해 보였다. 음, 솔직히 받아들이자. 늙어 보였다. 틀림없이 그도 나를 보면서 같은 생각을 했을 것이다.

"아직 금주중이지?" 스콧이 물었다.

"금주는 아니고." 내가 농담처럼 쏘아붙였다. "회복중이지."

"알았어, 미안해." 그가 말했다. 그러더니 조용히 덧붙였다. "AA 모임에는 가고?"

"정신 나갔어?" 내가 소곤거렸고, 그는 웃음을 터뜨렸다.

"딸들이 자꾸만 당신이 그 '프로그램'을 잘하고 있다고 하길래 결국 내가 물어봤지. '무슨 프로그램?' 당신이 텔레비전 프로그램 같은 데 나간 줄 알았어. 그런데 'AA요, 아빠', 그러더라고. 나더러 바보 아니냐는 듯 말이야. 애들이 나한테도 술을 줄이라고 할 것 같아."

"애들이 저녁 먹으러 오라고 당신을 초대했는데, 그날이 명절이 아니면 절대 가지 말고 죽어라 도망쳐. 그게 내 충고야."

스콧이 웃은 뒤 말했다. "하지만 힐디, 당신이 해낸 일은 정말 놀라워. 술을 마시지 않고 지내는 거. 정말 놀라워. 다 애들을 위해서 그랬다는 거 알아. 하지만 당신한테도 큰 도움이 됐어. 당신한테서 변화가 보여. 정말로."

어쩌면 이 사람이 지금 마시는 이 블러디메리가 오늘의 첫잔은 아닌 것 같네, 내가 생각했다. 변화라. 사람은 자기가 보고 싶은 대로 보니까.

그래디는 예정대로 두시에 깨어났다. 낸시는 아이를 데려오려고 부산스레 계단을 올라갔다. 낸시가 데리고 내려왔을 때, 그래디는 앙증맞은 회색 바지와 흰색 옥스퍼드 셔츠를 입고 있었다.

"어쩜, 맙소사." 스콧이 나에게 소곤거렸다. "이 귀여운 공화주의자 좀 봐."

"그만 됐어." 내가 소곤거렸다. "분명히 말해두는데, 당신 너무 많이 마셨어."

스콧이 좀 심하다 싶게 껄껄거리자, 테스와 에밀리가 화난 눈빛으로 우리를 쏘아보더니 부엌으로 홱 들어가버렸다.

우리 모두 그래디와 함께 놀았다. 한창 재미있는 나이였다. 걷고 말하고 매력을 발산했다.

낸시는 자기가 가르친 알파벳 전부를 아이에게 말해보게 했다. 그녀가 마이클을 가리키며 "저 사람은 누구야?" 하고 물었다.

"다다." 그래디가 입에서 나오는 대로 말했다.

"저 사람은?" (이번에는 빌을 가리켰다.)

"파파."

"맞았어. 파파, 그래디가 하는 말 들었어?"

"음-음." 빌이 고개를 돌려 그래디에게 눈을 찡긋하더니 다시 텔레비전 화면에 시선을 고정했다.

"저 사람은?" 낸시가 나를 가리키며 물었다.

그래디는 자기 앞에 있는 커피 테이블 위 치즈 접시에 수북이 담긴 크래커에 정신이 팔려 있었다.

"그래디, 저 사람은 누구야?" 낸시가 다시 묻고는, 내 쪽으로 그래디의 관심을 끌려고 했다. 낸시는 그래디를 돌아보게 하려고 애썼지만, 아이는 그녀의 손을 떼어내고 크래커를 입안에 쑤셔넣었다. 그러고는 브리 치즈에 손을 뻗었다.

"안 돼, 그래디." 낸시는 치명적인 유제품이 가득 담긴 유혹적인 접시에 아이의 손이 닿을까봐 아이를 홱 낚아올렸다. "네가 먹어도 되는 간식이 있는지 엄마한테 가서 물어보자. 하지만 먼저 힐디 할머니한테 뽀뽀해줘야지."

그래디는 치즈 접시를 달라고 울어댔고, 낸시가 나에게 데려오자 고개를 흔들면서 "싫어, 싫어, 싫어, 싫어, 싫어" 이 말만 되풀이했다.

"낮잠을 자고 일어난 직후에는 늘 떼를 부려요." 낸시가 미안하다는 듯 웃었다.

"알고 있어요." 나는 이를 악물고 대꾸했다. 솔직히 그 여자가 내 손자를 안고 있지만 않았어도, 나는 그 여자의 머리를 콕 쥐어박았을 것이다. 그래디에게 이보다 더 못되게 굴 수 있는가? 나는 낸시 왓슨이 좋았던 적이 없다. 그 여자는 덜떨어진 사람이다. 그래디를 보지 않을 때는, 취미로 하는 '스크랩북' 만들기에 여념이 없다. 테스는 나만 보면 그래디를 주인공으로 한, 장식을 지나치게 많이 넣은 스크랩북을 보여준다. 낸시가 매주 모아 만든 것이다. 테스가 페이지를 넘길 때 나는 늘 미소를 짓지만 "그 많은 시간을 이런 걸 하느라 쓰다니 놀랍구나"라거나 "사진만 넣고 하트나 테디베어 만화 같은 건 빼면 더 좋았겠구나" 같은 말을 해준다. 낸시가 최근에 즐겨 쓰는 스크랩북 장치는 그래디의 머리 쪽에 '말풍선'을 다는 것이다. 웃음을 주려는 의도에서다. 그래디가 목욕을 마친 뒤 수건에 싸여 있는 사진의 말풍선에 '아아, 스파에서 또 하루를'이라고 쓰는 식이다. 낸시나 테스가 그런 걸 보여줄 때마다 나는 표정이 돌처럼 굳어서 그것을 쏘아본다. 물론 그들은 페이지를 넘길 때마다 머리를 흔들며 발작적으로 웃음을 터뜨린다.

식사 준비는 영원히 끝나지 않을 것 같았다. 머리가 지끈거렸다. 지난 몇 주 사이, 나는 레드에서 화이트로 와인을 바꿔야 한다는 결론에 도달했다. 레드와인은 두통을 일으킨다. 타닌 때문이라는 이야기를 어디선가 읽었다. 일부 사람들에게 그런 영향력을 미친다—두통을 일으킨다—는 것이다.

스콧과 영원히 끝나지 않을 것 같은 불편한 대화를 나눈 뒤, 드디어 식사 시간이 되었다. 에밀리가 부엌에서 와인을 땄다.

"엄마? 뭘로 하실래요?" 에밀리가 물었다.

나도 그래디가 마시는 주스나 한 통 달라고 말하고 싶은 충동이 불쑥 솟구쳤다. 사람들이 뭘 마시겠느냐고 물을 때면 언제나 어린애 취급(중독치료 센터에서 알게 되는 표현이다)을 받는 느낌이다. 빌과 낸시가 가르치려는 듯한 태도로 나에게 미소를 짓고 있었다.

"스콧, 이 버진메리 한 잔만 더 만들어줘." 내가 말했다.

그가 나를 위해 술이 들어가지 않은 버진메리를 한 잔 더 만들었다.

어른의 음료를 마시는 특권을 포기한 딸들, 버릇없는 내 딸들을 위해 마시는 시시한 음료.

스콧이 나에게 버진메리를 건넸고, 우리 모두 속을 채운 칠면조 요리와 매시트포테이토, 싹양배추, 완두콩, 호박, 그리고 소이버터를 넣은 글루텐이 들어가지 않은 파스타를 식탁에 날랐다. 그래디의 식단은 제약이 많았고, 호박과 그 파스타가 그나마 그래디가 탐을 내도 좋은 유일한 음식이었다. 우리는 그레이비소스를 담는 그릇을 찾거나, 제대로 작동되는 소금 셰이커를 찾거나, 타는 냄새가 어디서 나는지 알아내면서 평소처럼 수선을 피웠다. 그리고 마침내 버진메리와 함께 나 홀로 부엌에 남게 되었다. 모두가 자리에 앉았는데, 테스가 깜박 잊고 파이를 오븐에 넣지 않은 사실이 밝혀진 것이다.

"내가 할게." 내가 돌아서며 말했다. 아직 자리에 앉지 않은 사람은 나뿐이었다. 나는 오븐에 사과파이와 체리파이를 집어넣었다. 그러고는 내 블러디메리에 보드카를 조금 따랐다. 그렇게 많이는 아니고. 하지만 그렇게 조금도 아니게. 정말이지 추수감사절은 술을 마시지 않는 사람에게 힘든 날이다. 나는 그저 날선 신경을 무디게 만들어주는 뭔가가 필요했을 뿐이다.

내가 앉자 빌 왓슨이 식전 기도를 올렸고, 우리는 모두 잔을 높이 들고 건배했다. 나는 내 음료를 홀짝였다. 술을 다시 마시기 시작한 뒤로 나는 와인 말고 다른 술은 입에 대지 않았다. 그러나 내 마음속에서 와인은 어쨌거나 진짜 술은 아니었다. 두 모금째 홀짝이면서, 보드카는 확실히 술이 맞네, 하고 생각했다.

그래서 어쩌라고?

우리는 그래디에게 칠면조 고기를 조금 먹여보았다. 스콧과 내가 테스를 설득해 그래디의 아기용 의자를 우리 사이에 놓게 했다. 그래디에게 매시트포테이토를 조금 먹이려는 찰나, 마이클이 소리를 질렀다. "힐디, 안 돼요. 그 감자에는 버터와 우유가 들어갔어요." 그래디의 작은 머리 위로 스콧과 눈이 마주쳤고, 우리 둘 다 간신히 웃음을 참았다. 억지로 웃음을 참느라 스콧의 콧구멍이 벌름거리자, 나는 도저히 참을 수가 없어서 고개를 돌리고는 냅킨으로 입을 가리고 콜록콜록 기침을 했다. 너무 우스워 눈물까지 글썽이는 바람에, 눈을 깜박여 눈물을 삼켜야 했다. 마이클의 말이 어떻게 들렸느냐 하면, 내가 그래디에게 비소라도 먹이려 한 것처럼 들렸다.

에밀리는 룸메이트 한 명이 온라인 사이트인 이하모니에서 데이트 상대를 찾으려 했던 이야기를 재미있게 들려주었다. 배꼽을 잡고 웃을 이야기였다. 에밀리는 정말로, 정말로 재미있는 아이다. 그런 소질은 스콧에게서 물려받았다. 나는 '토마토 주스'를 한 잔 더 마시려고 부엌에 들어갔다. 그리고 어른이 마시는 블러디메리를 한 잔 더 만들었다. 내가 다시 돌아와 앉자, 그래디가 손뼉을 치며 웅얼웅얼 노래하기 시작했다. 내가 말했다. "그래디는 음악적 소질을 타고난 것 같아."

"엄마, 어쩜. 제가 하고 싶은 말이 그거예요." 테스가 자랑을 쏟아냈다. "맞아요. 요전날 저도 누군가에게 그 말을 했어요."

"당연히 그렇겠지." 스콧이 말했다. "그래디, 어떤 노래를 부를 줄 아니?"

마이클과 테스는 아기용 비디오에서 배운 노래를 불러보라고 그래디를 부추겼다. 그 시점에서는 모두 와인을 두 잔째 마시던 참이라, 그런 음악은 재미가 없다고 툴툴거렸다.

"내가 진짜 노래를 좀 가르쳤어. 너희 아빠와 내가 너희에게 불러주던 노래들 말이야." 내가 말했다.

"아, 멋져요. 그러니까 그래디가 그레이트풀 데드의 노래를 배우는군요." 에밀리가 히죽 웃으며 말했다.

"뭐라고?" 스콧과 내가 동시에 발끈했다. 그러자 다시 스콧과 테스와 에밀리와 나만 존재하던 옛날로 돌아간 것 같았다.

"나는 그레이트풀 데드를 좋아한 적이 없어." 내가 '주스'를 벌컥 들이켜며 말한 뒤 무슨 말도 안 되는 소리냐는 듯 웃었다.

"나도 그래. 그레이트풀 데드는 제발 그만." 스콧이 말했다. "그래디, 위대한 니나 시몬의 노래를 불러……"

"아빠, 안 돼요!" 이번에는 딸들이 합창으로 외치고는 우스워 죽겠다는 듯 웃어댔다. 나는 술을 마시다 목에 걸릴 뻔했다. 스콧이 왓슨 부부 앞에서 니나 시몬의 노래를 부른다는 발상은 정말 재미있었다.

"하지 마." 마침내 내가 말했다. "그래디는 사이먼 앤드 가펑클을 좋아해. 내가 〈Scarborough Fair〉를 가르쳤거든."

"힐디, 당신이?" 스콧이 나를 사랑스럽게 바라보며 물었다. "불러봐." 그가 말했다. "지금 그래디한테 불러줘."

"싫어." 내가 키득거렸다. 얼굴이 화끈 달아올랐다.

"해봐요, 엄마." 에밀리가 말했다.

"음, 혼자서는 못해. 화음이 필요해." 내가 말했다.

"아빠……" 딸들이 애원했다.

"믿을 수 없구나. 너희는 우리가 같이 노래하는 걸 싫어했잖아."
내가 웃었다.

"아니에요." 테스가 말했다.

"우리가 싫어한 건 엄마 아빠가 차 안에서 노래하는 거였어요."
에밀리가 말했다.

"맞아요, 그건 정말 듣기 뭣했어요. 그리고 있잖아요, 노래는 부
르지 마세요." 테스가 말했다. 그래서 물론 우리는 노래를 불렀다.
썩 잘 불렀다. 우리는 그래디의 머리 위에서 서로를 향해 미소를
지으며 노래했고, 그래디는 스콧이 부를 때는 스콧을, 내가 부를
때는 나를, 다시 스콧이 부를 때는 다시 스콧을 쳐다보았다. 우리
는 몇 번 음정을 틀렸다. 스콧은 가사를 계속 틀렸다. 하지만 함께
부르는 파트에서는 제대로 잘 맞았다. 기분이 무척 좋았다. 그렇게
좋을 수가 없었다. 마지막에 그래디가 아기용 의자의 쟁반을 손바
닥으로 탁 쳤다.

"더." 아기가 말했다. "더."

그래디가 그 말을 하자 모두 웃었고, 에밀리는 미소 띤 얼굴을 흔
들면서 냅킨으로 눈물을 훔쳤다. 에밀리는 우리 중에서 가장 감정
이 풍부하지만, 그게 아니라도 지금은 무척 아름다운 순간이었다.

"더 시키지 않는 게 좋을걸, 그래디. 정말 후회하게 될 거야." 스
콧이 말했다.

"두 분의 목소리가 이렇게 좋은지 몰랐어요." 낸시 왓슨이 말했다.

"딸들도 노래를 잘해요. 기타 아직 가지고 있니, 테스?" 내가 물
었다. 테스는 와인을 한 잔 더 따르던 중이었다.

"어디 뒀을 거예요. 아마 다락에요. 가서 볼게요. 하지만 엄마 아

빠랑 같이 노래하진 않을 거예요."

디저트를 먹고 산더미 같은 설거지까지 끝낸 뒤 모두 벽난로 앞에 둘러앉았고, 테스는 기타를 조율했다. 그제야 보니를 집안에 들여도 좋다고 해서, 내가 먹을 것을 주려고 부엌으로 데리고 들어갔다. 그리고 그 기회에 내 잔에 술을 조금 더 채웠다. 이만큼이다. 더는 한 방울도 마시지 않는다. 차를 운전해서 돌아가야 한다. 내가 레몬을 짜 넣는데 스콧이 들어왔다.

"보니도 늙었구나. 착하기도 하지." 그가 말했다. "당신의 퍼밀리어들은 잘 지내?"

스콧은 우리집에서 키우는 개들을 항상 내 '퍼밀리어들'이라고 불렀다. 그가 내 속에 흐르는 마녀의 피에 대해 끊임없이 던지는 농담 중 하나였다. 내가 키우는 동물들을 내 퍼밀리어들이라고 불러 그 사실을 넌지시 내비치는 것이다. 딸들이 어렸을 때 개를 키웠는데, 잘생긴 허스키 잡종으로 이름은 루카였다. 루카는 스콧이 가장 아끼는 물건에만 오줌을 싸갈겼고, 잘근잘근 물어뜯은 것도 전부 스콧의 구두나 벨트였다. 스콧은 종종 화를 내면서 루카가 내 명령에 따라 움직인다는 혐의를 제기했는데, 나는 그런 상황이 즐거웠다.

"뱁스와 몰리는 퍼밀리어가 아니야. 루카와는 달라. 루카는 나랑 비슷했지. 심지어 행동도 나 같았고."

"자기 자신한테 너무 가혹한 거 아니야?" 스콧이 말했다.

"무슨 뜻이야? 루카는 훌륭한 개였어. 충직하고, 금욕적이고, 영리하고……"

"야비하고, 복수심 강하고, 훈련이 안 된 개였던 걸로 기억하는

데." 스콧이 웃었다.

"이제 알겠어? 꼭 나 같잖아. 지금 키우는 개들은 내 퍼밀리어가 아니야. 음, 어쩌면 뱁스는 그렇겠지. 약간은."

"뱁스가 그 못되고 잘 물어뜯는 개지? 내 생각에 당신은 그 개 말고 다른 개랑 더 비슷한 것 같은데. 상냥하고 웃는 얼굴을 한 그 개 있잖아. 단지 당신이 그런 사람이라는 걸 사람들에게 알리고 싶지 않은 것뿐인 거고."

"그건 아니야. 난 뭔가에 절박하게 굶주린 몰리 같지는 않아." 내가 웃었다.

스콧이 나더러 보니에게 그 트릭을 써보라고 했다. 내가 파티에서 종종 썼던 트릭 말이다. 나는 목소리를 쓰거나 분명한 손동작을 하지 않고도 개들에게 간단한 명령을 내려 따르게 할 수 있다. 굳이 잘 아는 개일 필요도 없다. 먹을 것만 있으면 개의 관심을 끌 수 있다. 그것만 있으면 내 말을 듣는 것이다. 나는 싱크대에 놓인 칠면조 고기 토막을 집어 보니를 오게 만들었다. 그러고는 칠면조 고기를 잡은 손을 약간 위로 쳐들었다. 보니가 앉았다. 나는 보니가 칠면조 고기에서 내 얼굴로 시선을 옮길 때까지 기다렸고, 나도 마주 응시했다. 그리고 보니를 향해 아주 약간 몸을 숙이면서 천천히 숨을 내쉬었다. 잠시 정적이 흘렀고, 보니는 엉덩이를 내려 '앉아' 자세를 취했다. 내가 칠면조 고기를 던져주었다.

"엄마? 아빠?" 에밀리가 거실에서 불렀다. "뭐하세요?"

"아무것도 아니야. 엄마가 보니에게 마법을 걸고 있어." 스콧이 웃으면서 대답했다. 나는 거실로 가는 그를 따라가면서 그의 등을 떠밀었다.

잠시 뒤, 나는 그래디를 무릎에 앉히고 흔들흔들 퉁겨주며 노래를 불렀다.

걸어가요, 걸어가요, 보스턴까지
걸어가요, 걸어가요, 린까지
조심조심, 꼬마 도련님
넘어지면…… 안…… 돼요.

마지막 소절의 도입부에 이르면 그래디는 늘 잔뜩 흥분해서 빽빽 소리를 질러댔다. '넘어지면 안 돼요'를 부른 뒤에, 내가 항상 무릎을 벌리고 그 귀여운 엉덩이를 잠시 그사이로 쑥 내리기 때문이다. 아이는 내가 정말로 자기를 바닥에 떨어뜨리는 줄 안다. 하지만 나는 다시 아이를 쑥 들어 내 무릎에 앉힌다. 그래디는 그 순간을 언제나 좋아한다. 항상 까르륵거리며 더 해달라고 소리를 지른다. 딸들도 이 놀이를 좋아했다.

스콧이 마침내 기타 조율을 마쳤다. 왓슨 부부는 커피를 홀짝이고 파이를 마저 먹었다. 스콧은 모창을 잘해서, 원곡 가수와 똑같이 부를 때 가장 잘하는 것처럼 들렸다. 예컨대 그날 밤 그는 〈Sweet Lorraine〉부터 불렀는데, 꼭 냇 킹 콜 같았다. 기타를 치며 〈Sweet Lorraine〉을 부르는 것을 상상해보라. 스콧이 연주할 때 얼마나 멋지게 들리는지 깜짝 놀랄 것이다. 그러고 나서 그는 나를 꼬드겨 한 곡 같이 부르자고 했다.

"한 곡만이야." 내가 마음이 약해져서 말했다. 우리는 함께 커피숍을 드나들던 시절에 부르던 대로 〈Sea of Love〉를 아주 느리게

불렀다. 우리는 그때 그 노래를 좀더 고혹적이고 애잔하게 부르는
방법을 개발해냈다. 오랫동안 그 노래를 부르지 않았었다. 이번에
우리가 노래를 마쳤을 때 내 눈에 눈물이 고였다. 스콧이 허리를
숙이고 내 뺨에 키스했다. 그리고 그래디를 재울 시간이 되었다.

"제가 데리고 올라갈게요." 낸시가 말했다.

그래디가 내 무릎 위에 앉아 있어서, 나는 아이를 안아들면서 일
어섰다. 그리고 말했다. "무슨 말씀을, 낸시. 오늘밤에 고생이 많으
셨어요. 그냥 쉬세요. 제가 데리고 올라갈게요."

내가 말하자 모두 약간 놀란 듯했다. 어쩌면 내가 너무 큰 소리
로 말했을 거라는 생각이 들었다.

"제가 그래디의 하루 일과를 다 꿰고 있거든요." 낸시가 말했다.

"저도 금요일 밤마다 그래디를 재워요." 내가 발끈한 목소리로
웃으며 대답했다.

"제가 재울게요!" 마이클이 말했다.

낸시와 나는 동시에 웃었다. 우리 모두 웃었다. 정말이지 우리는
두 마리의 늙은 유모 염소처럼 굴었던 것이다. 내가 그래디를 넘겨
주었다. 넘겨주기 전에 나는 그래디를 살짝 끌어안았다. 내 얼굴을
아이의 포동포동한 목에 파묻고 쪽쪽 입을 맞추며 간지럼을 태웠
다. 아이는 좋아 죽겠다는 듯 까르륵 웃었고, 나는 또 한번 그렇게
했다. 그리고 또 했다.

"그만 됐어요, 엄마." 테스가 나를 유심히 쳐다보며 말했다. "잠
자리에 들기 전에 이렇게 흥분하면 곤란해요."

"알았어." 내가 마이클에게 아이를 넘겨주며 말했다. 마이클은
아주아주 훌륭한 아버지였다. 나는 종종 그 사실을 잊었다. 내가

두 팔로 마이클과 그래디를 감싸안으며 말했다. "나는 가봐야겠어. 자네가 내려오면 내가 가고 없을지도 모르니까, 미리 작별인사를 할게. 고마워, 마이클. 이렇게 멋진 추수감사절을 보내게 해줘서." 내가 마이클과 그래디를 다시 끌어안았다.

"뭘요. 힐디." 마이클이 말했다.

"자네는 정말 멋진 아버지야! 그 사실을 자네가 알면 좋겠어." 나는 감정을 억제하지 못하고 또다시 마이클과 아기를 가볍게 끌어안았다.

"와우, 고마워요, 힐디. 할머니한테 '나이티 나이트nighty-night' 라고 인사해야지." 마이클이 그래디에게 말했다.

"나이-나이." 그래디가 말했다.

마이클이 그래디를 데리고 2층으로 올라갔고, 빌과 낸시와 나는 각자 코트를 가져왔다. 나는 딸들, 사랑하는 딸들, 내 사랑하는 딸들을 안아주고 내가 그애들을 얼마나 사랑하는지 말해주었다. 딸들도 나를 사랑한다고 더듬더듬 말했다. 나는 낸시와 빌도 안아주었다. 솔직히 그들이 좀 미련한데다 그래디를 오로지 자기들의 손자라고 여기는 듯해도, 그래도 낸시와 빌 왓슨을 사랑해야 한다. 그들은 정말로 이 땅의 소금 같은 사람들이다. 빌 왓슨만큼 편하고 느긋하게 사는 사람은 찾기 힘들다. 그리고 낸시는 언제나 선의가 넘친다. 테스가 그런 훌륭한 시부모를 만난 건 행운이다. 그들에게도 그렇게 말해주었다.

스콧이 내 차까지 나를 데려다주고 차문도 열어주었다. "같이 시간을 보낼 수 있어서 정말 좋았어. 다시 한 가족이 돼서." 그가 말했다.

"정말." 내가 울컥해서 그를 끌어안았다. 우리는 키스했다. 진짜 키스였다. 입술에 하는 키스. 그뒤에 내가 말했다. "젠장, 당신은 어쩌다 게이가 돼버린 거야?"

내 말에 스콧은 웃었고, 나는 운전석에 앉은 뒤 아주 천천히 진입로를 빠져나가―술을 조금 마셨을 뿐이지만 조심해서 나쁠 것은 없다―집으로 향했다.

집에 도착하기까지 사십오 분은 족히 걸렸다. 천천히 차를 몰았다. 하지만 기분은 아주 좋았다. 오늘밤 한동안 생각해온 한 가지를 확인할 수 있었다. 나는 술을 마셨을 때 사람들과 더 잘 어울리는 것 같다. 딸들은 술이 나에게 해를 끼친다고 생각했다. 하지만 오늘밤 그 반대임이 입증되었다. 술이 도움이 되었다. 내가 술을 마시니 모두 더 좋은 시간을 보냈다. 스콧과 내가 딸들과 함께 그렇게 웃어본 것은 실로 오랜만이었다. 내가 술을 마시는 것 때문에 딸들이 그렇게 속상해한다면, 오늘밤에 한 대로만 할 것이다. 조용히 아주 조금만 마시는 것이다. 조금만 풀어질 수 있게.

웬도버로 접어들면 갈림길이 나온다. 하나는 크로싱 지역으로 들어가 피그록 레인을 타다가 우리집이 있는 리버 로드로 접어드는 길이다. 또하나는 언덕길을 올라 빙 둘러서 가는 길이다. 나는 언덕길을 택했다. 리베카가 추수감사절에 어떤 손님들을 초대했는지 약간 궁금해졌기 때문이다. 그녀의 집 앞을 지나는데, 진입로에 차 대여섯 대가 세워진 것이 보였다. 나는 그 앞을 지나 계속 차를 몰았다. 언덕길을 내려오면서 프랭키의 집 앞을 지나갔다. 그는 불을 때고 있었다. 굴뚝에서 연기가 빠져나와 구불구불 올라가는 것이 달빛에 비쳐 보였다. 아래층 방 하나에 전등이 켜져 있었다. 진입로에는 그의 트럭뿐이었다. 나는 혹시라도 그가 추수감사절에 같이 저녁 먹을 사람이 있다면 그게 누구일지 궁금했다. 인정한다— 나는 그의 집 앞에 차를 세우고 문을 두드리고 싶은 충동을 느꼈다. 하지만 그냥 지나쳤다. 그것이 내가 중독치료 센터에서 배운 것이다. 잭팟은 피하라.

헤이즐든에서 만난 사람들은 음주를 즐기던 시기에 '잭팟'을 터뜨린 이야기를 많이 했다. 그들은 술을 마시던 시절의 이야기, 즉 '알코올중독자의 고백담'을 풀어놓았다. 대충 이런 내용이었다. "나는 잘살고 있었어요. 좋은 직장에 다녔고, 자식들도 잘 크고 있었고요. 사람들과 어울려 술을 마시다보면 두세 달이 훌쩍 지나갔어요. 그러고 나면 또다시 잭팟을 터뜨리는 거죠."

잭팟은 음주운전으로 붙잡히거나 술에 취해 공개적으로 추태를 부리는 것을 말한다. 근무중에 술을 마셔서 해고당하는 것도 해당된다. 여자라면 종종 모르는 사람과 모르는 장소에서 눈을 뜨는 것도 있다. 헤이즐든에서 만난 어떤 여자는 떠나버린 남자에 대한 슬픔을 달래려고 술집에 갔다가 까무룩 정신을 잃었는데, 정신을 차려보니 바하마 제도의 어느 리조트였다고 했다. 아주 멋진 남자가 옆에 있었는데 유부남이었다. 그런 이야기는 지금 생각하면 재미있다. 모두가 웃었고, 심지어 그 이야기를 한 사람도 웃었다. 과거에는 자기가 나쁘고 미친 사람인 줄 알았다가, 이제는 자신을 그런 사람으로 여기지 않기 때문이었다. 그들은 병을 앓고 있었고, 그 병의 이름은 알코올중독이었다. 해결책은 있었다. 익명의 알코올중독자 모임, 즉 AA모임. 그리고 그 모임에는 주로 '더 큰 권능을 가진 존재'가 결부되어 있었다.

신.

모두 처음에 술을 마신 경험부터 시작해 어떻게 헤이즐든까지 오게 됐는지 자신들의 이야기를 했다. 입소하고 일주일쯤 지나, 어느 날 저녁 '그룹'에서 내 차례가 돌아왔을 때, 나도 다른 많은 사람들처럼 입을 열었다. 내 이야기는 노스비치에서 고등학교 친구들과 난생처음 맥주를 마신 순간부터 시작되었다. 술을 마시면 기분이 달라지는 것이 나는 좋았다. 대학에 갔을 때는 술이 수줍은 성격에 도움이 되었다는 이야기를 했다. 술을 마시면 내가 더 예쁘고, 더 재미있고, 더 똑똑하고, 훨씬 멋진 사람이 된 것 같았다. 내가 그 이야기를 하자 모두가 고개를 주억거렸다. 그들은 나를 자기들과 '동일시'하고 있었다. 술은 처음에 그들에게도 똑같은 영향력을 미친 것이다. 그들은 모두 편안히 앉아, 그 모든 일이 어떻게 잘못 흘러갔는지 내가 말하기를 기다렸다. 그들은 내 잿빛 경험을 듣고 싶어했다. 나는 좋았던 시절에 대한 이야기를 계속했다. 스콧과 내가 커피숍에서 노래를 불렀던 일, 술로 무대공포증을 달랜 일, 술 덕분에 노래가 더 잘됐던 일까지. 임신한 것이 나한테 좋은 일이었다는 이야기도 했다. 술을 많이 줄였다. 담배와 마리화나를 끊었고 다시는 손대지 않았다. 그렇게 세월이 흘러, 나는 하루가 끝날 무렵 마시는 술 한 잔을 얼마나 사랑하게 되었는가. 파티에서 술을 마시고 긴장이 풀어지는 것이 얼마나 좋았는가. 특히 스콧이 떠나고 망망대해에서 표류하는 심정이었을 때는 더욱 그랬다.

"무엇보다 사랑하는 사람들과 술을 마시던 때가 그리워요." 내가 결론적으로 말했다. "그 순간에는 그들을 더욱 사랑하게 되거든요."

그러고는 말을 끝냈다. 대체로 '알코올중독자의 고백담'이 끝나면 박수갈채가 쏟아지는데, 내 이야기가 끝나자 정적이 흘렀다. 이어서 정중한 박수 소리가 들렸는데, 내 룸메이트와 그 모임에 처음 나온 여자가 친 박수였다.

그룹의 카운슬러이자 리더인 셀리아가 목을 큼큼 가다듬었다. 그러고는 말했다. "뭔가 빠진 게 있는 것 같아요, 힐디."

"오." 내가 말했다. 그리고 그것이 무엇일까 곰곰이 생각해보았다. "글쎄요, 워낙 오래전부터 술을 마셔서요. 그사이에 일어난 일을 전부 기억할 수는 없잖아요." 그러자 사람들이 웃었고, 나는 기분이 좋아졌다.

"음주운전을 하다 붙잡힌 적은 없으신가요?"

"음, 있어요. 하지만 솔직히 우연히 들이받은 차가 주 경찰차가 아니었다면 붙잡히는 일까지는 없었을 거예요."

이제 그룹 사람들도 큰 소리로 웃음을 터뜨렸다. 재미있었다. 나도 웃었다.

셀리아가 말했다. "빅북* 5장을 읽어야 할 것 같은데요, 힐디. 이 문제는 정직에 관한 거예요. 솔직해지는 것 그리고 우리가 알코올중독이라는 병에서 회복되는 것의 첫걸음은, 우리가 술에 대해 무력하다는 사실과 술로 인해 우리의 삶을 통제할 수 없게 됐다는 사

---

* AA모임의 두꺼운 기본 교재를 줄여서 빅북이라고 부른다. 1939년 이 모임의 창시자 중 한 명인 빌 W.가 저술한 것으로, 알코올중독에서 회복되는 방법을 다루고 있다.

실을 인정하는 거예요."

"나는 부동산 사업을 해서 작년 한 해에만 700만 달러의 수익을 올렸어요. 두 딸도 훌륭하게 키웠고요. 여기 올 때까지 내 삶을 통제할 수 없는 건 아니었어요……"

왜 아무도 이 사실을 이해하지 못하는가?

그 그룹에서 내가 좋아하는, 레이먼드라는 이름의 아주 재미있는 흑인 남자가 말했다. "왜 여기까지 오게 되셨는지 궁금한데요, 힐디."

나는 딸들이 나를 알코올중독자로 몰아붙였다는 사실을 인정할 수밖에 없었다. 딸들이 개입을 했다고. 나는 그 단어를 말할 때 늘 더듬거렸고, 늘 개입이라는 말 대신 심문이라는 단어를 내뱉을 뻔했다. 그때부터 그 그룹의 모든 사람들이 내 부인否認에 초점을 맞춰 나를 도우려고 했다. 이십팔 일간의 프로그램을 마치고 거기서 무사히 나가려면 부인하는 태도를 버리고 뭔가 치열한 이야기를 털어놓는 것이 현명했다. 나도 잭팟을 터뜨린 일이 몇 번은 된다. 대학생 때 한두 번 엉뚱한 장소에서 눈을 떴다. 음주운전을 했을 뿐 아니라, 사업상 하는 점심식사에 몽롱한 상태로 참석한 적도 있고, 디너파티에서 술에 취해 혼자 이런저런 독백을 늘어놓은 것도 여러 번이었다. 그리고 프랭키 게첼과의 사건도 있었다. 하지만 그 사실은 말하지 않았다.

내가 프랭키 게첼과 잭팟을 터뜨린 것은 헤이즐든에 가기 몇 년 전이었다. 먼저 그 일은 스콧과의 결혼생활이 가장 암담했던 시기에 일어났다는 말을 해두겠다. 우리는 육 년 동안 섹스를 하지 않았다. 그는 '성욕이 떨어졌다'고 주장했다. 그리고 어처구니없게도 나는 그 말을 믿었다. 뭐, 그 말도 믿었지만, 한편으로는 내 매력이 사라져서 그가 나와의 섹스에 흥미를 잃은 거라고 생각했다. 나한테 문제가 있다고 믿었다. 그래서 나는 메이미와 보티가 매년 여는 크리스마스 파티에 갔다. 적어도 백 명은 참석했고, 파티는 항상 즐거웠다. 어느 해에 메이미가 딸 렉시의 셰틀랜드 포니에 사슴뿔을 씌워 파티에 데려왔다. 말은 사람들이 많이 모인 것을 보고 깜짝 놀랐는지 결국 메이미의 허벅지를 걷어차고 말았다. 풀려난 말은 부엌으로 달려가 접시를 깼고, 케이터링 업체 직원들은 겁을 먹고 반쯤 정신이 나갔다.

어쨌거나 그해 파티가 열린 날 밤에는 심한 눈보라가 몰아쳤다. 나는 술을 진탕 퍼마셨다. 스콧은 같이 오지 않았다. '골동품' 사업 때문에 뉴욕에 간다고 했다. 나는 나중에야 '골동품' 사업이 일부 사람들의 성욕에 미칠 수 있는 영향력에 대해 알게 되었다. 파티가 끝나갔고, 나는 내 차의 운전석에 앉았다. 그런데 하필 내가 차를 세운 그 집의 긴 진입로 일부분이 꽁꽁 얼어붙어서 차가 옴짝달싹하지 않았다. 다른 사람들은 다 떠났고, 내 차가 차고 앞을 막고 있어서 메이미도, 보티도 차를 빼지 못했다. 프랭키의 일꾼들이 나와서 제설작업을 하는 것을 알고, 보티는 나를 집에 데려다줄 만한 사람이 있는지 알아보려고 프랭키에게 전화를 걸었다. 메이미와 보티는 자고 가라고 했지만, 딸들과 아직 한집에서 살 때라 아침에 애들이 눈을 떴는데 내가 보이지 않는 상황이 싫었다.

그래서 제설 트럭이 도착하자 나는 메이미와 보티를 끌어안고 작별인사를 나눈 뒤, 빙판을 쭈르륵 미끄러져 트럭으로 갔다. 운전사가 풀쩍 뛰어내려 내가 조수석에 올라타는 것을 도와주었다. 그

때 얼굴을 보았다. 프랭키 게첼. 그 운전사는 바로 프랭키 게첼이었다. 내가 몸에 붙는 블랙드레스에 하이힐 차림이어서—그때는 몸매가 훨씬 괜찮았다—그는 지저분하고 널찍한 트럭 앞자리에 내가 잘 올라탈 수 있게 정말로 요령껏 도와줘야 했다. 그러고 나서 그는 운전석에 올라탔다.

"안녕, 힐디." 그가 트럭의 방향을 거꾸로 돌리면서 말했다.

"안녕, 프랭키. 당신이 올 줄은 몰랐어. 나는…… 다른 일꾼이 올 줄 알았지."

"아니. 내가 왔어."

우리는 눈보라를 헤치며 달려갔다. 앞이 보이지 않았다. 바람이 강하게 휘몰아쳐 앞유리창에 쌓이는 눈발을 흩날리자, 마치 우주 속을 날아가는 것 같았다. 조용히 끌어올려져, 휘몰아치는 별들의 소용돌이 속으로 빨려들어가는 것 같았다. 나는 프랭키에게 나처럼 눈을 찡그리고 보라고 말했다. 그러면 마치 우리가 로켓을 탄 것처럼 느껴질 거라고, 별들과 작은 행성들이 핑핑 돌면서 우리를 스쳐지나가는 것처럼 보일 거라고. 프랭키가 싱긋 웃었다. 나는 내기 시기는 내로 프랭키가 눈을 찡그리는지 보려고 그를 쳐다보았다. 왠지 모르지만 그때 나는 배가 나오고 머리가 벗어진 프랭키가 아니라, 다리를 절고 숱 없는 머리를 뒤에서 하나로 묶은 프랭키가 아니라, 차에서 쓰레기 냄새가 나는 프랭키가 아니라, 오래전 뜨겁고 미끈거리고 짭조름하던 밤에 다른 사람들의 요트에서 나를 꼭 안아주던 프랭키를 떠올렸다.

"더." 가끔은 그에게 이렇게 속삭였다. "더." 프랭키와 함께 있으면 언제나 충분한 것이 주어질 것 같은 기분이 들었다. 그때 나

230

는 성적 황무지나 다름없는 결혼생활을 하고 있었다. 내 남편은 좋은 친구이자 좋은 아버지였지만, 그때는 진한 섹스 한 번이 그리웠다. 나는 지금 말한 표현을 거의 그대로 써서 프랭키에게 전부 털어놓았다. 그러자 그는 나를 보며 미소를 짓고는 고개를 가로저었다. 모든 순간이 어렴풋하다. 어렴풋하지만 창피한 기억이다(막상 필요할 때는 왜 필름이 끊어지지 않는가?). 하지만 그의 얼굴이 조금 발개졌었다.

"당신 집에 들렀다 가자, 프랭키. 그냥…… 있잖아, 몇 분만." 나는 얇고 검은 도나캐런 스타킹을 신고 있었다. 내가 발을 휙 차올려 하이힐을 벗고 내 발가락을 그의 다리에 문질렀다.

프랭키가 자기 집 진입로 앞에 차를 세우고 물었다. "진심이야, 힐디?"

"응." 내가 대답했다. 그러고는 울음을 터뜨렸다.

"그만 됐어. 더이상은 안 되겠어. 집에 데려다줄게."

"당신도 내가 혐오스러워?" 내가 흐느꼈다.

"아니, 힐디. 당신 지금 술이 떡이 되게 취했어. 가서 잠을 좀 자. 내일 아침에는 기분이 달라질 거야."

물론 나는 다음날 완전히 다른 기분으로 깨어났고, 이루 말할 수 없이 창피했다. 마비된 듯한 공포에 사로잡혀, 술만 마시면 통제력을 상실한다는 사실을 고통스럽게 깨달은 아침이었다. 그런 기분으로 잠에서 깬 것이 처음은 아니었다. 헤이즐든에 갔다 오기 전에는 종종 그랬다.

앞서 말했듯, 지금은 잭팟을 예방하는 법을 배웠기 때문에 그런 기분으로 깨어나는 일은 단연코 없다. 내 문제는 다 해결됐다. 잭팟이 일어나려고 할 때 피할 수 있을 만큼 적절히 마시면 된다.

그래서 그날 밤 나는 프랭키 게첼의 집을 지나쳐 집으로 돌아갔고, 몰리와 뱁스와 함께 잠자리에 들었다. 내 사랑스러운 딸내미들. 사랑스럽기 그지없는 암컷들. 나는 추수감사절 기분에 흠뻑 취한 채 곧장 곯아떨어졌다.

열둘

"리베카 맥앨리스터 씨가 벌써 세 번이나 전화를 하셨어요." 내가 월요일 아침에 출근하자 접수원인 켄들이 말했다.

"아직 아홉시 십오분밖에 안 됐어요. 그런데 벌써 세 번이나 전화를 했다고요?" 내가 말했다.

"네, 자동응답기에 메시지 두 개를 남기셨고요. 좀 전에 또 전화를 하셨어요."

나는 내 사무실로 들어가 리베카의 번호로 전화를 걸었다. 첫 신호음이 울리자 리베카는 곧바로 전화를 받았다.

"힐디?" 리베카가 말했다. 들뜨고 숨가쁜 목소리.

"안녕, 리베카. 무슨 일이에요?"

"아, 아무것도 아니에요. 기분은 어떠세요?"

"좋아요……"

리베카가 웃었다. "어젯밤 일 때문에 좀 걱정이 돼서요."

어젯밤?

"네?" 내가 물었다.

"어제 전화하셨을 때 저는 정말로 저희 집에 오셔도 좋다고 생각했거든요. 하지만 오시지 않은 게 다행이었던 것 같아요. 브라이언과 저는, 아시겠지만, 안 자고 기다렸어요."

"아, 그런가요. 그랬군요. 내가 그냥 자버렸나봐요."

이렇게 되는 거구나. 정신을 놓을 때까지 마시면 이렇게 되는 거야.

헤이즐든에 갈 때까지, 나는 술을 마시면 누구나 까무룩 정신을 놓는 줄 알았다. 고등학생 때 처음 술을 마신 뒤로 줄곧 그랬다. 파티에 갔던 것조차 기억 못할 때가 있었는데, 다음날 알게 되기로는 내가 파티의 스타였다는 것이다. "나는 네가 취한 줄도 몰랐어." 친구들에게 그들도 파티에 왔었느냐고 물으면 친구들은 종종 이렇게 말해주었다. 그 시절 나는 나에게 일종의 자동조종장치가 장착되어 있다고 생각했다. 그 장치는 나를 매력적인 사람으로 만들고 앞뒤 걱정 없이 될 대로 되라는 식으로 행동하게끔 몰아갔다. 파티나 술집, 레스토랑에 가서 몇 잔 마시며 즐거운 대화를 나누다보면 바로 다음날이 되어 있는 것이다. 내가 친구들 무리를 차에 태우고 해변으로 가서 알몸으로 헤엄치도록 만들거나, 모두 바에 올라가 춤을 추도록 부추기거나, 심지어 잘 알지도 못하는 사람을 유혹한 사실을 나중에야 알게 되는 것이다.

하지만 세월이 흘러 아내가 되고 엄마가 되자, 몇 시간 동안 일어난 일을 홀랑 잊어버리는 것이 더는 재미있지 않았다. 누군가는 그건 뭔가 문제가 있다는 뜻이라고 했다. 그래서 지난밤에 일어난 일을 꾸미고 둘러대는 재주가 좋아졌다. 어떻게 집으로 돌아갔는지 묻는 질문에는 애매하게 대답했고, 기억나지 않는 대화에 대해서도 더듬더듬 요령껏 반응했다. 정신을 놓은 상태에서 부동산 거래를 했고, 사람들을 초대했고, 비밀을 털어놓았고, 어쩌다 알게 된 사람들에게 사랑의 감정을 표현했다. 정신을 차린 뒤에—망치로 한 방 얻어맞은 듯한 숙취가 남은 상태에서—그 모든 일을 원상태로 돌려놓아야 했다. 그러니 헤이즐든에서 돌아온 뒤로 집에서 혼자 술을 마시는 것이 내게는 좋은 해결책이 되었다는 사실을 눈치챌 수 있을 것이다. 수습할 일을 만들지 않고 눈을 뜨면 얼마나 안심이 되는지. 나는 술 마시고 전화를 거는 버릇이 없어졌다고 생각했다. 하지만 리베카의 말을 들으니 그 버릇이 다시 도진 것이 틀림없었다. 아니면 나에게 장착된 자동조종장치가 계략을 꾸몄거나. 헤이즐든에서 '알코올 교육'을 받을 때 카운슬러가 인사불성에 대해 이렇게 말했었다. "필름이 끊겼을 때는 의식이 활동하지 않아요. 대체로 아주 원초적인 본능에 따라 움직이게 됩니다. 짐승이 된다는 말이에요." 내 짐승이 리베카에게 전화를 걸었고, 지금 나는 내 실수를 숨겨야 했다.

"그냥 자는 게 더 낫겠다는 생각이 들어서요." 내가 다시 말했다.

리베카가 웃었다. "음, 어떻게 운전을 하실까 걱정했거든요. 목소리 때문에요. 하지만 다시 전화를 드렸더니 받지 않으시더라고요. 그래서 주무시나보다 했어요. 아무튼 무척 즐거운 추수감사절을 보내신 것 같던데요."

"아주 멋지게 보냈어요." 내가 짧게 대답했다. 이런. 내가 뭐라고 말한 거지?

"전남편과 그렇게 멋진 우정을 나누신다는 게 정말 좋아 보였어요. 우리가, 그러니까 브라이언과 제가 만약 헤어진다면 그런 즐거운 관계는 되지 못할 거예요." 리베카가 말했다. 그러고는 내가 무슨 말을 하기도 전에 물었다. "오늘 피터가 출근했는지 혹시 아세요?"

"나도 방금 사무실에 왔어요, 리베카. 그리고 오늘은 월요일이잖아요. 피터가 왜 여기 오겠어요?"

"글쎄요. 병원에 없어서요. 아침 내내 전화를 걸었거든요."

나는 책상에 놓인 시계를 보았다. 여전히 세시 삼십분이었다. 그래서 손목시계를 보았다.

"아홉시 사십분이네요." 내가 말했다. "아직 병원에 출근하지 않았을 거예요. 무슨 급한 일이라도 있나요?"

"급한 일요? 꼭 급한 일이 있어야 해요? 피터를 본 지 일주일이 넘었어요. 피터와 할 이야기가 있어요. 보통 여덟시에는 병원에 있거든요. 지난 주말에 뭔가 나쁜 일이 일어난 게 아닐까 걱정이 돼요."

"리베카," 내가 말했다. "아무 일 없을 거예요. 눈코 뜰 새 없이 바쁜 주말이었겠죠. 파티에서 늦게까지 즐겼을지도 모르고요. 누가 알겠어요, 주말의 숙취가 좀 남아서 늦잠을 자는지도……"

"네? 피터가 엘리스와 보내는 시간을 좋아할 것 같으세요? 엘리스와 같이 파티에 가는 것을요? 요전날 말씀하셨잖아요. 그리고 피터가 사랑하는 사람은 저예요! 엘리스와의 삶은 지옥이에요! 저는 단지 뭔가 잘못된 게 아닌가 그게 걱정이에요."

나는 아무 말도 하지 않았다. 리베카는 예의를 차리는 것마저 잊고 있었다. 머리가 지끈거렸다.

"여보세요?" 마침내 리베카가 말했다.

"네, 듣고 있어요." 내가 책상에 놓인 우편물을 넘겨보며 말했다.

"힐디, 피터가 오면 말해줄래요?" 리베카가 한결 부드러워진 목소리로 말했다. 지금 그녀는 어린 여자애처럼 조르고 있었다.

"그래요, 꼭 그럴게요." 내가 달래듯 말했다. 전화를 끊은 뒤, 나는 그녀가 약간 걱정스러워졌다. 리베카와 피터가 걱정스러웠다.

사업은 계속 부진했지만, 11월 마지막 주에 캐시와 패치의 집을 사겠다는 사람이 나타났다. 뉴저지에서 온 굿윈 부부에게 그 집을 두 번 보여주었는데, 그것은 그들이 그 집에 관심이 있다는 뜻이었다. 하지만 그들은 그 집의 '상태'를 불평했고 그래서 큰 기대를 걸지는 않았다. 집을 개선하기 위해 프랭크가 들인 공은 그리 오래가지 못했다. 하지만 굿윈 부부는 웬도버에 살고 싶어했고, 그들이 지불할 수 있는 액수는 그만큼이었다. 그리고 집의 위치를 마음에 들어했다. 하지만 굿윈 부부가 제시하는 액수가 조금 적었다. 캐시와 패치는 안 된다고 했다. 결국 계약이 이루어졌고, 나는 감격할 만큼 기뻤다. 인정하는데, 그날 밤 나는 뱁스와 몰리와 함께 기분 좋은 축하의 건배를 했다. 그들이 제시한 조건에 구매자들이 동의했다고 알려주자 캐시와 패치도 몹시 기뻐했다. 제이크로 말하면, 정작 자신은 아무것도 모르겠지만, 진정한 도움을 받을 가능성이 있는 학교로 옮기게 되었다. 나도 한몫했다고 생각하니 기분이 좋았다. 며칠째 야금야금 마시던 레드와인 한 병을 비웠지만, 시작할 때부터 거의 비워진 상태였다. 그래서 또 한 병을 땄다.

다음날 아침은 우중충했고 진눈깨비가 내렸다—일기예보에서는 '겨울 믹스'라고 했다. 나는 조금 늦게 사무실에 도착했는데, 접수대기실로 들어서자 켄들이 유난히 허둥대며 책상에서 벌떡 일어났다.

"리베카 맥앨리스터 씨가 사무실에 와 계세요. 제가 출근했을 때부터 와서 기다리고 계셨어요."

"아, 젠장!" 내가 말했다. 켄들은 정말로 움찔했다.

내 사무실로 들어가니 리베카는 질퍽거리는 눈이 내리는 모습을 창밖으로 내다보고 있었다.

"안녕, 리베카. 무슨 일이에요?"

리베카가 돌아보았고, 나를 보자 극적인 안도의 한숨을 내쉬었다.

"오, 힐디, 아무 일 없으셔서 정말 다행이에요."

"음, 나는 괜찮아요. 괜찮고말고요."

"어젯밤 일은 기억나세요? 저희 집을 떠나신 뒤로요."

뭐? 내 가슴이 쿵쾅거렸다. "어젯밤요?" 내가 물었다.

리베카가 걸어가 문을 닫았고, 나는 책상 앞에 앉았다.

"힐디, 술 문제에 예민하신 걸 알고 있어서 이런 말씀은 드리고 싶지 않지만요, 진심으로 다시 치료를 받으셔야 할 것 같아요. 간밤에 저희 집에 왔던 것도 모르시잖아요."

심호흡. 숨을 들이쉬고 내쉬는 법도 잘 떠오르지 않았다.

"아니요, 나는 아무데도 가지 않았어요. 곧바로 잠을 잤어요. 오늘 아침에는 할 일이 아주 많아요. 그 이야기는 언제 다른 때 하면 좋겠군요……"

"알고 있어요. 드와이트 부부의 집에 대한 일요. 어젯밤에 말씀해주셨잖아요."

그제야 통화를 한 기억이 어렴풋이 떠올랐다. 내 침대에서 전화로 이야기했었다.

"맞아요. 이제야 기억나네요. 나한테 전화를 했었죠." 내가 말했다. "어중간하게 잠이 들었을 때였어요. 그래서 처음엔 기억이 안 난 거예요." 나는 책상에 흩어진 서류를 바쁘게 치우기 시작했다. 부들거리는 손을 숨기기 위해서였다. 신경이 곤두섰다. 나는 신경이 곤두서면 손이 떨린다.

"아니요, 힐디." 리베카가 슬프게 말했다. 그녀는 왜 이리도 연민이 가득한 목소리로 말하는가? "제가 전화를 한 게 아니라요. 차를 몰고 저희 집에 오셨잖아요. 저기…… 완전히 인사불성이신 것 같았어요. 댁까지 모셔다드리고 싶었는데요. 마그다가 쉬는 날이라 그럴 것 없다고 말리셨어요. 고래고래 소리를 질러서 벤까지 깨우셨잖아요."

정신이 데드존에 있을 때 몸이 어떤 일을 했는지 들으면 영혼이 빨려들어가는 느낌이 든다. 살갗이 벗겨지는 느낌, 모두가 보는 앞에서 살갗이 벗겨져서 아무도 보면 안 되는 참혹한 내막을 온 천하에 드러내는 느낌.

나는 사람들에게 본인이 취했을 때 어떤 행동을 하는지 절대 말하지 않는다. 그런 일은 절대 하지 않는다.

"밤에 취해서 정신을 놓은 상태에서 운전하고 다니시던데요. 이 사실을 아는 사람이 저 하나인가요? 그랬으면 좋겠네요. 힐디 당신에겐 물론이고 누구한테도 제 이런 걱정을 말하지는 않았어요. 이 동네 사람들은 하루를 일찍 마감하니까, 제 생각에 누가 봤을 위험은 없어요. 웬도버에서는 열한시면 모든 집의 불이 꺼져서, 당신이

술을 좀 많이 마시고 밤중에 길거리를 배회한다 해도 그리 큰일이
라고 여기지 않았고요. 하지만 이제는 좀 불안해요. 이렇게 저한테
전화를 하고 저희 집을 찾아오신다면, 또 누구의 집에 전화를 할지
알 수 없는 거잖아요. 저랑 피터에 대해 무슨 말씀을 하셨을 수도
있고요."

　나는 분명 침대에 누웠다. 잠옷을 입었던 것도 기억났다. 내가
잠을 깬 것은 전화벨 소리 때문이었다. 그게 꿈이었나?

　"이제는 피터도 걱정해요. 그렇게 말했어요."

　나는 서류에 두었던 시선을 거두며 말했다. 내 목소리는 분노로
떨리고 있었다. "당신과 피터 사이의 그 골치 아픈 이야기를 또 들
으려니 넌더리가 나네요. 두 사람이 뭘 하든 나는 관심 없어요. 그
리고 두 사람 이야기는 아무한테도 말하지 않았어요……"

　"아무한테도 말한 기억이 없다는 건가요?"

　"나가줘요, 리베카. 난 할 일이 있어요. 나는 먹고살려면 일을 해
야 해요. 내 아버지는 당신 아버지처럼 돈이 많지 않았어요. 그리
고 아직 모르나본데, 나는 내 일에서 잘나가는 편이에요. 만약 내
가 술에 취해 당신과 피터 사이의 어리석은 관계 같은 시시껄렁한
소문이나 떠벌리고 다녔다면 이렇게 성공하지는 못했을 거예요."

　"힐디, 저는 친구로서 찾아온 거예요. 피터가 이런 일이 있을 거
라고 미리 귀띔해줬어요. 이렇게 화를 내실 거라고……"

　"리베카, 내 사무실에서 나가줘요. 제발!"

열셋

굿윈 부부가 계약서에 서명을 했고, 계약금이 위탁기관에 예치되었다. 드와이트 부부의 집에 대한 건물 조사도 착수시켰다. 구매자들은 2월 1일에 집을 양도받고 싶어했다. 리베카가 미친듯이 몰아붙인 일 때문에 약간 흔들렸지만, 며칠 뒤에는 털어버렸다. 리베카는 불안정한 사람이었다. 리베카가 이렇게 나올까봐 늘 걱정했었다. 오죽하면 남자친구가 정신과의사겠는가. 나는 한동안 리베카와 거리를 좀 두기로 했다. 그녀가 내 사무실에 찾아와 얄밉게 굴어서만은 아니다. 최근 몇 주 사이 나는 브라이언 맥앨리스터와 우연히 몇 번 마주쳤다. 대개는 주유소나 마켓에서 잠깐 마주쳤을 뿐이지만, 한 번은 크로싱 지역에 있는 어느 가게 앞에서였다. 그는 아들들과 함께 리베카에게 줄 크리스마스 선물을 고르고 있었다. 브라이언이 나를 따뜻하게 살짝 안아주고는 자기들 부부는 웬도버를 정말 사랑한다고 말했다. 그들 부부가 꿈에 그리던 집을 내가 구해주어서 정말 기쁘다고 했다. 나는 그들의 아들들을 차마 볼 수 없었다. 어쩐지 내가 리베카의 불륜에 공모한 기분이 들었다. 심각한 가정 범죄를 보고도 침묵하는 방조자가 된 것 같았다. 더는 리베카의 불륜이 재미있지도, 흥미롭지도 않았다. 그래서 한동안 거리를 두기로 했다.

드와이트의 집 매매 계약서에 서명을 받고 며칠 뒤 우체국에 갔다가, 마침 거기서 나오는 프랭크 게첼과 마주쳤다.

"안녕, 힐디." 그가 스쳐지나며 중얼거리듯 말했다.

"안녕, 프랭크. 잠깐만." 내가 말했다. 그가 나를 돌아보았다.

"좋은 소식이 있어. 드와이트 부부의 집을 팔았어."

"설마." 프랭크가 말하고 나를 보며 싱긋 웃었다. 그러고는 무슨 말을 해줄지 고심하는 것 같았지만, 결국은 이 말뿐이었다. "잘됐는데."

"그래, 그때 그 일을 전부 도맡아서 해준 거 고마웠어. 청구서를 아직 안 보냈던데."

"아, 미처 보낼 시간이 없었네."

"그랬구나. 다시 한번 고마워."

"부동산 사업은 잘돼?" 프랭크가 물었다.

"잘 안 돼. 한두 달 지나면 괜찮아지겠지. 날씨가 좀더 풀리면 말이야. 당신 땅을 얼마에 내놓을지 아직 나한테 말을 안 해줬는데. 땅값을 정해주는 게 어때?"

프랭크는 웃기만 했다. "좋아, 5000만 달러."

"그러지 말고, 프랭키. 한번 생각해봐……"

"그건 그렇고, 요전날 매니 브리그스와 강에 나갔었어. 연중 이

맘때면 가끔 같이 나가거든. 매니는 겨울에 일꾼을 안 쓰니까."

"그렇구나, 그렇겠네." 내가 말했다.

매니는 웬도버에서 바닷가재를 잡아 생계를 꾸리던 브리그스 일가의 6대손이나 7대손일 것이다. 매니와 그의 아버지는 한때 바닷가재 잡는 배들을 함대처럼 거느리고 있었지만, 지금은 한두 척뿐이다. 여름에는 일하겠다는 고등학생과 대학생들을 쉽게 찾을 수 있지만, 겨울에는 학생들이 학교로 돌아간다. 추위를 견뎌야 하는 고된 일이다. 매니는 나와 나이가 같다. 내 친구 린지가 고등학생 때 매니와 사귀었고, 나는 그의 친구와 사귀었다. 우리는 날이 밝기 전에 함께 배를 타고 나가, 뱃머리에서 햇볕을 쬐며 아침나절을 보내곤 했다. 배에서 물고기 냄새, 연료 냄새, 남자들의 땀냄새가 났다. 린지와 나는 그해 여름 내내 바닷가재를 먹었다. 나는 집에 돌아갈 때 늘 아버지와 리사를 위해 두어 마리를 가져갔다. 저드는 바닷가재를 좋아하지 않았다. 나도 그뒤로는 한 마리도 먹지 못했다. 너무 많이 먹으면 물리는 법이다. 장담하건대 매니 브리그스는 어린 시절 이후로 바닷가재는 단연코 한 마리도 먹지 않았을 것이다.

"그렇지, 그래서 그레이 곳에 샌토렐리 형제가 짓는다는 집을 봤어."

그 말에 나는 솔깃했다.

"그랬어?"

"그랬지." 프랭키가 떠나려고 돌아설 때 내가 그의 소매를 붙잡았다. 그러자 그가 웃었다. 그는 나를 놀리고 있었다. 내가 그레이 곳에 들어서는 샌토렐리 형제의 집이 궁금해서 안달이 난 것을 그는 알고 있었다.

"그래서? 집이 엄청 컸어? 흉측해?"

빈스와 닉 샌토렐리는 1980년대와 1990년대에 노스쇼어에 '투기용' 집들을 지어 떼돈을 벌어들인 지역 건축업자들이다. 그들이 지은 집은 잘 지은 최고급 주택으로 여겨졌다. 그들은 보스턴에 사무실을 가지고 있는 건축설계사와 함께 입스위치, 맨체스터, 베벌리팜스에 시선을 끌 만큼 크고 매력적인 집들을 지어 수백만 달러씩 받고 팔았다. 그리고 작년에 그들은 여러 세대 동안 변함없이 딘 일가의 소유였던 그레이 곶 끝에 있는 땅을 구입했다. 지금은 딘 일가에서 가장 어린 꼬마조차 다 커서 더는 윈도버에 와서 여름을 보내지 않는다. 샌토렐리 형제는 이 지역 전체에서 사람들이 가장 탐내는 땅을 손쉽게 수중에 넣었다. 면적은 8에이커로, 돌출된 곶 전체를 차지한다. 위치만 잘 잡으면 모든 창문에서 바다를 전망할 수 있다. 딘 일가는 그 땅과 집을 500만 달러에 내놓았다. 땅값만 받은 것이다. 그리고 빈스 샌토렐리가 그 땅을 구입했다. 이 지역 부동산 중개인들 사이에 별의별 이야기가 다 나돌았다. 딘 일가는 사이먼 앤드루스라는 콜드웰 부동산 회사의 중개인에게 집을 내놓았다. 그가 샌토렐리 형제에게 그 집을 팔았고, 그들 형제가 새로 집을 지어 완공하면 다시 사이먼에게 내놓기로 했다. 그런데 그 거래가 성사되고 얼마 안 되어, 아마 여섯 달쯤 뒤에, 사이먼 앤드루스가 피트니스 센터 트레드밀에서 달리기를 하다 심장마비를 일으켰다. 그 바람에 집이 완공된 뒤 샌토렐리 형제가 그 집을 누구에게 얼마에 다시 내놓을지 아무도 모르는 상황이 되었다.

나는 차를 타고 그 땅을 여러 번 지나갔다. 몇백 년 된 솔송나무가 줄지어 자라는 사유도로가 돌출된 곳 끝까지 이어졌다. 샌토렐리 형제가 차도를 쇠사슬로 막아놓아, 그 끝까지 가서 전망을 바라보는 것은 불가능했다. 음, 불가능하지는 않지만, 그러면 무단침입이 된다. 트럭들이 그 차도를 드나든 것이 일 년이 다 되어간다. 하구로 나가면 공사 현장이 보였고, 나는 여름 내내 공사 진척 상황에 대한 이야기를 들었다.

정말이지 내가 그 집을 팔고 싶었다. 나 같은 사설 부동산 중개인은 소더비나 콜드웰 뱅커 같은 기업형 부동산 회사와 상대하기가 점점 더 힘들어진다. 이 지역 일류 중개인으로 재기하려면 최상급 집이 필요했다. 이곳에서 오래 살아온 사람들의 집뿐 아니라, 새로 지은 웅장한 집을 보유해야 했다. 나를 믿는 충직한 지역 주민은 곧 하나도 남지 않게 될 테고, 사람들은 실적이 가장 좋은 중개인에게 집을 내놓으려 할 것이다. 나는 샌토렐리 형제의 집이 꼭 필요했고, 그 집에 대해 정말로 잘 이해한 뒤 그들 형제에게 접근하고 싶었다. 웬도버 역사상 가장 대단한 거래가 될 것이다.

"음, 일단 집이 커, 힐디. 지독하게 커. 흉측하다고는 못하겠어. 그런 집에서 살아도 괜찮을 것 같아. 건물 전체를 둘러 널찍한 포치를 냈어. 그 집과 잘 어울리는 것 같아. 나는 거기 나무가 빼곡히 서 있을 때가 마음에 들긴 했지만."

"정말로 보고 싶어, 프랭크. 언제 아침에 매니가 나도 데리고 나가줄까?"

"가재 잡는 걸 도와준다면." 프랭크가 웃었다.

"집게발은 묶을 줄 알아." 내가 말했다. 린지와 나는 고등학생이던 그해 여름 바닷가재 집게발 묶기의 달인이 되었다. 한 마리가 내 손가락을 쓱 베는 바람에 심한 염증이 생기기는 했지만.

"아니, 그럴 필요는 없을걸. 매니가 기꺼이 데리고 가줄 거야. 가려면 내일 와야 해. 겨울이라 주말에는 배들이 다 철수할 거야."

"좋아. 그럴게."

그날 밤 리베카가 우리집에 왔다. 목요일, 주로 피터와 함께 보내는 밤이었다. 그녀는 그날 오후에도 내 사무실에 들렀는데, 피터가 약속을 취소했다며 제정신이 아니었다. 그날 아침에 피터가 전화를 해서 이번 주말에는 올 수 없다고 했다는 것이다. 리베카는 내가 모르는 줄 알겠지만, 나는 리베카가 계단을 올라가 문손잡이를 흔들어본 뒤 다시 발끝으로 살금살금 내려오는 소리를 들었다. 그런 다음 내 사무실 문을 두드렸다. 그가 여기 없다는 사실을 믿지 못하는 건가, 아니면 안에 들어가 염탐이라도 하고 싶은 건가? 그녀가 내 사무실로 와서 그날 밤 그를 만날 수 없어서 얼마나 속상한지 모르겠다고 말했을 때, 나는 그녀가 안쓰럽다는 생각이 들었다. 그래서 그녀에게 우리집에 놀러오라고 했고, 그녀는 눈물을 글썽이며 그러겠다고 했다.

리베카는 일본 음식과 화이트와인 한 병을 가져왔다. 그녀가 와인을 땄지만, 나는 정말로 마시고 싶은 기분이 아니었다. 그래서 그렇게 말한 뒤 내 잔에 셀처를 따랐다. 내가 술을 마실 필요가 없다는 사실을 리베카는 이해할 필요가 있었다.

리베카는 감정을 종잡을 수 없고 제정신이 아닌 듯했다. 리엄이 수학을 어려워한다고 했다. 리베카는 리엄을 가르치는 선생이 마음에 들지 않았다. 브라이언과 함께 학부모 간담회에 가기를 원했지만, 브라이언은 명절 연휴가 끝날 때까지 짬이 나지 않는다고 했다. 몇 주 동안 시간을 내달라고 졸랐지만, 그는 그러지 않았다. 그러고는 뉴욕으로 출장을 가면서 리베카에게 과외선생을 찾아보라고 했는데, 리베카는 그 말 때문에 더욱 화가 났다.

"제 엄마와 아빠는 제 양육을 다른 사람들에게 맡겼어요. 하지만 저는 그러지 않을 거예요. 브라이언은 금융에 대해 모르는 게 없지만 나는 수학은 하나도 몰라요. 브라이언이 리엄을 도와줄 수 있어요. 하지만 시간을 내려고 하지 않아요."

"뭐, 임시로 과외교사를 쓰는 건 괜찮을 것 같은데요." 내가 말했다.

"피터는 샘 걱정을 많이 해요. 그 사실은 알고 계셨어요?" 그녀가 물었다.

"아니요. 하지만 솔직히 피터가 샘을 그곳에 두고 여기서 너무 많은 시간을 보내서는 안 된다는 생각은 종종 했어요. 샘도 틀림없이 아빠를 그리워할 거예요."

"저도 샘이 그럴 거라고 생각해요. 주말에 샘을 시내에 붙잡고 있다니 엘리스도 참 얄미운 여자예요. 피터는 이곳에 와야 해요. 일을 하려면요. 피터는 이제 주말 동안 케임브리지에 있는 일이 더 많아질 거라고 했어요. 여기는 목요일이 아니라 금요일에 오게 될 거라고 했고요."

"아, 그래서 오늘 여기에 오지 않은 거군요."

"이번 주말에는 아예 안 올 거예요." 리베카가 말하고는 잔을 채웠다. "새해가 될 때까지는 자주 올 수 없대요."

"저런, 어떡하나요."

"저도 뭔가 변화를 줘야죠."

"어떤 변화?"

"브라이언과의 관계가 점점 견디기 힘들어져요. 같은 방에 있는 것도 참기 힘들어요."

"저런," 내가 말했다. 그리고 물었다. "피터하고 무슨 계획이라도 세운 건가요?"

"음, 구체적인 계획은 없어요. 사실 피터는 얼마간 떨어져서 시간을 보내자고 해요. 진심은 아니에요. 엘리스와의 결혼생활이 삐걱거린 게 벌써 여러 해거든요. 우리는 함께할 운명이에요. 피터는 그냥 당분간 우리 관계를 조용히 덮어두고 싶은 거예요. 하지만 저는 여름까지는 뭔가 계획을 세우고 싶어요. 그렇더라도 그때까지 기다리기 전에 브라이언하고는 정리를 해야겠어요."

"음, 신중히 생각해요. 성급하게 서두르지 말고. 내가 아주 훌륭한 변호사를 알고 있어요. 필요하면 말해요. 보스턴에서 최고니까. 뭐든 실행에 옮기기 전에 그 변호사하고 먼저 상의해요."

"데이브 마이어슨 말인가요?"

"맞아요, 어떻게 알았어요?" 내가 물었다.

"보스턴에서 최고라고 하셨잖아요."

어쨌거나 리베카는 어느 곳에서건, 어떤 일에서건 최고의 사람에게서 최고의 서비스를 받을 수 있는 사람이었다. 그것은 그녀와 같은 경위로 돈을 갖게 된 사람들이 보여주는 또하나의 측면이었다. 어쨌거나 그들은 어디로 가건 '최고'의 인맥과 연결된다.

"피터는 곧 올 거예요." 리베카가 말했다. "그 사람은 나를 필요로 해요."

"곧 오고말고요. 지금 나에게 그 와인이 한 잔 필요할 것 같네요,

괜찮다면요."

리베카가 넋이 빠진 사람처럼 내 잔에 와인을 따라주었고, 나는 그녀가 최근에 그토록 맹렬하게 나를 몰아붙인 것을 기억이나 하는지 궁금했다. 리베카의 감정을 종잡을 수 없다고 한 건 바로 이런 측면 때문이다. 그녀는 그리 안정적인 사람이 아니다. 와인을 길게 한 모금, 또 한 모금 마시자, 리베카를 향한 연민의 감정이 뜨겁게 밀려왔다. 한동안 그녀를 만나지 못하다 다시 만나면, 이따금 나는 그녀의 아름다움에 깜짝 놀라곤 한다. 아름답고 가냘픈 그녀의 모습에.

"있잖아요." 그녀가 말했다. "피터가 찍은 달 사진들을 가지고 우리 둘이 프로젝트를 하고 있어요. 사진을 확대해서 달만 오려내 캔버스에 붙이는 거예요. 그런 다음 아름다운 바다 색깔들을 칠해요. 어떤 작품에는 콜라주 기법도 써봤어요. 켈프 해초나 바다유리 파편을 전체적으로 붙여서요."

"아주 예쁠 것 같네요, 리베카." 내가 말했다. "작품들을 보고 싶어요. 정말 아름다울 것 같아요." 나는 내 잔에 담긴 와인을 비웠다.

"정말 그래요." 리베카가 말했다. 그녀는 와인을 음미할 때면 늘 그러듯 내 쪽으로 몸을 바짝 숙였다. "아름다워요. 아름다운 작품들이에요. 피터도, 저도 혼자서는 그런 걸 만들지 못했을 거예요. 제가 무슨 말을 하는지 아시죠? 그러니까…… 저는 누구에게도 이런 감정을 느껴본 적이 없어요, 힐디. 나는 우리가 함께할 운명이란 걸 알아요. 눈을 뜨면 그 사람 생각이 나요. 가장 먼저 생각이 나요. 잠들기 전에 가장 마지막으로 생각나는 사람도 그 사람이에요. 다른 건 자꾸 깜박깜박 잊어버려요. 요전날엔 리엄을 버스 정류소에서 데려오는 걸 잊어버려서 어떻게 됐는지 아세요? 눈이 내리는데 리엄 혼자 걸어서 돌아왔어요."

"저런, 리베카," 내가 말했다. "피터에 대한 집착은 버려야 해요. 그건 정말로 좋지 않아요." 와인병이 우리 사이 테이블에 놓여 있었다. 내 계산으로는 정확히 한 잔 반이 남았다. 더 따라달라는 말은 하지 않을 것이다. 리베카에게 그런 만족감을 느끼게 하지는 않을 것이다.

"나만 그런 게 아니에요, 힐디. 피터도 항상 나를 생각해요, 우리를요. 피터가 얼마나 외로워하는지 당신은 모를 거예요. 서로 떨어져 있을 때 우리가 얼마나 외로워하는지 모를 거예요."

나는 또다시 리베카에게 짜증이 나서, 남은 와인을 내 잔에 전부 따랐다. 리베카는 집에 자식들이 있다. 남편도 있고 애인도 있다. 피터도 마찬가지다. 나만 혼자다. 내 자식들은 다 컸고, 애인 없이 지낸 건 하도 오래되어 햇수조차 헤아릴 수 없다. 그런데 외로워하는 건 그들이고, 나는 그들을 딱하게 여겨야 하는 것이다.

"그 외로움이 어떤 건지 당신은 짐작도 못할 거예요." 리베카가 한숨을 지었다.

"짐작도 못한다고요?" 내가 되물었다.

다음날 아침 네시 반에, 나는 요란한 알람 소리를 듣고 잠에서 깼다. 큰 포트에 커피를 끓인 뒤 보온내의를 입고 무거운 운동복 바지, 터틀넥, 두꺼운 양모 스웨터를 껴입었다. 커다란 보온병에 커피를 따르고, 어제 수돌리버스 베이커리에서 사온 블루베리 머핀 한 상자를 챙겼다. 옷장을 뒤져 따뜻한 장갑을 찾는데, 밖에서 프랭크가 빵빵거리는 소리가 들렸다. 다섯시에 나를 데리러 오겠다고 했었다. 나는 장갑을 찾은 뒤 보온양말 위에 빈부츠*를 신었다. 그리고 칠흑같이 어두운 밖으로 나섰다.

프랭크가 팔을 뻗어 조수석 문을 열어주었고, 나는 보온병과 머핀을 건넸다. 그리고 트럭에 올라탔다.

"모자는 어디 있어, 힐디?" 프랭크가 물었다. "거긴 얼어죽게 추워."

"필요 없어." 내가 말했다. 나는 모자를 쓰면 정말 못생겨 보인다. 코가 긴 편인데, 모자만 쓰면 코가 더 길어 보였다.

"매니 배에 타면 모자랑 장갑 같은 게 한 박스는 있어. 비옷도 있고. 배를 타고 나가면 옷이 젖으니까."

"맙소사, 뭐야, 프랭키." 내가 바닥에서 발 디딜 곳을 찾으며 말했다. 트럭에 쓰레기가 한가득 있었다. 빈 소다수 캔, 포장 껍질, 오래된 신문, 문손잡이, 자전거 안장, 바닷가재를 잡을 때 쓰는 부표 두어 개, 낚시도구 상자, 딱딱하게 굳은 먹다 만 베이글 같은 것이 바닥에 나뒹굴고 있었다. 내가 발 옆에 놓인 녹슨 말발굽을 집어올리며 말했다. "이 쓰레기들은 다 뭐야?"

프랭키는 키득거리며 고개만 흔들었다. "그거, 한번 싹 치워야지. 당연히."

"오래된 말발굽이 어쩌다 당신 트럭에까지 굴러들어온 거야?"

"행운의 부적이야. 일하는 곳에서 찾았어. 행운의 부적으로 간직

---

* 발등 부분이 천연고무로 제작되어 방수 기능이 탁월한 부츠.

하기로 했지."

"그럼 이렇게 걸어놓아야 하지 않나?" 내가 손을 펴서 양쪽 끝
이 위로 향하도록 말발굽을 쥐며 말했다. "이렇게 하지 않으면 행
운이 양쪽 끝에서 모두 빠져나간대."

"그런가. 뭐, 그걸 걸어놓을 시간이 없었어." 프랭키가 미소를
지었다.

내가 말발굽을 앞유리창에 받쳐놓았다.

"브레이크를 꽉 밟았을 때 그 빌어먹을 말발굽이 날아와 당신 이
를 모조리 부숴버리면 당신이 그걸 얼마나 행운으로 느낄지 모르
겠는데, 힐디."

나는 웃으며 말발굽을 다시 바닥에 던졌다.

"커피랑 머핀을 가져왔어."

"그래? 잘했어. 우리는 보통 나갔다 돌아와 드리프트우드에서
아침을 먹어. 하지만 그때쯤이면 늘 굶어 죽을 지경이야."

우리는 어둠에 잠긴 잠든 웬도버를 통과해 달렸다. 길에 다른 차
는 없었다. 우리가 웬도버 선착장에 도착했을 때는 이 지역의 바닷
가재잡이 몇 명이 트럭을 대면서 걸쭉한 목소리로 서로에게 인사
하고 있었다. 그들의 입에서 하얀 입김이 새어나왔다. 끝까지 버틴
사람들이었다. 대부분의 바닷가재잡이들은 11월에는 배를 물에서
끌어낸다. 우리는 매니의 녹슬고 낡은 파란색 픽업트럭 바로 옆에
차를 댔다. 밤이 허물어지며 추운 은빛 새벽이 열리고 있었고, 우
리 주위에서 부두 근처 오래된 가게들이 형체를 드러내기 시작했
다. 우리는 따뜻한 트럭에서 내렸다. 나는 터틀넥을 턱까지 끌어올
렸다. 프랭키가 트럭 뒤에서 필요한 장비를 챙겼고, 우리는 선착장

으로 걸어갔다.

물 높이가 낮았고, 주차장에서 선착장으로 내려가는 길은 가팔랐다. 프랭크는 둘둘 말아놓은 무거운 밧줄과 커피와 머핀이 든 가방을 들고도 쉽게 내려갔지만, 나는 로프 난간을 붙잡고도 조심조심 내려가야 했다. 린지와 내가 이 경사로를 맨발로 폴짝폴짝 뛰어 내려가던 시절도 있었다.

부두에서 맞는 새벽, 하늘과 바다가 똑같이 회색을 띠며 수평선이 사라지는 순간이었다. 배가 허공에 떠 있는 것처럼 보였고, 매니는 위험을 표시하는 밝은 노란색 옷을 입고 있었다. 매니는 가장 뜨거운 여름날에도 바닷가재잡이들이 유니폼처럼 입는 악천후용 노란색 오버올을 입었다.

매니는 덩치가 컸다. 키는 195센티미터쯤 되고 다부진 편으로, 항상 쓰고 다니는 모자 밑으로 곱슬곱슬하고 불그스름한 회색 머리가 삐져나와 있었다. 모자를 벗은 그의 모습을 본 지가 족히 이십 년은 됐기 때문에, 나는 그가 대머리가 되어가는 거라고 추측했다. 매니는 여름에는 트럭 운전사들이 쓰는 지저분한 야구모자를, 겨울에는 어부들이 쓰는 니트모자를 썼다.

"힐디가 입을 게 좀 있어? 비옷을 안 가져왔대." 프랭크가 말하고는 배에 올라서서 나에게 손을 내밀었다. 나는 그의 손을 잡고 풀쩍 날렵하게 배에 올라타려 했다. 그래야 과거에 그랬던 것처럼 가볍고 자그마한 여자로 느껴질 테니까. 그러나 휘청하며 그의 품에 안기는 꼴이 되었다. 프랭크가 웃으며 나를 잡아주었다. 나는 어색한 일은 전혀 일어나지 않은 것처럼 행동했다. 아무렇지 않게 선미로 걸어가 매니의 배를 살펴보았다. 배 이름은 '머시'였다.

상업용 바닷가재잡이 배들은 모두 모양새가 비슷하다. 선실 바로 앞에 뱃머리가 있는데, 길이가 짧고 대체로 가운데가 들려 있어 파도가 험해도 물이 양옆으로 쉽게 흘러내린다. 오래전 그 여름 린지와 내가 비키니 차림으로 아무렇게나 드러누워 있던 곳이 바로 이 경사진 판자였다. 선수상船首像*처럼 물에 젖고 햇볕에 탄 젊은 여자의 모습으로. 나는 얼굴에서 점을 뺄 때마다 매니의 낡은 바닷가재잡이 배를 생각한다.

매니의 지금 배 선실은 대부분의 바닷가재잡이 배들처럼 선장과 선원이 서 있을 수 있도록 설계되었지만, 높다란 선장용 회전의자가 두 개 있다. 머리 위쪽과 전면 유리가 비바람을 막아주지만, 선실 뒤쪽은 배의 뒤쪽을 향해 뚫려 있다. 바닷가재를 잡는 통발 수십 개를 싣도록 그렇게 설계한 것이다. 매니의 통발은 대부분 이미 던져졌고, 너른 뒤쪽 갑판의 옆면에만 달랑 몇 개가 묶여 있었다. 파손된 통발이 보이면 교체하기 위해서였다.

매니의 배에서는 요즘 웬도버 항이나 그 근처에서 더러 보이는 신형 바닷가재잡이 배들이 갖춘 첨단장비는 당연히 찾아볼 수 없었다. 하지만 그의 배에도 옛날 배에는 없던 온갖 장비가 갖춰져 있어서 매니는 그런 것들을 자랑스럽게 가리켰다. GPS 시스템, 위성 라디오, 선박과 육지를 연결하는 전화도 있었다. 요즘엔 누구나 휴대전화를 쓰기 때문에 그런 전화는 멸종됐을 거라고 생각하겠지만, 매니는 배가 항구를 떠나면 휴대전화 신호가 잘 잡히지 않는다고 했다.

---

* 뱃머리에 장식으로 붙이는, 보통 여자 형상을 한 조각상.

매니가 시동을 켜자, 고요한 아침에 엔진이 털털거리는 굵직하고 성실한 소리가 갑자기 울려퍼졌다. 죽은 물고기와 휘발유와 소금 냄새가 사방에 퍼졌다. 매니와 프랭크가 죽은 물고기 한 통을 비린내가 나는 큰 수조에 쏟아부은 뒤, 그 미끼들을 퍼서 작은 그물 자루에 담기 시작했다. 프랭크가 풀쩍 뛰어 부두에 내렸다가 줄을 푼 뒤 다시 풀쩍 배에 뛰어올랐고, 우리는 출발했다.

거의 텅 빈 항구를 통과해 미끄러지듯 나아갈 때, 나는 겨울에는 한 번도 바다에 나가본 적이 없다는 사실을 깨달았다. 1960년대 초반에 항구가 완전히 꽁꽁 얼어붙어 모두 스케이트를 타고 선착장에서 라이트하우스 곶까지 간 적은 있었다. 하지만 10월 이후에 배를 타고 나간 적은 없다. 날씨는 얼어붙을 듯 추웠다. 프랭크가 옳았다. 매니가 나더러 선실 의자에 가서 앉으라고 했지만, 거기도 바람 때문에 귀가 얼어붙을 것 같았다. 나는 배 한쪽 옆에서 들이친 파도에 물벼락을 맞았다.

"매니, 남아도는 옷 나부랭이를 두는 곳이 어디야?" 내가 장갑 낀 손으로 귀를 덮고 있는 것을 보고 프랭크가 소리를 질렀다.

"아래로 내려가면 커다란 낡은 플라스틱 통이 있어. 가서 찾아봐, 힐디. 흠뻑 젖겠어." 매니가 소리쳤다.

상업용 바닷가재잡이 배에서 대화를 주고받으려면 고래고래 소리를 지르는 수밖에 없다. 엔진 소리가 시끄러웠다. 남자들은 바다에 나가면 말을 거의 주고받지 않는 듯한데, 오후에 바니스 술집에 앉아 그렇게 왁자지껄 떠들어대는 이유가 아마 그것일 것이다.

뱃머리 아래쪽 작은 선실로 들어가는 바닥문을 여니 그 통이 보였다. 나는 물고기 내장으로 얼룩진 커버올*을 골라 얼른 입었다.

짙은 회색이었다. 그리고 그 색깔에 어울리는 회색 비옷도 골랐는데, 대략 5사이즈가 더 컸다. 모자도 하나같이 우중충한 색깔뿐이었다. 니트모자가 두 개 있었는데, 둘 다 지저분했고 뭔지 모를 물질이 묻어 있었다. 나는 가장 거부감이 덜 드는 모자를 털어서 머리에 눌러 썼다. 그러고는 슬금슬금 선미로 가서 사라지는 항구 풍경을 감탄하는 척 바라보았다. 오랫동안 그런 척할 필요는 없었다. 라이트하우스 곶 쪽으로 길게 뻗은 방파제가 보였고, 어렸을 때 동생들과 함께 그곳 바위를 폴짝폴짝 뛰어다니던 기억이 떠올랐다. 우리는 방파제에서 낚시를 했었다. 한번은 남동생이 샌드상어를 잡았다.

항구 어귀에는 유서 깊은 페그 스위니 바위가 있는데, 이백 년 전 해적들에게 겁탈당한 뒤 살해된 젊은 웬도버 처녀의 유령이 그곳에 나타난다고 했다. 밤중에 그 바위 근처를 지나가면, 불쌍한 페그 스위니의 비명소리가 들린다는 것이다. 여름밤에 꼬마들이 모터보트나 노 젓는 보트나 요트를 타고 그 돌출된 바위 앞을 지나가다가 헉 소리를 내거나 비명을 질러 서로 식겁하게 만든 것도 벌써 몇 세대에 이른다. 우리는 모터보트를 타고 싱어 섬을 향해 나아갔다. 엔진 소리가 잠잠해지자, 나는 돌아서서 프랭크가 검은색과 황금색이 칠해진 매니의 부표에 길쭉한 갈고리를 걸어 끌어당기는 모습을 지켜보았다. 프랭크가 부표를 당겨올렸고, 매니가 그것을 잡아 권양기 위로 던졌다. 매니가 버튼을 누르자 권양기가 줄을 감았다. 우리가 어렸을 때는 매니와 일꾼들이 수작업으로 권양

---

* 상하가 붙고 소매가 달린 작업복.

기를 작동시켰다.

내가 권양기의 작동을 인상 깊게 바라보며 미소 짓는 것을 보더니 매니가 소리를 질렀다. "유압식 권양기야. 멋지지, 응, 힐디?"

"기막히게 멋지네, 매니." 내가 말했다. 그러고는 방금 뭘 잡아올렸는지 보려고 그쪽으로 잽싸게 이동했다. 흠 없는 바닷가재 세 마리, 게 두어 마리, 집게발이 떨어져나간 바닷가재 한 마리가 있었다. 프랭키는 나무 통발에 손을 집어넣어 게들만 꺼내 다시 물속에 던져넣었다. 그가 집게발이 떨어져나간 바닷가재에 측정기를 대서 길이를 쟀는데—길이가 좀 짧은 듯도 했다*—문제가 없었는지 나머지 것들과 함께 수조에 던져넣었다. 그러고는 미끼 자루를 통발에 던졌고, 나는 본능적으로 물러섰다. 프랭키가 바닷가재잡이 통발을 다시 줄에 걸었다. 배가 나아가면 그 줄이 갑판 위로 통발을 끌어당기고, 뚫린 선미에서 통발이 물속으로 다시 빠지는 것이다. 린지와 내가 뱃머리에 자리를 잡았던 것은 뒤쪽 갑판에 서 있는 게 위험해서이기도 했다. 통발을 준비할 때 자칫 밧줄에 발이 걸리면 순식간에 물속으로 휘리릭 끌려가는 것이다. 그래서 우리가 뱃머리에 있지 않으면 매니는 항상 걱정했었다. 매니가 다음 부표까지 배를 이동시켰고, 프랭크는 잡아올린 바닷가재들이 집게발을 서로 잘라버리지 못하게 집게발을 열심히 묶고 있었다.

"장갑 좀 줘봐, 프랭키." 내가 말했다. "나도 묶게."

프랭크가 두꺼운 네오프렌 장갑을 찾아주었고, 나는 여기저기서

---

* 잡아도 되는 바닷가재의 길이가 법으로 정해져 있어서, 그 길이에 미치지 않는 바닷가재는 다시 놓아주어야 한다.

딸각딸각 벌려대는 집게발들을 재빠르게 묶기 시작했다. 갓 잡아 올린 바닷가재의 알록달록하고 단단한 껍데기가 얼마나 아름다운지 잊고 있었다. 보석—사파이어, 토파즈, 에메랄드—처럼 영롱하고 딱딱한 가리비 같은 껍데기가 평범하고 칙칙한 녹색으로 변해버리기 전에 말이다. 바닷가재는 수조에 넣으면 광택을 잃는다. 바다에서 갓 건져올린 그 순간, 집게발로 해초를 완강하게 움켜잡은 채 꼬리로 당신을 골탕 먹이려고 하는 그 순간에 봐야 한다.

프랭크가 다음 부표로 옮겨가 갈고리를 걸었고, 우리는 통발을 끌어올리고, 집게발을 묶고, 미끼를 넣은 통발을 다시 바다로 던지는 과정을 반복했다. 이제 태양이 수평선 위로 높이 떠올랐고, 우리는 옷을 한두 겹 벗은 뒤였다. 일을 하느라 더워진 것이다. 마침내 그레이 곶에 가까워졌다.

"배를 곶 더 가까이로 몰아, 매니." 내가 눈을 가느스름히 뜨고 그쪽을 바라보자 프랭크가 소리쳤다.

매니가 배의 방향을 해안 쪽으로 돌렸고, 드디어 보였다. 집 건물을 둘러 사방에 포치를 낸, 낸터킷 양식으로 지은 크고 아름다운 집. 집은 곶의 끝을 바라보고 있었고, 아니나 다를까, 사방의 전망을 모두 확보하고 있었다. 굉장히 멋진 집이 될 것이다. 지붕널로는 삼나무를 쓴 것 같았다. 나는 굴뚝 수를 헤아렸고, 세 칸으로 나뉜 차고도 보았다.

"얼마에 팔릴 것 같아?" 매니가 물었다.

"10을 부르면 8을 받겠지." 내가 말했다.

나는 이미 머릿속에서 홍보물을 만들고 있었다. 사진 한 장은 공중에서, 또 한 장은 바다에서 찍을 것이다. 〈보스턴〉지와 〈뉴욕 타임스 매거진〉에 광고를 실을 것이다. 샌토렐리 형제가 나한테 집을 내놓지 않는다면 그건 미친 짓이다.

매니와 프랭크가 콧방귀를 뀌었다. 어마어마한 액수니까. 하지만 그 집을 나한테 내놓기만 하면 그 액수가 가능하다는 것을 나는 알고 있었다.

"이제 됐어, 볼 만큼 봤어." 내가 말했다. 그때 커피를 가져온 것이 기억났다.

"커피나 머핀 먹고 싶은 사람?"

"이야, 좋지." 매니가 말했다. 나는 머핀을 건넸고, 컵이 없었기 때문에 보온병을 돌려가며 번갈아 커피를 마셨다. 아직 맛있고 뜨거웠다. 우리는 통통거리며 다음 바닷가재 통발로 나아갔다.

마지막 통발을 던졌을 때는 늦은 아침이었고, 다시 항구로 돌아가면서 프랭키와 나는 함께 뱃전에 몸을 기댔다. 나는 웃고 있었다. 이렇게 즐거워본 지가 얼마만인지 몰랐다. 오래된 친구 둘과 함께 바다로 나간 것이다. 흥분되는 부동산 거래를 맡을 가능성도 있었다. 돌아오는 길에는 바람을 안고 가야 해서 벗었던 옷을 다시 껴입었다. 수확이 좋았다. 흠 없는 바닷가재 서른여덟 마리를 잡았다.

"커피 남았어, 힐디?" 매니가 돌아보며 외쳤다.

"남았어, 여기." 내가 보온병을 건넸다.

"이봐, 프랭키, 화물창에 가봐. 거기 제임슨이 한 병 있을 거야. 아이리시 커피를 만들어 마시자."

그 말을 듣자 미소가 절로 지어졌다. 지금 상황에서는 아이리시 커피가 제격이었다.

프랭키가 나를 애매하게 쳐다보았다.

"왜? 어서 가져와." 내가 말했다.

"알았어." 그가 싱긋 웃었다. "당신이 술을 끊었다던가 뭐 그렇다고 들은 것 같아서."

"음, 너무 많이 마시는 건 관뒀다는 거지." 내 말이 그를 기쁘게 한 것 같았다. 그가 화물창으로 사다리를 타고 내려가 아이리시 위스키 한 병을 들고 올라왔다. 그는 위스키를 보온병에 넉넉히 부은 뒤 다시 조금 더 부었다. 그러더니 내게 먼저 건넸다. 나는 한 모금을 마셨다. 뜨거운 기운이 기분좋게 확 퍼지자 미소를 짓고는 보온병을 다시 매니와 프랭키에게 건넸다.

선착장까지는 반시간이면 돌아갈 수 있었지만, 우리는 서두르지 않았다. 얼굴에 햇살이 내리쬐었고, 눈을 감으니 더이상 겨울이 아니었다. 이미 가버린 오래전의 숱한 여름들이 나를 향해 한꺼번에 찬란한 황금빛을 쏟아냈다. 다시 눈을 떴을 때는 잠시 앞이 보이지 않아 눈을 깜박여야 했다. 그러고 나서야 매니와 프랭크의 흐릿한 형체가 수평선을 배경으로 다시 익숙한 모습을 되찾았다. 우리는 하트 보존지구 앞에 펼쳐진 끝없는 해변을 여유롭게 지나갔고, 이어서 뉴볼드 부부의 십 앞으로 좁다란 띠처럼 펼쳐진 사유지 해변을 지나갔다. 우리는 좁은 모래 해변에 서 있는 아담한 체구의 여자를 조용히 응시했다. 후드 가장자리에 모피가 달린 파카를 입고 있었다. 독일종 셰퍼드가 그녀 앞에서 뛰어갔다. 그녀가 개에게 커다란 유목 하나를 던져주자 개는 쏜살같이 달려가 그것을 물고 의기양양하게 돌아왔다. 지금 웬도버 토박이 두 명과 어깨를 맞대고 서 있는 내 눈에는 그녀가 너무도 외로워 보였다. 서로에 대해 소중한 추억을 간직한, 청춘의 절정기에 우리가 어땠고 무엇을 느겪는지를 기억하는 세 명의 토박이들. 그날 아침 내가 프랭키 게첼과 매니 브리그스와 함께 바닷가재잡이 배를 타고 바다로 나갔다는 사실을 리베카가 알면 경악할 것이다. 그녀가 아는 것은 그들의 현재 모습뿐이다. 유통기한이 한참 지난 늙고 냄새나고 혼자 사는 남자 두 명. 소녀였을 때 나는 그들 둘에게 미친듯이 반해 있었다. 지금 항구를 통과하면서 뜨거운 위스키 기운에 추억이 녹아내리자, 나는 다시 한번 그들에게 반했다. 나는 매니를 보았다. 그의 구레나룻은 희끄무레하게 셌지만 싱긋 웃을 때 드러나는 치아는 여전히 튼튼하고 하앴다. 몇 피트 떨어진 곳에 서 있는 프랭키는 내가 선 자리에서 보면 아나왐족 추장처럼 옆얼굴이 각져 보였다. 그가 나를 돌아보았고 내가 자신을 쳐다보고 있다는 사실을 깨달았다. 나는 여학생처럼 얼굴을 붉히고는 해변으로 눈길을 돌렸다. 리베카는 개가 물고 있는 유목과 씨름했고, 그것을 빼내자 다시 해변 저만치로 던졌다. 그 순간 나는 연민을 느꼈다. 해변에 혼자 있는 리베카에게, 자신의 것도 아닌, 다른 사람의 사유지 해변에 혼자 덩그러니 있는 리베카에게.

　우리는 싱어 섬, 라이트하우스 곶, 유서 깊은 페그 스위니 바위를 지나갔다. 아침이 투명하게 밝아오면서 아름답고 고요한 기운이 감돌 때까지 우리는 아이리시 커피를 마셨다. 부두에 돌아가자 매니와 프랭키는 수조와 통발을 내렸고, 나는 호스로 물을 뿌려 갑판을 씻었다. 프랭키가 나를 집까지 데려다주었다. 그는 나를 집 앞에 내려주었다. 그는 일꾼들에게 가봐야 했고, 나는 잠을 보충해야 했다.

　"내일밤에 우리집에 와서 같이 저녁식사나 할래?" 내가 말했다.

"저녁식사? 음, 글쎄, 내일이 무슨 날인가?"

"토요일. 스튜를 만들 거야. 간단한 거."

프랭크가 이 문제를 너무 오래 고민하는 것 같아서 나는 어깨를 으쓱하며 트럭에서 내렸다. 그 순간 그가 말했다. "좋아, 힐디. 몇 시에 갈까?"

"일곱시쯤."

나는 잠시 잠을 잤고, 위스키와 미끼 냄새를 풍기며 깨어나 샤워를 한 뒤 개를 산책시켰다. 그러고는 켄들이 퇴근하기 전에 사무실에 가보려고 차를 몰았다.

"캐시 드와이트가 전화를 했는데 급한 일이래요." 내가 들어가자 켄들이 말했다. 그녀가 우편물과 나머지 메시지를 전달했고, 나는 내 사무실로 들어가 캐시에게 전화를 걸었다.

"양도일을 좀 늦출 수 있을까요?" 캐시가 물었다.

구매자들은 원래 2월 1일에 집을 넘겨받고 싶어했지만 2월 말까지 기다려달라고 말해둔 상태였다. 3월 1일까지는 집을 비워줘야 했다.

"어려울 것 같은데요, 캐시. 무슨 문제가 있어요?" 내가 물었다.

"뉴턴이나 그 근처에 이사할 집을 아직 구하지 못했어요. 제이크를 데리고는 살 집을 빌리기가 정말 힘들어서……"

"음, 일단 제이크 때문에 차별을 받는 건 법에 위배돼요. 그리고 더 미루는 건 불가능해요. 구매자들도 3월 1일까지는 살던 집을 비워야 하고요."

긴 침묵이 흘렀다. 이윽고 캐시가 말했다. "뉴턴스쿨 봄학기에 우리 애가 들어갈 자리를 맡아두고 있었는데 그 자리가 없어졌어요. 가을까지는 자리가 없대요. 지금 이사하면 임시 프로그램을 찾아야 해요. 패치는 쓸데없이 먼길을 출퇴근하는 수고를 해야 하고요. 만약 우리가 철회하면…… 어떻게 되는지 궁금해요. 계약 자체를요."

나는 어안이 벙벙했다. 드와이트 부부의 집을 사겠다는 구매자가 나선 것은 작은 기적과도 같은 일이었다. 그런데 캐시는 자기 입맛대로 네 달 안에 또다른 기적이 일어나기를 바라는 것이다.

"그건 엄청난 기회가 사라지는 거예요, 캐시. 다가오는 여름에 또 집을 사겠다고 나서는 사람이 있으리라는 보장은 못해요."

"알고 있어요. 하지만 집을 팔기에는 여름이 더 좋지 않아요? 더 많은 사람들이 보러 오지 않나요?"

"그래요, 하지만 그 가격대로 나오는 집도 더 많아지니까요." 내가 말했다.

게다가 그런 집들은 벽에 구멍도 없고 바닥에 얼룩도 없을 거예요. 이 말은 차마 하지 못했다.

"패치 생각은 우리가 계약을 철회하는 거예요." 캐시가 조용히 말했다.

"알았어요, 캐시. 잘 들어요. 지금은 금요일 오후예요. 이 문제를 주말 동안 잘 생각해보면 좋겠어요. 어쩌면 이 근처에서 살 집을 찾아볼 수도 있을 거예요. 진심으로 말하는데, 나는 지금 그 집을 팔아야 한다고 생각해요."

"하지만 웬도버에서 빌려 살 집을 구하는 데 드는 돈을 따져보면 지금 집을 팔아 받게 될 돈도 얼마 남지 않을 거예요."

"일단 잘 생각해봐요." 내가 말했다.

열넷

"안녕, 엄마. 집에 가고 싶어요. 일요일 아침에 보스턴까지 차를 운전
해서 간다는 친구가 있는데, 거기서 기차를 타고 가서 크리스마스 때까지
집에서 지낼까 해요. 애덤과 싸웠는데 룸메이트 때문에 생기는 이런 상황
자체가 지긋지긋해요. 잠시 이 도시를 떠나 있어야 할 것 같아요."

토요일 아침에 에밀리가 내 보이스메일에 남긴 메시지였다. 크
리스마스 휴가라면 돌아오는 화요일로부터 일주일 뒤다. 나는 프
랭키를 저녁식사에 초대했기 때문에 나가서 필요한 것을 사면서
오전 나절을 보냈다. 지금 나는 그 초대를 후회하고 있었다. 매니
의 배 뒤쪽에서 다 같이 다정한 시간을 보낼 때는 그것이 굉장한
생각 같았다. 하지만 프랭키와 나 사이에 무슨 공통점이 있는가?
우리가 무슨 이야기를 하겠는가? 애초에 프랭키는 대화 자체를 좋
아하지 않았다.

에밀리의 메시지가 놀랍지는 않았다. 에밀리와 룸메이트 한 명

의 사이가 이미 틀어진데다, 나머지 한 명도 에밀리에게 등을 돌리고 있었다. 세 명의 예술가가 함께 살고 모두 이십대 중반이다. 모두 더 성숙해야 했다. 에밀리는 임시직으로 일해서, 오는 것도 가는 것도 자기 마음이었다. 몇 달 동안 예술인 마을에서 지냈고, 작년에는 여름 내내 비니어드에서 미술을 가르쳤다. 지금은 집에 돌아와 지내고 싶다고 했다. 인정하기 부끄럽지만 나는 딸이 온다는 소식이 그리 반갑지 않았다. 밤에 혼자 와인을 마시는 일상을 약간 즐기게 되었는데, 에밀리가 와 있으면 그 생활도 끝이었다.

이렇게 되는 편이 차라리 최선인지도 모르겠다. 나는 점점 해이해져서 뭐든 '절제'가 잘 되지 않았다. 와인 숙취로 두통을 느끼며 눈을 뜨는 아침이 더 많아졌다. 술에 취해 리베카에게 기억도 안 나는 전화를 거는 것 때문에 점점 불안해졌다. 나는 프랭키와 저녁식사를 할 것이고, 와인을 조금 마실 것이고, 그러고는 당분간 술은 입에도 대지 않을 것이다. 지금 와인은 모두 지하 저장고에 두었다. 오늘밤은 특별한 경우다. 프랭키는 내가 AA모임에 가지 않은 사실을, 내가 '회복'에서 일탈한 사실을 아무에게도 말하지 않을 것이다. 그 점에 있어서 프랭키와 리베카는 유일하게 내 진정한 친구가 되었다.

나는 스튜를 만든 뒤 보글보글 끓도록 레인지에 올려두었다. 빵집에서 갓 구운 빵을 사왔고, 샐러드는 프랭키가 오기 직전에 만들 것이다. 나는 개들을 산책시킨 뒤 샤워를 했다. 다리 제모도 했다. 겨드랑이 제모도 했는데—음, 굳이 알고 싶다면 비키니라인도 제모했다—성인끼리니까 뭐. 나는 물기를 닦은 뒤 딸 하나가 해마다 크리스마스 선물로 주는 향이 좋은 바디로션을 발랐다.

그 순간 퍼뜩 정신이 돌아왔다.

대체 내가 뭘 하는 거지? 내 피부는 허리둘레만 빼고 탄력을 잃었고, 허리둘레는 터질 듯 늘어났다. 머리칼은 푸석거렸고 얼굴에는 잔주름이 자글자글했다. 온몸의 피부가 늘어졌다. 심지어 무릎 살마저 축 처지기 시작했다. 무릎 살마저 처질 거라는 사실을 왜 예상하지 못했던가? 내가 데이트를, 그것도 프랭키 게첼과의 데이트를 준비한다는 사실을 깨닫자, 그리고 내 외모 때문에 애를 태운다는 사실을 깨닫자 갑자기 몹시 서글퍼졌다. 내 딸들이 말하지 않았는가—그 남자는 땅속 요정처럼 보인다고. 그가 우리의 데이트를 위해 자신의 음부를 다듬고 말고 할 가능성은 거의 없었다.

스콧과 헤어진 뒤로 나는 남자를 몇 번 만났다. 나와 엮어보려고 고객들이 소개해준 좀 뚱뚱한 남자들이었는데, 죄다 꽝이었다. 소득은 없었다. 저녁식사, 그리고 그날로 끝이었다. 하지만 이혼한 뒤로 프랭키와 데이트를 한다는 생각이 머릿속에 떠오른 적은 단 한 번도 없었다. 프랭키, 음, 프랭키 게첼과 내가 데이트를 한다는 사실을 알면 사람들은 약간 충격을 받을 것이다. 나는 사업가다—정말이지 이 지역에서 가장 성공한 사업가다. 그는 이 지역에서 쓰레기를 처리하는 사람이다. 수리공이다.

그래서 뭐? 누가 알겠는가? 나는 한때 그를 사랑했다. 하지만 지금은 그런 사실을 누가 짐작이나 하겠는가?

프랭크는 일곱시에 도착했다. 깔끔하게 면도를 했고, 사각거리는 셔츠와 새것 같은 청바지 차림이었다. 최근에 내 몸매는 스커트를 입어야 그나마 봐줄 만해서 바지는 좀처럼 입지 않았다. 그래서 그날 밤 나는 평소처럼 검은 스타킹을 신고 스커트와 검은 스웨터를 입었다. 프랭크가 말쑥한 차림으로 나타나리라는 기대는 하지 않았지만, 청바지와 포니테일을 보자 애초에 저녁식사를 계획한 것 자체가 바보처럼 느껴졌다. 몰리와 뱁스는 프랭크가 도착하자 이만저만 난리가 아니었다. 그가 허리를 숙여 개들을 쓰다듬었고, 뱁스가 그의 손을 물려고 하자 그는 웃으며 물리기 직전에 손을 치웠다.

"조심해." 내가 말했다.

"개새끼라고 부르는 데는 다 이유가 있지." 프랭키가 웃었다.

내 개새끼를 모욕하지 마. 도대체 어쩌자고 프랭키를 초대할 마음을 먹었을까 생각하며 내가 말했다.

그는 꽃을 가져왔다. 스톱 앤드 숍에서 파는 그런 꽃이었다. 밝은 색깔의 국화와 고개 숙인 노란 장미, 아지랑이꽃과 양치류가 섞여 있었다. 그가 꽃다발을 건넸고, 나는 받아들며 고맙다고 말했다. 마침 스튜를 젓고 있던 참이라, 꽃다발은 조리대에 내려놓았다.

와인! 프랭키가 도착했을 때쯤 지하 저장고에서 와인을 가지고 막 올라온 참이었다. 나는 그에게 와인과 코르크 마개 따개를 건넸고, 그가 와인을 따는 동안 스튜를 저었다. 불을 줄이고 수납장에서 와인잔 두 개를 꺼낸 뒤 프랭키에게 건넸다. 그가 와인을 따랐다.

"건배." 내 목소리는 잔뜩 화난 사람처럼 들릴 정도였다—나도 어쩔 수가 없었다. 우리는 잔을 부딪친 뒤 한 모금 들이켰다.

"어제 매니의 배를 타고 나갔을 때 수확이 좋았어." 프랭키가 말했다.

"응." 내가 말했다. 그리고 또 한 모금 마셨다. "어제 같은 겨울 날엔 보통 얼마나 잡아?"

"몰라. 어떤 때는 서른 마리 넘게 잡지만, 또 어떤 때는 열두어 마리나 잡을까……"

와인은 맛이 아주 좋았다.

"스튜 냄새가 좋은데." 프랭키가 말했다.

"이런, 그래. 배가 많이 고프겠구나, 프랭키. 샐러드를 만들 참이었어. 의자를 가져와서 편안히 앉아 있어."

프랭키는 전에도 우리집에 온 적이 있다. 일 때문에 여러 번 왔다. 한번은 굴뚝에서 박쥐 집을 치워주러 왔고, 가을맞이와 봄맞이 대청소 때 와서 일꾼들을 감독하기도 했다. 일꾼들을 시켜 잎사귀를 치우고, 배수로를 청소하고, 덧창과 방충망을 교체했다. 그는 우리집 어디에 뭐가 있는지 잘 알았지만, 지금은 손님이라 집을 처음 구경하는 사람 같았다.

"이 집을 산 건 정말 운이 좋았어, 힐다." 그가 조리대에 기대서서, 채소 써는 내 모습을 지켜보며 말했다.

"운이 좋았다고? 뭐야, 내가 복권 같은 것에 당첨이라도 됐다는 거야?" 나는 웃으면서 와인을 홀짝였다.

"집을 정말 잘 샀다고. 내가 하려던 말은 이건데."

"음, 당신도 지금까지 그렇게 잘못된 건 없었어, 프랭키. 있지, 이 집 옆에 있는 그 땅을 팔면 이 집 크기의 두 배는 되는 집을 살 수 있어."

"좋아, 당신이 매일 아침 눈만 뜨면 보이게 당신 집 옆에 변호사나 뭐 그런 일을 하는 사람한테 큰 집을 짓게 할까?"

나는 그를 보며 웃어주었다. 비록 농담이었을지라도 프랭키가 그 땅을 팔지 않는 게 나를 위해서라고 생각하니 괜스레 기분이 좋았다. 나는 미소를 띤 채 내 잔을 비웠다. 프랭키가 또 한 잔을 따라주었다.

샐러드가 완성됐고 스튜도 다 됐다. 돌아서니 아까 조리대에 툭 내려놓았던, 셀로판지에 싸인 꽃다발이 보였다. 그 순간 내 가슴속에 프랭키의 달콤한 제스처에 대한 사랑의 감정이 솟구쳤다. 프랭키가 나에게 주려고 스톱 앤드 숍에 들어가 이 꽃을 고른 것이다! 내가 결혼했던 남자는 슈퍼마켓에서 산 꽃다발은 생각만 해도 질색하는 남자였다. 더없이 고상한 그의 스타일이 지금 내 꼴을 어떻게 만들었는지 보라. 나는 꽃다발의 셀로판지를 조심스럽게 벗기고 내가 좋아하는 꽃병에 꽂았다―세로로 홈이 새겨진 바다유리 빛깔의 녹색 꽃병. 나는 꽃이 조금 퍼지도록 예쁘게 꽂아, 서재로 가져가 커피 테이블에 놓았다.

"꽃을 놓으니까 방이 환해지네." 내가 말하자 프랭키가 싱긋 웃으며 고개를 끄덕였다.

부엌 식탁은 너무 커서 어색할 것 같았다. 그래서 음식을 서재로 가져가 벽난로 앞에서 먹기로 했다. 그러는 게 좋을 것 같았다. 그 작은 방은 깔끔하고 어두우며, 벽난로가 있어서 아주 아늑했다. 타닥거리는 불꽃에 감탄하며 대화를 나누면 급할 것도 없을 것 같았다. 스튜도 고기가 적당히 연해서 맛이 좋았다. 나는 비프스튜를 잘 만든다. 지금은 요리에서 거의 손을 뗐지만 내 주특기 중 하나가 이거다. 스튜. 우리는 와인을 홀짝이며 오래된 친구들에 대해 편하게 대화를 나누었다. 옛날에 웬도버 요트클럽에서 즐기던 파티 이야기를 하며 웃었다. 그는 자신이 나에게 준 세라 굿호가 어떻게 됐는지 아느냐고 물었다. 나는 잠시 기억을 떠올렸다. 정말로 전혀 몰랐다. 아버지가 어느 시점에 쓰레기장에 가져갔을 것이다.

벽난로 불빛 속에 앉은 프랭키. 풍부한 맛의 피노누아. 나는 부드러워지기 시작했다. 심장, 머리, 심지어 뼈와 살조차 바스러질 듯 곤두선 껍질을 벗는 것 같았다. 나는 부드러워지고 있었다. 와인을 마시면 이렇게 된다. 하루에 한 번, 특히 옛친구와 함께 보내는 따뜻한 시간에 그런 갑옷을 벗어던진다 한들 뭐 그리 잘못인가? 우리는 벽난로 앞에 놓인 안락의자 두 개에 따로 앉아서 먹다가, 불꽃의 열기가 너무 뜨거워지자 소파로 물러나 앉았다. 열기를 식히기 위해 잠시 창문을 빠끔 열기까지 했다. 밤공기는 쌀쌀했고 소나무와 강물 냄새가 배어 있었다. 축축한 수증기에서 눈냄새가 났다. 눈냄새가 난다는 데는 둘 다 생각이 같았다. 흐릿한 후광이 드리운 달을 쳐다보며 우리 둘 다 눈이 올 것 같다고 말했다.

와인을 다 비우자 내가 프랭키에게 한 병 더 딸지 물었다. 그가 대답했다. "글쎄, 그러고 싶어?"

"음, 이제는 정말 많이 마시지 않거든." 내가 말했다.

"음, 음." 그가 싱긋 웃었다.

"저기, 프랭키. 당신이 메이미 집에 와서 나를 태워간 날 말이야. 나는 그날 밤 일이 아직 창피해. 이제 그런 일은 절대 없어."

"아, 신경쓰지 마. 그러다 나까지 창피해지기 전에 한 병 더 가져와."

나는 지하 저장고로 후다닥 내려가 한 병을 더 가져왔다. 올라왔을 때 무슨 냄새가 났는데…… 마리화나?

그랬다. 프랭키가 마리화나를 피운 것이다. 나는 대학 때 이후로 마리화나는 피우지 않았다. 그때 나보다는 스콧이 마리화나를 더 좋아했지만, 그 냄새를 맡으니 다시 십대로 돌아간 것 같았다. 음, 내가 마리화나를 피우고 처음 환각 상태에 빠진 것도 프랭키와 함께였다.

"피워도 돼, 힐디?" 프랭크가 마리화나를 들어올리며 물었다. "불을 붙이고 나서야 먼저 물어봤어야 한다는 걸 깨달았어."

"괜찮아." 내가 웃었다. "정말 괜찮아. 내가 마리화나 냄새를 마지막으로 맡은 건 딸들이 파티를 열기로 한 날 내가 너무 일찍 집에 돌아왔을 때였어."

나는 코르크 마개를 따고 프랭키 옆에 앉았다. 그의 곁에 아주 조금 붙어 앉았다. 그가 나에게 마리화나를 건넸고, 입에 대자 느낌이 확 왔다. 나는 연기를 들이마셨다가 콜록콜록 뱉어냈고, 그런 내 모습에 웃음이 나왔다. 그러고는 다시 입으로 가져가 빨아들인 뒤 프랭키에게 건넸다.

"나는 됐어." 잠시 뒤 그가 다시 건네려고 할 때 내가 말했다. 나는 약간 취해 있었다. 하지만 많이는 아니었다. 와인 한 잔 더 한다고 해서 큰일이 나지는 않을 것이다.

프랭키가 마리화나를 다 피웠다. 나는 음악을 틀었다. CD를 넣고 밴 모리슨의 노래에 맞춰 방안을 돌아다니며 춤을 추기 시작했고, 프랭키는 그 모습을 보며 키득거렸다.

"웬도버클럽에서 다들 어떻게 춤췄는지 기억나?" 내가 웃었다. "일어나, 같이 추자, 프랭키."

프랭키는 웃기만 했다. 열기와 마리화나 때문에 그의 눈이 살짝 감겨 있었지만 눈동자에는 즐거운 눈빛이 반짝였다. "나는 춤은 안 췄어. 어서 춰, 힐. 춤추는 당신 모습을 보는 게 나는 늘 좋았어."

나는 테이블에서 가득 채워진 와인잔을 가져와 홀짝이고는 우아한 아치를 그리며 입술에서 다시 뗀 뒤 애인의 얼굴을 바라보듯 애정 어린 눈빛으로 와인잔을 바라보았다. 이어서 프랭키를 흘끗 쳐다본 뒤 남은 와인이 위스키라도 되는 듯 벌컥벌컥 들이켜고는 잔을 공중에 던졌다. 잡을 생각이었지만 뜻대로 되지 않았다. 프랭키가 몸을 쑥 내밀어 커피 테이블에 떨어지기 직전에 잔을 붙잡았다. 그리고 나는 정말로 춤을 추기 시작했다. CD는 스콧이 나를 위해 만들어준 것—우리의 대학 시절에 유행했던 노래들을 모은 것—이었고, 이제 재니스 조플린이 걸쭉한 목소리로 〈Piece of My Heart〉를 토해내기 시작했다. 나는 재니스처럼 엉덩이를 빙빙 돌리고 얼굴 앞으로 쏟아져내린 머리칼을 이리저리 흔들어댔다. 게다가 재니스 모창은 내가 누구보다 잘한다. 재니스에 대한 내 사랑은 한결같았다. 프랭크의 무릎에 손을 올리고 첫 소절을 불렀다. 달콤하고 부드럽게, 내가 당신을 유일한 남자로 느껴지게 하지 않았느냐고 물었다. 프랭크가 내 손목을 감싸 잡았지만 나는 팔을 비틀어 빼며 소리를 토해냈다. "허니, 내가 그랬다는 거 알잖아요!"

나는 엉덩이를 천천히 돌리며 노래를 따라 불렀고, 곧 프랭크와 나 둘 다 웃고 악을 쓰며 노래했다. 그 순간 카우치에 앉은 프랭키가 내 손을 잡아 끌어당기고는 자기 허벅지에 앉혔다. 프랭키 게첼과 키스한 것은 순식간이었다. 프랭크와 정말로 진하고 격렬한 키스를 했다. 남자한테 그런 키스를 받아본 게 얼마만인지 몰랐다. 내가 다리를 벌린 채 그의 다리에 올라탔고, 그는 내 머리칼에 손을 파묻었다. 내 두 손이 그의 거칠한 뺨을 붙잡았다. 우리는 그 키스에 몰입해 서로 입술을 떼지 않으려는 것 같았다. 마침내 입술을 뗐지만 우리는 어느새 또다시 키스를 하고 있었다. 십대 커플처럼 서로의 몸을 더듬으면서. 내가 입술을 떼고 수줍게 웃으며 그의 다리에서 몸을 떼어내려는 찰나, 프랭키가 와인병의 목을 홱 잡으며 말했다. "도망치는 게 좋을걸, 아가씨." (옛날에 하던 게임이었다.) 나는 환희의 비명을 질렀고, 그는 나를 쫓아 2층으로, 이어서 복도를 지나 내 방까지 들어왔다. 개들이 광분한 유령들처럼 컹컹 짖고 으르렁거리고 그의 발꿈치를 물었다.

우리는 우리가 얼마나 뚱뚱하고 늙었는지 신경쓰지 않을 만큼 취해 있었다. 내가 한 꺼풀씩 느릿느릿 옷을 벗었고, 프랭키는 내가 이십대라도 되는 듯 환호성을 질러댔다. 그가 내 손을 잡았고 우리는 침대에 누웠다. 모르는 사람의 요트 화물창에서 뒹굴던 밤들 같았다. 선체에 파도가 철썩철썩 부딪치는 끈끈하고 짭조름한 그런 밤들. 딱 한 가지만 빼고. 내 침실 문을 머뭇머뭇 두드리는 소리, 어른 목소리의 여자가 "엄마? 엄마?" 하고 부르는 소리만 빼고.

프랭키와 나는 얼어붙었다.

"무슨 소리 들었어?" 내가 소곤거렸다.

"엄마?"

에밀리였다. 집에 돌아온 것이다.

"왔구나, 우리 딸." 나는 수녀처럼 명랑하고 밝고 취하지 않은 목소리를 내려고 애썼다. 프랭키는 내 옆에 꼼짝도 하지 않고 누워 있었다.

"음…… 엄마? 지금 누구랑…… 같이 계세요?"

"그래. 음, 사실 그렇구나. 뭐 필요한 거 있니?" 나는 취하지 않은 척 애쓰면서 물었다. 프랭키는 애써 웃음을 참으려고 했지만 이

따끔 목에 뭐가 걸린 것처럼, 혹은 코를 고는 것처럼 크르릉 소리를 냈다. 내가 그를 쏘아보았다.

"아니에요…… 안녕히 주무세요." 에밀리가 말한 뒤 복도를 잽싸게 걸어가 자기 방으로 돌아갔다.

"맙소사." 내가 말했다. 나는 계속 그 말만 내뱉었다.

"뭐가 대수라고?" 프랭키가 속삭였다.

"아래층에 빈 와인병을 그냥 뒀지?"

"응, 아마도."

"나는 지금 회복중이어야 하는데."

"그래?"

"딸들이 나를…… 음…… 중독치료 센터에 보냈거든."

프랭키의 웃음이 터졌다. "중독치료 센터?"

"응." 내가 소곤거렸다. "애들은 내가 술을 끊었다고 생각해. 내가…… AA모임에 가는 줄 알아. 웃지 마. 웃긴 이야기가 아니야." 내가 와락 울음을 터뜨렸다.

"아아아, 힐디, 뚝. 뭐가 문제야? 당신은 애들 엄마야, 안 그래? 그런데 당신이 왜 애처럼 행동하는 거지? 당신 문제는 당신이 책임지는 거야. 당신은 원하는 건 뭐든 할 수 있어."

나는 고개를 가로저으며 말했다. "프랭키, 그만 가줄래?"

"그래."

"갈 때 이 병이랑 아래층에 있는 병도 가져가줄래?" 나는 제정신이 아니었다. 프랭키가 침대에서 풀쩍 뛰어내려 옷을 입기 시작했다.

"그애가 뭘 어쩌겠어? 풍기사범 단속반이라도 부르겠어?" 그가 소곤거렸고, 나도 모르게 웃음이 나왔다. 나는 여전히 약간 취해 있었지만 이제는 완전히 알몸으로 침대에서 나오기가 부끄러웠다. 그래서 말했다. "가기 전에 이리 와서 키스해줘, 프랭키."

그가 그렇게 해주었다. 그러고는 창밖을 흘끗 보더니 말했다. "눈이 오네. 일꾼들한테 제설기를 갖고 나오라고 해야겠어. 또 봐, 힐디."

그리고 그는 떠났다.

다음날 나는 새벽에 일어나 와인잔을 부엌으로 가져갔고 깨끗이 씻은 뒤 치웠다. 밤새 레인지에 올려둔 남은 스튜도 버렸다. 서재를 치운 뒤 우리가 마리화나를 피운 흔적이 남아 있는지 살폈지만 찾지 못했다. 그러고는 개들을 산책시켰다. 프랭키가 떠난 뒤 시작된 눈이 계속 내리고 있었고, 땅에 4인치는 족히 쌓였다. 일요일이어서인지 리버 로드에서 눈을 치운 사람은 아직 아무도 없었다. 깨끗한 눈밭에 부드럽게 사각거리는 발소리와 신이 난 개들이 눈이 수북이 쌓인 덤불 아래로 설치류를 찾아다니느라 킁킁 콧김을 뿜는 소리만 날 뿐 다른 소리는 들리지 않았다. 눈보라는 부드러웠지만 끊임없이 몰아쳤다. 눈은 강한 북동풍을 동반할 때는 옆으로 휘날리지만 이번에는 수직으로 떨어졌다. 커다란 눈송이가 수십만 개의 솜뭉치처럼 펑펑 쏟아졌다. 눈이 개들의 털과 내 어깨와 벙어리장갑에 쌓였고 길 저멀리는 잘 보이지도 않았다. 온 세상이 눈보라에 실려온 눈으로 하얗게 뒤덮였다. 포근하고 풍요롭게 내린 이 흰 눈 아래 더럽고 추한 것이 있으리라고는 상상하기 힘들었다.

오래전 어렸을 때, 눈보라가 닷새 동안 휘몰아친 적이 있었다. 밤낮없이 눈이 내렸다. 지금처럼 제설 장비가 있는 것도 아니어서, 눈이 그치자 해트숍힐 로드는 온데간데없이 사라져버린 듯했다.

우리집에는 낡은 터보건*이 있었다. 누군가—아빠의 손님—가 그 바로 전해에 아버지에게 준 것이었다. 남쪽으로 이사를 가게 돼서 이제 필요 없을 거라면서. 그날 우리집이 있는 거리와 그 주변에 사는 아이들, 웬도버 라이즈에 사는 아이들은 너나 할 것 없이 해트숍힐 로드로 몰려들었다. 우리는 그 길을 반 마일 길이의 터보건 활강로로 만들었다. 그 길이 우리 지역에서 가장 가파르고 가장 곧게 뻗은 길이었다. 아이들은 플렉서블 플라이어스 썰매나 던지기용 원반이나 부풀릴 수 있는 타이어 튜브를 가지고 나왔지만 우리 터보건이 가장 쌩쌩 잘 달렸고, 우리 굿 남매는 갑자기 웬도버에서 가장 인기 있는 아이들이 되었다. 모두 다음번에는 자기를 태워달라고 아우성이었다. 한 번에 다섯 명까지 태울 수 있었고, 저드까지 태우면 여섯 명이었다. 저드가 가장 꼬마였는데 매번 태워달라고 졸랐고, 언덕을 올라갈 때도 터보건에 태워달라고 해서 끌고 올라갔다.

학교는 한 주 내내 휴교였다. 눈이 그치고 둘째 날에 트럭이 제설기를 달고 해트숍힐 로드를 지나가며 눈밭을 납작하게 다졌지만 보도에 쌓인 눈까지 치우지는 않았다. 그 덕분에 터보건은 더욱 쌩쌩 달렸고, 에디와 프랭크 게첼이 기막힌 생각을 해냈다. 우리집은 언덕 거의 꼭대기에 있었는데, 거기서부터 호스를 끌어와 도로에

---

* 눈이나 빙판에서 타는 갸름하고 밑이 평평한 썰매.

물을 흘리면 올림픽 봅슬레이 경기에서 보는 것 같은 빙판 활강로를 만들 수 있다는 것이었다.

그때 아버지는 출근한 뒤였고, 어머니는—누가 알겠는가, 어쩌면 입원해 있었을 것이다—집에 없었다. 그래서 에디와 프랭키가 호스를 바깥 수도꼭지에 끼운 뒤 수도를 틀었는데 물이 나오지 않았다. 프랭키는 그때 고작 열서너 살이었지만, 아버지가 공사장에서 일한 덕분에 지하 저장고로 내려가 실외 수도배관 잠금장치를 여는 법을 알았다. 곧 해트숍힐 로드로 물이 졸졸 흘러내리기 시작했다. 물을 흘려보내는 동안 우리는 지하 저장고에서 기다렸다. 지하 저장고로는 덮개문을 통해 오르내렸고, 아래로 내려가면 따뜻하고 아늑했다. 세탁물 냄새와 눅눅한 냄새가 났고, 가끔은 우리집 고양이 캘리코 냄새도 났다. 캘리코는 일 년에 한두 번씩 거기서 새끼를 낳았다. 집에 아무도 없을 때는 친구들을 데리고 집안으로 들어갈 수 없었지만 지하 저장고만큼은 예외였다. 그날 적어도 열두 명은 그 밑에 내려가 있었다.

우리가 밑에 내려가 있을 때마다 저드가 악을 쓰며 울었는데, 벙어리장갑 속 손가락과 양말 속 발가락이 마비될 정도로 꽁꽁 얼어붙었다가 녹으면서 통증을 일으켰기 때문이다. 리사나 내 사촌 제인이나 내가 지하 저장고 개수대의 온수를 틀어 흐르는 물에 저드의 손과 발을 대주었다. 에디에게는 저드를 아기나 호모라고 부르지 말라고 했다. 저드는 겨우 다섯 살이었다. 마침내 소년들이 물을 잠갔고, 우리는 물이 얼기까지 또 기다려야 했다. 하지만 시간은 얼마 걸리지 않았다.

늦은 오후, 태양이 벌써 나무들 아래로 옮겨갔다. 사위어가는 낮의 햇살 속에서 길은 가파른 흰색의 경사로로 바뀌어 있었다. 그 한복판에 길게 뻗은 은색 활강로가 반짝거렸다. 마치 유리로 된 리본처럼 보였다. 누가 처음에 타고 내려갈 것인지를 놓고 외치는 소리들이 많았다. 터보건 조작을 프랭키와 에디가 했기 때문에 그들이 1순위인 것은 당연지사였다. 저드도 태우지 않으면 울 것이 뻔해서 그들 셋이 먼저 타기로 결정되었다. 저드는 두 형 사이에 끼어 탔다. 활강로 옆으로 만들어진 낮은 벽을 파괴하지 않도록 소년들은 앞사람과 다리가 나란히 되게 다리를 벌려야 했다. 누군가가 밀어줘야 했고, 뒤에 앉은 프랭키가 나에게 부탁했다. "힘껏 세게 밀어, 힐디." 그가 말했다. 그래서 나는 온힘을 다해 밀고는 도움닫기를 할 때처럼 달리기 시작했다. 프랭키의 어깨를 잡고 뒤에서 달리면서 전력을 다해 밀고 또 밀었다. 터보건이 빙판 경사로에 다다르자 나는 참을 수가 없었다―나도 폴짝 뛰어 프랭키 뒤에 탔다. 공간은 충분했다. 내가 다리를 옆으로 뻗자 그가 내 다리를 잡아 그의 허리에 감으며 활강로를 망가뜨리지 말라고 외쳤다. 이제 출발이었다.

터보건은 그전에도 빠르게 달렸지만 그만큼은 아니었다. 우리는 그야말로 날아서 해트숍힐 로드를 내려갔고, 빙판은 우리 밑에서 윙윙 노래를 불렀다. 길이 움푹 꺼지는 곳을 지날 때마다 터보건은 공중으로 날아올랐고, 뚝 떨어지면 더욱 속도가 붙었다. 에디, 저드, 프랭키, 나―모두 꺅꺅 소리를 질렀다. 합창으로 질렀다. 짜릿하고 무섭고 즐겁고 오싹한 비명이 하늘 끝까지, 우리의 외침을 듣는 모두에게까지 뻗어갔다. 매서운 바람에 눈물이 그렁그렁 맺혔고, 나는 프랭키의 등에 얼굴을 묻었다. 우리는 더 빨리, 더 빨리 내려갔다. 길은 언덕을 다 내려갈 때쯤이면 평평해졌는데, 활강로를 얼리기 전에는 터보건이 신호등 한참 전에, 웬도버 크로싱 지역 중심가인 애틀랜틱 애비뉴와의 교차지점에 이르기 한참 전에 속도가 느려지다 멈췄었다. 하지만 호스에서 나온 물은 도로 끝까지 흘러갔고, 우리도 그 끝까지 달려갔다.

"에디," 내가 고함을 질렀다. "좀 세워봐." 모두 다리를 옆으로 쫙 벌렸지만 꽁꽁 언 표면을 그저 미끄러져갈 뿐이었다. 길이 평평해졌지만 우리는 제트엔진의 추동력을 받은 듯 계속 쌩쌩 날아갔다. 우리 눈앞에서 차들과 트럭들이 애틀랜틱 애비뉴를 지나가고 있었다.

우리 모두 정확히 동시에 그 생각을 했다. 에디는 이쪽으로, 프랭키와 나는 저쪽으로. 꼬마 저드는 프랭키가 그의 팔다리로 안전하게 감쌌다. 우리 모두 애틀랜틱 애비뉴의 교차지점을 통과할 때 번개 같은 속도로 양옆으로 몸을 굴려 터보건에서 탈출했다. 그 순간 터보건이 버키 개러티의 아버지가 몰던 스테이션왜건과 충돌했다. 터보건은 스테이션왜건의 앞바퀴에 깔렸고, 스테이션왜건은 차도를, 이어서 보도를 가로질러 앨런 약국의 전면을 장식한 대형 유리창을 깨부수고 들어갔다.

지금이라면 소송을 당했을 것이다. 감사하게도 그 사고에서 다친 사람은 없었다. 하지만 대번에 아버지에게 들켰고(마켓은 앨런의 약국이 있던 자리─지금은 편의점이 있다─에서 두 건물밖에 떨어져 있지 않았다), 우리는 호되게 야단을 맞았다. 가장 형인 에디가 가장 심하게 야단을 맞았다. 아버지는 에디의 머리가 홱 돌아갈 정도로 세게 때렸다. 나머지는 엉덩이를 맞았지만 두툼한 패딩

방한복을 입고 있었다. 우리는 아버지가 혼쭐을 냈다고 여기도록 아야아야 소리를 질러댔다. 아버지가 프랭키를 몇 차례 눈밭에 밀어 넘어뜨리고 프랭키의 아버지에게 전화로 알리겠다고 윽박질렀던 것으로 기억한다.

"전부 다 죽을 수도 있었어, 알아들어?" 아빠는 계속 소리를 질러댔다. 우리가 죽을 뻔했던 일로 아버지가 우리를 죽일 수도 있겠다고, 우리는 생각했다.

우리의 봅슬레이 활주는 전설이 되었다. 개학하자 그 사건은 충돌 직전에 우리가 트럭 밑으로 슬라이딩을 했다는 이야기로까지 와전되었다. 에디는 자신을 치켜세우는 온갖 무용담을 꾸며냈다―그중 하나는 트럭이 덮치기 10억분의 1초 전에 자신이 저드를 낚아챘다는 이야기였다. 자기와 프랭키가 수도 밸브 잠그는 것을 잊어버려서 우리집 수도 파이프가 동파됐다는 이야기, 그래서 아버지가 더욱 길길이 날뛰며 게첼 아저씨 집으로 전화를 걸었던 이야기는 쏙 뺐다. 여러 해가 지난 뒤에는 아버지도 그때 일을 떠올리며 눈물이 나도록 웃었지만, 그 당시에는 전혀 재미있어하지 않았다.

개들을 데리고 집에 돌아오니, 에밀리가 부엌에 맨발로 서 있었다. 운동복 바지와 탱크톱 차림이었다.

"안녕, 에밀리." 내가 유쾌하게 말했다. 그리고 살짝 끌어안았다.

"엄마, 집이 얼어붙을 것처럼 춥네요. 난방 좀 하면 안 돼요?"

가서 보니 온도가 화씨 68도에 맞춰져 있었다. 내가 좋아하는 온도다.

"겨울이니까 그렇지. 정상적인 사람들처럼 스웨터도 입고 양말도 신어." 내가 말했다.

"'정상적인 사람들'요. 엄마가 나한테 비정상적이라고 하면 그 말이 얼마나 상처가 되는지 알아요?"

"오, 에밀리." 나는 살짝 웃으며 분위기를 가볍게 만들려고 했다. "말이 그렇게 나온 거야. 네가 정상이란 건 내가 잘 알지."

에밀리가 한숨을 쉬고는, 빙긋 웃으며 말했다. "나도 알고 있어요."

"커피나 필요한 건 다 찾았어?" 내가 물었다.

"네." 에밀리가 홀짝이던 머그잔을 높이 들어올리며 말했다.

"잘했구나, 잘했어." 내가 말했다. "오늘 집에 오는 줄 알았어. 어젯밤에 올 줄은 전혀 몰랐다."

"네, 그러셨을 거예요." 에밀리가 말했다.

나도 커피를 한 잔 따랐다. 머리가 지끈거렸다. 레드와인은 이제 그만.

"엄마, 어젯밤에 밖에 세워져 있던 트럭이 프랭크 게첼 아저씨 거예요?"

"그래." 내가 냉장고를 열어 우유를 찾았다.

"프랭크 게첼 아저씨랑…… 한 침대에…… 있었던 거예요?"

"그건 네가 알 바 아니야."

"엄마, 믿을 수가 없어요. 엄마 연령대의 하고많은 남자들 중에……"

"뭐라고?" 나는 홱 돌아서서 딸을 쏘아보며 따지듯 말했다. "내 연령대의 어떤 남자들? 내 연령대의 남자들이 어디 있는데? 그리고 프랭크가 어때서? 너는 그 사람을 잘 알지도 못하잖아."

"그 아저씨는…… 쓰레기 수거인이잖아요."

"관리업체를 운영하는 사람이지. 쓰레기 수거는 많고 많은 일들 중 하나일 뿐이고."

"어제 같이 술 드셨어요? 테이블에 와인병이 있던데…… 그리고 집에 들어왔을 때 마리화나 냄새가 났어요."

"프랭크는 술을 마시잖아. 마리화나도 피우고. 내 친구들 모두 술을 마셔."

"하지만 엄마는……"

"물론 아니야. 당연히 안 마셨지."

에밀리의 얼굴에 안도감이 떠올랐다. 에이미나 테스를 보면 그 애들이 나를 술집에서 억지로 끌어내면서 어린 시절을 보낸 듯한 생각이 들 정도다. 자기 배로 낳은 자식에게 이토록 뻔뻔한 거짓말을 하면 기분이 더럽게 나쁘다는 건 나도 알지만, 다 에밀리를 위해서였다. 그애 마음의 평화를 위해서. 그애는 애덤 때문에 화가 나 있었다. 그것만으로도 고민거리는 충분했다.

"어떻게 된 거니, 엠?" 내가 묻자 에밀리가 자초지종을 설명했다. 에밀리는 지금 사는 로프트에서 나와 아파트로 옮겨 애덤과 같이 살고 싶어했다. 그러나 애덤은 그 단계로 나아갈 준비가 되어 있지 않았고, 에밀리는 그래서 화가 난 것이었다. "우리가 같이 지낸 게 벌써 이 년이에요." 에밀리가 말했다.

"나는 잘 모르겠어, 에밀리. 어쩌면 그게 최선 같은데. 어쩌면 앞으로 네가 더…… 전망 있는 사람과 만나볼 수도 있고."

"'전망'이라니, 무슨 뜻이에요?" 에밀리가 캐물었다.

"직장 말이야." 내가 말했다. "내 생각에는 꾸준한 수입이 있는 사람이 네 짝이 되는 게 좋을 것 같아." 내 입에서 이런 말이 나오다니, 믿을 수가 없었다. 나는 1960년대 사람이었다. 남편에게 의지하지 않고 자기 길을 개척한 페미니스트였다. 하지만 지금 나는 에밀리의 마지막 상대가 에밀리를 돌봐줄 사람이면 좋겠다고 생각하는 것이다. 나는 그런 상대가 필요 없었다. 그랬다. 나를 보살핀 건 늘 나였다. 하지만 나처럼 살지 않아도 된다면 그것도 좋을 것이다. 에밀리는 나 같은 삶은 살지 않으면 좋겠다. 진심으로.

"엄마가 그런 말을 할 것 같았어요. 음악가로서 애덤을 한 번도 믿지 않았으니까요. 애덤의 밴드가 이제 곧 계약을 할 거예요. 요전날 밤에 애덤이 어빙 플라자에서 공연을 했는데 마침 소니 음반사 사람이 와 있었어요…… 아니, 됐어요. 엄마는 어차피 이해하지 못할 텐데요. 헤일리에게 전화를 걸어야겠어요. 같이 점심을 먹을 수 있는지 물어보게요. 같이 테스 언니를 보러 마블헤드에 갈지도 몰라요."

"에밀리, 내가 네 편을 들지 않는 게 아니야. 그저 현실적이 되라는 거지. 그뿐이야."

"어쨌든요." 에밀리가 대답한 뒤 쿵쾅거리며 2층 자기 방으로 올라갔다.

눈이 그쳤고, 에밀리는 친구 헤일리와 함께 마블헤드에 갔다. 나는 일요일판 신문을 읽으며 오후를 보냈고, 어둠이 깔리기 시작하자 에밀리가 나간 사이 해장술—가볍게 와인 한 잔—이라도 한잔 해야겠다는 생각이 들었다. 딸아이가 꼬치꼬치 캐묻는 바람에 나도 신경이 곤두서 있었고, 솔직히 숙취도 좀 있었다. 숙취가 있을 때는 늘 신경이 곤두섰다. 그래서 아래층으로 내려가 와인 한 병을 따고 작은 머그잔에 와인을 따랐다. 머그잔을 쓴 것은 에밀리가 일찍 돌아올 것에 대비해서였다. 병은 액자 뒤에 감추고 올라왔다. 스콧이 두고 간, 식물 그림 프린트가 끼워진 골동품 액자였다.

예전에 나는 지하 저장고를 싫어했다. 옛날 집인데다 물가에 있고, 지하 저장고는 천장이 아주 낮아서 안으로 들어가려면 허리를 숙여야 했다. 게다가 거미줄이 얼굴에 쩍쩍 들러붙었다. 연중 제습기를 틀어놓지만, 지하 저장고의 다져진 흙바닥은 종종 축축하고 약간 눅진했다. 쥐가 돌아다녔고 거미도 있었다. 이 집을 사고 얼마 되지 않았을 때, 한번은 뭔가를 가지러 급하게 내려가다가 길쭉하고 시커멓고 꿈틀거리는 뱀을 밟을 뻔했다. 길이가 못해도 3피트는 될 것 같았다. 뱀은 흙으로 된 바닥을 슬금슬금 기어가 초석에 벌어진 틈새로 사라져버렸다. 나는 꺅 비명을 지르며 다시 계단을 올라갔다. 하지만 지금은 지하 저장고에 익숙해졌다. 지하에 있을 때의 느낌이 참 좋다. 겨울에는 따뜻하고 여름에는 서늘하다. 보일러가 윙윙거리고 온수기가 쉭쉭거렸다. 집을 움직이는 모든 중요한 기관들이 건강하고 성실하게 일하고 있었다.

물론 지금 그곳은 내 와인이 있는 곳이다. 나는 저녁마다 손전등을 들고 아래층으로 내려가 거미줄을 피하려고 머리를 숙인다. 이따금 쥐가 보이지만, 상주하는 뱀이 있으니 쥐들이 살날은 얼마 남지 않았을 것이다. 나는 더이상 쥐덫을 놓지 않는다. 자연의 순리에 맡기는 편이 더 좋다. 쥐는 추운 겨울을 날 따뜻한 장소가 필요하고, 뱀은 먹어야 살고, 거미는 먹이를 잡으려면 정교한 거미줄을 쳐야 한다. 나는 하루를 끝낼 때 한 방울이라도 와인을 마셔야 한다. 그것이 내가 지금 경험하는 우리집의 지하 저장고다. 그곳에는 공생관계의 훌륭한 생태계가 존재하며 나 또한 그 일부다. 종종 두 번째 병을 가지러 둥실둥실 떠가듯 내려가면서, 나는 내가 죽는다 해도 이곳을 여전히 기웃거릴 것이고 그때에도 거미와 쥐와 뱀이 나를 알아볼 거라고 상상한다. 그러면 어쩐지 마음이 흐뭇해진다.

열다섯

몰리가 얼굴을 핥고 낑낑거려 나를 깨웠다. 칠흑같이 어두운 밤이어서 사물을 분간할 수 없었고, 그게 몰리라는 것은 손가락에 닿는 깔끄러운 털의 느낌으로 알았다. 나는 다시 잠을 청하려 했지만 베개를 찾아 주변을 더듬거려도 만져지는 것은 단단한 흙바닥뿐이었다. 나는 잠시 그곳에 누워 있었다. 뭔가가 손 위로 기어가는 느낌이 들어 벌떡 일어나 앉았고, 그 순간 밑에서 느껴지는 땅의 느낌과 눅눅한 냄새, 그리고 보일러 소리로 내가 누운 곳이 지하 저장고라는 사실을 깨달았다.

계단 위 조금 열린 문을 통해 가느다란 빛이 새어들어왔다. 나는 일어서서 비틀비틀 그곳으로 걸어갔다. 영리한 몰리가 발톱으로 문을 열었을 것이다. 어지럼증을 느끼며 휘청휘청 빛이 새어들어오는 계단을 향해 걸어가는데, 개들이 내 손을 핥았다.

술을 많이 마신 뒤 그날 아침처럼 일찍 잠에서 깨면 나는 종종 알딸딸한 상태로 기분이 무척 좋아서 헤죽거렸는데, 그 기분이 지속되는 한은 즐기는 법을 익히게 되었다. 그 기분이 사라지면 늘 날카로운 단도로 찌르는 듯한 숙취가 뒤따랐기 때문이다. 내장이 도려내지고 뇌는 톱으로 썰리고 신경은 끊어지기 직전까지 버려지는 느낌이었다. 계단을 올라가는 동안에도 나는 여전히 흐느적거리는 비몽사몽 상태—많이 취한 것도 아니고 정신이 맑은 것도 아닌—를 벗어나지 못했고, 한편으로는 놀랍고 다른 한편으로는 즐거운 마음으로 전날 밤에 일어난 일을 떠올렸다.

나는 머그잔에 와인을 따른 뒤 텔레비전을 켰다. 내가 좋아하는 영화가 방영되고 있었다. 잉그리드 버그먼과 캐리 그랜트가 나오는 앨프리드 히치콕의 〈오명〉. 영화의 마지막 장면이 기억나는 걸 보면 그리 심하게 취했을 리는 없다. 머그잔을 채우러 한 번, 어쩌면 두 번 내려갔을 것이고, 그뿐이다. 영화는 끝났고, 곧 에밀리가 돌아올 시간이었다. 나는 약간 취한 듯 보일 터였다. 그래서 침실에 가서 자기로 했다. 하지만 하필 내가 딴 와인이 유난히 맛이 좋았고, 그래서 이 병을 끝내지 않는 것은 예의가 아니라고 생각했다. 코르크 마개를 딴 채 밤새 두면 와인 맛이 좋을 수가 없다. 그래서 다시 내려가 남은 와인을 머그잔에 마저 따르려던 찰나, 머리 위에서 발소리가 들렸다.

"엄마?"

에밀리가 돌아왔다. 헤일리를 데리고. 아이들이 내가 침실에서 잠을 자는 줄 아는 것이 최선이라고 나는 결론 내렸다. 헤일리는 위쪽 뉴버리포트에 살아서 여기서 자고 갈 것 같았다.

나는 컴컴한 어둠 속에서 보이지 않는 식물 액자 옆에 자리를 잡고 병째 와인을 마셨다. 아이들의 말소리가 들렸다. 난간을 붙잡고 힘겹게 계단을 올라가는데, 그때 자기들 발밑에 내가 있는 줄도 모른 채 대화를 나누는 그애들의 말소리를 들으며 정말 재미있어했던 기억이 떠오른다. 짜릿했다. 스파이나 유령이나 마녀가 된 기분이었다. 그애들이 말하는 걸 들으면서 입을 막고 사악하게 키득거렸던 것도 떠오른다.

물론 그때 그애들이 무슨 이야기를 나눴는지는 전혀 기억나지 않는다. 기억나는 건 아이들이 침실로 가지 않았다는 것이다. 그애들은 큰 소리로 웃고 떠들었다. 레인지에 뭔가를 데우는 냄새가 났다. 수프였나? 그애들이 자기들끼리 작은 파티를 한 것은 의심의 여지가 없지만, 나는 오도 가도 못하는 신세가 되었다. 내가 지하 저장고에 내려가 그렇게 오래 있었던 이유를 설명하기는 불가능했다. 그래서 와인을 마시며 때를 기다렸다. 그 병을 비우자 다시 한 병을 땄다—코르크 마개 따개가 마침 거기에 있었다. 파티가 끝나기를 기다리는 동안 몇 모금만 더 마실 생각이었다.

그러다 날이 샜고, 몰리가 내 얼굴을 핥고 있었던 것이다.

계단을 다 올라가, 들킬 위험이 없는시 확인하려고 문밖을 빠끔 내다보았다. 거실 창문으로 내다보니 아직 이른 새벽이었다. 애들이 일어났을 리는 없었다. 나는 앞문으로 걸어가 개들을 내보낸 뒤, 부엌으로 가서 아주 큰 잔에 크랜베리 주스를 따라 마셨다. 애드빌을 네 알 먹고 주스를 한 잔 더 마셨다. 그리고 다시 비틀비틀 문 쪽으로 걸어가—아직 술이 완전히 깨지 않은 상태였다. 와인을 아주 조금 마셨을 뿐인데 어떻게 그렇게까지 취했는지 모르겠다—개들을 다시 안으로 들였다. 사무실로 전화를 걸어 아침에 좀 늦게

도착할 것 같다고 켄들에게 알렸다. 그런 다음 개들을 데리고 침실로 올라가 다시 잠을 청했다.

샤워를 마치고 아래층으로 내려왔을 때는 오전 나절이 제법 지나 있었다. 늦은 아침햇살이 창문을 통해 흘러들어왔고, 부엌은 따뜻하고 환했다. 젠장, 날이 환하게 밝았다. 애들은 아침을 먹고 있었고, 내가 부엌에 들어가자 키득거리며 다 안다는 눈빛을 교환했다.

애들이 어떻게 알아냈을까? 간밤에 내가 위층에 올라갔는데 기억이 안 나는 건가?

"좋은 아침, 헤일리, 에밀리." 내가 말했다.

"안녕하세요, 올드리치 아주머니." 헤일리가 말했다. 딸들의 친구들은 아직도 가끔 깜박 잊고 나를 전남편 성으로 부른다. 상관없다.

"안녕히 주무셨어요, 엄마." 에밀리가 자기 접시를 노려보며 말했다.

"뭐가 그렇게 재미있어?" 이렇게 묻기는 했지만, 나는 그애들의 대답을 듣고 싶지 않았다. 머릿속에 내가 전날 밤 취해서 그애들 앞에서 노래하고, 병째 술을 마시고, 부엌 안을 돌아다니며 춤추는 모습이 펼쳐졌다. 기억이 날 듯 말 듯한 어느 한때의 그 모든 행동들이. 그 한때가 어젯밤이었을 수도 있고, 어쩌면 세월을 거슬러올라간 어느 밤이었는지도 모른다. 누가 알겠는가. 모든 것이 기억난 적은 없지만, 이따금 몇 잔 마셨을 때 딸들의 얼굴에 당황하는 기색이 떠올랐던 것은 기억난다. 친구들과 함께 애써 웃으려 했던 그때조차 딸아이들의 표정은 어두웠다. 나는 딸들의 친구들이 성년이 되기도 전에 그애들에게 술을 권했고, 그 덕분에 딸들이 고등학생일 때 우리집은 매우 인기가 있었다. 그때 딸들은 내가 술을 마시는 것에 대해 불평 같은 건 하지 않았다.

에밀리가 대답했다. "아무것도 아니에요. 그냥 간밤에 어디 계셨는지 궁금해서요. 새벽 두시까지 집에 안 오시던데요."

"음, 친구…… 집에 있었어."

"엄마, 그렇게 쉬쉬할 거 없어요. 그냥 말씀하세요. 남자친구 집에서 밤을 보냈다고요."

"그래, 남자친구 집에 있었어." 내가 말했다. 애들이 내가 지하 저장고 바닥에서 정신을 잃고 잠들었다고 생각하는 것보다 프랭키의 집에 있었다고 생각하는 편이, 어디 다른 곳에서 밤을 보냈다고 생각하는 편이 차라리 더 나았다. 몇 시간 전만 해도 그렇게 재미있게 느껴지던 밤이 지금은 더없이 어두운 비극처럼 느껴졌다. 잭팟. 내가 지하 저장고에서 정신을 잃은 것이다. 내 몸 위를 기어다니는 거미들 그리고 정체 모를 생물들과 함께. 쥐의 스펀지 같은 발과 번질번질한 털과 구슬처럼 까만 눈동자가 생각났다. 뱀이 제 차가운 비늘을 따뜻하고 어두운 장소에서 덥히려는 듯, 혀를 날름거리고 꼬리를 횤횤 움직이며 살금살금 기어가던 것도 생각났다.

"프랭키 아저씨하고…… 사귀세요?" 에밀리가 키득거렸다.

"에밀리." 내가 말했다.

"왜요?"

"네 일이나 잘해." 나는 그렇게 말하고는 휙 돌아서서 내 방으로 올라갔다. 그리고 옷장에서 부츠를 꺼냈다. 그것을 본 개들이 팔딱거리며 기뻐서 어쩔 줄 몰라했다(개들은 걸핏하면 발밑에 거치적거린다). 나는 아래층으로 내려가 코트와 개 목줄을 낚아채듯 잡아

쥐고는 개들을 데리고 한낮의 햇살이 밝게 비치는 거리로 나섰다. 땅에 아직 눈이 남아 있긴 했지만, 햇볕이 지표면을 녹이고 공기를 따뜻하게 데워놓았다. 반사된 햇빛이 강렬하고 눈부셔서 주변의 모든 것이 반짝반짝 빛났다. 나는 손으로 눈을 가렸고, 개들에게 목줄을 하고 도로로 데리고 나가는 대신 짧은 숲길을 지나 강으로 가기로 했다.

내딛는 한 걸음 한 걸음이 고통스러웠다. 지하 저장고의 흙바닥 때문에 등이 뻐근했다. 숨쉴 때마다 발작을 일으킬 듯 아우성치는 것이 등근육인지 신장腎臟인지 알아내려고 해보았다. 최근에 의사가 골밀도 검사를 해보자고 했지만, 이제 그럴 필요조차 없을 것 같다. 걸음을 내디딜 때마다 척추골과 등, 다리의 모든 뼈가 분필처럼 부스러지는 것 같았다. 몇 걸음 더 내딛자 내 육신이 옷은 다 입었으나 공기가 완전히 빠져나가 살가죽만 숲길 바닥에 드러누운 채 눈만 끔벅거리는 꼴이 될 수도 있을 것 같았다. 빌어먹을, 머리가 지끈거린다. 이래도 싸다. 내가 있던 곳은 지하 저장고의 흙바닥이다. 나한테 딱 어울리는 장소다. 만약 에밀리가 그곳에서 나를 발견했다면 테스에게 일렀을 테고, 그랬다면 나는 귀여운 그래디를 봐주기는커녕 다시는 안아주지도 못하게 되었을 것이다. 테리어종인 뱁스는 잘 짖는 개인데, 녀석이 앙칼지게 캉캉 짖을 때마다 나는 부츠 신은 발로 녀석의 궁둥이를 걷어차 눈밭으로 날려버리고 싶은 충동을 참느라 내 모든 인내력을 동원해야 했다.

마침내 강둑에 도착했을 때 그 느낌이란. 시원한 공기, 물살이 세차게 흐르는 소리, 염분이 밴 강물과 물고기, 그리고 뭔가 다른 것의 냄새. 쌓인 눈을 뚫고 빠끔 고개를 내민 습지의 풀냄새일까?

아니면 모래? 모래에 냄새가 있던가? 이 모든 것이 머리를 가볍게 해주었고, 근육, 심지어 쑤시고 바스러질 것 같던 뼈조차 강해지고 굳건해지는 것 같았다. 사악한 모든 것, 자기회의, 자기혐오 같은 모든 감정이 발밑의 모래 속으로 쓸려들어가는 것 같았다. 저 앞쪽 바위 위에 커다란 왜가리 한 마리가 자랑스럽다는 듯 조각상처럼 꼼짝 않고 곧추서 있었다. 나는 그 광경에 숨이 멎었고, 그런 내 모습을 본 개들은 경계 자세를 취했다. 개들도 곧 왜가리를 보았다.

"안 돼, 몰리, 뱁스." 내가 소리를 질렀다. 하지만 개들은 맹렬히 달려갔고, 커다란 왜가리는 머리를 숙이더니 큰 날개가 달린 어깨를 한 번, 또 한번 으쓱한 뒤 날개를 퍼덕였다. 그리고 반쯤 얼어붙은 물 위를 치치며 느리게 날아올랐다. 큰 새가 머리 위로 높이 날아올랐고, 우리는 모두 망연히 바라보았다. 몰리, 뱁스, 나, 모두 눈부신 태양을 향해 눈을 깜박거렸다. 그러자 눈물이 나면서 하늘이 아련하게 보였다. 그 순간 갑자기 신의 존재를 느꼈다거나 AA모임에 가면 끊임없이 듣게 되는 '영적 각성'을 경험했다는 말은 하지 않겠다. 그런 건 전혀 아니다. 하지만 나는 잠시 그런 것을 생각했다. 그 성탄곡 노랫말처럼, 내 영혼이…… 가치 있게 느껴지는 순간. 뭔가 가치 있다는 느낌. 아마도 그 새가 무척 크고 선사시대의 존재처럼 느껴져서 그랬을 것이다. 어쨌거나 그 새는 날아갔다. 지난밤 내 행동은 처참하고 원시적이었지만 놀랍게도 그 사실을 아무도 알지 못했다. 이곳에는 어여쁜 개들과 강이 있고, 집에는 사랑하는 딸이 있다. 나는 모든 것을 가졌다. 모든 것을 가진 것이다. 나는 에버니저 스크루지처럼 깨어서 살아 있고, 모든 것을 가진 것이다—내게 필요한 것보다 더 많이.

그 순간 그 자리에서 나는 또다시 술을 끊기로 결심했다. 다시 집에 돌아갈 것이다. 딸이 좋아하는 음식을 만들 것이다. 전화를 걸어 그래디가 옹알거리는 소리를 들을 것이다. 오늘은 술을 마시지 않을 것이다. 내일도 마시지 않을 것이다. 다음날도, 그다음날도 마시지 않을 것이다.

집으로 돌아와보니 앞문 옆에 커다랗고 아름다운 가문비나무 한 그루가 기대어져 있었다. 나뭇가지 하나에 '메리 크리스마스, 힐디. 이 나무를 세우는 데 도움이 필요하면 연락해. 프랭크'라고 노란색 유선 종이를 찢어 급하게 휘갈긴 쪽지가 꽂혀 있었다.

내가 기억하는 한 프랭키는 해마다 우리에게 트리로 쓸 나무를 선물했다. 내가 스콧과 결혼한 뒤에도 해마다 나무를 주었다. 그동안은 내 고객들—대개 이곳에 처음 이사 온 사람들로, 프랭키의 서비스가 많이 필요했다—을 그에게 소개해준 것에 대한 감사 표시일 거라 생각했다. 하지만 오늘 아침에는 그의 행동에 어찌나 감동을 받았는지 나무에서 쪽지를 떼어내면서 손이 다 떨렸다. 숙취에 시달리는 날에는 으레 손이 떨리지만, 이번에는 그것과 달랐다. 나를 위해 나무를 베어온 그 남자에 대한 사랑이 샘솟으면서 나는 무척 감상적이 되었다. 고마운 프랭키.

집에 들어가니 에밀리가 흥분해서 말했다. "프랭크 게첼 아저씨가 그 나무를 두고 갔어요. 오늘 장식해요."

"좋아. 하지만 잠깐 사무실에 들러야 해. 밤에 할까? 테스한테 전화해서 그래디를 데려올 수 있는지 물어봐. 그래디도 같이 꾸미게. 마이클은 이번주에 출장을 간댔어."

"그럴게요." 에밀리가 말했다. 그러고는 덧붙였다. "프랭크 아저씨한테 전화해서 와서 도와줄 수 있는지 물어보세요."

"그래." 내가 잠시 뜸을 들인 뒤 말했다. "저녁 먹으러 올 수 있는지 물어볼게."

사무실에 도착한 뒤 프랭크에게 전화를 걸었지만, 물론 그는 받지 않았다. 자동응답기도 없고. 나는 서류를 몇 가지 작성하고 MLS*에 올라온 매물을 확인했지만 새로운 건 없었다. 나는 켄들에게 다음주에는 사무실 문을 닫고 새해가 지난 뒤 수요일에 다시 열자고 말했다. 이번주에는 아침에 출근해서 메일과 메시지만 확인하고 중요한 일이 있을 때만 전화로 알려달라고 했다. 나는 집에서 가족과 함께 시간을 보내고 싶다고.

세시쯤 사무실에서 나와 언덕으로 올라갔다. 맥앨리스터 부부의 집을 지나는데 컴컴하고 정적이 흘렀다. 그들은 해마다 애스펀에 있는 집으로 가서 휴가를 보내는데, 그곳에 간 것이다. 린다가 개와 말들을 돌봐주기로 했다. 떠나던 날 리베카가 가기 싫다고 얼마나 비통하게 말했는지 린다가 전해주었다.

"나는 스키도 타지 않는단 말이에요." 차에 짐을 실으며 리베카는 린다에게 나시막이 투덜댔다. "꼬마였을 때 나는 겨울이면 플로리다에 가서 말을 탔어요. 애스펀은 싫어요……"

"정말 싫겠네요." 린다는 이렇게 대답했고, 나에게 그 말을 해주며 웃었다. 나도 따라 웃었지만, 지금 리베카의 집 앞을 지나며 생각하니 어쩐지 그녀가 안됐다는 생각이 들었다. 그날 피터의 해변에 혼자 있는 그녀를 본 뒤로 줄곧 그랬다. 추위 속에 혼자 외로이

---

* Multiple Listing Service. 매물 정보 서비스.

있던 그녀의 모습.

나는 맥앨리스터 부부의 집을 지나 프랭키의 트리 농장까지 언덕길을 올라갔다. 그의 집 진입로 여기저기에 차와 트럭들이 세워져 있었다. 갓 내린 눈이 집 앞의 고풍스러운 변기 정원을 뒤덮어 전체적으로 아주 예스럽고 그림처럼 아름다운 분위기를 자아냈다. 크리스마스 휴가를 맞아 집에 돌아온 남자 대학생들이 언덕에서 주차장까지 나무를 끌고 내려가 그곳에 세워놓은 차에 실어주는 대가로 약간의 용돈벌이를 하고 있었다. 집 뒤로 걸어가 짧은 언덕길을 올라가면 가문비나무가 자라는 들판이었다. 프랭키가 모닥불 옆에 서서 어느 가족에게 나무값을 받고 있었다. 그들의 얼굴은 알아보겠는데 이름이 잘 기억나지 않았다. 남편 쪽은 테스와 같이 학교를 다녔던 것 같지만 확실하지는 않았다. 그들 모두가 나를 잘 아는 것처럼 반겨주었고 나도 그들을 따뜻하게 반겼다. 그들이 떠나자 프랭키와 나는 그 자리에 가만히 서서 언덕 위의 나무들과 가족들을 올려다보았고, 우리의 입에서 가느다랗게 새어나오는 입김을 서로 바라보았다.

"트리 고마워." 마침내 내가 말했다.

"뭘, 힐." 그가 대꾸했다.

"있잖아, 여기 일이 끝나면 우리집에 와서 트리 세우는 것 좀 도와줄래? 꽤 커서 말이야."

"그러지 뭐." 프랭키가 대답했다. "해 지기 전에 세우고 싶으면 일꾼을 한 명 보내줄게."

"아니야." 내가 말했다. "당신이 직접 와줘. 여기 일이 끝난 뒤에 아무때나. 저녁식사도 같이 하고…… 원한다면. 어쩌면 테스가 내 손자 그래디도 데려올 거야."

프랭크는 아무 말도 하지 않았다. 내 기억 속의 프랭키는 이런
사람이었다. 무슨 말을 해야 할지 모를 때는 아예 입을 다물어버리
는 그런 흔치 않은 사람. 그뿐 아니라, 무슨 말을 하면 그는 상대의
눈을 빤히 들여다보는가 싶다가도 금세 시선을 돌려버린다. 그의
마음을 읽는 것이 늘 힘들었던 이유도 그것이었다. 이제 우리 두
사람은 언덕만 멀뚱히 올려다보며 서 있었다. 내 초대는 돌아오는
대답도 없이 몇 분 동안 허공에 어색하게 걸려 있었다. 이윽고 내
가 돌아서며 말했다. "아무나 한 명 보내든가."

"아니야, 힐디." 프랭크가 말했다. "내가 갈게. 여섯시쯤."

"좋아." 내가 빙긋 웃었다. "이따 봐."

프랭크가 도착했을 때, 테스와 그래디는 이미 와 있었다. 물론
에밀리도 있었다. 딸들 사이에 재미있어하는 눈빛이 오가는 것을
봤지만 나는 모른 척했다. 그날 오후에는 라사냐를 요리했다. 프랭
크가 트리를 받침대에 세워주었다. 내가 그와 함께 부엌에 들어간
사이 에밀리가 트리에 전등을 매달았고, 테스는 그래디가 전등을
다시 떼어내지 못하게 막고 있었다.

부엌에서 나는 프랭키에게 와인과 맥주 중 무엇으로 할지 물었다.

"당신은 뭘로 할 거야?" 그가 물었다.

"소다수." 내가 유쾌하게 대답했다.

"아." 프랭크가 거실 쪽을 흘끗 보았다. 그쪽에 딸들이 있었다. 에
밀리가 와인을 마시고 있었고, 조리대에는 마개를 딴 와인병이 놓여

있었다. 그가 말했다. "저 와인으로 한잔하지 뭐. 괜찮다면, 힐."

"당연히 괜찮지. 나 때문에 사람들이 술을 참는 건 싫거든." 나
는 그에게 한 잔 따라준 뒤 샐러드를 준비하기 시작했다.

프랭키가 나를 지켜보고 있다가 조용히 속삭였다. "딸들이 있을
때는 술을 안 마신다는 거지, 맞아?"

나는 웃은 뒤 그가 한 것처럼 조용히 소곤거렸다. "그게 아니라,
지금은 다시 완전히 끊었어."

나는 그 말을 곰곰이 생각해보는 프랭크를 지켜보았다. 그의 표
정이 조금 어두워지는 것 같아서 내가 다시 웃으며 말했다. "요전
날 밤 일 때문에 그런 건 아니야. 그날 밤은 재미있었어. 그냥……
그쯤 해두고 싶은 것뿐이야."

프랭크는 고개를 끄덕였고, 귀여운 그래디가 아장아장 걸어들어
왔다. "함마!" 그래디가 외쳤다.

"안녕, 그래디, 우리 귀염둥이. 프랭크, 이보다 더 사랑스러운 아
이를 봤어?"

프랭크가 미소 지으며 그래디를 위아래로 훑어보았다. 그래디도
프랭키를 쳐다보자 프랭키가 껄껄거리며 말했다. "그렇지. 이놈은
집게발이 다 달린 바닷가재네." 그러고는 하이파이브를 하자며 그
래디를 향해 손바닥을 내밀었고 둘은 손바닥을 마주쳤다. 나이를
묻자 그래디는 엉거주춤 일어서더니 침을 흘렸다.

"두 살이야." 내가 그래디 대신 대답했다.

"어디 사니?" 프랭크가 그래디에게 물었다.

"프랭크, 두 살이라니까!" 내가 웃으며 외쳤다. "아기를 본 적은
있어?"

"걸을 줄 알면 말도 제법 할 줄 알았는데."

"천재들이나 그렇지. 감사하게도 그래디는 천재가 아니야." 그래디가 개의 물그릇을 들고 물을 마셔서 내가 얼른 뺏으며 말했다. 그런 다음 그래디를 번쩍 들어 목에 얼굴을 묻고 키스를 퍼부었다. 아이가 웃으며 꺅 비명을 질렀다.

"세상에서 누가 제일 좋아?" 내가 물었다.

"함마."

"낸시 할머니보다 누구를 더 사랑하지?" 내가 웃었다. 나는 프랭크에게 눈을 찡긋한 뒤 낸시는 그래디의 친할머니라고 입을 벙긋거렸다.

"함마." 그래디가 꽥꽥거렸다.

"여기, 프랭크. 내가 샐러드를 다 만들 때까지 그래디 좀 안고 있어줘."

프랭크가 잔을 내려놓고 억센 팔로 어린 그래디를 붙잡았다. 그래디는 프랭크가 안아주자 기분이 좋은지 새로 나타난 프랭크의 얼굴을 빤히 쳐다보았다. 샐러드가 다 된 뒤 우리는 함께 저녁을 먹었다. 그리고 모두 트리를 장식했다. 트리 장식이 끝날 때쯤 와인이 비워졌고, 테스와 그래디도 떠났다. 에밀리도 잠을 자러 올라갔다. 프랭크 역시 떠나려고 일어서는데, 내가 불쑥 말했다. "자고 가고 싶으면 그래도 돼."

프랭크는 아무 말도 하지 않고 생각에 잠겼다.

이윽고 내가 더 부드럽게 말했다. "자고 가면 좋겠어." 프랭크가 싱긋 웃고는 나를 꼭 잡더니 다급하고 강렬하게 키스했다. 내가 좋아하는 방식으로.

열여섯

2월에 나는 크로싱 지역을 막 벗어난 외곽에 있는 집 한 채를 팔았다. 부분부분 높이를 다르게 해서 지은 랜치하우스인데 내놓은 값보다 한참 낮은 가격에 팔렸다. 그리고 맨체스터에 상업용 사무실을 매입하려는 사람이 있어서 한창 협상을 진행하는 중이었다. 하지만 그저 그뿐, 사업은 계속 부진했다. 드와이트 부부는 집을 팔 계획을 철회하고 봄에 다시 내놓을 계획이었다. 나는 캐시에게 아주 큰 실수를 하는 거라고 말했다. 2월의 어느 날, 제이크가 학교에 가 있는 동안 캐시는 그 문제로 상의를 하려고 내 사무실을 찾아왔다.

"당장은 이사를 할 수가 없었어요. 이곳 학교가 대단히 좋은 건 아니지만 적어도 우리 애가 매일 다니던 익숙한 곳이니까요. 만약 우리가 뉴턴으로 갔으면 우리 애는 하루종일 집에만 있었을 테고 오히려 더 퇴보했을 거예요. 우리도 애 때문에 완전히 미칠 지경이

됐을 거고요……"

"여기서 임시로 살 집을 찾았어야죠."

"힐디, 이사는 한 번이면 족해요. 제이크는 모든 것이 그대로일 때 가장 잘 지내거든요."

"좋아요. 그러면 언제 다시 내놓을 생각이에요?"

"6월쯤이 될 것 같아요. 집이 바로 팔리면 뉴턴에서 새 학기가 시작되기 직전에 집을 양도하려고요."

"하지만 캐시, 보통 집이 그렇게 금방 팔리진 않아요. 이 시장에 서는요."

"행운을 기대해봐야죠." 캐시가 말했다. "우리가 세상에서 가장 운좋은 사람들은 아니지만요."

"좋아요. 일단 6월에 집을 내놓기로 해요. 구매자들에게 전화를 걸어볼게요."

4월 초에 웬도버에 집을 구하고 싶어하는 사람들이 몇 명 나타났다. 어느 가족—보스턴에서 일하는 변호사 부부와 여섯 살배기 딸—이 친환경 '그린' 하우스로 개조할 집을 찾고 있었다. 믿거나 말거나, 이런 상황은 처음이었다. 그들은 풍력과 태양력으로 전기를 충당하고, '공공 수도나 전기는 쓰지 않으면서' 살고 싶어했다. 기존 자재도 뜯어내고 공기 중에 유독성 가스를 '배출'하지 않는 자재로 교체하고 싶어했다. 보스턴 아파트에서 살 때 유독성 카펫과 곰팡이를 없애기 전까지 아내가 두 번 유산을 했다고 한다. 그것들을 없앤 뒤에야 임신이 되었다. 지금은 아이의 건강을 위해 '깨끗한 그린' 하우스를 원했다. 아내가 매우 열성적이었다. 솔직히 말해 좀 강박적인 것 같았다. 그들은 집의 내부에는 신경을 쓰지 않았기 때문에, 집을 보여주기가 더 쉬웠다. 그들의 관심은 오히려 '방향'이었다—북향인지 남향인지 어떤 햇빛을 받는지. 내가 차라리 땅을 보러 다니는 것이 어떻겠느냐고 물었다. 옛날 집을 개조하느니 아예 새로 짓는 것이 오히려 비용이 절감된다고.

"아, 하지만 저희는 옛날에 지은 뉴잉글랜드의 집들을 항상 사랑했거든요."

"음," 내가 말했다. "정말로 오래된 집들은 단열 처리가 잘돼 있어서 에너지 보존에 도움이 될 거예요. 식민지 주민들은 열을 보존해야 했기 때문에, 열기가 빠져나가지 않도록 대체로 창문을 작게 냈거든요."

"그렇군요. 하지만 창문에 끼울 보온유리가 있으니 유리는 그걸로 바꾸고, 창문을 좀더 넓게 내서 햇볕이 잘 들어오면 그것으로 난방을 할 거예요. 지붕에는 태양전지판을……"

내가 어떤 상황에 처했는지 알겠는가. 그들은 옛날 집을 원하지만 그 집을 새집으로 바꾸고 싶어하는 것이다.

나와 프랭크의 만남은 아주 조용히 이루어지고 있었다. 우리는 한 번도 같이 외출한 적이 없었다. 그건 우리 둘 다 정말 원하지 않았다. 프랭크가 늘 우리집으로 왔다. 내가 부르면 언제나 왔다. 우연히 마주치기도 했다. 내가 차를 몰고 가다가 그를 지나치면 그가 빵빵거리며 속도를 줄인다. 우리가 마주친 곳이 조용한 뒷골목이고 우리 뒤에 차가 없으면 그는 차를 후진시킨 뒤 싱긋 웃으며 인사를 건넨다. "오늘밤 우리집에 와서 같이 칠리나 먹을래?" 내가 이 비슷한 말을 건넨다. 그는 늘 오겠다고 했다. 어떤 때는 같이 영화를 보았고, 또 어떤 때는 벽난로의 불꽃을 바라보며 대화를 나누기도 했다. 앞에서 나는 이 지역에서 일어나는 일은 전부 안다고 했는데, 정말로 모든 것을 아는 사람은 프랭크다. 무엇보다 그에게는 소방서 스캐너가 있다. 그걸 몰래 수신할 수 있도록 조작해둔 것 같았다. 그렇게 하면 이 지역은 물론, 주변 다섯 개 타운에서 전송되는 정보를 모두 입수할 수 있다. 그는 오브라이언 부부가 이혼한다는 소식도, 헬스테드 부부가 아기를 낳을 거라는 소식도, 불쌍한 에설 퀸이 뇌암에 걸렸는데 수술 시기를 놓쳤다는 소식도 알고 있었다. 그레이 곳에 짓고 있는 샌토렐리 형제의 집에 대한 정보도 꾸준히 알려주었다. 나는 외벽 공사가 시작되면 곧바로 제안서를 들고 그들을 찾아가기로 계획을 세웠다.

놀랍게도 프랭크는 리베카와 피터에 관한 사실도 모두 알고 있었다. 5월 초 어느 따뜻한 오후에 나는 이 사실을 뒤늦게 알아냈다. 프랭크 소유의 강 앞쪽 땅, 그러니까 우리집 옆쪽 땅에 개들을 데리고 나갔을 때였다. 프랭크는 지난여름 어느 날 밤 내가 알몸으로 물속에 들어간 것을 자신이 봤다는 사실을 일깨워주었고, 나는 웃기 시작했다. "약간 취했었거든." 내가 말했다.

이제는 술을 마시지 않기 때문에 지난날을 웃어넘기기가 쉬웠다. 나도 그 모임에서 자기 이야기를 고백하던 사람들과 마찬가지였다. 혼자 술을 홀짝이며 가끔 수치스러운 짓을 하던 그 여자는 이제 없다. 술을 마시지 않는 한 그 여자는 돌아오지 않는다. 이 사실을 알고 있다는 것만으로도 작아지는 느낌이 아니라 힘을 얻은 느낌이 든다. 나는 더는 그런 사람이 아니다. 기분이 더 좋고 뱃살도 빠지고 있었다. 프랭키와 자주 만나니 외로움도 덜했다.

　우리는 해변까지 천천히 내려갔다. 하늘이 황혼의 색조를 띠었고, 아직 얼음장처럼 차가운 겨울바다는 작은 파도를 무수히 일으키며 반짝거렸다. 파도가 모래밭으로 한 차례 또 한 차례 쏴쏴 밀려왔다가 다시 쏴쏴 큰 소리를 내며 사라졌다.

　"골든아워야, 프랭크." 내가 말했다.

　"골든아워라. 전쟁이 끝난 뒤로 처음 듣는 말이군."

　"그렇지, 베트남에 갔다 왔으니까 골든아워는 알고 있지?"

　"응…… 그건 의학용어인데."

　"아니, 그렇지 않아. 영화용어래. 리베카가 말해줬어. 하루가 저물 때 사위어가는 햇살과 관련이 있다고."

　"음, 베트남에서는 부상당한 병사에게 한 시간 내에 의학적 처치를 하는 것과 관련이 있었어. 큰 부상을 입은 뒤에는, 음, 결정적인 시간이란 게 있는데, 그 시간 내에 의학적 처치를 받지 못하면 살아남을 가능성이 줄어들어. 내 임무가 전장에서 의료 지원 트럭을 모는 거였어."

　"당신이 전쟁터에서 그런 일을 했는지는 몰랐어, 프랭키. 당신이 전쟁 이야기를 하는 건 한 번도 못 들은 것 같아."

　"그렇지, 뭐. 누가 그런 이야기를 하고 싶겠어?" 그러고는 불쑥 말을 꺼냈다. "저기, 당신 친구 리베카 있지. 그 미친 여자가 밤중에 피터 뉴볼드의 해변에서 피터와 함께 있는 걸 봤어. 지난여름 내내 둘이 어둠 속에서 반쯤 벗은 채로 신이 나서 뛰어다니던데. 보는 사람이 없는 줄 알았나봐. 나는 블루피시 철에 밤낚시하는 걸 좋아하거든. 내가 작은 어선을 타고 노를 저어 하트비치 쪽으로 갔을 때인데, 하긴 내가 거기 있는 걸 누가 알았을 턱이 없지. 아무튼 피터가 리베카에게 뭔가 하려고 해서 깜짝 놀랐어. 그 사람은 정신과의사잖아."

"그게 어때서?" 내가 물었다.

"그 여자는 완전히 미쳤어, 힐. 당신이 그 여자랑 친구라는 건 아는데, 그 여자는 정말 심각하게 돌았어. 처음 만났을 때는, 그러니까 당신이 그 집을 보여준 그날 말이야, 그때는 괜찮은 줄 알았어. 하지만 나사가 하나 풀린 여자더군."

"그렇게 나쁜 사람은 아니야." 내가 웃었다. "그런데 당신 일꾼 하나가 리베카한테 무례하게 굴었다던데, 무슨 일이 있었던 거야?"

"스컬리 화이트가 쓰레기를 수거하러 그 집에 갔는데—그 사람들이 이사 온 지 얼마 안 됐을 때야—몰고 갔던 트럭이 고장났어. 그런데 알다시피 언덕에서는 휴대전화가 안 터지거든……"

"프랭크, 당신 트럭은 왜 하나같이 그 모양이야. 돌아다니다 고장나는 일이 없도록 새 트럭을 몇 대 사지 그래?"

"무슨 소리야? 다 멀쩡한데. 오래됐어도 잘만 달리는데 왜 새걸 사?"

그 말에 나는 쿡쿡 웃었다. 프랭크가 그러는 건 단지 인색해서가 아니었다(인색한 건 맞지만). 그가 새것을 싫어한다는 이유도 있었다. 그는 어떤 변화도 싫어했다. "그러니까 리베카 집에서 무슨 일이 있었던 거야?" 내가 물었다.

"스컬리가 그 집 문을 두드렸는데, 애들 봐주는 사람이 애들 엄마가 집에 없으니 집안에 스컬리를 들일 수 없다고 했대. 그러니 전화를 쓰게 해줄 수 없다고. 애들 엄마는 마구간 뒤쪽 승마장에서 말을 타고 있다면서. 그래서 스컬리가 마구간까지 걸어올라갔는 데 말을 타는 사람은 없더래. 그래서 마구간으로 들어갔더니, 당신 의 그 마녀 같은 친구가 목욕칸에 있더라는 거야. 속옷만 빼고 홀 랑 벗고서 자기 몸이랑 말의 몸을 씻고 있었대. 그 여자가 스컬리 를 보고 발칵 뒤집어진 거지. 그러고는 스컬리한테 소리를 질러대 면서……"

"리베카만 비난할 수는 없어. 여름에 말을 타면 얼마나 덥고 땀 이 나는데? 떠돌이 스컬리 화이트 영감이 속옷만 입은 리베카를 보 고 입을 헤벌쭉 벌리고 섰으니 리베카도 정말 당황스러웠을 거야."

"그런가? 음, 스컬리는 나한테 전화를 걸려고 웬도버 라이즈를 내려와 브라운 씨네 집까지 걸어갔어. 내가 시동을 걸어보려고 리 베카의 집까지 차를 몰고 올라갔는데, 리베카가 집에서 나오더니 무단침입이라며 나에게 소리를 질렀어. 경찰을 부를 거라고. 그래 서 내가 말했지. '어째서 무단침입이죠? 쓰레기를 수거해가라고 우리를 고용한 거 아닙니까?' 그러니 그 여자가 이러더군. '이제 해 고예요. 그러니까 무단침입이에요. 십 분 뒤에도 트럭이 이 자리에 있으면 경찰을 부르겠어요.'"

프랭크는 그 이야기를 전하며 웃었다. "쓰레기차가 고장나는 바 람에 일하다가 잡혀갈 뻔했다니까."

그 이야기는 재미있었다. 나 역시 리베카가 프랭크와 스컬리에 게 보였다는 반응에 웃음이 나왔다. 어쨌거나 그녀가 그 두 남자에 게 위협을 느꼈다는 사실은 더욱 우스웠다. 내가 평생 알고 지낸 두 신사에게. 스컬리 화이트 노인은 마켓에서 내 아버지의 일을 도 왔다. 아버지가 정육점을 인수했을 때 스컬리가 카운터를 맡았다. 명절이 되면 스컬리는 생활고에 시달리는 집들을 위해 내 아버지와 함께 구이용 고기와 칠면조 고기에 다른 가격표를 붙였다. 스톱 앤드 숍에서 그 전통을 이어갈 것 같지는 않다. 스컬리는 내 동생 저드도 도와주었다. 밤중에 저드가 술에 취해 픽업트럭을 몰고 가다가 도랑에 빠졌을 때였다. 경찰차가 오기 전 스컬리가 프랭크의 낡은 픽업트럭과 원치로 저드의 차를 끌어냈다. 스컬리는 그 일을 아버지에게 일러바치지 않았다. 그저 저드에게 똑바로 살라는 말만 했다. 결국 저드는 그의 말대로 되었다. 내가 하려는 말은, 스컬리 화이트는 선량한 사람이라는 것이다. 그가 '스컬리'라는 별명을 얻은 것은 초등학생 때 나무에서 떨어져 머리가 깨지고 두개골에 금이 간 뒤부터였다. 아무도 그의 진짜 이름을 알지 못했다. 적어도 내가 아는 사람들 중엔 그걸 아는 사람이 아무도 없었다.

"리베카가 좀 긴장되어 있긴 해. 그건 사실이야. 어쩌면 조금 미친 건지도 모르고." 내가 말했다. "하지만 이 지역에 사는 다른 사람들도 많이들 그래. 리베카와 피터에게 신경쓰는 사람이 누가 있어? 이 지역에서 불륜을 저지르는 유부남 유부녀가 그 둘만 있는 것도 아니고."

"그 여자는 뭔가 정말 이상해. 내가 말하고 싶은 건 그거야."

"뭐가 이상한데?"

"그 여자가 그 남자를 헌팅…… 스토킹한다고. 그런 걸 뭐라고 부르건."

"당신이 그걸 어떻게 알아?"

"음, 최근에는 그 남자가 여기 자주 오지 않아. 우리가 그 남자의 집도 맡아서 관리하거든. 어느 금요일에 그 집 진입로에 쌓인 눈을 치우는데, 그 여자가 차로 그 집 앞을 다섯 번은 지나갔어. 그 남자가 없을 때는 늘 그 집 해변을 어슬렁거리고. 매니의 배에서 봤어."

"리베카가 약간 강박적이긴 해. 하지만 그 남자를 사랑해서 그런 걸 거야." 내가 말했다.

"남편이 하키팀 구단주야. 전용 제트기를 타고 하늘을 누빈다고. 그런 여자가 피터 뉴볼드한테 바라는 게 뭔지 궁금할 따름이야."

"프랭크, 리베카는 피터를 사랑해. 당신은 너무 냉소적이어서 사랑을 못 믿는 거야? 어쩌면 리베카는 피터한테 바라는 게 없는지도 몰라. 그저 그를 사랑하고 싶은 거야."

"그렇게 헌팅하는 거, 그건 사랑 같지 않아. 뭔가 정상이 아니야. 굳이 당신이 묻는다면 말이야."

"스토킹." 나는 웃었다. "헌팅이 아니야. 스토킹이지."

"무엇이든." 프랭크가 나를 바싹 끌어당기며 말했다. "나를 놀리는 걸 그만두지 않으면 지금부터 내가 당신을 스토킹할 거야."

"약속하는 거지?" 내가 그를 밀어내며 집으로 뛰어갔다.

"약속하지." 프랭크가 쩌렁쩌렁한 소리로 대답하면서 나를 집까지 쫓아왔다. 나는 즐거운 비명을 질렀고, 개들은 그르렁거리며 그의 발꿈치를 물어뜯을 듯 쫓아왔다.

전화가 걸려온 것은 새벽 세시 삼십분이었다. 프랭키를 끌어안고 자던 중이어서 그의 다부진 몸에서 내 몸을 떼어내야 했다. 그가 툴툴거리며 나를 다시 자기 품으로 끌어당기려 했지만, 나는 그의 팔을 치우고 더듬더듬 전화기를 찾았다.

"여보세요?" 내가 숨을 토하며 말했다. 한밤중에 이런 전화를 받으면, 늘 누가 죽은 거라는 생각이 먼저 든다. 심장이 쿵쾅거렸다.

"힐디?" 떨리는 목소리였고, 누구인지 식별하기가 어려웠다.

"그런데요, 누구시죠?" 내가 물었다.

"저예요…… 리베카." 그녀는 울고 있었다.

"리베카? 무슨 일이에요? 괜찮아요?"

프랭키가 침대에서 일어나 앉아 나를 보았다.

"피터가 우리 관계를…… 끝내고 싶대요. 나랑은 끝났다면서요."

"리베카, 미안한데요. 지금 새벽 세시 반이에요. 왜 이 시간에 전화를 하는 거죠? 아침에 통화해요. 그때 이야기해요."

"밤새 피터에게 전화를 했는데 코드를 뽑았나봐요. 신호는 계속 가요. 케임브리지로도 하고 여기로도 했어요."

"알았어요. 그런데 케임브리지로는 전화하면 안 될 것 같아요." 내가 한숨을 쉬었다.

"그 사람이 전화해주지 않을 것 같아요."

"리베카. 어떻게 할지 신중하게 생각해요." 내가 부드럽게 말했다. "엘리스가 두 사람의 관계를 눈치채면 브라이언에게 말할지도 몰라요. 그러면 정말로 정말로 나쁜 일이 생길 수도 있어요. 리엄과 벤을 생각해요, 리베카."

"애들 생각은 하고 있어요. 언제나 애들이 우선이에요. 피터가 엘리스와 헤어지면, 우리 애들 키우는 걸 도와줄 거라고 생각했어요."

나는 아무 말도 하지 않았다. 무슨 말을 하겠는가? 나는 프랭키를 곁눈질하며 고개를 가로저었다.

"끊어." 그가 입을 벙긋거렸다.

"지금, 지금 이 사람이 왜 이러는지 모르겠는데…… 나랑은 말도 하지 않으려고 해요. 내가 그리로 갈게요, 힐디. 마음을 읽어줘요. 정말로 무슨 일이 벌어지고 있는 건지 말해줘요."

"나는 그런 건 할 수 없어요, 리베카. 내 마음 말고 다른 사람의 마음속에서 어떤 일이 벌어지고 있는지 나는 몰라요. 내 마음도 거의 항상 안개 속 같은걸요."

"읽으시는 걸 봤어요. 제 마음도 읽으셨잖아요."

"나는 사람들이 무슨 생각을 하는지 말해줄 수 없을뿐더러, 그 사람을 보지 않을 때는 더더욱 말해줄 수 없어요. 설령 그런다 해도, 그건 진짜 그 사람들 생각이 아니라……"

"그 사람이 여기에 올 계획이 있는 것 같아요. 며칠 안에요. 나한테는 비밀로 하고 올 것 같아요. 오면 그 사람하고 이야기 좀 해보세요, 힐디. 그 사람이 무슨 생각을 하고 있는지 진심을 읽어주세요."

"있잖아요," 내가 말했다. "이 상황에서 가장 고민스러운 건, 지금 당신한테는 좋은 정신과의사가 필요한데 이 근방에서 가장 훌륭한 정신과의사는 당신의 전 남자친구라는 거예요."

"네? 어떻게 그런 말씀을 하실 수 있어요?"

"내가 무슨 말을 했는데요?"

"전 남자친구라니요."

"피터가 더이상 만나고 싶어하지 않는다면서요."

그 순간 프랭키가 내 손목을 꽉 잡았다. "끊어." 이번에 그는 큰 소리로 말했다. 나는 고개를 가로저으며 그에게도 리베카의 절규가 들리도록 전화기의 위치를 바꾸었다.

"그 사람이 그렇게 말한다는 거고요. 그 사람이 정말로 느끼는 건 그게 아니에요. 그 사람한테 이야기 좀 해달라고 부탁드린 건 그것 때문이에요. 부탁이에요, 힐디. 제 생각에는…… 그 사람이 엘리스에게서 벗어나려고 하지만 그럴 수가 없어서 하는 말 같아요. 그 여자가 그 사람한테 악마 같은 힘을 발휘하는 거라고요. 정말 역겨운……"

"알았어요, 리베카. 그런데 나는 잠을 좀더 자야 해요. 내일 출근을 해야 하거든요."

"힐디," 리베카가 훌쩍거리며 말을 이었다. "제발 피터랑 이야기 좀 해주실래요? 요전날 제가 트리키를 타다가 크게 넘어졌어요. 마장을 이용하려고 가끔 트리키를 트레일러에 실어서 헌트클럽에 데려가거든요. '인 앤드 아웃'을 하는데, 트리키와 박자가 서로 어긋났어요. 두번째 장애물을 넘다가 고꾸라졌어요. 트리키가 넘어지면서 내 몸 위로 떨어질 뻔했죠. 내가 넋을 놓고 있다가 그렇게 된 거예요. 피터 생각만 하니까. 피터와 이야기를 해주세요. 어떤 결정이 올바른 건지 피터에게 알려주세요. 하실 수 있잖아요."

분노의 감정이 천천히 나를 덮쳐왔다. 리베카가 심하게 넘어진 깃은 메이미가 이미 말해줘서 알고 있었다. 또한 헌트클럽에서 리베카가 그곳 조교사 한 명을 쓰지 않으면 더이상 거기서 승마를 할 수 없도록 금지했다고 한다. 또 린다 발로에게 전해들은 것을 메이미가 말해줬는데, 리베카가 해트트릭을 플로리다의 트레버 브라운에게 돌려보낼 계획이라고 했다.

"리베카가 트리키를 망치고 있어." 메이미가 씁쓸하게 말했다. "그건 낭비야."

이제 리베카는 피터 뉴볼드를 조종하기 위해 가엾은 해트트릭을, 그리고 나를 이용하려는 것이다. 나는 피터가 아장아장 걸을 때부터 그를 알지 않았는가. 그의 아버지는 우리가 예방주사를 맞으러 가면 우리에게 막대사탕을 주었고, 내 어머니가 돌아가신 뒤로는 아버지의 상태를 점검하려고 수시로 우리집에 찾아왔다.

"나는 피터를 만나지 않을 거예요, 리베카." 마침내 내가 말했다. "우리가 이런 대화를 나눈 걸 알면 피터가 얼마나 당황하겠어요. 나는 이 문제에 개입하고 싶지 않아요. 피터에 대해서는 아무런 반감도 없고요."

"하, 피터가 당신에 대해 해준 이야기를 감안하면 정말 친절하시군요. 피터는 부인이 술꾼에, 심령술로 사람들을 조종하는 사기꾼이라고 했거든요. 나한테서 온갖 정보를 뽑아내려는데 가만히 놔둔다고 나더러 미쳤대요. 당신이 뱀파이어라던데요. '이모셔널 뱀파이어*처럼.' 그 사람이 당신의 트릭에 대해 말하면서 쓴 표현이 정확히 이거예요."

"끊을게요, 리베카." 내가 말했다. 몸이 부들부들 떨렸지만 목소리에 드러내지 않으려고 애썼다.

"그만해, 힐디……"

프랭크가 내 손에서 전화기를 뺏어서 테이블에 쾅 내려놓았다. 나는 눈물이 솟구쳤다.

"뭐하는 거야? 아, 힐디. 울지 마. 그 여자는 완전히 미치광이라고 내가 그랬잖아."

---

* emotional vampire. 힐디가 상대의 감정을 뱀파이어처럼 뽑아낸다는 의미에서 한 비유.

"피터가 나에 대해 그런 비열한 말을 한 이유가 뭐지?" 나는 흐느꼈다. "내가 피터한테 뭐 잘못한 것도 없는데."

"힐디, 그런 미친 여자 말은 듣지 마. 다 꾸며낸 거야. 이제 내 말을 들어. 그 여자랑 친하게 지내지 마."

다음날 아침 사무실에 가니, 켄들이 나에게 메시지를 전해주었다. 하나는 부동산 전문 법률가인 론 베이츠가 남긴 메시지였고, 나머지 두 개는 리베카의 것이었다. 나는 론에게 전화를 걸었고, 그는 드와이트 부부의 집을 사고 싶어하는 고객이 있다고 말했다. 그들은 47만 5000달러를 제안했다. 현찰로.

"누가 구입하는 거예요?" 내가 물었다. 물론 나는 매우 기뻤다. 드와이트 부부가 그들의 집을 다시 내놓은 뒤로 고객들에게 몇 차례 보여주었지만, 집 상태가 엉망이라 시간 낭비로 느껴졌다.

"익명으로 구입하고 싶어해요. 서류에는 웬도버 크로싱 LLC라고만 되어 있어요."

"옆집 주인인 클락슨 부부일 거예요. 현명한 결정이에요. 두 땅을 합치는 거요. 언제 양도받고 싶대요?"

"서두를 이유는 없지만, 필요하면 지금 양도받아도 상관없다고 하는군요."

나는 전화를 끊고 즉시 캐시에게 전화를 걸어 그 소식을 알렸다. 그녀는 뛸 듯이 기뻐했다. 뉴턴에 있는 학교에서 여름 프로그램을 진행한다고 했다. 구매자가 일찍 양도받아도 괜찮다면 그들은 새 집을 찾는 즉시 이사하겠다고 했다.

드와이트 부부의 집에 대한 합의가 이루어진 뒤 나는 캐시 집으로 차를 몰았다. 제이크가 아파서 조퇴한 바람에 캐시가 내 사무실로 올 수가 없었다. 그녀는 문 앞에서 반색하며 나를 반겼다. 제이크가 그녀 뒤에 서서 몸을 흔들며 노래를 불렀는데, 동작과 노래가 맞지 않았다.

"내가 흥분한 걸 아이가 알고 있어요." 캐시가 빙긋 웃었다. "내가 패치한테 전화로 이야기하는 걸 들었거든요. 뭔가 흥미진진한 일이 일어난다는 걸 아는 거예요." 캐시가 제이크를 바라보며 환하게 웃었다. 내가 마지막으로 본 뒤 몇 달 사이에 제이크는 훌쩍 자라 있었다.

"안녕, 제이크." 내가 말을 건넸지만, 아이는 그저 노래하며 몸을 흔들 뿐이었다. 나는 캐시와 함께 식탁 앞에 앉았고, 캐시가 모든 서류에 서명을 했다.

"뉴턴에 있는 학교에 전화했어요. 6월에 시작하는 여름 프로그램에 제이크가 들어갈 자리를 비워둔대요. 내일 제이크가 학교에 가 있는 동안 패치랑 같이 몇 집 둘러볼까 해요."

"정말 잘됐어요." 내가 진심으로 말했다. 드와이트 부부는 휴식을 누릴 자격이 있고, 이제는 휴식을 누리려는 것이다.

"집을 구하면 알려주세요. 양도 날짜를 잡아야 하니까요." 내가 떠나며 말했다. 캐시도 나도 감상적이거나 감정적인 사람은 아니지만, 내가 떠나기 전에 그녀는 나를 꼭 끌어안아주었다.

열일곱

피터 뉴볼드가 집을 판다는 소식을 내가 들은 것은 하고많은 사람들 중 하필 헨리 발로를 통해서였다. 헨리는 자칭 AA모임의 간판 모델로, 커피빈을 자신의 개인적인 금주 살롱처럼 이용했다.

전몰장병 추모일을 꼭 일주일 남겨둔 주의 일요일, 나는 사무실에 갈 생각이었다. 켄들이나 다른 사람들의 전화에 방해받지 않고 샌토렐리 형제의 집에 대한 제안서를 작성하고 싶었다. 일요일 아침 일곱시에 커피숍에 올 사람은 나밖에 없을 거라고 생각하며 커피를 사들고 가기로 했다. 그러나 그건 나 혼자만의 생각이었다. 내가 커피숍에 들어갈 때 마침 헨리도 들어가고 있었다. 그가 나를 따뜻하게 살짝 안아주고는 큰 소리로 "안녕, 힐디" 하며 반겼다.

우리는 커피를 주문했고, 헨리는 나에게 어떻게 지내는지 물었다. 숨은 뜻이 있는 질문이었다. 그가 궁금해하는 것은 내 건강이나 사업, 손자—내게 중요한 모든 것—가 아니었다. 그가 알고 싶어하는 것은 내가 '술을 마시지 않는지'였다. 음, 물론 그랬다. 나는 술을 마시지 않는다. 그래서 말했다. "아주 잘 지내요, 헨리. 정말로 잘 지내요. 올해는 사업이 좀 부진하긴 하지만, 날씨가 따뜻해지니까 사람들이 집을 보러 다니기 시작하네요. 흥미로운 매물도 몇 개 나왔고요."

"네, 뉴볼드 부부가 집을 판다는 이야기 들었어요. 집값을 얼마나 부르던가요? 거기 해변이랑 다른 걸 다 합치면 값이 엄청 비싸겠네요."

"뉴볼드 부부가요?" 내가 물었다. "피터와 엘리스 뉴볼드요?"

"네, 닥터 뉴볼드의 아들요."

"처음 듣는 이야기인데요." 내가 말했다.

"그래요? 그 집 매매를 맡으신 줄 알았는데. 같은 건물을 쓰지 않아요?"

"잘못 안 걸 거예요, 헨리. 내가 아는 한은 아직 팔 생각이 없어요." 내가 말했다.

"아니에요, 확실한 것 같아요. 해나 메이슨한테 들었어요. 해나가 그 집 청소를 해요. 뉴볼드 부부가 다락이며 지하 저장고며 차고며 다 치우고 있다던데요. 뉴볼드의 아내가 지난주 내내 그 집에와 있어서 해나가 미쳐버리는 줄 알았대요. 지금은 집을 보여줄 준비를 하고 있다더군요. 어쨌거나 해나가 말해준 거예요."

나는 멀뚱히 서서 그를 쳐다보기만 했다. 그 이야기를 그냥 받아들이기가 좀 벅찼다.

"힐디, 모임에 자주 나오면 이 지역에서 일어나는 일은 전부 알수 있을 거예요."

해나도 AA모임에 나온다는 사실을 잊고 있었다. 헨리가 방금 한 말은 사실이었다. 거기 나오는 사람들은 모임중에는 떠도는 소문들을 옮기지 않지만, 모임이 끝나고 교회 주변에 둘러서서 커피를 마시거나 담배를 피울 때는 다르다. 그때는 이런저런 소문들을 한 보따리 들을 수 있다. 커피빈을 운영하는, 눈썹에 피어싱을 한 청년이 나에게 커피를 건넸다.

"확실한 거죠, 헨리?" 내가 물었다.

"그럼요." 그가 대답했다.

"고마워요." 나는 밖으로 나가 차에 올라탄 뒤 윈드포인트 로드까지 차를 몰았다. 뉴볼드 부부의 집은 변함없이 그 자리에 있었다. 사유지 도로 끝, 사유지 해변에 연방시대 양식*으로 지은 아름다운 건물이었다. 값이 몇백만 달러는 나갔다. 뉴볼드 일가가 몇 세대에 걸쳐 소유한 집이었다. 잔디밭에 이 집을 어느 부동산 중개업소에 내놓았는지를 알리는 표지판은 아직 보이지 않았다. 하지만 헨리가 말한 것이 사실이라면, 뉴볼드 부부가 특정한 부동산 중개업자와 이 일을 진행중인 것이 사실이라면, 나 말고 맡길 만한 사람은 이쪽 바닥에서는 소더비의 웬디 헤더턴뿐이다.

피터의 아버지는 오랫동안 우리집 주치의였고, 나는 피터가 임대한 사무실의 건물주였다. 나는 그가 아기였을 때부터 그를 알았다.

물론 이 일은 리베카 때문이었다. 다만 한 가지 이해되지 않는 것은, 한밤중의 그 전화 이후 며칠 전 리베카가 내 사무실에 들러 피

---

* 1780년대에서 1830년대, 특히 1785년에서 1815년 사이에 미국에서 유행하던 건축 양식.

터와 오해를 풀었다고 즐겁게 말해준 사실이었다. 다시 잘해보기로 했다면서.

그때가 바로 지난주 수요일 이른 아침, 그녀가 아이들을 학교에 내려준 뒤였다. 그녀는 사무실로 들어와 켄들에게 즐겁게 인사를 건넨 뒤 내 사무실로 머리를 빠끔 들이밀었다.

"안녕하세요, 힐디? 잠시 시간 있어요?"

"음, 그럼요……"

리베카는 내 책상 건너편 의자에 앉아 약간 멋쩍은 미소를 지었다.

"요전날 밤에 전화드린 거요, 죄송해요." 그녀가 말했다.

"괜찮아요, 리베카. 그 일은 다시 생각하지 마요."

"음, 여기 온 건 피터와의 문제가 다 해결됐다고 말씀드리고 싶어서예요. 다시 잘해보기로 했어요. 그다음날 긴 대화를 나눴어요. 피터가 정말 미안하다고 했어요. 깊이 사과했어요." 리베카는 이 말을 하면서 자신의 손톱을 물끄러미 내려다보았다.

"그래요? 리베카, 정말 잘됐네요." 말은 그렇게 했지만 나는 그 두 사람 일에 완전히 신물이 났다. 뱀파이어, 그가 나를 그렇게 불렀다고 했다. 그 말에 내가 얼마나 상처를 입었는지는 둘 중 누구에게도 알리지 않을 것이다. 그래서 아이들의 안부를 물었다. "애들은 어때요?"

바로 그때 우편배달부가 소포를 들고 옆쪽 포치에 나타났고, 리베카의 고개가 홱 돌아갔다.

"리베카," 내가 말했다. "피터는 수요일에는 여기 오지 않아요. 알고 있잖아요."

"꼭 그렇지는 않을걸요." 그녀가 웃으며 말했다. "제가 오늘 그 사람한테 여기 와달라고 말했거든요."

"수요일에는 저쪽 병원에 있지 않아요?"

"보통은요. 하지만 하루 휴가를 낼 수 있을 것 같다고 했어요. 그 사람은 우리가 서로 오해하고 있던 사이에…… 내가 그리웠다고 했어요. 나도 피터가 몹시 보고 싶어요. 어젯밤에 그 사람하고 통화했거든요. 약간 화가 난 것 같았어요."

"집으로 전화를 했어요? 또? 그렇게 서로 오해를 푼 뒤에요?"

"음, 네. 피터는 병원에서 바쁘게 지내니까 저한테 전화해야 한다는 사실을 잊어버려요. 가끔은 그 사람과의 대화가 필요해요. 간밤에는 미치는 줄 알았어요. 어떤 예감에 사로잡혔는데…… 꼭 그 사람한테 무슨 일이 생긴 것만 같았죠. 전에도 그런 일이 있었어요, 힐디. 어려서 부모님과 떨어져 기숙학교에서 지낼 때였는데, 한밤중에 자다가 벌떡 깼어요. 히스테리 발작이 일어난 것처럼요. 그때 우리 개 프레시가 죽은 걸 알았어요. 제가 다섯 살 때부터 키우던 개인데 그 개를 무척 사랑했거든요. 그날 아침을 먹자마자 엄마의 전화를 받았어요. 프레시가 죽었다고요. 이제 제가 왜 기를 쓰고 피티에게 연락했는지 아시겠죠? 그 사람한테 무슨 일이 벌써 일어났거나, 아니면 앞으로 일어나거나 둘 중 하나라고 생각했어요. 그 사람한테 경고를 해야 했어요. 저 역시 영적인 힘을 타고난 사람이에요. 전에 그런 경험을 했으니까요."

"전화는 엘리스가 받았나요?"

"아니요. 피터가 받았어요. 피터 기분이 좋지 않더군요. 그 사람한테 내가 얼마가 걱정했는지 말해줬어요. 무슨 일이 일어날 것 같은…… 예감이 드니까 조심하라고요."

"피터 집으로 전화하는 건 그리 좋은 생각이 아니에요." 내가 말했다.

"내가 그런 것도 모르는 줄 아세요?" 리베카가 쏘아붙였다.

"미안해요." 내가 책상에 놓인 서류에 관심을 돌리며 말했다.

"아니에요, 힐디. 제가 미안해요. 상황이 이렇다보니 제가 약간 스트레스를 받았어요. 우리가 문제를 모두 해결하면 다 잘될 거예요. 브라이언과 엘리스한테는 어떻게 말할지, 또 애들은 어떻게 할지 그런 거요. 그 문제만 해결되면 모든 것이 좋아질 거예요."

"그럴 거예요." 내가 그녀를 안심시키듯 말했다. "지금은 힘든 시기예요. 모든 게 좋아질 거예요. 명절 주말에는 뭘 할 건가요?" 전몰장병 추모일이 다가오고 있었다.

"낸터킷에 가야 해요. 브라이언 사업 파트너의 별장이 그곳에 있어요."

"멋진데요." 내가 말했다.

"나는 섬이 싫어요." 그녀가 말했다.

우리는 아이들과 말들에 대한 이야기를 나누었고, 리베카는 떠났다. 그날 밤 집으로 가는 길에 나는 뉴볼드의 집 앞을 거쳐 갔고, 아니나 다를까, 그 집에는 불이 켜져 있었다. 리베카가 말해준 대로 피터가 주중에 이곳에 온 것이다.

나는 사무실 건물로 차를 몰았지만, 사무실로 가는 대신 계단을 올라가 2층으로 갔다. 내가 그 건물 소유주니 당연히 피터와 카트리나의 사무실 열쇠를 갖고 있었다. 열쇠 꾸러미 속의 열쇠 몇 개를 돌려본 뒤에야 피터의 사무실 열쇠를 찾을 수 있었다. 사무실 문을 밀어 열면서, 나는 짐이 전부 상자에 꾸려져 있을 거라고 얼마간 예상했다. 하지만 사무실은 변함없이 그대로였다. 나는 여러 가지 이유로 이 사무실에 들어왔었다. 한번은 사무실 천장에서 물이 샜다. 그리고 몇 년 전에는 피터가 페인트칠을 새로 해달라고 요청했다. 나는 프랭크의 일꾼 두엇에게 그 일을 시켰고, 일을 다 끝낸 뒤 점검차 이곳에 왔었다.

아늑한 공간이었다. 안락의자 두 개가 마주보고 있고, 한쪽에는 가죽 소파가 놓여 있었다. 방음 때문에 그의 요청에 따라 깔아준 베이지색 일반 규격 카펫 위에 페르시아산 골동품 러그가 깔려 있었다. 한쪽 벽에는 심리치료, 심리분석, 신경증, 성격장애, 우울증, 중독, 정신병, 조현병에 관한 책들이 책장 가득 꽂혀 있었다. 피터 본인이 저술한 유대감에 관한 책도 있었다. 또한 바다 위에 걸린 달 사진들이 액자에 넣어져 있었다―피터가 자신의 사유지 해변에서 찍은 것이 분명했다. 리베카가 보고 그림을 그린다고 한 사진들이었다.

천천히 그의 책상으로 걸어갔다. 그의 공간을 이렇게 뒤져서는 안 되지만, 그가 먼저 나를 배신했으니 내겐 그럴 자격이 있다고 느껴졌다. 책상에 그와 엘리스, 샘의 사진이 놓여 있었다. 그 해변, 바로 그의 집 앞에서 찍은 사진이었다. 어림잡아 500만 달러에 내놓으면 안전하게 팔릴 것 같은 그 집 앞에서. 책상 옆에 캐비닛이 있었다. 이거다. 나는 캐비닛을 열었다. 그가 잠그고 다녔어야 했다. 캐비닛마다 환자들의 기록이 보관되어 있었다. 내 매니큐어리스트, 딸아이가 고등학교 때 가장 친하게 지냈던 친구, 유니언 뱅크 비벌리 지점의 모기지 중개인, 도서관에 근무하는 친절한 브렌다, 매니 브리그스의 이름이 보였다. 나라는 인간이 좀더 장난꾸러기였다면 어떤 재미를 누렸을까? 하지만 내가 찾는 것은 오로지 단 하나의 파일이었다. 그 파일은 없었다.

나는 서랍을 쾅 닫고 사무실에서 나온 뒤 문을 잠갔다. 그러고는 내 사무실로 쿵쾅쿵쾅 내려가 MLS 사이트에 들어가보았다. 없었다. 윈드포인트 로드 53번지가 MLS에 올라와 있지 않은 걸 보면 아직 계약서에 서명하지 않았을 가능성이 컸다. 일요일, 그것도 아직 오전 아홉시도 되지 않았는데 나는 내 롤로덱스*를 휙휙 넘기며—그렇다, 나는 아직도 롤로덱스를 쓴다—피터의 연락처를 찾았다. 먼저 그의 휴대전화로 전화를 걸었다. 두번째 신호에 그가 받았다.

"여보세요?" 그가 숨을 헉 내쉬며 전화를 받았다. 숨을 헐떡거리고 있었다.

"피터? 안녕하세요, 힐디예요."

잠시 침묵이 흘렀고, 더 가쁘게 숨을 몰아쉬는 소리가 들렸다. "안녕하세요, 힐디. 무슨 일인가요?"

"뭘 하는 중이었나봐요." 내가 말했다. 섹스, 내가 생각한 것이었다.

"달리는 중이에요." 피터가 말했다.

"여기 내려왔어요?"

"아니요, 케임브리지입니다. 찰스 강을 따라 뛰고 있어요. 무슨 일인가요?"

"내가 오히려 묻고 싶어요, 피터. 무슨 일이죠?"

---

* 회전식 명함 정리기.

이제는 숨쉬는 소리밖에 들리지 않았다. 호흡이 조금씩 잦아들고 있었다.

"요전날 밤에 그 집에서 불빛을 본 것 같아서요. 차도 본 것 같고."

"수요일에 몇 시간 가 있었어요. 가져올 게 좀 있었거든요."

"집을 내놓는다고 들었어요."

한참 말이 없었다. 이윽고 그가 말했다. "네, 음, 그 문제로 말씀을 드리려던 참이었어요."

"오," 내가 말한 뒤 조그맣게 웃었다. "나도 그럴 거라고 생각했어요. 내가 집을 팔 수 있다면 기쁠 거예요. 언제 들를 거예요? 계약서를 준비해놓을게요. 염두에 둔 구매자도 이미 있고……"

"음, 저기, 오늘 오후에 그리로 가서 몇 가지를 더 챙겨올 생각인데, 들러도 괜찮을까요?"

"그럼요, 몇시에?"

"세시까지 갈 수 있어요."

"좋아요. 사무실로 와요. 사무실에 있을게요."

"잘됐네요." 피터가 말했다. 그러고는 한마디 덧붙였다. "힐디, 집을 내놓는다는 얘기는 아직 누구에게도 하지 않았어요. 이 문제를…… 우리가 의논할 때까지는 아무한테도…… 말하지 않으셨으면 합니다."

"다음 몇 시간 동안은 아무한테도 말하지 않을 거예요."

피터를 기다리는 동안 샌토렐리 형제에게 제출할 제안서에 열중하려 했지만 집중이 잘 되지 않았다. 피터가 집을 팔려고 하는 게 진짜라면, 샌토렐리 형제가 나에게 집을 내놓도록 설득하기 위해 그 집이 필요했다. 에식스 카운티에서 가장 비싼 집에 속하는 피터의 집을 웬디가 가져가면, 샌토렐리 형제도 틀림없이 웬디에게 매매를 맡기려 할 것이다. 왜 그러지 않겠는가? 뉴볼드 일가의 집은 내가 팔아야 한다. 나한테 꼭 필요하다. 더 간단히 말하면, 내가 팔아야 마땅하다. 웬디는 이 지역에 온 지 십 년도 되지 않았고, 소더비는 국제적인 부동산 체인이다. 피터의 아버지는 우리 지역을 소중하게 여겼고, 지역 업체들을 지원해야 한다고 믿었다. 나는 이웃으로서, 집주인으로서 피터에게 늘 잘해주었다. 게다가 그가 꼬마였을 때부터 알고 지냈다.

어쩌면 그는 나에게 집 매매를 맡길 것이다.

그런데 왜 나는 그 사실을 아직 모르고 있었지?

이런 생각들이 머릿속을 스치고, 스치고, 또 스쳤다. 마침내 피터가 도착했을 때, 나는 그런 생각에 점점 깊이 빠져들어 조금 분하고 화난 상태가 되어 있었다. "들어오세요." 그가 내 사무실 문을 부드럽게 두드리자 내가 외쳤다. "열려 있어요."

피터가 고개를 들이밀었다. "안녕하세요, 힐디." 그가 말했다.

"어서 와요."

"2층으로 올라가서 얘기해도 괜찮을까요? 우리가 대화를 나눌 때 누가 기웃거리는 게 좀 그래서요."

"그럼요." 내가 말했다.

그를 따라 계단을 올라가며 창밖을 흘긋 봤는데, 주차장에는 내 차만 덩그러니 서 있었다.

"어떻게 된 거예요? 케임브리지에서 여기까지 그 먼 길을 뛰어왔어요?" 내가 물었다.

"네?"

"차는요?"

"아, 교회 뒤에 댔어요."

맙소사, 나는 생각했다. 프랭키의 말이 맞았다. 피터 뉴볼드는 겁먹은 토끼처럼 행동하고 있었다. 누군가의 먹잇감이 된 것처럼.

피터의 사무실로 들어간 나는 한동안 이곳에 와보지 않은 사람처럼 주위를 둘러보았다. 몇 시간 전에 여기 들어왔던 사람이 아닌 것처럼. 피터가 문을 닫았고, 나는 두 개의 안락의자 중 하나로 가서 앉았다. 그가 한쪽 구석에 있는 작은 냉장고를 열었다.

"목마르지 않으세요, 힐디?" 그가 물었다.

"아니, 괜찮아요."

"저는 몹시 목이 마르네요. 달리기를 오래 해서 그런가봐요." 피터가 말했다. 그러고는 물병을 입에 대고 소리가 들릴 만큼 꿀꺽꿀꺽 물을 들이켰다. 그리고 나를 돌아보았는데, 약간 놀란 것 같았다.

"뭐가 잘못됐어요?" 내가 주위를 둘러보며 물었다.

"아무것도요." 피터가 조그맣게 웃었다. "그 자리가 심리치료를 할 때 제가 주로 앉는 자리거든요."

"아, 이게 그런 의자예요? 그럼 내가 다른 의자에 앉을까요?"

"아니, 아니, 괜찮아요." 피터가 말하고는 나와 마주한 다른 의자에 앉았다. 내가 그를 쳐다보았다. 그랬다. 그 말은 사실이었다. 그는 웬디에게 짐을 내놓을 생각인 것이다. 불 보듯 훤했다.

"그러니까," 내가 가죽 팔걸이를 손바닥으로 문지르며 말했다. "여기가 그 모든 마법이 일어나는 곳이라는 거죠?"

피터가 억지웃음을 지었다. "글쎄, 마법이라고 부르기는 뭣하죠……"

"그래요, 과학인 것 같군요." 내가 말했다.

피터가 어깨를 으쓱했다.

"아니면 예술인가요?" 내가 물었다. "요전날 라디오에서 의학은 과학이기보다 예술이라고 말하는 걸 들었어요. 그게 심리치료에도 적용되는지는 모르겠지만요."

피터는 아무 말도 하지 않았다.

"그런 것 같아요? 그쪽이 하는 일이 예술의 한 형태라고 생각해요?" 내가 물었다.

피터가 나를 바라보았다. "아니요." 그가 대답했다.

나는 사무실을 둘러본 뒤 오른쪽 창밖을 바라보았다. 내가 앉은 곳에서는 옆 건물인 교회의 내부가 내려다보였다. 일요일 오후에 종종 그러듯 성가대가 연습을 하고 있었다. 피터의 사무실에서 나는 마침내 성가대 지휘자를 볼 수 있었다. 웬도버 아카데미의 음악 교사 루시 루든이었다. 그녀의 오른손이 허공을 가르며 박자를 긋고 있었고, 입은 과장되게 가사를 벙긋거리고 있었다. 성가대원들은 노래를 부르며 그녀를 올려다보고 다시 찬송가 악보를 내려다보았다. 내가 좋아하는 하월 부인이 악보를 보면서 노래하는 법을 가르쳐주던 것이 떠올랐다. 한번은 주일에 입는 내 스커트의 단이 뜯어져 부인이 자신의 책상 서랍에 두는 바늘과 실로 꿰매준 적도 있었다. 주일학교에서 그녀는 내가 앉은 의자 뒤로 걸어가면서 이따금 내 어깨를 살며시 잡아주었다.

"그러니까 사대 동안 전해내려온…… 집을 판다는 거군요, 그래요?"

"삼대입니다."

"아, 삼대?"

"네."

나는 피터를 정면에서 다시 바라보았다. 그러고는 고개를 끄덕였다. 피터는 무척 불편해 보였다. 나는 두 의자 사이의 간격이 마음에 들었다. 마음을 읽기에 좋은 거리였다. 페그 고모는 늘 손님들(고모는 늘 '클라이언트'라고 불렀다)을 너무 가까이도, 너무 멀리도 앉지 않게 했다. 10피트인가 12피트인가, 그만큼이 적절한 거리였다. 너무 멀어지면 고모가 그들의 마음을 제대로 읽을 수가 없고, 너무 가까워지면 그들이 자제력을 잃을 수 있었다. "이따금 내 무릎에 슬그머니 앉으려는 사람도 있다니까." 페그 고모는 말했었다. "사람은 감정적이 되기 쉬우니 서로 거리를 좀 두는 것이 도움이 돼."

"이런 곳에 의자를 배치하는 데 표준화된 방식이 있나요? 심리 치료실 말이에요." 내가 피터에게 물었다.

"네?"

"예전에는 환자가 카우치에 누워 치료사의 얼굴을 보지 않도록 한 걸로 알고 있어요. 하지만 요즘은 환자와 치료사가 서로 바라보는 것이 추세라면서요. 환자와 심리치료사 사이에 권장되는 거리가 있는지 궁금해서 물어본 거예요."

"사실은 있어요. 정확히 몇 피트인지는 기억나지 않지만, 대충 이 거리와 비슷할 거예요. 되도록 그 거리는…… 그런데 이런 이야기를 왜 하는 거죠?"

"아, 관심이 있어서요. 정말로요."

"심리치료실의 환경 이면에는 과학이 존재해요. 물론 환자가 안

전하다는 느낌을 받아야 하고요. 환자의 마음을 분산시킬 만한 것을 두면 안 됩니다. 이곳에 여러 번 왔어도 치료실 내부에 대해 전혀 모르는 사람들도 종종 있어요. 반대로 지나치게 의식해서 아주 사소한 변화까지 주목하는 사람도 있고요. 예컨대 책상 이쪽 끝에서 저쪽 끝으로 화분을 옮긴 것까지도요. 심리치료에서 효과를 거두려면 환자가 이곳이 안전한 장소라고 느끼는 것이 중요합니다."

"음," 내가 물었다. "페그 고모에 대해 알아요?"

"물론 알죠." 피터가 대답했다. "점술가시잖아요. 모르는 사람이 없죠. 제 어머니도 평소 그런 걸 믿지는 않으셨지만 몇 번 찾아가신 걸로 알고 있어요. 아버지는 돈 낭비라고 하셨죠. 아버지는 그분을 약간 사기꾼으로 여기셨어요. 제 말을 크게 신경쓰진 마세요."

"아니에요. 그렇게 생각하는 사람들도 많았지만, 페그 고모는 전혀 사기꾼이 아니었어요. 의도적으로 거짓말을 하거나 엉터리 이야기를 늘어놓지는 않으셨으니까요. 자신에게 정말로 영적인 힘이 있다고 믿으셨죠. 하지만 고모가 정말로 잘했던 건 그날 밤 웬디의 디너파티에서 당신이 말한 그런 거였어요. 콜드리딩. 추측하기. 사실 다 눈속임이지만, 고모는 그런 사실조차 모르셨어요. 그게 차이 같아요. 사기꾼은 의도적으로 사기를 친다는 게 내 생각이거든요."

"그렇겠네요." 피터가 말했다.

"피터 당신이 사기꾼이 아니라는 건 내가 알아요. 당신은 여기서 일어나는 변화를 과학적으로 설명할 수 있다고 진심으로 믿겠죠. 당신은 엄청난 훈련을 받았기 때문에 분석과 통찰을 할 수 있다고. 하지만 그것 역시 또다른 형태의 콜드리딩일 뿐이에요. 장담하는데, 열몇 명을 무작위로 뽑아서 그 사람들에게 똑같은 것을 말하고 똑같은 통찰을 제시해도, 그 말이 모두에게 들어맞을 거예요. 점성술처럼요."

"당신은 문제를 단순화하고 있어요, 힐디. 말이 좀 안 되는 소리 같아요. 저는 오랫동안 연습하고 수련한 덕분에 점성술보다는 조금 더 많은 것을 제공할 수 있게 됐고요."

나는 고개를 끄덕였다. 그는 자신을 믿고 있었다.

"알겠지만 내가 어떤 재능이나 힘을 가졌다고 주장한 적은 없어요. 그건 마술 같은 거라고 늘 말하고 다니고요. 내가 심령술사라고 주장한 적도 없고 그걸로 이득을 본 적도 없어요. 항상 그냥 재미로 한 거였죠."

"하지만 가끔은 이득을 보기도 하시잖아요. 사람들의 정보에 접근할 수 있고, 그렇게 해서 알아낸 정보로 이득을 볼 수 있으니까요. 그 이득이란 게 약간의 즐거움 정도라 할지라도요. 약간의 자기만족이거나."

"뭐, 그런 이득에 대해서는 피터 당신도 아는 것이 있을 텐데요…… 리베카에게 나를 뭐라고 했다더라? 아, 맞아요. 이모셔널 뱀파이어."

"유감스럽게도 리베카가 그 말을 전했군요. 그건 제 생각이 아닙니다, 힐디. 저는 우리 문제를 당신한테 말한 것 때문에 리베카에게 화가 많이 났던 것뿐이에요."

"그건 됐어요. 이제 집 이야기를 합시다." 내가 말했다. "집은 나한테 내놓을 거죠?"

"아니요, 웬디한테 내놓을 겁니다, 힐디. 그건 이미 알고 계실 텐데요."

"어째서요, 피터? 어째서 내가 아니라 웬디죠?"

"이유는 아시잖아요."

"그래요, 리베카 때문이군요."

피터는 계속 내 눈을 응시했고, 내가 제대로 짚었다는 것을 알 수 있었다.

"당신과 리베카의 문제에 어째서 나를 끼워넣는 거죠? 나는 두 사람이 앞으로 어떻게 할지에 아무런 관심도 없어요. 기분 나쁘게 듣지 않으면 좋겠는데, 나는 두 사람의 문제가 좀 지겨워요. 하지만 나는 그 집이 정말로 필요해요, 피터."

"죄송하지만, 힐디, 당신이 이 문제에서 빠지시는 게 더…… 깔끔하다고 느껴졌어요. 리베카와 아주 좋은 친구가 되셨잖아요."

"내가 리베카를 안 지는 일 년도 채 되지 않았어요. 하지만 피터 당신을 안 건 당신이 태어났을 때부터잖아요. 이게 어떻게 공평해요? 웬도버에서 개인 부동산 중개업소를 하는 사람은 이제 나뿐이라는 걸 잊었어요? 당신 아버지는 지역 사람들과 작은 업체들을 격정하는 분이었어요. 당신도 그런 줄 알았는데요."

"물론 그렇죠, 힐디. 하지만 이번 일은……"

"이건 현명한 처신이 아닌 것 같은데요, 피터. 우리가 오래전부터 알던 사이라는 걸 모르는 사람이 없어요. 당신이 나한테 집을 내놓지 않으면 몇몇 사람들은 눈살을 찌푸릴걸요?"

"정말 죄송합니다. 하지만 이렇게 해야 덜 복잡해져요."

"덜 복잡해져요?" 나는 점점 짜증이 나고 있었다. "피터, 내가 이해되지 않는 건, 왜 리베카와 함께하기로 해서 당신 체면을 손상시키는가 하는 거예요. 왜 그런 위험을 무릅쓰는 거죠? 오, 잠깐,

이제 알겠어요. 리베카를 정말로 사랑하는군요."

피터가 말했다. "물론 사랑했어요. 아마, 어쩌면 지금도 사랑하는지도 모르고요."

"그래요." 내가 부드럽게 말했다. 거의 안됐다는 마음까지 들었다. "그러면 왜 리베카와 도망치지 않아요? 어디 외국으로 떠나버릴 수도 있잖아요?"

"법 때문입니다, 힐디. 치료사가 환자와 사귀는 것을 금지하는 법이 있어요. 저와 리베카의 이런 관계가 밝혀지면 의사면허가 취소될 거예요. 게다가 리베카는 저를 사랑하지 않아요. 지금 리베카는 인식하지 못하지만 저는 알 수 있어요. 저와의 관계는 리베카에게 전부 환상에 불과해요. 리베카는 저를 자신의 삶에 강력한 영향을 미치는 존재로 인식해요. 일종의 아버지상이죠. 게디기 리베가한테는 아들들이 있고, 저한테도 샘과 엘리스가 있어요. 이 문제를 전부 리베카와 의논했어요. 리베카도 우리 관계가 끝났다는 걸 알지만 받아들이기가 힘든 거고요. 이사한다는 이야기는 좀더 기다렸다 할 생각입니다. 깨끗이 정리하는 거지요."

"언제까지 기다릴 건데요?"

"리베카가 받아들일…… 때까지요."

그는 아래를 내려다보았고, 이어서 이마를 문지른 뒤 천장을 올려다보고 다시 나를 보았다.

"이유가 더 있는 것 같은데요." 내가 말했다. 나는 그가 뭔가 숨기고 있다는 것을 알아차렸다. 그는 몹시 지쳐서 나를 멀뚱히 바라보며 내가 자기 마음을 읽도록 내버려두었다.

"뭔가 간절히 바라는 것이 있군요. 어디 다른 곳에서 제의를 받았는데요? 그런가요?"

그의 마음을 읽는 것은 아주 쉬웠다.

"더 좋은 자리네요. 해외고요."(그냥 던져본 말이었다. 그가 눈을 깔면서 고개를 옆으로 돌렸다. 잘못 짚었다는 뜻이었다.)"아니, 아니야, 그게 아니군요. 먼 곳이기는 한데."(맞혔다. 그의 눈빛에서 긍정의 기색을 읽을 수 있었다.)"서부 해안이네요."(이번에도 맞혔다.)"그렇군요, 캘리포니아네요. 그사이 그곳의 경영진을 만나고 있었군요. 지난 몇 달 사이 캘리포니아에 두 번—아니, 그보다 더 많이, 서너 번은 갔군요. LA 같은데……"(윽, 틀렸다.) "LA가 아니네요. 샌프란시스코……"

피터는 숨을 고르려고 애썼지만, 내가 '샌프란시스코'라고 말했을 때 10억분의 1초 동안 숨을 참는 것이 보였다. 빙고.

"어떻게 하려고요?" 내가 물었다.

"힐디, 거긴 자기 분야에 평생 노력을 쏟아부어야 따낼 수 있는 자리예요. 이 나라에서 정신과로는 가장 신망받는 병원의 과장 자리죠. 첫 출근은 세 달 뒤가 될 거고요. 그러니까 잘 맞히셨어요. 그게 우리가 집을 팔려는 이유예요. 엘리스가 굉장히 들떠 있어요. 엘리스의 가족이 서부 해안 출신이거든요. 다음주에는 같이 집을 보러 샌프란시스코에 갈 예정이고요."

"집을 내놓겠다고 웬디에게 말했나요?"

"네."

나는 돌아서서 창문을 통해 교회를 보았다. 성가대 연습이 끝났다. 뿌연 유리창을 통해 그들의 모습이 간신히 보였다. 신자석에서 코트를 집어들면서 서로 작별인사를 나누고 있었다. 곧 집으로 돌아가 가족과 함께 시간을 보낼 것이다. 지금 피터와 내가 있는 어두해지는 치료실에서는 그들을 부러워해야 한다. 가족과의 허물없는 일요일 저녁식사가 기다리는 집으로 돌아간다고 생각하면, 그들을 부러워해야 한다.

낮의 햇빛이 거의 사라졌지만, 피터는 사무실 전등을 켜지 않았다. 리베카가 건물 앞을 지나가다가 볼까봐 두려워서인 것이 확실했다. 그래서 우리는 춥고 어두운 공간에 그냥 앉아 있었다. 그 공간을 천천히 둘러보는데, 바닥이 약간 경사져서 책상을 수평으로 만들려고 피터가 책상 다리 하나 밑에 페이퍼백 책을 끼워놓은 것이 보였다. 오래된 건물이었다. 세월과 더불어 그렇게 기울어진 채로 자리를 잡은 것이다. 나는 오래전에 이 목사관에서 살림도 하고 목회도 했던 목사들을 찾아와 상담을 받았을 사람들—그중에는 내 조상도 있었을 것이다—을 생각했다. 그 목사들 중에도 피터처럼 명예를 실추한 사람이 있었는지 궁금했다. 사람이 이렇게 무너지는 건 항상 사랑 때문이었다. 나는 피터가 불쌍했다. 정말이지 안됐다는 마음이 절로 들었다. 나는 접근 방식을 바꿔보기로 했다.

"닥터 뉴볼드가 없는 웬도버는 상상이 안 되네요. 피터 당신도, 당신 아버지도 우리 모두를 한결같이 살뜰히 보살펴줬잖아요. 이곳을 떠나면 슬프지 않겠어요? 조금이라도 슬프지 않을까요? 이동네와 평생 알고 지낸 사람들을 떠나는 건데요?"

"저는 늘 이 동네를 떠나고 싶었어요. 힐디. 내가 사는 집은 아버지의 집이에요. 내가 다닌 학교는 아버지가 다닌 프렙스쿨이고요. 젠장, 의대도 아버지가 다닌 곳을 다녔어요. 제가 리베카를 매력적으로 느낀 데는 그런 이유도 있었던 것 같아요…… 특이함. 리베카는 아프리카에서 살았어요. 5개 국어를 하고요. 그 사실을 알고 계셨어요? 세상사에 훤하고 무척 열정적이에요. 정말로 나는 어쩌면 우리가 함께할 수도 있을 거라고 생각했어요. 내가 도대체 무슨 생각을 했던 걸까요. 리베카는 내 환자였는데. 다시는 의사로 일할 수 없을지도 몰라요."

"피터, 지금 상황에 대해서는 안타깝게 생각해요. 진심이에요. 하지만 당신이 나한테 집을 내놓지 않는 것은 여전히 이해되지 않아요. 이 상황에서 내 관심사는 오로지 그것뿐이에요. 그 집으로 내가 할 일이 좀 있어요. 당신 아버지도 당신이 나한테 집을 내놓기를 바라셨을 거예요. 소더비에 내놓는 것보다는요. 맙소사, 벌써 웬디와 계약서를 쓴 건가요?"

"아니요. 아마 웬디가 집으로 서류를 보냈을 거예요. 지금쯤 도착했을 거고요. 오늘밤에 훑어보고 서명을 할 생각입니다."

"잘 들어요. 피터. 나는 리베카의 친구예요. 내가 도와줄 수 있을 거예요. 웬디가 보낸 서류에 서명하지 마요."

"힐디," 피터의 목소리에 날이 섰다. "지금 내 상황은 절망적입니다. 리베카와의 문제를 이렇게 손쓸 수 없게 만들었으니 내가 바보였죠. 평생 누군가의 마음에 의도적으로 상처를 준 적은 한 번도 없었어요. 리베카와 저 둘 다 성인이고, 사람들은 이런 애정 사건을 많이들 경험해요. 그런데 내가 한 건 왜 범죄인 거죠?"

"나도 모르죠. 심리치료사는 미약한 인간으로 여겨지지 않는가 보죠. 마력은 당신이 가졌잖아요. 나는 전혀 몰라요. 내가 법을 만드는 사람도 아니니까. 게다가 나는 당신과 리베카의 일에 평가를 내리지 않아요. 하지만 도움을 줄 수는 있을 것 같아요. 이 문제를 정리하는 데 내가 도움을 줄 수 있을 거예요. 그러려면 그 집을 꼭 나한테 내놓아야 해요."

"안 됩니다, 힐디. 정말 미안해요. 웬디에게 약속할 때 엘리스도 같이 있었어요. 웬디가 홍보물에 넣을 사진도 벌써 찍어갔고요."

연민은 수증기가 되어 날아갔다. 이모셔널 뱀파이어, 그가 나를 그렇게 불렀다고 했지.

"웬디 헤더턴은 바보로군요. 홍보물은 계약서에 서명을 받을 때까지 기다린 뒤에 만들어야 하는데. 내가 도와줄 수 있어요, 피터. 하지만 먼저 나한테 집을 내놓아야 해요."

"정말 대단하시네요, 힐디 굿." 피터가 말했다. "저는 이 치료실에서 환자를 받기만 해서 누군가에게 진심을 말할 기회는 없었어요. 하지만 지금은 제 생각을 말할 수 있을 것 같습니다. 저한테 이런 식으로 협박을 하다니, 정말 대단하신데요. 이제 저는 궁지에 몰린 건가요."

"피터, 나는 지금 비즈니스를 하는 거예요. 오래된 친구와 소규모의 지역 비즈니스를 하는 거라고요. 모든 게 점점 꼬여가는군요. 나는 리베카와 얽혀 있어요. 당신과도 얽혀 있고. 당신은 또 리베카와 얽혀 있고. 그래서 그게 어쨌다는 거죠? 이건 비즈니스예요, 피터. 내 생계수단이라고요. 나는 두 사람이 뭘 하든 신경쓰지 않아요. 누구한테 말할 생각도 없고요. 왜 내가 그런 말을 할 거라고 생각하는지 모르겠군요. 이 말은 하고 넘어가야겠는데, 당신은 지금 이 문제를 잘못 처리하고 있어요. 사람의 성격을 제대로 판단한 것 같지 않네요. 정신과 공부를 하는 동안 도대체 뭘 한 건지 모르겠어요."

"무슨 뜻인가요?"

"프랭크 게첼은 고등학교를 중퇴했어요. 하지만 리베카를 만나자마자 단박에 리베카가 미친 걸 알아봤다고 나한테 말하던데요. 리베카가 당신과의 관계를 아무한테도 말하지 않았다고 믿었겠지만, 내가 그걸 안 지도 벌써 여러 달이에요. 피터, 여자를 그렇게 몰라요? 옛날에 앨리랑 메이미, 린지, 나랑 같이 돌아다니면서 여자의 뇌구조에 대해 뭔가 배웠을 거라고 생각했는데 말이죠. 우리가 여자에 대해 가르쳐주지 않았어요?"

피터는 깊은 한숨을 내쉬었고, 얼굴이 한결 편해 보였다. "가끔 앨리 다이어를 생각해요. 앨리의 머리칼에서 풍기던 살구향이 늘 떠올라요. 앨리가 즐겨 입던 노란색 비키니도요. 하지만 솔직히 지금 길에서 앨리를 보면 알아보지 못할 거예요. 사람들 속에서 앨리를 찾아내지도 못할 거고요."

"그렇겠죠, 맞아요, 그런 일은 없을 거예요. 앨리는 오 년 전에 유방암으로 죽었으니까요."

"아," 피터가 말했다. 그러고는 창밖을 내다보며 생각에 잠겼다. "머리칼에서 항상 풍기던 향기. 샴푸 때문이었던 것 같아요. 이따금 다른 사람한테서 그 향기를 맡는데…… 여지없이 그때로 돌아가요."

나는 어린 피터가 앨리의 시간 10달러어치를 얼마나 사고 싶어 했는지를 생각했다. 앨리의 관심과 애정, 그가 사랑이라고 여겼던 그것 10달러어치를. 이제는 다른 사람들이 그것과 거의 같은 것을 얻기 위해 그에게 비용을 지불한다. 리베카만 빼고. 그는 리베카와의 관계는 일적인 측면을 쏙 빼고 오직 사랑에 관한 것으로 만들어버렸다. 그런데 지금 그것이 파탄에 이르려 하자 고인이 된 앨리 다이어의 샴푸 향기를 생각하는 것이다.

"피터, 있잖아요, 약속할게요. 나는 리베카와 당신에 대해 누구한 테도 발설하지 않았어요. 앞으로도 그럴 거고요. 하지만 나한테 집을 내놓아야 해요. 집을 내놓는 문제는 조용히 처리할게요. MLS에 올리지도 않고 광고도 하지 않을 거예요. 다른 중개인들에게는 그 냥 알리기만 할게요. 당신은 웬디에게 전화를 걸어 마음을 바꿨다 고만 말하면 돼요. 나한테 집을 내놓기로 했다고요. 내가 도와줄 수 있어요." 내가 말했다.

"따님들이 당신에게 개입했을 때 저한테 도움을 청했던 건 알고 계세요? 따님들이 전화를 걸어 저한테 도와달라고 했었죠."

그 말을 들으니 뺨이 활활 타오르는 것 같았다.

"그랬나요?" 내가 말했다. "그래서요?"

"개입하는 건 좋은 생각이 아니라고 말해줬어요. 잘되지 않을 거 라고요. 누군가로 하여금 술을 끊고 싶은 마음이 들게 할 수는 없 다고. 그렇게 말해줬지만 듣지 않더군요. 누군가가 자기 자신을 자 꾸 부인한다 해도, 그런 태도를 대신 벗겨줄 수 있는 사람은 아무 도 없어요. 부인이란, 뭐랄까, 그 사람의 거의 벌거벗은 본모습을 가린 담요 같은 거예요. 그 사람을 대신해서 그 담요를 벗겨줄 수 는 없어요. 담요를 벗기고 추위 속에 내버려둔 채 그 모든 수치심 을 경험하게 할 수는 없죠. 부인하려는 태도는 스스로 준비가 되었 을 때 직접 벗을 수 있을 뿐이에요. 제 생각이 맞는 것 같군요. 따 님들이 제 말을 들었어야 했는데요."

"무슨 뜻이죠? 나는 몇 달 동안 술은 입에도 대지 않았어요."

"알고 있어요. 리베카가 말해주더군요. 마침내 그 문제를 스스로 해결하셔서 기뻐요, 힐디. 정말로 기뻐요. 그러니까 이제…… 이 일도……"

"뭐요?"

"그걸 해내셨으니 더욱 확신이 서네요. 당신에게 집을 내놓아도 되겠다는 확신요. 당신을 믿어도 좋다는 확신요."

내 성격과 알코올중독 혐의에 대해 넌지시 돌려 말한 그의 태도가 내 분노에 불을 붙였고, 집을 나한테 내놓겠다는 그의 선포에도 불구하고 그 분노는 조금도 누그러지지 않았다. 하지만 나는 그 마음을 들키지 않았다. 정신과의사니까 그런 거야, 나는 생각했다. 이 사람은 어느 버튼을 누르면 폭발하는지 알고 있으니까. 그로 하여금 내 아픈 곳을 제대로 찔렀다는 만족감을 느끼게 할 수는 없었다. 정신의학, 정말 사기다. 그 공격은 비열했지만, 나는 품위 있게 받아들였다. 진짜 알코올중독자였다면 발끈해서 화를 냈을 것이다.

나는 미소를 지었다. "그러면 나한테 집을 내놓는 거죠?"

"그래요."

내가 치료실에서 나가기 전에 그가 계약서에 서명을 했다.

다음날 아침, 웬디가 길길이 날뛰며 내게 전화해서는 소송을 걸겠다고 했다. 그녀는 '계약에 대한 악질적 방해 행위'를 했다고 나를 몰아붙였다.

"어떤 계약?" 내가 물었다.

그녀가 전화를 툭 끊었다.

열여덟

그다음 금요일에 나는 빈스와 닉 샌토렐리 형제를 만났다. 웬도 버항 선착장 옆에 있는 바너클 레스토랑에서였다. 전몰장병 추모일 연휴가 시작되는 날이어서 밤에도 사람들이 북적거렸다. 내가 제안서를 내밀었다. 항공사진은 물론이고 〈뉴욕 타임스 매거진〉 광고물까지 모든 준비를 해갔다. 내 포트폴리오에는 뉴볼드의 집에 대한 깃도 포함되어 있었다. 에식스 카운티에서 가장 좋은 집 중 하나로, 내놓은 값이 550만 달러였다. 웬도버에서는 기록적인 액수다. 나는 그들에게 시간을 내서 제안서를 검토해달라고 부탁했다. 빈스는 더 생각해볼 것도 없다고 했다. 나한테 집을 내놓고 싶다는 것이다.

"그럼 축하의 의미로 술이나 할까요." 빈스가 말했다. "뭘로 하시겠어요, 힐디?"

"보드카로 할까요?" 내가 말했다. 정말로 그 생각은 하지도 않

있었다. 마지막으로 술을 마신 뒤로 다섯 달이 지났지만, 빈스가 뭘로 하겠느냐고 물었을 때 나는 조금도 망설이지 않았다.

"보드카? 보드카하고 또?" 닉이 물었다.

"보드카만 더요."

내가 말하자, 샌토렐리 형제가 웃으며 스톨리* 석 잔을 온더록스로 주문했다. 우리는 잔을 부딪치며 그레이 곳을 위해 건배했다.

나는 샌토렐리 형제와 몇 잔만 마신 뒤 집으로 향했다. 기분이 날아갈 듯 좋았다. 믿어지지 않을 만큼 엄청난 일을 성사시키느라 정말로 힘든 시간을 보냈다. 올해는 떼돈이 나를 기다린다. 떼돈. 나는 크로싱 지역으로 차를 몰았고, 집에 가는 길로 접어드는 대신 웬도버 라이즈를 올라갔다. 리베카의 어두컴컴한 집을 지나 프랭키의 집까지 올라갔다. 불이 켜져 있었고 굴뚝에서는 연기가 피어올랐다. 나는 프랭키의 집 문을 두드릴까 생각하다가 그냥 휴대전화로 전화를 걸었다.

"네?"

"안녕, 프랭크."

"안녕, 힐디."

"뭐해?"

침묵. 그가 말했다. "별로 특별한 건 없어. 어디야, 힐디?"

"당신 집 밖이야. 내 차 안. 우리집에 같이 갈 건지 물어보려고."

"술을 마셨군. 그렇지, 힐디?"

"응? 그건 왜 물어?"

---

* 러시아에서 생산되는 보드카 브랜드 스톨리치나야를 줄여 부른 것.

"술은 끊었다고 한 것 같아서. 그게 다야."

"방금 샌토렐리 형제를 만났는데, 그 집을 나한테 내놓기로 했어. 1000만 달러에 내놓을 계획이야." 나는 쩌렁쩌렁한 목소리로 웃으면서 그 소식을 알렸다.

프랭크가 웃었다. "들어오고 싶으면 들어와. 내가 나가고 싶은지는 잘 모르겠어."

나는 곰곰이 생각해보았다. 내가 프랭키의 집에 들어간 적은 없었다. 건물 밖은 지겨울 만큼 봤지만 안에 들어가본 적은 없었다. 프랭키는 이 세상에 되살려 쓸 가치가 없는 물건은 아무것도 없다고 생각했고, 나는 그의 집에는 그렇게 구해낸 '보물들'이 서까래까지 닿아 있을 거라고 상상했다.

"마실 건 뭐가 있어?" 내가 물었다.

잠시 말이 없다가, 이윽고 그가 말했다. "맥주가 다야."

"우리집으로 가자, 프랭키. 지하 저장고에 와인이 좀 있어."

"싫어. 나 피곤해, 힐디. 집으로 돌아가. 가서 좀 자. 그 와인은 따지 말고, 가서 그냥 자."

"무슨 말을 하려는 거야? 술을 마시면 안 된다고? 내 딸들이 그렇게 생각하니까? 내가 이 지역 전체에서 가장 성공한 부동산 중개인…… 가장 성공한 비즈니스우먼인데도? 빌어먹을 이 카운티 전체에서 그런데도? 당신이 뭔데 나한테 이래라저래라야? 나는 어린애가 아니야. 내가 원하는 건 뭐든 할 거야. 집에 돌아가 자축이나 해야겠어, 개자식."

"잘 가, 힐디." 프랭크가 말했다. "운전 조심하고."

"개자식."

나는 집으로 돌아와 와인을 땄다. 프랭크 게첼, 수리공, 쓰레기 수 거인. 그런 놈이 내가 뭘 하고 뭘 하지 말아야 할지를 가장 잘 안다 고 생각해? 웃기는군. 웃음이 나왔다. 나는 쿵쾅쿵쾅 지하 저장고 계단을 내려가 와인 한 병을 잡아채 곤봉처럼 불끈 쥐고는 다시 부 엌으로 씩씩하게 올라왔다. 서재에서 와인을 마실 테다. 지하 저장 고가 아니라. 원하는 만큼 실컷. 프랭크 게첼 그리고 그 빌어먹을 피터 뉴볼드, 그런 인간들이 나보다 나를 더 잘 안다고 생각해? 피 터는 내가 어린애라도 되는 양 내가 술을 끊은 것을 칭찬해주었다. 우습기도 해라. 내가 알코올중독인지 아닌지 자기가 안다고? 그가 있는 자리에서 내가 취한 적은 한 번도 없었다. 자기가 무슨 대단 한 의사라고. 나는 어린애가 아니다. 나는 크게 성공한 비즈니스우 먼이다. 와인을 조금 마시면서 오늘을 축하할 것이다. 물론 한 병 을 전부 비우지는 않을 것이다. 그런 일은 없다. 한두 잔이면 된다. 그냥 축하하기 위해. 지하 저장고가 아니라 서재에서. 문명인처럼 옆에 개들을 데리고, CD로 멋진 음악을 들으면서.

나는 내가 좋아하는 와인잔에 와인을 따르고 한 모금을 마셨다. 들어오기 전에 샌토렐리 형제와 이미 석 잔을 마신 것을 감안하면 정신이 그렇게 말짱할 수가 없었다. 하지만 와인 맛은 별로였다. 보드카로 시작했기 때문인 것 같았다. 내가 기억했던 것만큼 맛있 지 않았다는 뜻이다. 나는 음악을 틀고 소파에 앉았다. 뱁스와 몰 리가 내 옆을 파고들었다. 와인을 홀짝이며 나는 마땅히 내 차지가 된 기쁨을 다시금 즐기려고 했다. 방금 전에 내 차지가 된 기쁨을. 그런데 프랭키 게첼이 뭐라고 나한테 이래라저래라 하는가? 아버 지가 오늘까지 사셔서 내가 하루 만에 떼돈을 벌어들이는 광경을 보신다면 얼마나 좋을까.

나는 여동생 리사에게 전화를 걸까 생각했다. 하지만 로스앤젤레스는 시간이 더 일렀다. 전화를 걸기에는 아직 이른 시간이었다. 게다가 특별히 취했다고 느껴지지 않아도 술을 마신 뒤에는 절대 전화를 걸지 않기로 스스로 맹세했었다. 그런 짓을 하면 잭팟이 터지는데, 누가 그러겠는가? 나는 아니다.

나는 잔을 비웠다. 나에게 알코올에 대한 면역이 생긴다는 것이 가능한 일인가? 알코올이 아무런 영향도 미치지 않고 있었다. 이번 계약 건 때문에 너무 흥분해서 취하질 않는 것 같았다. 나는 또 한 잔을 따른 뒤 소파에 기대앉았다. 한 모금 홀짝이는데, 몰리가 쓰다듬어주길 바랄 때 종종 그러듯 내 팔을 제 발로 건드렸다. 와인이 쏟아져 새 블라우스 앞자락을 흠뻑 적셨다.

"저리 꺼져." 소리를 지르며 손으로 밀어내자, 개들이 카우치에서 폴짝 뛰어내렸다. 빌어먹을 개들, 나는 생각했다. 몰리는 걸핏하면 나를 툭툭 건드려서 아주 성가시고 귀찮았다. 뱁스, 이 녀석이 사람만 보면 덤벼들어 무는 짓을 그만두지 않으면 언젠가 내가 이 녀석 때문에 고소를 낭할 것이다. 나는 와인잔을 비운 뒤 꿈지럭거리며 흉측한 웃음을 짓는 몰리를 쏘아보았다.

병에 남은 와인이 얼마 없었다. 다 비우지 않는 게 오히려 부끄러운 일이었다. 나는 알딸딸한 느낌조차 없었다.

"저리 가." 나는 개들에게 버럭 소리를 질렀다. 개들이 나를 쳐다보는 것도, 몰리가 여전히 찡그린 표정으로 웃는 것도 참을 수가 없었다. "꺼져." 나는 버럭 소리를 질렀고, 개들이 부엌으로 슬금슬금 도망치자 그 장면을 얼마간 만족스럽게 바라보았다.

병에는 아직 와인이 조금 남아 있었다. 다 비우지 않는 게 오히려 낭비 같았다. 나는 알딸딸한 느낌조차 없었다.

다음날 아침 눈을 뜨니 프랭키가 와 있었다. 내가 서재에서 까무룩 잠이 들었던 모양이다. 옷을 벗다 만 채로. 서재의 가죽 안락의자에 웅크린 채로. 프랭키가 흔들어 깨웠을 때 나는 브래지어와 스커트만 입고 있었다.

"지금 보이는 건…… 그런 게…… 아니야." 잠시 정신을 수습한 뒤 내가 말했지만, 그는 이미 부엌으로 가 달그락거리며 커피메이커로 커피를 내리고 있었다.

욕실에서 보니 어제 한 화장이 얼굴에 온통 얼룩져 있었다. 나는 샤워를 한 뒤 깨끗한 옷을 입었다. 아래층으로 내려가니 프랭크가 내려놓은 뜨거운 커피가 기다리고 있었다.

우리는 말없이 커피를 마셨다. 내가 지난밤에 소리를 질러서 미안하다고 말했다. 그는 아무 말도 하지 않았다. 커피를 마셨는데도 약간 어질어질했다. 간밤에는 술기운이 전혀 느껴지지 않았는데 지금은 느껴졌다. 곧 자책감과 수치심이 밀려올 것이다. 나는 프랭키가 앉은 곳으로 걸어갔다. 그의 옆에 무릎을 꿇고 앉아 내 머리를 그의 무릎에 누인 뒤 두 팔로 그의 다리를 끌어안았다. 프랭키가 내 머리칼을 쓰다듬는 것이 느껴지는가 싶었는데—부드러운 손길에 절로 미소가 지어지며 약간 훌쩍이기까지 했다—그가 느닷없이 내 머리채를 움켜쥐고는 고개를 뒤로 홱 젖혔다. 나는 그를 올려다볼 수밖에 없었다.

"도대체 뭐가 문제야?" 그가 물었다. 그는 그 말을 하면서 실제로 으르렁거리는 소리를 냈다. 이를 악물고 짐승처럼 으르렁거렸다. 그의 눈이 운 것처럼 부어 있었고, 다시 보니 그의 얼굴도 얼룩져 있었다.

"뭐가?" 내가 속삭이듯 말했다.

"어젯밤 당신이 무슨 짓을 했는지 알아?"

"그럼, 알지……"

"아니, 모르고 있어. 무슨 술을 그렇게 마셔. 당신이 흘리고 다닌 흔적을 지우느라 내가 밤새 돌아다닌 거 알아? 당신이 잡히면 나도 끝장인 거 아느냐고? 어젯밤에 내가 집으로 가라고 했잖아."

"갔어."

"집에 있으라는 말이었어."

"무슨 소리야? 집에 있었어." 나는 지끈거리고 묵직한 머릿속을 샅샅이 뒤져보았다. 빠진 퍼즐 조각, 어젯밤 남겨진 기억에서 아주 작은 이미지의 파편이라도 찾아보았다. 집에 돌아온 건 분명했다. 그리고 와인을 땄다. 와인을 엎질렀다……

"집에 왔어, 프랭키. 정말이야. 다 기억나. 그냥 잠이 든 것뿐이야."

"일어나서 의자에 앉아." 프랭크가 말했다. 그는 나를 차마 똑바로 보지 못했다. 나는 의자를 잡고서야 몸을 가눌 수 있었고, 식탁을 사이에 두고 프랭크의 맞은편에 앉았다.

"자동차 앞유리창이 완전히 박살났던데." 프랭크가 말했다.

"내 자동차?"

"그래. 보닛이 찌그러지고 앞유리창에 왕창 금이 갔어. 조수석 쪽에. 뭔가가 거기에 부딪혔다가 튕겨나간 것 같아."

"잠깐…… 아니야. 나는 밤새 집에 있었어." 내가 말했다.

"어젯밤 늦게 위급한 상황이 생겨서 밖에 나갔었어. 드와이트 부부의 꼬마가 실종됐어. 패치의 아들 말이야."

"맙소사, 어떻게 그런……" 내가 말했다.

"스캐너로 그 소식을 들었어. 그래서 당장 달려갔지. 슬리퍼 해스컬이 당번 경찰이었는데, 어떻게 나갔는지는 모르지만 아이가 혼자 집을 나갔다고 했어. 이사 간다고 짐을 꾸리고 하다보니 어수선하고 정신이 없었던 모양이야. 그 아이의 고양이가 실종된 게 먼저고, 그다음에 아이가 고양이를 찾으러 나간 게 틀림없어. 애엄마가 완전히 넋이 나갔어. 그래서 그 집 부부하고 같이 잠시 아이를 찾다가 이 앞을 지나가게 됐어. 당신 차가 잔디밭에 반쯤 걸쳐져 있어서 가보니 시동이 걸려 있었어, 힐디. 헤드라이트도 환하게 켜져 있고. 그래서 앞유리창이 보인 거야."

나는 현관 창문으로 걸어갔다. 부엌 벽을 짚고, 문틀을 짚고, 거실 벽을 짚고 간신히 그쪽으로 걸어갔다. 몸의 균형이 잘 잡히지 않았다. 정말 그랬다. 나는 충격에 빠졌다. 완전히 충격에 빠졌다.

"내 차는 어디 있어?" 내가 소곤거리듯 물었다.

시간이 느려진 것 같았다. 지금 이건 꿈인 것 같았다. 처음 술을 끊었을 때 이런 꿈을 많이 꾸었다. 몇 달 동안 술은 마시지도 않았지만, 아직도 이따금 술에 흠뻑 취해 망신당할 짓을 하거나 남을 다치게 하는 꿈을 꾸는 것이다. 하지만 잠에서 깨어 안도감이 밀려올 때…… 그때의 기분은 정말 대단했다. 나는 괜찮은 것이다. 나는 취하지 않았다. 그 전날도, 그 전전날도 취하지 않았다. 몇 달 동안은 그랬다. 어쩌면 이 모든 것이 꿈일 것이다. 어쩌면 나는 술을 다시 마시기 시작한 것이 아닐 것이다. 잠에서 깨면 헤이즐든의 명상서와 일 년 동안의 금주를 선포하는 동전이 옆에 있을 것이다.

아버지가 말했었다. "글쎄, 달이 저 하늘에서 떨어질 일이로구나."

나는 부엌으로 돌아갔고, 프랭키가 나를 보지 않으려고 고개를 돌리는 것을 보자 와락 울음이 터졌다. 나는 조리대 위로 허리를 숙이고 양손에 얼굴을 묻었다.

내가 다시 말했다. "내 차는 어디 있어?"

"아는 사람한테 맡겼어. 린에서 일하는 믿을 만한 친구야. 찌그러진 보닛을 고쳐줄 거야. 앞유리도 갈아 끼우고. 아무한테도 말하지 않을 거야."

"프랭키, 내가 정말 나갔으면 기억을 하겠지. 당신 집 앞에 갔다가 돌아오는 길에 나는 아무것도 치지 않았어. 술에 취하지도 않았는걸. 하지만…… 제이크는 어떻게 됐어? 찾았어? 괜찮아?"

"아니, 타운 전체가 나와서 찾고 있어."

"프랭키…… 설마 내가…… 그랬다고 생각하는 건 아니겠지? 미쳤어?"

"내가 당신 차를 봤을 때 무슨 생각을 했을 것 같아? 도대체 내가 무슨 생각을 해야 하느냐고? 젠장. 당신이 차로 뭔가를 치었어. 그리고 차에서 빠져나왔을 테고. 젠장, 당신 블라우스도 피범벅이었어."

숨이 잘 쉬어지지 않았다.

"프랭키, 그건 와인이야. 블라우스는 어디 있어? 냄새를 맡아보면 알잖아. 와인을 엎질렀다니까……"

"냄새? 태워버렸어."

나는 걸핏하면 기절하는 그런 부류는 아니지만 그 순간에는 정말로 기절할 것 같았다. 공기가 폐로 들어가질 않았다.

"힐디, 앉아." 프랭키가 약간 부드러워진 목소리로 말했다. 어쨌거나 나는 식탁으로 간신히 몇 걸음 옮겨가 프랭크 옆에 놓인 의자에 다시 앉았다.

"경찰에 전화를 걸까봐." 내가 작은 소리로 말했다. "당신이 슬리피한테 전화를 걸어서 나를 바꿔줘. 당신이 나서줄 수 있다면 이 상황에서는 그게 최선이야."

"그래, 그게 좋겠군. 당신이 뭔가를 차로 치었는데 그게 뭐였는지는 기억나지 않는다고 자수를 하는 거지. 그런데 하필 그날 밤에 장애가 있는 아이가 실종된 거야."

그 순간 나는 정말로 울고 있었다. 프랭키가 허리를 숙여 자기 이마를 손으로 짚었다.

"힐디, 아마 사슴을 치었을 거야." 이윽고 그가 말했다. "그런 일이 일어난 거지. 사슴은 보통 차에 치이면 달아나버리니까. 사슴이든 개든. 만약 그애를 쳤다면…… 지금쯤 발견됐을 거야. 멀리 가지 못했을 테니까."

"그만해." 내가 그의 손을 꼭 잡고 애원했다.

"문제는 말이야, 힐, 어젯밤 당신이 아무도 치지 않았다 해도 다음에 또 무슨 일이 생길지 모른다는 거야. 그건 우리 둘 다 잘 알잖아. 이번 일이 모두 해결된 뒤에, 사람들이 아이를 발견한 뒤에, 당신은 술을 끊어야 해."

프랭키의 말은 틀리지 않았다. 내가 제이크를 치었다면—오, 그 생각만 해도 맥박이 빨라진다—내 차로 그애를 치었다면 지금쯤 그애는 발견됐을 것이다.

"어젯밤에 나는 밖에 나가지 않았어. 누구도 치지 않았어. 어떻게 그런 생각을 할 수 있어, 프랭크? 정말로 어떻게?"

"다시 술을 끊을 수 있을 거야, 힐디. 이번에는 영원히. 당신이 술을 마시지 않을 때가 나는 정말 좋아. 그럴 때가 훨씬 더 좋았어, 정말로."

나는 프랭크의 손을 놓았다. "글쎄, 당신은 그게 더 좋았겠지. 하지만 내가 술을 마셔야 당신을 더 좋아할 수 있다는 생각은 해본 적 없어? 정신이 말짱할 때는 내가 당신을 그렇게 많이 좋아하지는 않는다는 거? 내가 어떻게 느끼는지 생각해본 사람이 있기는 할까?"

프랭크는 가만히 나를 보기만 했다. 그의 낡은 셔츠에 기름때가 묻은 것이 보였다. 그의 손은 거칠고 갈라졌고 지저분했다. 종종 그랬다. 일을 한 뒤에는 더 심했다.

"당신은 꼭 내 딸들 같아. 자기 생각밖에 할 줄 모르지. 당신들 전부 내가 다르게 행동해야 나를 더 좋아한다는 거잖아."

"나는 내 생각을 하는 게 아니라 당신 생각을 하는 거야, 힐디. 그게 내가 밤새 생각한 거야."

"그러니까 딩신이 나를 더 좋아할 수 있게 말이지. 내가 뭘 좋아하고 뭘 좋아하지 않는지는 어쩌고? 나는 지금 이대로의 내가 좋아."

프랭키가 현관으로 걸어갔고, 그 모습을 보자 나는 버럭 화가 났다.

"지금 이대로의 내가 좋지만 한 가지는 빼야겠어…… 당신과 내가 지금 하는 이 바보 같은 짓거리 말이야. 이 년 전 내가 매사추세츠에서 가장 성공한 사업가 오십 명에 선정된 거 봤어?" 나는 이제 소리를 지르고 있었다. 소리를 지르며 울고 있었다. 그런 내 모습이 약간 히스테릭하게 보였을 것이다. "젠장 빌어먹을, 그런데 수리공에 쓰레기 수거나 하는 당신이 내가 어떻게 살아야 하는지 나 자신보다 더 잘 안다는 거지? 정말 기도 안 차네."

프랭키가 걸음을 멈추었다. 그러고는 나를 돌아보지도 않고 조용히 말했다. "잘 들어, 힐디. 당신은 알코올중독이야. 당장은 그곳에 갈 수 없지만, 이 문제가 잠잠해지면 딸들이 당신을 보냈던 그곳에 다시 가서 한동안 지내다 오는 게 좋겠어."

"내 집에서 나가. 나는 제이크의 실종과는 아무런 상관이 없어. 어젯밤에 나는 집에 있었어. 그러니 자기 일에나 신경쓰시지. 그리고 내 차는 되도록 빨리 돌려줘. 캐시한테 가봐야 하니까."

하지만 이 말을 들은 사람은 없었다. 프랭키는 이미 떠났으니까.

내가 조금 엉망이 된 것은 인정한다. 아무리 그래도 프랭키가 어떻게 나한테 그런 지독한 말을 할 수 있는가? 그리고 제이크는 도대체 어디로 간 거지? 나는 캐시에게 전화를 걸려고 전화기를 찾기 시작했다. 마침내 벽난로 옆 바닥에 놓인 전화기를 발견하자, 어젯밤 어딘가로 전화를 걸었던 기억이 어렴풋이 떠올랐다. 그랬다, 이제야 기억이 났다. 프랭키에게. 전화를 했지만 프랭키는 받지 않았다.

나는 그를 우리집에 꼭 오게 하고 싶었다. 나는 술을 마시면 종종 지나치게 감상적이 되는데, 지금 기억을 더듬어보니 어제 나는 프랭크와 함께 있고 싶고 내가 얼마나 그를 사랑하는지 말해주고 싶어서 마음이 미칠 것처럼 다급해졌었다. 내가 망치로 얻어맞은 게 틀림없다. 꿈이었을까? 아니면 정말로 한밤중에 립스틱을 바르고 야단스레 머리를 매만진 뒤 내 차로 걸어간 것일까? 그렇게 한

기억이 났다. 프랭크를 찾아가 만나려고 둥둥 떠가듯 내 차로 휘청
휘청 걸어간 것이다.

내가 무슨 짓을 한 거지?

냉동실 위 수납장에 스콧이 두고 간 말보로 한 갑이 있었다. 나
는 수년간 담배를 끊었지만, 의자를 끌고 가서 그 위에 올라섰다.
머리가 지끈거리고 손이 후들거렸다. 세 개비만 남은 오래된 담뱃
갑이 구겨진 채 놓여 있었다. 한 개비에 불을 붙인 뒤 기침을 했다.
맛이 끔찍했다. 오래되고 퀴퀴한 맛이었다. 또 한 모금 들이마셨
다. 니코틴 때문에 머리가 띵했다. 머릿속을 맑게 할 필요가 있었
다. 개들이 끊임없이 짖어댔고, 나는 녀석들에게 조용히 하지 못하
겠느냐고 소리를 질렀다. 술 한 잔이 필요할 것 같았지만 참았다.
프랭키가 내 차를 찾아서 올 것이다. 아침에 그런 지독한 비난을
들었는데 내가 술이나 마시고 있는 걸 보면 그가 나를 뭘로 생각할
까. 그래서 나는 담배만 뻐끔뻐끔 피우고 아기처럼 울면서 식탁 앞
에 앉아 있었다.

거실에서 뭐가 휙 움직였다. 누가 내 집에 있었다.

"리베카?" 내가 외쳤다.

어째서 리베카라고 생각했을까? 나도 모르겠다. 그냥 리베카일
거라고 느꼈다. 하지만 내 부엌에 들어온 사람은 피터 뉴볼드였다.
나는 꽥 소리를 질렀다. 신경이 곤두섰다.

"피터, 뭐예요? 왜 노크도 하지 않았어요?"

"했어요, 힐디. 못 들으셨습니까?"

나는 담배를 또 한 모금 빨아들인 뒤 고개를 저었다. 피터가 왜 지
금 나타난 거지? 나는 피터 또한 제이크 일로 나를 의심하는 거라고

생각했다. 나는 고개를 들어 그의 눈을 바라보았고, 핏발 선 그의 눈에서 그가 나를 의심한다는 것을 알아차렸다.

"피터, 무슨 일이에요?"

"혼자 계십니까, 힐디? 혹시 다른 사람도 있나요?" 그가 내 부엌을 둘러보았다. 나는 그가 리베카를 찾는 거라고 생각했다.

"아니요, 아무도 없어요. 나 혼자예요, 피터. 리베카는 주말 동안 낸터킷에 가 있다고 했어요. 무슨 일이에요. 그 안타까운 소식은 들었어요? 제이크 소식요."

그는 내 맞은편 의자에 힘없이 털썩 주저앉으며 말했다. "네, 이리로 오는 길에 들었습니다. 경찰차가 사방에 깔렸던데요. 한동안 차가 움직이지 못했어요."

"그렇다면 아직 못 찾은 거네요?" 내가 소곤거리듯 물었다.

"네, 아직은요. 리베카 문제로 상의를 좀 하려고 왔어요, 힐디. 하지만 아이가 실종됐다는 슬픈 소식을 듣고 나니, 그 문제는 상대적으로 하찮게 여겨지는군요. 시내에서 그 불쌍한 부모를 보고 오니 지금은……"

지금은 어떻다고? 피터가 나를 왜 이렇게 쳐다보는 거지? 그도 내가 제이크의 실종에 어느 정도 책임이 있다고 생각하는 건가?

"제이크가 어디 있는지 나는 몰라요. 나는 밤새 집에 있었는걸요. 그애한테 무슨 일이 일어났을지 상상도 못하겠어요." 내가 피우던 담배를 바라보며 말했다. 나는 한 모금 더 빨아들인 뒤 꽁초를 남은 커피에 버렸다.

"알고 있습니다. 그애가 어디 있는지 아는 사람은 아무도 없어요." 그가 말했다. "힐디, 엘리스와 샘에게는 아무 문제 없을 거라는 걸 확실히 해둘 필요가 있어서요. 제가 여기 온 건 당신의 분별력을 믿을 수 있는지 묻고 싶어서예요. 믿어도 될까요?"

"그럼요."

"그러니까 무슨 일이 생겨도 저와 리베카의 관계를 아무에게도 말하지 않을 거라는 걸 믿어도 될까요?"

"피터, 나한테 그걸 재차 확인하는 이유가 뭐죠? 나는 더 중요한 문제를 생각해야 해요. 제이크 걱정에 패치와 캐시가 제정신이 아닐 거예요. 정말로 가보고 싶어요."

나는 커피를 새로 한 포트 끓이려고 일어섰지만 의자 등받이를 잡으며 잠시 몸을 가눠야 했다.

"어젯밤에 리베카와 이야기를 했습니다. 우리가 이사한다는 걸 알고 있더군요. 기어코 이사를 해야겠다면 우리 관계를…… 폭로할 거라고 협박했어요. 그렇게 되면 저는 직업도 잃고 가정도 파탄 날 거예요. 다시 병원에 고용되지도 못하고 자식을 학교에 보낼 수도 없을 겁니다……"

"나는 리베카에게 말하지 않았어요. 혹시라도 내가 말했다고 생각한다면 날이죠, 피터."

"알아요, 힐디. 이 동네에서 비밀을 지킨다는 건 불가능한 일 같아요. 하지만 당신은 비밀을 지킬 수 있을 겁니다. 비밀을 지킬 필요가 있을 때는 지키는 분이잖아요."

"당연히 나는 비밀을 지키는 사람이죠." 내가 쏘아붙였다.

아, 머리 아파.

"그냥 약속을 받아두고 싶습니다. 나만을 위해서도 아니고, 엘리스와 샘만을 위해서도 아니에요. 리베카를 위해서이기도 해요. 리베카의 남편과 자식들까지 이런 복잡한 상황에 휘말릴 이유가 뭐 있겠어요? 내가 떠나면 리베카는 아무 말도 하지 못할 겁니다. 더 빨리 떠날수록 좋은 이유가 바로 그거예요. 저는 오늘 떠나요, 힐디. 작별인사를 하고, 당신을 믿는다는 걸 분명히 말씀드리려고 들른 거예요."

"피터, 리베카는 자신이 원하는 것을 얻는 데 익숙한 사람인 것 같아요. 확실히 그래요. 당신이 오늘 떠나는 게 리베카를 어떻게 만족시켜준다는 건지 도통 모르겠네요."

맙소사, 이 남자도 알 건 알아야 하지 않나. 정신과의사라는 사람이 어쩌면 이렇게 통찰력이 없을 수 있을까? 뭐랄까, 피터는 늘 좀 이상했다. 정신과의사들은 다 그렇다고들 한다. 그들이 이 직업에 끌리는 이유도, 내 생각에는, 해답을 찾고 싶은 욕구, 그들 자신의 정신세계에서 빠져 있는 퍼즐 한 조각을 채우고 싶은 욕구 때문이다.

커피메이커에 물을 채울 때, 나는 물이 밖으로 튀어나오지 않도록 커피포트를 양손으로 붙잡아야 했다. "아무튼, 나는 믿어도 돼요, 피터."

"왜 그렇게 떨고 있어요, 힐디?" 피터가 물었다.

"안 떨어요." 나는 커피포트의 전원을 켜고 식탁으로 돌아가 피터 맞은편에 앉았다. 그리고 그를 쳐다보는데 그의 속마음이 읽혀서 깜짝 놀라 똑바로 고쳐 앉았다. 내 입으로 전부 다 속임수라고 했지만, 사실 나는 사람들이 품고 있는 의도와 생각을 읽을 수 있다. 고모가 나를 가르쳤던 것처럼, 다른 사람들도 배우기만 하면 할 수 있다. 나는 고모를 지켜보면서 배웠다. 응시를 통해 어떻게 허공에 길을 내는지 보았다. 그 순간 사방에서 화염이 불타올라도 고모는 눈치채지 못했을 것이다. 그것이 고모가 타인의 무의식에 집중하는 방식이었다. 질문에 반응해 흔들리는 눈빛에서 고모가 보는 것은 침잠된 기억, 충동, 갈망이었다. 떨리는 눈꺼풀이나 관자놀이의 펄떡거리는 맥박에서 고모가 본 것은 비밀과 환상이었다. 온유한 생각은 마치 속삭임 같지만 사랑, 증오, 기쁨, 두려움 같은 강렬한 감정들은 다르다. 그런 감정들은 너무 빠르고 격렬해서 읽으려고 하면 붙잡고 있기가 힘들다. 악한 마음을 품고 있는 경우엔 그 외침이 워낙 커서 말소리는 거의 들리지 않는다.

"저는 당신이 그런 눈으로 바라보는 것이 싫습니다, 힐디." 마침내 분노와 절망의 소음을 뚫고 그의 목소리가 들렸다. "꼭 무슨 일을 저지를 것처럼 보여서요…… 뭔가 미친 짓을요. 더 나은 말을 못 찾겠네요."

하지만 크고 뚜렷하게 읽힌 그의 마음은 이랬다. 절망 그리고 뭐지? 증오? 아니. 죽음. 그는 죽음을 생각한다. 나는 시선을 피했다. 피터 역시 다른 사람의 마음을 읽는 사람이었다. 그에게 내 두려움을 보이기는 싫었다.

"약 같은 걸 좀 먹어야 할 것 같은데요, 힐디. 제가 가지고 있어요. 재낵스예요. 순한 안정제. 물 좀 갖다드릴게요."

피터는 싱크대 앞으로 가서 그릇장 문을 여기저기 열어보았다. "물잔은 어디에 두세요?" 그가 물었다. "아, 여기 있군요."

그가 잔에 물을 따르는 소리가 들렸다. 그가 물잔을 내 앞에 내려놓았다. 그리고 그 옆에 작은 약병을 내려놓았는데, 안에 작고 하얀 알약들이 가득 들어 있었다.

"고맙지만 사양할게요." 내가 말했다. "약은 먹고 싶지 않아요.

나는 괜찮아요."

"제발, 힐디. 술냄새가 나는데요. 간밤에 술을 좀 드신 것 같네요. 한 알만 드세요. 예민함이 좀 가실 거예요. 저도 벌써 두 알 먹었어요."

피터가 나를 내려다보았고, 나는 잽싸게 시선을 피했다.

"말했잖아요. 난 이런 건 먹지 않는다고."

"가끔은 먹을 필요도 있어요. 의사가 먹으라고 할 때는요. 힐디? 힐디, 내가 하는 말 듣고 있어요?"

나는 손을 뻗어 약병을 잡았고, 자그락거리는 알약 때문에 떨리는 손을 들키지 않도록 약병을 가슴에 가져갔다.

"어젯밤은 정말 끔찍했어요, 힐디."

"왜요?" 내가 물었다. "무슨 일이 있었는데요?"

"리베카가 미친 사람처럼 전화를 했어요. 그래서 그녀가 이곳에 올지도 모른다고 생각했지요. 리베카와 대화를 하고 싶었어요. 두 사람 모두하고요. 그런데 여기 와보니 당신 차가 없던데요. 어젯밤에 어디 갔었어요, 힐디?"

"일 때문에 만날 사람이 있었어요. 그런데 그건 왜 묻죠?" 나는 울고 있었다. 눈에 눈물이 가득 고였고 콧물이 줄줄 흘러나왔다. 손에 꼭 쥔 휴지는 흠뻑 젖어 있었다. 개 한 마리가 갑자기 거실을 날쌔게 지나갔다.

"저리 꺼져." 내가 소리를 질렀다. "미안해요." 내가 피터에게 말했다. 그러나 대답이 없었다.

"피터?" 나는 고개를 돌려 주위를 둘러보았다. 어디로 간 거지?

나는 다시 식탁 앞에 앉았다. 가방에 휴지를 넣어둔 것이 생각나서 의자 뒤에 걸려 있는 가방을 집어올려 안을 뒤졌다. 바로 그때, 피터가 내 위에서 맴도는 것이 느껴졌다.

"뭐하는 거예요?" 내가 의자에서 홱 돌아앉으며 물었다. 그는 나를 내려다보고 있었고, 나는 그의 눈빛에서 또다시 죽음을 보았다.

죽는다. 죽는다. 죽는다. 그 생각이 내 주위의 허공에 맥박처럼 펄떡거렸다. 그 생각은 점점 커지고 강렬해졌고, 내 심장박동에 맞춰 고동쳤다.

며칠 전 그가 나를 믿는다고 말했던 방식이 떠올랐다. 내가 술을 마시지 않는 것을 안다고 그가 어떤 식으로 말했는지가. 그는 나만큼이나 부정적 암시를 주는 방법을 잘 아는 사람이었다. 그건 사탕을 남겨놓으면서 아이에게 네가 그 사탕에 손대지 않을 것을 안다고 말하는 것과 같았다. 누군가에게 뭔가를 생각하지 말라고 말함으로써 강박적인 생각을 심어주는 것이다. 그는 나에게, 내가 술에 취할 거라는 암시를 했던 것인가?

그는 내가 자신과 리베카의 관계를 아무에게도 말하지 않을 거라는 걸 '확실히' 해두고 싶어했다. 그 사실을 확실히 해두려고 무슨 계획이라도 세워둔 것인가?

"힐디, 약을 드셔야 할 것 같습니다. 걱정이 돼서 그래요. 약간 불안정해 보여요. 제발요. 지금 그 약을 드세요."

바로 그 순간, 나는 목덜미의 털이 곤두서는—고모의 표현대로 하면 '싸움 직전에 수탉의 목털이 곤두서는 것' 같은—느낌을 받았다. 손가락과 발가락에 점점 마비가 오는 것 같았다. 이따금 분노가 가득한 사람이 마음을 읽어달라며 고모 집으로 찾아올 때가 있었다(가끔은 완전히 미쳐 날뛰는 상태로 왔다). 고모는 그들이 방에 들어오는 순간 자신의 '목에 난 털'이 곤두서기 때문에 그들이 마음의 평정을 잃은 상태라는 것을 번번이 알았다고 했다.

"힐디, 나를 봐요." 피터가 말했다. 나는 물잔만 내려다보았다. 그가 감정을 읽을 줄 안다는 사실을, 더욱이 두려움은 가장 읽기 쉬운 감정이라는 사실을 나는 알고 있었다―분노보다 더 읽기 쉬웠다. 나는 훌쩍이며 젖은 휴지로 눈물을 훔쳤다. 그러고는 그의 시선을 피하며 가방 안을 더 뒤졌다. 리베카와 나, 우리 둘은 그의 길을 방해하고 그의 미래를 위협하는 사람들이었다. 그는 우리에 대해 무엇을 계획하고 있는 것인가?

"잠깐만요, 피터." 내가 말했다. 나는 평온한 목소리를 유지하려고 애썼다. "욕실에 가서 휴지 좀 가져올게요."

그러자 피터가 큼직한 손으로 내 손목을 잡았다. 그의 손은 무척 차가웠다. "아니, 여기 가만히 계세요." 그가 말했다. 그리고 더 부드러운 목소리로 덧붙였다. "맥박이 몹시 빨라요. 가만히 앉아 있는 게 가장 좋아요. 물을 좀 마셔요. 걱정이 돼서 그럽니다."

우리는 잠시 그렇게 있었다. 그의 큼직한 손이 내 손목을 잡고 있었고, 내 시선은 식탁에 고정되어 있었다.

"충격을 받은 상태로군요." 피터가 말했다. "알코올이 분해되고 있고―숙취가 그거예요, 알코올 분해―제이크의 소식 때문에 충격을 받았군요. 지금은 쉬어야 해요."

나는 정말로 술이 필요했다. 리베카가 어디에 있는지 궁금했다. 그리고 간밤에 피터가 우리를 찾은 이유가 또다시 궁금해졌다. 자신의 삶을 파괴할 진실을 알고 있고 그만큼의 힘을 지닌 두 여자를 찾은 이유가. 지난밤 그는 두 마녀를 사냥하러 왔던 것이다. 그

리고 지금 그가 내 손목을 꽉 쥐고 있다. 머리가 지끈거린다. 오, 제
발, 딱 한 잔만……

"지금 술 생각이 얼마나 간절한지 알고 있어요, 힐디. 하지만 그
건 좋은 생각이 아니에요. 약을 드세요. 그러면 긴장이 좀 풀릴 겁
니다."

다른 방에서 뱁스와 몰리가 갑자기 컹컹 짖으며 공간을 후다닥
가로지르자 피터가 앉은 자리에서 그쪽을 돌아보았다. 그 기회를
이용해 나는 그를 밀치고 비틀비틀 일어섰다.

"뭐죠?" 피터가 물었다.

"개들이에요." 내가 대답했다. 이제 나는 그에게서 물러서고 있
었다. "개들이 항상 저렇게 짖어대요, 피터. 개들 때문에…… 미치
겠어요."

"어디 가시게요?"

"욕실에요." 나는 그에게 등을 돌리기가 두려웠다. 그러니 그는
당연히 지금 내 두려움을 봤을 것이다.

"힐디, 꼭 기절할 사람처럼 보여요."

피터가 나를 향해 한 걸음 다가왔다.

나는 돌아서서 달아났다.

욕실을 지나, 낡은 식료품 저장실을 통과해, 지하 저장고 계단을
날아갈 듯 후다닥 뛰어내려갔다. 지하 저장고에 들어가자마자 문
부터 단단히 닫았다. 문은 한순간 쾅 소리를 내며 닫혔다. 맨 아래
계단의 어둠 속에 숨을 수 있을 만큼의 시간이었다. 곧 피터가 문
을 열었고, 먼지가 희뿌옇게 떠다니는 노란 햇살이 낡은 나무계단
한복판으로 쏟아져내렸다. 지하 저장고의 유일한 조명인 알전구

358

가 천장에 매달려 있었지만 몇 주 전에 수명이 끝났다. 전구를 갈아 끼우는 수고는 아직 하지 않았다. 피터가 계단 꼭대기에서 전등 스위치를 부질없이 켰다 껐다 하는 소리가 들렸다. 나는 온수 히터 뒤로 무릎걸음을 쳤다. 히터가 계단에서 그리 멀지는 않았지만 어두운 구석에 있었고, 히터와 벽 사이에 약간의 공간이 있었다. 나는 그 공간에 억지로 몸을 밀어넣었다.

"힐디." 상냥하고 부드러운 목소리였다. "나예요, 피터."

내 심장이 질주했다.

"힐디, 접니다. 피터."

나는 쥐죽은듯 조용히 있었다.

"힐디, 지금 편집증 증상을 보이고 있는 것 같아요. 숙취가 있을 때 더러 그런 행동을 하죠? 혼자 상황을 꾸며내고 있어요. 사람들이 당신을 안 좋게 본다고 생각할 거예요. 하지만 저는 아니에요, 힐디. 저는 당신을 늘 존경했어요. 당신이 십대였을 때가 기억나요. 기억나세요? 앨리, 메이미, 저와 함께 보낸 시간을요? 우리가 당신 집에 뭔가를 가지러 갔을 때 어머니가 포치에 나와 앉아 계셨던 것도 저는 기억납니다."

눈물이 흘러내리기 시작했지만, 흐느끼지 않도록 조심해야 했다. 그는 멈칫거리며 계단을 내려왔다. 그가 내려온 뒤 지하 저장고의 문 일부가 닫혔다. 그는 계단 하나하나를 발끝으로 확인해가며 내려왔다.

"어머니는 정말 아름다우셨어요. 어머니가 무릎에 고양이를 앉혀놓은 채로 우리 모두에게 미소를 지어주시던 게 기억나네요."

오, 눈물이 흐른다. 숨이 잘 쉬어지지 않는다.

이제 그는 계단을 다 내려왔고, 돌아서서 어둠 속을 천천히 걷기 시작했다. 그가 어렸고 앨리가 그를 돌봐줬을 때—나 또한 아직 어렸을 때—같이 숨바꼭질을 하던 기억이 생생했다. 피터는 우리가 숨어 있다가 와락 겁을 주며 튀어나오는 순간을 무척 좋아했었다. 술래와 숨는 사람이 바뀌는 순간을 가장 좋아했다. 지금은 내가 먹잇감이었고, 내 심장은 가슴에서 튀어나올 만큼 세차게 펄떡거렸다. 몇 피트 떨어진 곳에서 병들이 와르르 무너지는 소리가 들렸다. 얼마나 가까이 다가온 걸까. 빈병들이 발에 부딪히는 바람에 그가 휘청한 모양이었다. 겨울 내내 그 자리에 있던 병들이었다. 봄까지 두었다가 쓰레기장에 내다버릴 생각이었다. 아무도 없는 이른 아침에.

"오, 힐디, 제 도움을 받으세요. 괜찮아질 수 있어요. 부인하는 것, 망상적 편집증에 시달리는 것, 그 모든 것이 병의 일부예요. 왜 자꾸 숨으세요? 저예요. 저라고요. 당신의 친구 피터요."

그 순간 아주 이상한 일이 일어났다. 내가 나 자신을 다른 관점에서 보게 된 것이다. 나 자신을 피터가 봤음직한 관점에서 보게 되었다. 어쩌면 모두가 봤음직한 관점에서. 나는 술꾼이었다. 늙고 한심한 알코올중독자였다. 나는 활력 넘치는 비즈니스우먼도 아니고, 자식을 잘 키운 어머니도 아니고, 내 이름에 스스로 즐겨 붙이는 다양한 명칭들도 아니었다. 어쩌면 나는 그 슬픈 모임에서 만난 사람들과 다르지 않을지도 모른다. 어쩌면 그냥 힐디일지도. 특별한 사람이 아니라, 늙은 알코올중독자. 알코올중독자 힐디 굿. 평범하고 늙고 흔해빠진 알코올중독자.

"힐디, 사람들의 도움을 받아요. 나을 수 있어요. 당신을 사랑하는 사람은 아주 많아요. 딸들도 있고, 손자도 있고."

내가 왜 지하 저장고로 뛰어내려온 거지? 이 무슨 미친 짓이람. 왜 온수 히터 뒤에 숨어서 떨고 있는 거지? 나는 진정한 나 자신의 모습을 보았다. 그러자 도와주려는 의사이자 친구를 피해 지하 저장고에 숨어든 미치고 탈진한 늙은 여자가 보였다. 그가 아장아장 걸음마를 배울 때부터 나는 그를 알았고, 그의 아버지는 내 어머니가 돌아가신 뒤로 우리에게 무척이나 친절하게 대해준 사람이었다. 무척이나 친절하게. 그는 나를 스토킹하는 미치광이 살인자가 아닌 것이다. 내가 무슨 망상에 빠졌던가. 그는 피터 뉴볼드였다.

"저예요, 힐디. 그냥 피터라고요."

"피터." 내가 힘없이 말했다. 그리고 간신히 일어섰다. "여기예요." 내 어깨에 그의 팔이 느껴졌다.

"괜찮아요." 그가 말했다. 그러고는 나를 계단으로 데려갔다. 그의 부축이 필요했다. 걸을 힘도 없었다. 그의 팔이 내 허리로 내려왔다.

"숨을 깊이 들이쉬어요, 힐디. 거의 다 왔어요. 몇 걸음만 더요."

"알겠어요." 나는 울고 있었다. "알겠어요."

마침내 우리는 계단 꼭대기에 다다랐고, 피터가 문을 열려고 내 어깨 위로 손을 뻗었다. 하지만 그가 손을 대기도 전에 문이 활짝 열렸고, 프랭크가 거기에 서 있었다.

나는 프랭키의 품에 쓰러지며 안겼다. "미안해." 나는 흐느껴 울었다. "정말 미안해. 어젯밤에 차를 몰고 나갔었어."

프랭키는 잠시 나를 안고 있다가 내 턱을 들어 얼굴을 들여다보았다.

"아직 몹시 혼란스러운 것 같은데, 힐."

"어젯밤에 차를 몰고 나갔다니까, 프랭키. 취했었어. 기억은 안 나지만 뭔가를 치었어……"

"지금 자기가 무슨 말을 하고 있는지 몰라요." 프랭크가 말했다. 그러고는 나를 바짝 끌어안았다. "쉿." 그가 말했다.

"아무것도 못 봤어." 나는 그의 가슴에 얼굴을 묻고 흐느꼈다. "기억나는 건 이것뿐이야. 뭔가 요란하게 깨지는 소리가 들렸어. 나는 어떻게 이런 두꺼운 거미줄이 앞유리창에 들러붙었지 하고 생각했어. 집으로 돌아오는 길엔 앞을 보기가 아주 힘들었어. 조수석 쪽 유리를 보면서 운전해야 했지."

"쉿, 힐디. 그건 꿈이야. 내가 밤새 여기 같이 있었잖아. 그런데 여기서 뭘 하는 거죠, 뉴볼드?" 프랭크가 물었다.

"힐디한테 할말이 있어서요." 피터의 목소리가 들렸다. "저는 오늘 이곳을 떠날 겁니다. 작별인사를 하고 싶었어요."

"힐디는 밤새 나하고 같이 있었어요." 프랭크가 다시 말했다. "지금 몹시 혼란스러운 상태예요."

"네, 알고 있어요. 힐디, 여기 약을 놓고 갈게요. 도움이 될 거예요. 이제 안녕. 안녕히 계세요, 프랭크." 피터가 말했다.

"나중에 봅시다." 프랭크가 못마땅한 듯 말했다.

피터가 떠난 뒤 프랭크가 나를 부축해 의자에 앉히고 자기도 내 옆에 앉았다. 그가 내 젖은 뺨을 감싸쥐고 내 눈을 들여다보았다. 내 머리카락을 손으로 쓸어 뭔가를 떼어주었는데, 아마 거미줄이나 지하 저장고의 먼지였을 것이다. 그리고 말했다. "제이크는 아직 못 찾았대, 힐. 하지만 스컬리가 린에서 차 앞유리를 완전히 새

걸로 바꿔서 가져왔어. 보닛에 생긴 스크래치도 손봤고. 정비소 사람들이 나무를 친 것 같다고 했어. 보닛에 생긴 스크래치로 보건대 나뭇가지와 부딪친 것 같다고."

"어젯밤에 차를 몰고 나갔던 기억이 나, 프랭키. 당신 집에 가려고 했었어. 당신과 같이 있고 싶었어. 너무 외로웠고, 당신이 정말 보고 싶었어. 내가 그 아이를 치었을지도 몰라. 뭐든 치긴 치었을 거야. 그냥 당신하고 같이 있고 싶었어."

"쉿," 프랭키가 말했다. "가서 세수부터 해. 내가 시내까지 데려다줄게. 가서 제이크 찾는 걸 도와줘. 어젯밤에 당신이 차를 몰고 나갔다는 말은 아무한테도 하지 마. 득이 될 게 전혀 없어. 당신이 친 건 나무였어. 나무였어야 해."

"지금은 못 가겠어, 프랭크." 내가 말했다. "먼저 좀 쉬고, 오후에나 가봐야겠어."

프랭키가 고개를 끄덕였다. "좋아, 그러면 먼저 잠을 좀 자. 가서 쉬어. 아무한테도 말하지 말고, 힐디. 당신 차 이야기는 아무한테도 하지 마."

"그럴게." 내가 말했다. "그럴게. 미안해……"

"쉿, 힐디. 그 말은 이제 그만."

잠이 오지 않았다. 자려고는 했다. 침대 위에 웅크린 채 눈을 붙이려 했지만 종종 꾸는 비몽사몽간의 꿈만 계속 꾸었다. 어렴풋한 꿈들. 잠이 푹 들었을 때 꾼 꿈은 대체로 기억나지 않지만, 잠깐 눈을 붙이거나 쉬려고 할 때는 이따금 그런 꿈같은 생각들을 연속적으로 경험하곤 했다―아마 그런 꿈을 몽상이라고 할 것이다. 완전히 깬 것도 완전히 잠든 것도 아닐 때의 꿈. 그날 오후 나는 꿈을 꾸었다. 밤중이었고, 자꾸 미끄러지는 힘든 길을 차로 빠르게 달려가고 있었다. 뭔가 컴컴한 물체가 차 앞유리창에 부딪혀, 얼음에 균열이 가듯 작은 금이 쫙 퍼졌다. 하지만 나는 멈추지 않았다. 계속 달리면서 금이 간 앞유리창을 통해 앞을 보려고 애쓰면서 길 이쪽저쪽을 겨우 살폈다. 홱 꺾이는 지점이 나오자, 발로 미친듯이 브레이크를 찾았다. 차가 가드레일을 넘어 굴러떨어지려고 하는 순간 정신이 번쩍 들면서 잠에서 깼다.

천장에 그림자가 기어다녔다. 파리 한 마리가 창문 방충망에 들러붙어 앵앵거렸다. 아니, 아마 말벌이었을 것이다. 어느새 나는 지하 저장고 바닥에 누워 천장을 올려다보고 있었고, 지하 저장고에는 물이 가득 채워져 있었다. 나는 숨을 참았다. 헤엄쳐서 수면 위로, 지하 저장고 천장까지 올라가고 싶었다. 수면 위로 솟구쳐 승리를 거둔 듯 숨을 들이마시고 바다 위 공기를 큰 호흡으로 한껏 들이마시고 싶었다. 하지만 그럴 수가 없었다. 제이크 때문이었다. 제이크가 수면 위로 머리를 간신히 내민 채 내 위에서 아등바등 개헤엄을 치고 있었다. 아이를 놀라게 하고 싶지 않아서, 나는 물에 잠긴 바닥에 납작하게 엎드린 채 가만히 있었다. 마침내 아이의 머리가 물속으로 내려왔다. 아이의 얼굴은 맹렬히 덤벼든 게와 피라미 떼로 인해 대번에 사라졌고, 나는 내가 지른 비명소리에 잠에서 깨어났다.

침대에서 나왔다. 어두워진 오후 하늘이 나에게 위안을 주었다. 골든아워에 가까운 시간이었다. 술 한잔하기에 좋은 시간이었다.

나는 다섯시 이전에는 술을 마시지 않지만—알코올중독자들이나 일찍부터 마신다—그날은 네시로 앞당겨야 할 것 같았다. 신경이 곤두서고, 몸이 후들거리고, 머리는 지끈거렸다. 헤엄치는 아이의 모습이 자꾸 떠올라 마음이 괴로웠다. 내가 본 것을 말해줘야 할지 망설여졌지만 아직은 캐시의 얼굴을 똑바로 볼 자신이 없었다. 내가 캐시의 아들이 깊은 물속에서 헤엄치는 이상한 꿈을 꾸었다고 해서 그것이 그녀에게 무슨 위로가 될까? 나는 늘 물이 나오는 꿈을 꾼다. 그럼에도 캐시에게 전화를 걸기로 했다. 얼굴을 볼 자신은 없었지만 목소리는 듣고 싶었다.

전화를 받은 여자는 자신을 친구 캐런 누구라고 소개했다. 내가 캐시와 통화하고 싶다고 하자 그녀는 캐시가 경찰차를 타고 나갔다고 했다.

"메시지를 남겨드릴까요?" 캐런이 물었다.

"힐디 굿이 전화했었다고만 전해주세요."

"그럴게요."

"그런데 바다 수색을 시작했는지 혹시 아세요? 바다에서도 찾고 있어요?"

"음, 네. 그런 말을 들은 것 같아요. 경비정 일부가 해안선을 따라 수색하고 있다고요. 물론 해변 수색도 하고요."

"그렇군요, 감사합니다." 내가 말했다.

그러면 됐다. 내가 더 할 수 있는 일은 없었다. 나는 그저 제이크가 헤엄치는 꿈을 꾸었을 뿐이다. 그곳이 어디인지, 심지어 그 아이가 정말 제이크인지도 확실하지 않았다. 사람들이 이미 바다를 수색하고 있다. 캐런, 캐시, 누구에게도 내가 본 것을 언급할 필요가 없었다. 내가 드와이트 부부를 돕기 위해 할 수 있는 일은 아무 것도 없었다.

나는 세수를 하고 머리를 빗은 뒤 부엌으로 내려갔다. 조리대에 프랭크의 레드삭스 모자가 놓여 있었다. 아까 두고 갔을 것이다. 나는 화가 나서 그것을 홱 집어올렸다. 모자를 조리대에 올려놓는 것이 얼마나 보기 싫은지 내가 몇 번을 말했던가? 바닥에 모자를 아무렇게나 내동댕이치고 그릇장에서 와인잔을 꺼내려는 찰나, 앞 문이 열리는 소리가 들렸다. 프랭크였다. 발걸음 소리가 그였다. 저벅저벅 무거운 부츠 소리가 들리면 그였다. 왜 지금이지? 하필 내 살아 있는 모든 세포가 술을 달라고 아우성을 치는 이 시점에?

"나 왔어, 힐다." 프랭크가 부엌으로 들어오면서 말했고, 나도 "왔어?" 하고 대꾸했다.

프랭크는 수색팀의 노력에 대한 새 소식을 가져왔다. 모두가 수색에 나섰다고 했다. 이제는 개들도 풀었고 헬리콥터도 동원됐다.

"수중 수색도 하고 있어, 프랭크?"

"응, 매니, 로비 브라운, 다른 바닷가재잡이 몇 명, 그리고 여러 어부들이 각자 배를 타고 찾으러 나갔어. 경비정도 나섰고. 지금 시점에 잠수부 동원은 불가능하고…… 음, 영원히 그럴 필요가 없기를 바라야지. 캐시 집에 가봐야지, 힐. 캐시가 당신을 보고 싶어 할 거야."

"나중에 가볼게." 내가 말했다. 솔직한 심정은, 캐시의 눈을 똑바로 바라볼 자신이 없다는 것이었다. 이렇게 멀쩡한 정신으로는 못 본다. 이렇게 신경이 곤두설 대로 곤두선 채로는. 프랭키가 내 머릿속에 내가 아이를 차로 치는 악몽 같은 생각을 심어놓았으니 그것을 씻어내려면 약간의 와인이 필요했다.

당장 가줘, 프랭크. 나는 생각했다.

이 긴장감을 완화하려면 나는 와인을 마셔야 했다. 아주 조금.

지금은 안녕, 프랭크.

"좋은 소식은 개들이 제이크의 흔적을 찾았는데 집 뒤쪽 협곡을 통과해 숲속으로 들어갔다는 거야. 아이가 도로에서는 멀리 떨어져 있었던 것 같아." 그가 바닥에서 모자를 집어올리며 말했다. 그러고는 벗어져가는 정수리에 모자를 눌러쓴 뒤, 아침에 내리고 남은 커피를 컵에 따랐다.

프랭크 게첼은 남은 커피를 버리고 새 커피를 끓여 '낭비'하기보다는 언제나 식은 커피를 마실 사람이다. 미안하지만, 그런 정신세계에는 뭔가 병적인 데가 있다. 검소한 것도 좋지만 프랭크는 지나치다. 나는 그가 그냥 약간 괴짜라고, '낭비는 금물, 욕심도 금물'이라는 정신을 지키는 뉴잉글랜드의 구식 양키라고 나 자신을 속여왔다. 하지만 이제는 진실을 직면할 때다. 프랭크 게첼은 뭔가 심각한 문제가 있었다.

"부상을 입었다면 지금쯤 발견됐을 거야, 힐." 프랭크는 조리대에 기대어 식은 커피를 후루룩 마시며 말했다.

그는 위로한답시고 그 말을 한 것 같았지만, 나는 그날 아침 그가 나를 터무니없이 의심한 것과 내 음주에 대해 불쾌한 말을 쏟아낸 사실만 떠오를 뿐이었다. 그런 배신행위를 한 사람을 어떻게 용서할 수 있겠는가?

"캐시의 친구하고 통화했어. 친구 목소리가…… 잔뜩 긴장해 있었어." 내가 조용히 말했다. 내가 그 때문에 상처입은 사실을 알리고 싶지 않았다. 그에게 그런 만족감을 주고 싶지는 않았다.

"모두 그래. 나도 많이 지쳤어. 여기서 잠시 눈을 붙일 수 있을 거라고 생각했어." 프랭크가 말했다. "집으로 바로 가려고 했지만, 당신을 혼자 두고 싶지 않았어."

그가 나를 안으려 했지만 나는 꿈틀꿈틀 밀어냈다.

"왜 나를 혼자 두려 하지 않아?"

"왜냐니, 무슨 말이야? 나는 그저 당신이 걱정됐어."

"내가 취할까봐 걱정이 됐어? 또 차를 몰고 나가 사람을 죽일까 봐?"

"힐디……"

"블라우스에 묻은 건 어젯밤에 흘린 와인이었어. 프랭크, 피가 아니라…… 와인이야."

"그래, 알았어. 나 간밤에 잠을 못 잤어. 그 이야기는 나중에 하자."

"알았어. 나도 당신이 간밤에 잠을 못 잔 건 알아. 고마워. 됐어? 어젯밤에 내 차를 밤새 운전하느라 깨어 있어준 거 고마워. 죄다 수리해준 것도 고마워, 해결사 양반. 밤중에 차 수리를 시켰으니 돈이 많이 깨졌겠네. 내가 얼마를 주면 돼?"

"그건 지금 신경쓰지 마, 힐."

"당신이 쓴 시간에 대한 청구서도 잊지 말고 보내줘."

"뭐에 대한?"

"당신이 쓴 시간. 간밤에 그 일을 하느라 들인 시간 말이야, 프랭크. 거기까지 차를 몰고 가고 그런 일을 하느라 쓴 시간."

나는 그에게 상처를 줄 생각이었다. 그가 잠시 눈을 감고 멈칫하는 것 같아서 나는 그가 한 방 얻어맞고 휘청거리는 줄 알고 그것으로 위로를 삼았다. 내가 잘 겨냥해 후려갈긴 한 방, 그가 맞아도 싼 한 방. 평범한 사람이라면 누구라도 휘청했을 것이다. 평범한 사람이라면 누구라도 자신이 베푼 친절한 호의가 냉정한 비즈니스 거래가 돼버린 것을 알고 모욕감을 느꼈을 것이다. 하지만 프랭크가 눈을 감고 있었던 것은 내 차를 처리하는 데 들인 시간을 계산하느라 그런 것이었다. 그는 머릿속에서 어떤 계산기보다도 더 빠르게 숫자를 표로 만들 수 있는 사람이었다. 그가 조용히 총액을 말했고, 나는 멈칫했다.

"정신이 어떻게 된 거 아니야?" 내가 씁쓸하게 웃으며 말했다. "당신이 내 차를 수리하는 데 한 주를 홀랑 썼다고 해도 그만큼은 못 줘."

"당신한테 청구서를 보내지 않은 요 몇 년 사이에 내 시간당 인건비가 좀 올랐어. 게다가…… 명절 주말이라 두 배로 쳐야 하고. 스컬리한테도 돈을 줘야 해. 스컬리가 거기까지 나랑 같이 간 것과 나를 다시 데려다준 것도 쳐야 하니까."

내가 이런 남자와 잠을 잤다니. 그의 품에 안겨 그의 귓가에 다정한 말을 속삭였다니. 그의 몸에 키스를 퍼부었다니.

쓰레기 수거인.

"음, 비용은 수표에 써서 우편으로 보내고 싶은데? 다른 비용이 또 있으면 그것도 모두 알려줘. 나는 당신이 필요해, 프랭크. 쓰레기가 저 혼자 알아서 쓰레기장으로 가지는 않으니까."

내가 이 말을 하자 그가 고개를 끄덕였다. 나는 그의 눈동자에서 괴로움의 눈빛을 찾았지만 그런 눈빛은 어디에도 없었다. 그래서 내가 덧붙였다. "오늘이 쓰레기 수거일 아니야? 금요일 아닌가?

나가서 쓰레기 수거를 해야 하지 않아?"

프랭크가 나가려고 돌아섰고, 문밖으로 나가려다 말고 다시 돌아보며 말했다. "오늘은 토요일이야. 지금은, 마음을 편하게 먹어, 힐."

마음을 편하게 먹으세요. 내가 그 말을 들은 적이 있다면 마지막 인사를 나눌 때였다. 물론 그는 '마음을 편하게 먹으세요'가 AA 슬로건이라는 것을 알 것이다. 모두 그런 엿같은 범퍼 스티커를 보았을 것이다. 분해서 몸이 부들부들 떨렸다. 와인이 필요했지만 그런 위험한 짓은 하지 않을 것이다. 술에 잔뜩 취해 캐시를 만나보겠다고 차를 몰고 나가면 어떻게 하는가?

프랭크의 트럭이 부릉부릉 소리를 내며 떠나자마자 나는 프랭키가 식탁에 놓고 간 차 열쇠를 낚아채듯 집어올렸다. 술이 필요했다. 내가 술에 취해 운전했다고 프랭키가 간섭을 한 것 때문에 미칠 것만 같았다. 그래서 정말로 와인을 따기 전에 변기에 차 열쇠를 빠뜨린 뒤 물을 내려야겠다고 생각했다. 다른 방법은 떠오르지 않았다. 열쇠 꾸러미를 자기 자신도 모르게 숨기는 방법이 또 뭐가 있겠는가? 하지만 열쇠 꾸러미에는 내가 보유한 집들의 열쇠 몇 개도 같이 끼워져 있었다. 그 순간 열쇠 꾸러미를 지붕 위로 던져버리면 되겠다는 생각이 들었다. 취해도 지붕에 올라갈 일은 절대 없다. 나는 사다리를 어디에 뒀는지조차 몰랐다. 문밖으로 걸어나가, 다시 생각할 틈도 없이 열쇠를 지붕 위로 던져올렸다. 열쇠는 다시 내 쪽으로 미끄러졌고, 나는 열쇠가 머리 위로 떨어지지 않게 폴짝 비켜섰다. 열쇠는 지붕 홈통에 떨어졌다. 나는 열쇠가 떨어진 자리를 잘 기억해두었다. 앞문을 바라보고 왼쪽이다. 열쇠는 내일 찾을 것이다. 이제 벌렁거리는 심장과 부들거리는 손을 진정시켜야 했다. 지금 지하 저장고로 내려가야 한다. 다시 지하 저장고로, 땅 밑으로, 언제나 따뜻한 그곳으로.

열아홉

   나는 딸들이 우리집에 찾아오기 전에 전화를 해주는 편을 더 좋아한다. 그것이 바로 배려라는 거다. 나는 딸들 집에 불쑥 찾아가지 않는데—나는 그애들의 사생활을 존중한다—다 큰 딸자식들은 나에 대한 자신들의 권리를 포기한 적이 없다. 다음날 아침 테스가 나에게 집 지붕에 올라가 뭘 하는지 말하라고 캐물었을 때, 나는 테스가 유치하게 권리 운운하는 것과 의심과 비난의 말을 퍼붓는 것을 참고 들어야 했다. 테스의 말투는 솔직히 약간 히스테릭하게 들렸다.

   "지붕에 올라간 게 아니야. 사다리에 올라간 거지." 내가 테스를 내려다보며 평온하게 말했다. 유치하게 캐물어서 내가 짜증이 났다는 사실을 딸이 알게 하지는 않을 것이다. 테스는 그래디를 안고 있었고, 그래디는 나를 올려다보며 손을 흔들었다. "안녕, 그래디." 내가 아래를 향해 손을 흔들며 외쳤다.

피터가 준 약을 한 알 먹은 것이 한 시간 전이었다. 그리고 한 알을 더 먹었다. 심한 숙취를 느끼며 깨어났지만 그 약이 신경에 미친 효과는 마법 같았다. 신이여, 우리 닥터 뉴볼드를 축복하소서. 내가 그래디에게 다시 손을 흔드는데 사다리가 지붕 모서리에서 살짝 떨어지며 흔들렸다.

"꼭 붙잡아요." 테스가 사다리 아래쪽을 잡으려고 달려오며 말했다. 그러고는 외쳤다. "엄마. 잠옷만 입고 밑에 아무것도 안 입었잖아요. 누가 지나가면 어쩌려고요?"

"누가 지나가겠어?" 나는 홈통을 잡고 몸을 가누며 웃었다. "미리 알리지도 않고 찾아오는 사람은 없지. 그건 무례한 일이니까."

그 순간 내가 찾는 것이 보였다. 차 열쇠가 홈통에, 내 손에서 겨우 몇 인치 떨어진 곳에 놓여 있었다. 나는 태연히 지붕을 살피는 척하면서 열쇠를 집어올렸다.

"뭐하는 거예요?" 테스가 물었다.

"다락에 물이 새서. 홈통이 막혀서 그런 건 아닌지 확인하려는 거야. 이제 사다리에서 떨어져주겠니? 미끄러져서 너랑 그래디 위로 떨어지고 싶지는 않거든."

손에 열쇠 꾸러미를 쥐고 내려오기가 녹록지는 않았지만, 어찌어찌 내려왔다. 닥터 뉴볼드가 준 마법의 알약만 있다면 그날 아침 내가 해내지 못할 일은 아무것도 없었다. 부엌에 약병이 있었다. 며칠분은 된다고, 피터가 간밤에 찾아왔을 때 나를 안심시켜주었다. 피터가 더 줄 것이다. 약은 충분히 있을 것이다.

"들어와." 그 생각에 미소를 지으며 내가 말했다. 내가 그래디에게 키스하자, 그래디가 말했다. "함마, 안녕." 테스가 불쑥 울음을 터뜨렸다. "오늘 아침 뉴스에서 제이크 드와이트의 소식을 들었어요. 왜 어제 전화로 알려주지 않았어요, 엄마? 스물네 시간 넘게 행방불명이라면서요. 그런데 나한테는 아무도 전화를 안 해줬어요. 캐시의 집에 들렀는데 차들이 아주 많았어요. 하지만 캐시 부부도 다른 사람들과 같이 수색을 하러 나가고 없었어요……"

"찾았어." 내가 유쾌하게 말했다.

"그래요? 언제요?" 테스가 물었다.

"피터 뉴볼드가 간밤에 들러서 그 좋은 소식을 알려줬어."

그가 그 소식을 전해줬을 때 나는 거나하게 취해 있었지만, 그가 그 말을 한 사실만큼은 확실했다.

"아니에요, 엄마. 지금 라디오에서 난리예요. 아침에 오다 보니까 수색팀이 사방에 깔려 있던데요. 아직 못 찾았어요."

나는 불안감이 들이닥칠 것에 대비해 마음을 단단히 먹었지만…… 불안감은 찾아오지 않았다.

"피터가 그런 사실을 꾸며서 말할 리가 없잖아." 내가 말했다. 피터가 우리집에 들른 것이 꿈속에서 일어난 일이었나?

"안으로 들어가자." 내가 말했다. "커피를 내려줄게."

테스가 나를 따라 부엌에 들어왔다. 내가 커피메이커에 물을 채우는데 테스가 말했다. "다른 의자들은 어디 있어요?"

돌아서서 보니 식탁 의자가 두 개밖에 없었다. 나는 깜짝 놀랐다. 평소에는 네 개였다. 다리를 깎아서 모양을 내고 앉는 자리는 고리버들로 처리한 예쁘고 멋진 골동품 의자 네 개. 유품 판매장이라던가 그 비슷한 곳에서 스콧이 골라온 것이었다. 지금은 두 개밖에 없었다. 혼란스러웠다.

그 순간 뭔가가 어렴풋이 기억났다.

내가 어젯밤에 의자 하나를 들고 지하 저장고로 내려간 것이다—부엌 의자는 작고 가벼워서 혼자서도 쉽게 옮길 수 있었다. 나는 앉을 자리가 필요했다. 딱딱한 의자에 똑바로 앉아 있으면 바닥에 쓰러져 잠들지 않을 거라고 생각했다. 내가 즐겨 앉는 구석에 의자를 내려놓은 뒤 코르크 마개 따개를 가지러 다시 부엌으로 올라갔는데 피터가 왔다. 피터는 잔뜩 취해 있었다. 어디에 있다 왔는지는 모르지만, 우리집에 오기 전에 술을 마신 것은 분명했다. 내가 같이 내려가 와인을 마시겠느냐고 하자 그는 무척 좋아했다. 그리고 의자를 직접 들고 내려갔다.

"앉는 자리를 손봐야 해서. 버들고리가 낡아서 전부 새걸로 바꿔야 하거든." 나는 커피메이커에 적당량의 커피 가루를 넣으면서 테스에게 대충 둘러댔다. 내 마음은 아주 편안했다. 평소 같으면 알코올이 분해되기 시작하면서 유리 파편이 창자를 쿡쿡 찌르는 것 같고 망치로 두들겨맞은 것처럼 머리가 띵해지는 시간이었다. 하지만 피터가 준 약, 잰택스인지 재내즈인지 덕분에—약 이름이 뭐건—마음이 차분하고 통증도 전혀 느껴지지 않았다. 제이크에 대한 혼란스러운 소식도 당연히 영향력을 미쳐야 했겠지만 아무렇지도 않았다. 나는 제이크가 무사한 것을 알고 있었다. 그건 사실이었다. 피터가 나에게 말해줬으니까.

테스는 그래디를 바닥에 내려놓았고, 그래디가 내 부엌에서 식사실로, 이어서 거실로 아장아장 걸어들어가자 테스는 아이를 쫓아갔다.

간밤에 나는 피터에게 지하 저장고 바닥에서 눈을 떴던 그날 일을 털어놓았고, 피터는 이 방법이 현명한 해결책이라는 데 동의해주었다. 그가 의자에 앉았고, 나는 맞은편 의자에 앉아 피터에게 미소를 지어주었다. 우리 피터 뉴볼드. 우리는 발이 서로 닿을락 말락 할 만큼 아주 가깝게 앉았다.

피터는 우리가 왜 지하 저장고에 있어야 하는지를 이해해주었다. 프랭크가 돌아와 술을 마시는 나를 보지 않기를 바라는 내 마음도 그는 알아주었다. 나는 어느 누구도 이 근처를 기웃거리는 것을 바라지 않았다—안타깝게도 제이크 드와이트가 실종된 바람에 온 동네 사람들이 여기저기 기웃거리며 돌아다니는 분위기였다. 전날 나는 그저 술이 필요했던 것뿐이다. 피터도 이해해주었다. 술은 다시 끊으면 된다고, 피터는 내가 건넨 병을 벌컥 들이켜며 나를 안심시켜주었다. 우리는 굳이 잔을 사용하지 않았다.

"돌아와서 기뻐요, 피터." 내가 또 한 병을 따면서 말했다. "이 아래까지 내려온 사람은 피터 당신뿐인 거 알아요? 사실 나는 혼자 술 마시는 걸 좋아하지 않아요. 리베카와 마시는 걸 그토록 좋아했던 이유가 그거였어요. 이런, 리베카 이야기는 꺼내지 말아야 했는데, 피터. 미인…… 미안해요."

"아니에요, 미안할 것 없습니다, 힐디." 내가 병을 건네자 피터가 말했다. "지금은 다 괜찮아요."

"그래요? 오, 정말 다행이에요, 피터." 말이 쏟아져나왔다. "나는 두 사람이 서로 미워하는 건 견딜 수가 없어요."

"아니에요. 저는 리베카를 미워한 적이 없어요." 그가 말하고는 그 생각에 미소 지으며 와인을 기분좋게 한 모금 꿀꺽했다. "저는 리베카를 사랑해요." 전날 이후로 그의 태도가 얼마나 돌변했는가.

그는 무척 행복해 보였다.

"알겠지만, 나도 리베카를 사랑한다고 할 수 있어요." 내가 손을 가리고 수줍게 웃으며 인정했다.

"알고 있어요." 피터가 내게 윙크를 하며 말했다.

"리베카가 물려받은 유산은…… 많을까요? J. P. 모건이 한물 가긴 했어도 워낙 탄탄했던 회사니 후…… 후손…… 가만, 그 단어가 뭐였지…… 그래…… 리베카의 세대까지 버텨주겠죠?"

"그럴 겁니다. 하지만 알다시피 리베카는 돈 이야기는 절대 하지 않아요."

"안 하죠. 그런 돈—물려받은 재산—을 가진 사람들은 돈 이야기는 절대 하지 않죠. 아주아주 고상해서요. 아주아주 높은 곳에 있으니까요. 나는 리베카가 억만장자와 결혼했다는 사실이 늘 불편했어요. 그런 억만장자들을 왜 나 같은 가난한 여자들에게 남겨놓지 않는 거죠?"

"가난하지 않잖아요, 힐디 굿. 큰돈을 가질 자격이 되는데도 그 기회를 계속 놓친 거죠. 전혀 가난하지 않아요." 그가 나에게 다시 병을 건넸다.

"피터 당신도 가난하지는 않을 거예요. 내가 당신 집을 팔게 되면요. 부자가 될 거예요. 아주아주 큰 부자요."

피터가 어깨를 으쓱하며 싱긋 웃었다. "샘과 엘리스는 그렇게 되겠죠."

"무슨 소리예요?" 내가 물었다. 나는 와인을 병째 한 모금 꿀꺽 마셨다. "샘과 엘리스는 당신을 버리지 않을 거예요. 걱정하지 마요. 그 일을 절대 알아내지 못하게 할게요. 리베카도 내가 잘 감시

하고요. 그런데 왜 이런 이야기를 계속 하는 거죠? 불쌍한 제이크. 제이크 드와이트가 불쌍해요. 제이크에게 무슨 일이 일어난 걸까요, 피터? 캐시와 패치는 어떡하죠?"

"제이크는 무사해요." 피터가 말했다. 내가 아직 그 소식을 모른다는 사실이 그는 되레 놀라운 것 같았다.

"네?" 내가 외쳤다. "찾았대요? 어디 있는데요? 집에 왔어요?"

"곧 발견될 거예요." 피터가 웃으며 말했다.

나는 그 소식이 기뻐서 눈물을 흘렸다. "피터, 나는…… 내가 간밤에 작은 사고를 냈다고 생각해서, 어쩌면 내 차로 그애를 들이받은 건지도 모르겠다고 생각해서……"

그리고 그의 의자를 봤는데, 의자가 텅 비어 있었다. 그가 떠난 것은 틀림없었지만 작별인사를 한 기억이 나지 않았다. 나는 술에 취해 있었다. 술만 마시면 시간은 요상한 짓을 한다. 나는 시간의 편린을 망각한다. 나는 병을 입으로 가져가 와인을 또 한 모금 마신 뒤, 허리를 숙여 발치에 엎드린 딸내미들을 쓰다듬었다. 귀여운 딸내미들. 사랑스러운 퍼밀리어들. 제이크는 무사한 것이다.

제이크가 무사하다.

테스가 부엌으로 돌아왔을 때 나는 닥터 뉴볼드에게서 들은 소식을 다시 한번 말해주었다.

"언제 만났어요?" 테스가 물었다.

"간밤에. 피터가 잠시 들렀어. 네가 만난 사람들이 제이크가 발견됐다는 소식을 못 들었겠지." 내가 말했다.

"아니에요, 엄마. 내가 말했잖아요. 오늘 아침 뉴스에서 들었다니까요. 같이 가서 어떻게 되어가는지 알아봐요. 수색팀이…… 모

든 단체들이 잔디밭에 나와 있어요. 커피를 들고 같이 가봐요. 저
도 가서 돕고 싶어요."

"그러자." 내가 말했다. 테스가 컵에 커피를 따를 때 나는 얼른
계단을 내려가 지하 저장고로 갔다. 어쩌면 그 모든 것이 꿈이었을
지도 모른다. 하지만 그곳에는 부엌 의자 두 개가 분명히 있었다.
빈 와인병 세 개도 옆에 있었다. 나는 발끝걸음으로 다시 계단을
올라온 뒤 지하 저장고 문을 조심스럽게 닫았다.

스물

그 뜨거운 봄날 아침, 때마침 차를 타고 웬도버 그린을 지나가는 사람이 있었다면 이곳 시골에서 축제가 열리나보다고 생각했을 것이다. 사람들이 여기저기 돌아다니고 있었다. 노인, 청년, 어린아이 할 것 없이 돌아다녔다. 풍선도 보였다. 사람들이 모두 밝은 색깔의 풍선을 들고 있었다. 회중교회는 제이크 드와이트를 찾는 수색팀들의 공식본부가 되었고, 주 경찰 스프렌서는 교회 건물로 올라가는 계단 꼭대기에 서서 확성기를 통해 귀청이 찢어져라 소리를 질러대며 지시를 내리고 있었다. 그는 모두 와줘서 고맙다고 말하며 제이크의 흔적이 발견되면 곧바로 연락을 취할 수 있도록 자기 전화번호를 휴대폰에 저장해달라고 부탁했다. 사람들이 제이크의 사진이 인쇄된 전단지를 뿌리고 있었다. 샤론 라이스가 나에게도 한 장을 건넸고, 나는 그 전단지를 참담한 마음으로 내려다보았다. 어린 제이크가 카메라를 응시하고 있었다. 큰 글씨로 이런 내용이 인쇄되어 있었다.

혹시 제이크를 찾으시면 만지지 말아주세요. 제이크는 모르는 사람
이 자기 몸을 만지면 겁을 많이 냅니다. 조용히 이름을 물어보고 즉시
911에 연락해주세요.

모든 것이 혼란스럽기 그지없었다. 피터가 잘못 알았을 가능성
도 있고 만취한 상태였기 때문에 헷갈렸을 수도 있지만, 그는 제이
크가 무사하다는 믿음을—아니, 그 이상으로 절대적인 확신을—
나에게 심어주었다.

샤론 라이스의 남편 루가 교회 옆 잔디밭에 테이블을 놓고 자원
봉사자들에게 물을 나눠주고 있었다. 히코리 스틱 장난감 가게의
매니저 존 앨소프는 헬륨탱크를 써서 풍선 수십 개를 부풀리고 있
었다. 그는 과장된 몸짓과 미소를 지어 보이며 자원봉사자들에게
풍선을 건넸는데, 그 모습이 묘하게 축제 분위기를 자아냈다. 다만
주 경찰 스프렌저의 존재와 전단지, 수색구조팀의 개들이 그 분위
기를 망치고 있었다. 내가 약간 몽롱한 상태로 즐거움과 슬픔이 동
시에 느껴지는 그 기이한 광경 속을 테스와 함께 걸어가는데, 갑자
기 누군가가 내 팔을 잡는 게 느껴졌다. 나는 소스라치게 놀랐다.

"힐디?"

메이미 랭이었다. 그녀는 머리 위에 수십 개의 풍선을 띄워 든
채 손에 감겨 있는 끈을 풀려고 애쓰고 있었다.

"이 풍선들은 다 뭐예요?" 테스가 물었다.

"제이크가 풍선을 좋아한대." 메이미가 말하면서 우리에게 풍

선을 하나씩 내밀었다. 그래디가 꺄르르 웃으며 풍선을 툭툭 쳤다.
"제이크를 찾으면 이 풍선을 보여줘서 제이크가 먼저 다가오게 하
려는 거지."

테스는 눈물을 흘렸다.

"테스, 그래디는 여기 나랑 메이미한테 맡기고 너는 다른 사람들
하고 같이 수색하러 갈래?" 내가 테스의 팔을 가볍게 잡으며 물었다.

"아니요." 테스가 대답했다. "그래디를 데리고 다니고 싶어요.
엄마, 저랑 같이 가요. 같이 다녀요. 약간 긴장돼 보여요. 걷는 게
엄마한테도 좋을 거예요."

나는 망설였다. 또다시 불안해지기 시작했다. 제이크가 무사하
다는 확신이 줄어들기 시작했다. 약이 또 필요했다. 어쩌면 걸어가
는 동안 가방에서 한 알 슬쩍 꺼낼 수도 있으리라.

"그러지 뭐." 마침내 내가 말했다.

테스가 올드베리얼 힐 뒤쪽 조류 보호구역을 수색해보자고 제안
했다. 조류 보호구역은 드와이트 부부의 집에서 걸어서 얼마 되지
않았고, 집 뒤쪽에서 그쪽 숲까지 길은 나 있지 않았지만, 테스는
제이크가 굳이 길이 난 곳을 찾아서 다니는 아이는 아니라고 판단
했다. 제이크가 지나간 곳에 흔적이 남아 있을 가능성이 차라리 컸
다. 조류 보호구역까지 차로 가는 동안 나는 길 옆을 살폈고, 두려
운 마음으로 도랑과 잡초 사이를 유심히 살펴보았다.

우리는 길가에 차를 세웠고, 나는 테스가 그래디를 아기배낭에
넣을 수 있게 거들었다. 처음에 그래디는 싫다고 했다. 자기도 걷
겠다고 떼를 써서, 풍선으로 유인해야 했다. 하지만 일단 우리가
걷기 시작하자 그래디는 테스의 어깨 위로 주변을 둘러볼 수 있는

유리한 고지를 즐겼고 신이 나서 제 엄마의 머리를 툭툭 쳤다.

"정말 잘 만들었어. 아기를 넣어 메고 다니는 배낭 말이야." 서늘하게 그늘진 숲길로 접어들 때 내가 말했다. "너희가 아기였을 때도 이런 게 있었으면 좋았을걸."

"있었을걸요." 테스가 말했다. 테스는 큰 걸음으로 앞서 걸었지만 머리를 숙여 그래디가 나뭇가지에 긁히지 않도록 조심했다.

"정말? 나는 기억이 안 나는데."

테스가 픽 웃었다. 그리고 말했다. "과연 찾아보기는 하셨을까요?"

테스는 옛날부터 그것이 불만이었다. 딸들이 어렸을 때 나는 많이 놀아주지 못했다. 일을 하러 나가야 했다. 누구든 생활비를 벌어야 했다. 살기 위한 선택이었지만, 딸들의 쓰라린 어린 시절 추억에 그 사실이 비집고 들어갈 틈은 없는 것 같았다.

"하나 있었으면 좋았을걸. 네가 아기였을 때 이렇게 하이킹이라도 데려가게……"

"정말로요?" 테스가 말했다. "조심해서 걸으세요, 엄마. 길이 험하고 미끄러워요."

우리는 하지 연못으로 가는 비탈길로 접어들었다. 그 연못은 조류 보호구역 한복판에 있었다.

"테스," 내가 말했다. "집에 있으면서 너희랑 더 많은 시간을 보내면 좋았을 텐데. 하지만 나는 일을 하러 나가야 했거든. 너희 아빠가 골동품 가게를 했지만 수익이 전혀 없었잖아. 거의 매년 적자였지."

"엄마, 그건 알고 있어요. 그 이야기는 왜 꺼내세요?"

"네가 먼저 꺼냈으니까. 아기배낭 이야기를 했잖아."

이제 우리는 굉장히 조심해서 걸었다. 가장 가파른 길에 다다랐다. 테스는 길 옆으로 붙어 내려갔고, 나는 테스가 미끄러지지 않도록 그래디를 태운 배낭을 뒤에서 잡아주었다.

잠시 뒤에 테스가 말했다. "엄마가 낮 동안 나가서 일을 한 건 문제가 아니었어요. 밤에도 그런 게 문제였어요. 엄마는 집을 너무 자주 비웠어요……"

"그 당시에는 손님 접대할 일이 더 많았어, 테스."

"알아요. 하지만 엄마가 밤에 집에 있을 때도 그랬어요. 엄마는 술에 취해 있었어요. 심지어 저녁 먹기 전에도요."

"뭐라고? 너희 아빠가 떠나기 전에는 그렇게 많이 마시지 않았어."

"오, 알겠어요. 엄마 마음대로 생각하세요." 테스가 씁쓸하게 말했다. 그러고는 발을 헛디딘 바람에 나무를 붙잡아야 했다. 나는 테스가 다시 몸을 가눌 때까지 그래디의 다리를 잡아주었다. 언덕 아래를 코앞에 두고 우리는 멈춰 서서 숨을 골랐다. 그래디가 제 엄마의 머리를 쳤다. "가, 엄마, 가." 아이가 소리쳤다.

우리 둘 다 웃었다. 테스와 내가 웃었다. 테스가 나를 돌아보았다. "미안해요, 엄마. 아직도 제 마음속에 그런 해묵은 불만이 남아 있는지 몰랐네요. 엄마가 술을 끊은 지금도요. 제가 알코올중독자 가족 모임 같은 데를 가야겠어요. 미안해요." 테스가 나를 끌어안았고, 나도 테스를 끌어안았다. "엄마가 자랑스러워요." 테스가 말했다.

우리는 조용한 숲속으로 들어갔다. 길은 빛이 들어오지 않아 매우 어두웠다. 축복의 어둠 같았다. 조금만 더 걸으면 연못을 둘러싼 풀밭이 나올 것이고 다시 밝은 햇살이 쏟아질 것이다. 커다랗고 오래된 참나무와 솔송나무 그늘의 보호를 받으며 조금만 더 오래 있어도 좋을 것 같았다. 머리를 조금이라도 더 맑게 할 수 있게. 떨리는 손을 멈출 시간을 조금이라도 더 벌 수 있게.

스물하나

　내가 웬도버에서 살아온 육십 년 동안 물에 빠져 죽는 사람들이 더러 있었다. 노스비치 바로 위쪽으로 물살이 급한 역조逆潮—바다를 향해 흘러가는 강한 조류—수역이 있는데, 이따금 사람들이 그 물살에 휩쓸렸다. 몇 년 전 보스턴에서 온 누군가가 노스비치에서 익사한 사고가 있었다. 지금은 해안경비대에서 역조 수역에 들어갔을 때의 행동수칙을 표지판에 적어 세워두었다. 그런 상황에서 절대 해서는 안 되는 것이 해안을 향해 헤엄치는 것이지만, 그 순간 가장 먼저 하고 싶은 단 하나의 행동도 바로 그것이다. 불과 몇 야드 떨어진 곳에 해안이 보이지만, 그쪽을 향해 힘껏 헤엄칠수록 탐욕스러운 조류는 사람을 더 힘껏 바다로 뱉어놓는다.

　역조 수역에 들어갔을 때는 해안과 나란히 헤엄치는 것이 최선이다. 마음을 가라앉히고 해안과 평행하게 헤엄치면서 겁을 먹지 말아야 한다. 그렇게 해야 그 조류에서 빠져나올 수 있다. 하지만 대부분의 사람들—특히 어린아이들—은 자신의 힘으로 어떻게 할 수 없다고 느끼는 순간, 사악한 바다의 마수에 붙잡힌 그 순간, 겁을 집어먹고 미친듯이 발길질을 하며 버둥거린다. 그러다가 순식간에 물을 마시게 되고, 바닷물이 위와 폐로 들어가면 곧 모든 것이 끝난다.

물에 빠져 죽는 사람은 고통을 느끼지 못한다고 들었다. 폐가 공기보다 물을 더 많이 흡수하면 일종의 희열 상태에 빠지는데, 그때는 고통이 희미해지고 몸이 수초처럼 된다.

얼마 전에 테스가 익사 직전의 경험을 한 어느 여자의 유튜브 동영상을 보여준 적이 있다. 테스의 의도는 나를 위로하는 것, 그 일이 있은 뒤 내 기분을 풀어주려는 것이었음을 나도 안다. 유튜브 동영상에 나온 그 여자는 바위 위에 있다가 거센 파도에 휩쓸렸는데, 바다가 거칠어 해안으로 돌아올 수 없었다고 했다. 결국 물속에 가라앉았고, 참을 수 있을 만큼 오래 숨을 참았다. 하지만 숨을 쉬어야 할 때가 왔다.

그녀는 바닷물을 들이마실 때의 기분을 '더없이 좋았다'고 표현했다. 아름다운 푸른빛을 보았다. 교향곡을 듣는 것 같았다. 시간이 사라지는 느낌이었다.

그 순간 그녀는 구조되었다.

물에 빠져 죽은 시신은 처음에는 가라앉지만, 부패가 시작되면 수면으로 떠오른다. 박테리아가 생성하는 가스와 관련이 있다. 시신이 다시 가라앉고 다시 떠오르다가 바다 밑에 완전히 가라앉는 것은 세번째로 떠오른 뒤다. 하지만 그것은 어리석은 미신 같다. 어렸을 때 사촌 에디가 그 이야기를 해주었는데, 아마도 에디는 예수님의 부활 이야기를 그 이야기에 뒤섞었을 것이다.

누가 알겠는가.

그 일요일 아침 웬도버항 앞바다에 떠 있던 시신은 안타깝게도 웬도버에 사는 두 소년에 의해 발견되었다. 코너와 루크 헤이스팅스 형제로 각각 열네 살, 열세 살이었다. 헤이스팅스 집안은 항해를 즐기는 대가족이었다. 헤이스팅스 형제의 아버지는 해마다 일주일 동안 열리는 웬도버 요트대회에 출전했고 자식 넷도 모두 항해를 즐겼다. 그날 아침 두 형제는 아버지가 항구를 떠나지 말라고 단단히 일렀음에도 페그 바위를 지나 조금 더 멀리까지 가보기로 마음먹었다.

페그 바위까지 가는 것은 항구를 완전히 떠난 것으로 볼 수 없다고 두 소년은 판단했다. 그곳에 가면 늘 강풍이 불었다. 그래서 그들은 420경주용 보트*를 띄울 준비를 한 뒤 출항했다. 그들은 펄럭이는 돛과 거세지는 바람에 맞서 큰 소리로 대화를 나누었다. 멋진 항해가 될 터였다. 페그 스위니 바위가 가까워졌고, 아이들은 모두 그러듯 불쌍한 페그의 혼령이 울부짖는 소리에 귀를 기울였다. 그들은 좀더 멀리, 항구 어귀로 나아갔다. 강한 역풍이 불었지만 항해를 좀더 즐기고 싶었다. 보트가 한쪽으로 기울자 허리를 뒤로 젖히며 힘차게 노를 저었고, 허세를 부리며 서로를 향해 소리를 질렀다. 날아가듯 나아갔다. 바닷가재잡이 통발을 표시하는 색색의 부표를 요리조리 피해가며 싱어 섬을 목표로 나아갔다. 조금 더 멀리, 조금 더 멀리 갔다가 돌아올 생각이었다.

---

* 두 사람이 노를 젓는 소형 보트.

노를 젓는데, 갑자기 부풀려진 하얀 비닐봉지 같은 것이 눈앞에 나타났다. 더 가까이 다가가니, 물속에 떠 있는 것이 하얀 어깨임을 알 수 있었다. 인간의 시신 상반신이 얼굴을 물속에 처박은 채 일부만 잠겨 있었다. 그들은 숨이 멎을 만큼 놀라서 욕설을 쏟아냈고, 한순간 풍향을 살펴야 한다는 사실도 잊은 채 얼른 그 자리를 지나갔는데, 아주 잠깐 동안 파도가 시신을 배의 선미 쪽으로 떠밀자, 비명을 지르며 미친듯이 항구 쪽으로 배를 돌리다 하마터면 배가 뒤집힐 뻔했다.

동생 루크는 울음을 터뜨렸지만, 나중에 형 코너가 그 이야기를 자꾸 하자 그 사실을 부인했다. 당시에 소년들은 제이크 드와이트의 이름을 언급하지 않았지만 둘 다 속으로는 그 아이를 떠올렸다. 그들은 항구를 향해 나아갔고, 코너는 덜덜 떨리는 손으로 키 손잡이를 잡았다. 눈앞에 바닷가재잡이 배 한 척이 항구를 떠나는 것이 보였다. 매니 브리그스의 배였다. 소년들은 매니를 향해 미친듯이 노를 흔들었고, 매니는 그들을 향해 배를 돌렸다. 두 배가 나란해지자, 매니는 소년들의 배를 갈고리로 걸어 통통거리는 머시호 옆으로 끌어당겼다.

소년들은 방금 목격한 것을 말했다. 마침 매니는 조 설리번 노인을 데리고 탔는데, 두 사람 모두 최악의 상황은 애써 떠올리지 않았다. "얼른 돛을 내리고 우리 배에 옮겨 타라."

"틀림없이 죽은 바다표범이었을 거야. 사람들은 죽은 바다표범을 곧잘 사람의 시체로 착각하거든." 매니는 머시호의 선미와 소년들이 탄 요트의 선수를 밧줄로 연결해 묶으면서 툴툴거렸지만, 속으로는 몹시 불안했다. 동생에게 손을 내밀어 자신의 배로 올라타게 할 때는 등이 뻣뻣해지는 것 같았다. 형에게는 욕설을 내뱉으며 얼른 올라타라고 소리를 질렀다.

"시체였어요. 사람이 죽어 있었다니까요." 루크가 선수로 달려가 그쪽을 가리키며 외쳤다.

그들은 적어도 50피트는 떨어진 거리에 있었다. 매니가 이렇게 바람이 심한 날에 항구를 빠져나간 것에 대해 소년들을 한참 나무라는데, 소년들이 "저기요" 하고 외치며 앞쪽 바다에 떠 있는 것을 가리켰다. 물살에 휩쓸리며 부유하는 그것을 보자 매니는 갑자기 속이 메스꺼웠다. 매니가 어렸을 때 어선 한 척이 글로스터 항구에서 침몰한 사고가 있었다. 그때 매니는 아버지의 배를 타고 나갔다가 바다 밑에서 떠오른 시신 한 구를 보았다. 매니는 그 남자의 얼굴을 잊은 적이 없었다. 지금도 그 꿈을 꾸었다. 이제는 확실히 시신으로 추정되는 그 물체에 가까이 다가갔을 때, 어른 남자들과 같이 있다는 사실에 갑자기 씩씩해지고 자신감을 얻은 소년들이 크게 소리를 질렀다.

"저거예요. 우웩, 못 보겠어요." 루크가 소리쳤다.

매니가 돌아보며 버럭 소리를 질렀다. "입다물고 뒤쪽에 가 있어. 보지 마. 내 말 들어. 젠장, 애들은 이런 걸 보면 안 돼, 알아들었어?"

"네, 알겠어요. 그럴게요." 소년들은 서둘러 배 뒤쪽으로 피했다.

과연 시체였다. 얼굴을 아래로 한 채 해안으로 떠밀려가고 있었다. 매니가 팔 하나를 잡았다. 피부가 부풀어서 스펀지처럼 변했지만, 손을 대니 팔다리는 뻣뻣하고 얼음같이 차가웠다. 꽤 오랫동안 물위에 떠 있었던 것이 확실했다. 엎드린 상반신에서 팔다리가 소시지처럼 대롱거리며 늘어져 있었다. 팔다리가 튼튼한 밧줄이나 바닥짐 역할을 해서 몸이 뒤집히지 않았던 것이다.

조가 둘둘 말아놓은 밧줄을 매니에게 말없이 던져주었고, 항구 경비정에 연락을 취하기 위해 선박과 육지를 연결하는 무전기를 꺼냈다. 매니는 긴 막대로 시신을 배와 나란한 방향이 되게 돌렸다. 밧줄로 시신의 가슴을 감은 뒤 어깨까지 둘러 감았다. 그는 이 모든 과정을 시신을 뒤집지 않고 해냈다. "애들이 보면 안 되니까." 그가 나중에 그 이유를 설명했다. 하지만 결국 그가 프랭크에게 털어놓은 진짜 이유는 시신을 뒤집어 죽은 사람의 얼굴을 볼 용기가 나지 않았기 때문이었다. 사체를 먹는 수중동물의 이빨과 집게발이 대구를 어떤 꼴로 만들어놓는지 그는 알고 있었다. 게다가 시체는 발가락과 손가락 몇 개가 이미 없어진 상태였다. 매니는 허리를 굽혔다. 허리가 끊어질 듯 아팠다. 그는 저 아래 바다 깊은 곳에서 수중 관중이 지켜보는 가운데, 실물 크기의 꼭두각시 인형을 부리는 사람처럼 이리저리 손을 움직여 시신을 밧줄로 고정했다.

전몰장병 추모일이던 그 주말에 리베카 맥앨리스터는 제이크 드와이트 수색에 가담하지 않았다. 도울 마음이 없어서가 아니었다. 제이크의 실종 사실을 몰랐던 것이다. 리베카는 이 지역에, 그리고 이곳 주민들 사이에 원래 주민만큼 뿌리를 내리지 못했다. 다른 엄마들과 꾸준히 연락하고 지내지도 않았고 아침 뉴스를 보지도 않았다. 리베카는 일요일 아침 일찍 낸터킷에서 돌아왔다. 아들들은 브라이언에게 맡기고, 핑곗거리를 만들어 혼자 웬도버로 돌아왔다. 피터와 할 이야기가 있었다.

　그녀는 동이 트기 전에 케이프를 떠났고 아홉시쯤 웬도버에 도착했다. 골목길로 언덕을 올라 집에 다다랐고, 사람들이 무리 지어 도로변을 걸어가는 것을 보고는 연례행사인 봄맞이 대청소를 하는 거라고 생각했다. 이 지역에서는 해마다 그런 행사를 열었다. 리베카는 밤에 한숨도 자지 못했고, 집에 돌아오니 베티가 보고 싶었다.

　리베카가 마구간에 들어가자 베티는 건초를 먹다가 회색 머리를 쳐들었고, 리베카가 자기 칸으로 들어오자 그녀를 쿡 밀었다. 그러고는 다시 아침식사로 관심을 돌려 평화롭게 건초를 우적거렸다. 리베카는 한 팔로 베티의 기갑을 끌어안고 나머지 팔로는 굵은 목을 감싸안은 채 베티에게 기댔다. 그리고 자신의 젖은 뺨을 베티의 갈기에 대고 눌렀다. 나중에 그녀가 말해준 바로는, 그날 말에서 나는 기분좋은 사향이 평소와는 달리 기쁨을 주지 않고 슬픔과 그리움을 불러일으켰다고 했다. 피터가 그녀의 기쁨을 모두 뺏어가려고 했기 때문이다. 이미 뺏어간 것 같았다. 사랑하는 베티를 보고도 행복감을 느끼지 못했으니까.

　베티가 건초를 마저 먹어치우자, 리베카는 베티의 털을 서둘러 빗기고 굴레를 씌웠다. 그러고는 베티를 작은 방목장에서 사유 도로로 데리고 나왔다. 그녀는 베티를 울타리로 데려간 뒤 울타리 위로 올라가 다리를 훌렁 들어 베티의 널찍한 등에 올라탔다. 그리고 차로를 따라 내려가기 시작했다.

　둘은 웬도버 라이즈를 내려갔다. 언덕바지 부근의 길이 무척 가팔랐지만, 리베카는 허리를 뒤로 젖혀 암말이 궁둥이 위로 균형을 잘 잡을 수 있게 해주었다. 베티는 균형을 잡은 뒤 행복하게 터벅 터벅 내려갔다. 방향은 해변으로 잡았다. 말은 곧 차가운 물속에서 첨벙거리게 될 것임을 알고 있었다.

언덕 아래 숲속에 스티어 스왐프라고 불리는 작은 습지대가 있는데, 거기에 하트비치로 이어지는 작은 숲길이 나 있었다. 리베카는 북적거리는 해안 도로를 피하려고 늘 습지를 빙 두르는 그 지름 길로 다녔다. 그날 아침 베티는 저 혼자 알아서 그 길로 들어섰다. 베티가 아는 길이었다. 리베카는 피터 생각에 빠져 있었다. 절대 그를 떠나보내지 않을 생각이었다. 그건 옳지 않았다—그에게도, 그녀에게도. 어느 누구에게도. 며칠 전 짧은 대화를 나눈 뒤, 지금 그는 휴대전화조차 받지 않았다. 그의 목소리는 얼마간 협박조였는데, 지금 생각해보니 그답지 않은 태도였다. 그는 경고하듯 그녀에게 지금 당신이 뭘 하고 있는 건지 생각해보라고 거듭 말하면서 자신이 처한 상황이 얼마나 절박한지 호소했다.

그녀가 그에게 소리를 질렀다. "당신이 절박해요? 나는 어떻고? 당신은 나를 버릴 수 없어요. 내가 그렇게 두지 않아요, 피터. 만약 그렇게 하면, 새로 옮겨간다는 그 병원 경영진한테 다 말해버릴 거예요. 당신은 내가 정말 그럴 거라고는 생각하지 않겠지만, 나는 그럴 수 있어요."

"리베카, 신중히 생각해요." 그가 또다시 경고했다. "조심해서 다녀요."

"뭘 어쩌려고? 나를 죽이기라도 하려고요?" 그녀는 코웃음을 쳤다.

그렇게 비아냥거린 것이 지금은 후회스러웠다. 그렇게 해서 그의 마음을 되돌릴 수는 없었다. 돌아가서 그에게 전화로 말할 것이

다. 그녀 자신도 좀더 이성적으로 행동할 것이고, 그에게도 좀더
이성적이 되라고 설득할 것이다. 샌프란시스코는 끔찍한 곳이다.
그곳에 비가 얼마나 많이 오는지 그는 알고 있는가?

그 순간 베티가 갑자기 겁을 집어먹고 휙 돌아서는 바람에 리베
카는 땅에 떨어질 뻔했다.

"워어, 베티, 젠장…… 워어어어."

베티가 힝힝거리며 빙글빙글 돌았다. 반바지에 운동화만 신고
안장 없이 말을 탄 리베카는 긴 다리로 말의 옆구리를 감싸고 손으
로 말갈기를 움켜잡고서야 땅에 떨어지지 않을 수 있었다.

"워어. 워어어어어."

그 순간 암말이 얼어붙은 듯 멈춰 섰다. 베티는 방금 사냥꾼을
본 사슴처럼 숨을 참았다. 움직이지 않고 가만히 있으면 상대 짐
승도 자신을 보지 못할 거라고 생각하는 것 같았다. 리베카도 숨을
참았다. 그 순간 덤불숲에서 부스럭거리는 소리가 들렸고, 베티는
다시 휙 돌아서서 앞다리를 쳐들었다. 리베카는 더 버티지 못했다.
말에서 미끄러졌지만 간신히 땅을 딛고 섰다. 베티가 다시 앞다리
를 쳐들며 달아나려고 하자, 리베카가 고삐를 붙잡았다.

"베티. 거기 누구세요? 베티." 리베카가 소리쳤다. 그 순간 그녀
는 보았다. 검은 형체 하나가 우거진 습지의 풀숲을 통과해 그녀를
향해 다가오고 있었다. 그녀는 또다시 외쳤다.

"누구세요? 거기 누구예요?" 리베카가 겁에 질려 소리쳤다.

첨벙거리는 소리가 들렸고, 기이한 울부짖음이 뒤따랐다.

리베카는 소리가 들리는 쪽으로 걸음을 옮겼고, 베티는 겁에 질
린 채 힝힝거리며 그녀를 뒤따랐다. 베티가 진흙을 디딜 때마다 발

굽에서 쩍쩍 소리가 났다.

리베카는 습지 풀숲을 헤치며 나아갔고, 마침내 보았다. 소년이었다. 캐시 드와이트의 아들 제이크. 제이크는 지저분한 몰골로 그녀와 멀찍이 떨어진 곳에서 질퍽거리는 습지를 비틀비틀 걸어갔다. 두려운 듯 어깨 너머로 리베카를 쳐다보며 절뚝절뚝 걸었다.

소년은 흠뻑 젖은 채 몸을 떨고 있었고, 얼굴에는 긁혀서 흐른 피가 묻어 있었다.

"제이크." 리베카가 외쳤다. 아이는 계속 멀어졌다. "안 돼, 제이크. 돌아와." 리베카의 겁먹은 목소리 때문에 더욱 불안해진 말이 놀라서 힝힝거렸고, 곧 더욱 시끄럽게 히힝히힝 울었다. 제이크는 그들을 등진 채 얼어붙은 듯 걸음을 멈추었다.

리베카는 가만히 서 있었다. 습지는 무척 조용했다. 리베카는 나중에 나에게 습지가 왜 그렇게 조용했는지 모르겠다고 말했다. 새 소리도, 개구리 소리도 들리지 않았다. 어떤 소리도 들리지 않았고 바람 한 점 불지 않았다.

베티가 코를 벌름거려 냄새를 맡더니, 제이크가 곰이 아니라 사람인 것을, 그것도 어린아이인 것을 깨닫자, 길게 한숨을 내쉰 뒤 고개를 숙여 습지의 풀을 뜯었다.

제이크는 돌아서서 말을 지켜보았다. 길게 자라 엉겨붙은 풀이 말의 코를 간질였다. 그러자 베티가 풀을 뜯으면서 입으로 요란하게 푸르르르르 소리를 냈다. 리베카는 소년의 이름을 부르고 싶은 충동을 또다시 느꼈다. 소년은 몹시 떨고 있었고, 다시 보니 입술이 부르트고 갈라져 있었다. 몰골이 정말 말이 아니어서 리베카는 애처로운 마음에 눈물이 났다. 하지만 소년이 그들을 쳐다보고 있어서, 자신이 소년을 놀라게 할까봐 두려웠다. 그래서 눈물을 줄줄 흘리며 베티 옆에 조용히 서 있기만 했다.

안 돼, 제이크, 안 돼. 달아나지 마. 내 쪽으로 와. 생각은 그렇게 했지만 말은 하지 않았다. 시간이 좀더 흐르자 소년이 그들 쪽으로 다가오기 시작했다. 고개가 한쪽으로 기울어져 있었고, 시선은 말의 얼굴을 향해 있었다.

"스니카. 스니카 돌려줘." 소년이 말했다. "스니카, 제발."

리베카는 소년이 말하는 것이 사랑하는 고양이의 이름인 줄은 모른 채, 소년의 맨발을 보고 신발이 필요한 거라고만 생각했다. 베티가 소년을 향해 귀를 쫑긋 세우며 머리를 쳐들더니 생각에 잠긴 듯 입안 가득 넣은 풀을 우적우적 씹어 먹었다. 그러고는 다시 머리를 숙였다. 제이크는 차가운 흙탕물에 발이 쑥쑥 빠져가며 첨벙첨벙 작은 습지를 통과했고, 마침내 그들과 아주 가까워졌다. "스니카." 소년이 다시 구슬프게 말했다. 베티는 소년의 냄새를 맡으려고 소년을 향해 코를 내밀었다. 베티는 평소 리베카의 아들들을 좋아했기 때문에—베티가 싫어하는 것은 남자 어른들이었다—리베카는 말이 소년을 물지도 모른다는 걱정은 하지 않았다. 베티가 소년의 냄새를 킁킁 맡고는 풀을 또 한입 뜯어먹으려는 찰나, 소년이 큰 소리로 푸르르르 소리를 냈다. 베티는 제이크를 향해 또다시 고개를 홱 돌렸고, 이번에는 소년에게 한 걸음 다가갔다. 소년의 입에서 나오는 소리가 무척 신기한 것 같았다.

제이크가 손을 올려 말의 코를 만졌다. 말이 푸르르르 소리를 내자 그 진동이 소년의 몸에 전해졌다. 베티는 제 코를 만지는 보드라운 촉감이 좋았는지, 가만히 서서 소년이 코를 만지도록 내버려두었다. 제이크가 푸르르르 소리를 낸 뒤 방긋 웃었다.

잠시 뒤, 리베카는 고삐를 부드럽게 잡고 말의 머리를 길 쪽으로 돌렸다. 그러고는 소년과 말에게 등을 보이며 아주 천천히 걸어갔다. 말은 누가 쳐다보면 잘 따라가지 않는데 소년도 그럴 거라고 짐작한 것이다. 그래서 다시 길을 따라 천천히 걸었다. 베티도 그녀를 뒤따랐다. 리베카가 흘끗 돌아보니, 소년이 베티의 코에서 손을 떼지 않은 채 옆에서 걷고 있었다. 시끄럽게 푸르르르 소리를 내면서. 리베카는 베티가 쇠로 된 발굽으로 소년의 맨발을 밟지나 않을까 걱정되었지만, 베티는 옆으로 고개를 약간 돌려 계속 소년을 살짝 밀어내면서, 아이가 발을 밟히지 않도록 조금 떨어져서 걷게 했다. 베티는 소년의 손길에서 느껴지는 떨림과 자기 옆에 작은 생물이 있다는 느낌이 좋은 것 같았다. 애정을 바라는 작은 생물이 자기를 따라온다는 느낌. 그 느낌과 더불어 출산, 젖, 기쁨의 냄새가 희미한 기억으로 떠올라 베티의 혈관을 타고 흘렀다. 나도 엄마야. 엄마라는 존재가 어떻게 느끼는지 나도 알고 있어. 엄마가 아이의 작은 손에 코를 대고 밀 때 젖통에서 느껴지는 찌릿찌릿한 느낌을 상상할 수 있지.

길은 돌멩이와 뿌리가 많아 험했다. 천천히 나아가야 했다. 리베카는 제이크의 멍들고 피 나는 발을 염두에 두면서 유난히 험한 길은 피해가려고 애썼다. 마침내 도로에 다다랐다. 암말과 소년을 길가로 유도하면서 이 가파른 언덕을 어떻게 넘어 그녀의 집으로 데려갈지 리베카가 고민하는데, 픽업트럭 한 대가 멈춰 섰다. 프랭크였다. 트럭이 끼익 소리를 내며 멈추자 제이크는 즉시 손을 팔랑거리며 끼익 소리를 흉내냈다. 그 바람에 베티가 깜짝 놀라 펄쩍 뛰며 소년에게서 멀어졌다.

"그러면 안 돼…… 베티." 리베카가 말했다.

프랭크가 차에서 풀쩍 뛰어내려 그들을 향해 다가왔다. 베티는 귀를 머리에 납작하게 붙이더니, 프랭크를 향해 볼기짝을 흔들며 뒷다리 하나를 위협적으로 들어올렸다.

"프랭크, 잠시만요. 거기 있어요." 리베카가 말했다.

제이크가 숲속으로 다시 걸어가고 있었다. 손을 펄럭이고 브레이크 밟는 끼익 소리를 조그맣게 흉내내면서.

한순간 아무도 움직이지 않았다. 이윽고 베티가 머리를 숙이더니 길가의 싱싱한 풀을 뜯어먹었다. 리베카가 입술을 털어 푸르르르 소리―베티가 내던 소리―를 내자 제이크가 즉시 걸음을 멈추고 말을 바라보았다. 그러더니 다시 시끄럽게 푸르르르 소리를 내기 시작했다. 소년은 절뚝거리며 말 옆으로 돌아왔고, 프랭키는 리베카에게 소리를 질렀다. "말을 조심시켜요." 하지만 그녀는 이렇게만 대답했다. "걱정하지 마세요. 해치지 않을 테니까. 아이 엄마한테 연락할 수 있을까요, 프랭크? 캐시한테 전화를 걸어 우리가 여기 있다고 알려줄 수 있을까요?" 그 순간 정말로 눈물이 흘러내리기 시작했다. "아이 엄마가 꼭 와야 해요. 캐시한테 전화를 해줘요, 프랭크."

프랭크는 휴대전화가 없었지만, 소방서 무전기를 가지고 있어서 슬리피 해스컬에게 무전을 쳤다. 해스컬은 드와이트 부부와 함께 있었다.

"제이크를 찾았어요. 아이는 무사해요. 우리가 있는 곳은 언덕 아래예요. 습지에 가는 길로 들어서기 바로 전요. 불도 켜지 말고 사이렌도 켜지 마요, 슬리피. 다른 사람도 데려오지 마요. 캐시하고 당신 둘만 와요. 다른 사람한테는 알리지 말고." 프랭크가 말했다. 그 지역 구급대원들이 모두 그들이 나누는 대화를 듣고 있는 것을 프랭크는 알고 있었다. 그래서 이런 경고의 말을 하면 심각하게 받아들여진다는 사실도 알았다.

슬리피가 캐시와 패치를 데리고 도착하자, 제이크가 제 엄마의 품에 뛰어들었다. 리베카는 말을 데리고 나갔다가 소년을 찾게 된 경위를 간략하게 설명했고, 패치와 캐시는 눈물을 흘리며 고맙다는 말만 거듭했다. 그들은 의사에게 진찰을 받게 하려고 부랴부랴 소년을 경찰차에 태워갔다.

프랭키와 리베카만 남았다. 둘 다 침묵을 지켰다. 프랭키는 리베카가 말의 맨등에 다시 올라타려고 하는 것을 지켜보았다. 그녀는 땀에 흠뻑 젖은 채 자신과 말 근처로 우글우글 몰려든 성가신 파리들을 홱홱 쳐냈다. 그러고는 울면서 욕설을 뱉은 뒤 말을 바위 쪽으로 끌고 가려고 했지만, 베티는 리베카가 올라타기도 전에 자꾸 비켜섰다.

프랭크가 도우려고 다가서자 리베카가 말했다. "조심해요, 프랭크. 베티가 걷어찰지도 몰라요."

하지만 프랭크는 툴툴거리며 베티에게 말했다. "너나 조심해, 마마. 조심하라니까, 쉬쉬." 그는 베티의 납작해진 귀와 성난 발길질을 무시했다. 그리고 리베카 옆으로 다가가 두 손을 고리처럼 만든 뒤 발을 받쳐주어 리베카가 말 등에 올라타게 해주었다. 그러고는 리베카가 말 머리를 돌려 도로를 따라 집으로 돌아가는 것을 지켜보았다—언덕바지에 자리한 옛 발로 일가의 집으로.

스물둘

    사무실 건물 뒤쪽에 차를 대기도 전에, 테스와 나는 제이크가 발견된 것을 알아차렸다. 웬도버 그린에는 아직 사람들이 북적였고, 지금은 서로 끌어안고 눈물을 훔치며 웃고 있었다. 우리도 그 무리에 끼어 소식을 들었다. 맥앨리스터의 아내가 아이를 찾았다고 했다. 이런 상황에서 지역사회가 으레 그러듯, 사람들은 이미 집단적이고 무의식적인 전설을 만들어내고 있었다. 아이의 구출을 둘러싼 사건의 기본 골격—리베카 맥앨리스터와 그녀의 말과 소년에 대해 이러쿵저러쿵하는 말—만 듣고, 사람들은 그것을 더욱 실감나는 이야기로 만들려고 여백을 채우고 살을 붙였다. 리베카가 소년을 찾으려고 혼자 말을 타고 길을 나섰다. 스티어 스왐프로 가는 길을 택했다. 발견했을 때 소년은 잠들어 있었는데, 그녀가 깨워서 어찌어찌 말에 태웠다. 그녀도 소년 뒤에 올라탄 뒤 습지를 빠져나왔고, 거기서 프랭크와 슬리퍼를 만난 것이다. 내가 듣기로는 조리가 없었지만 무슨 상관인가? 제이크가 발견됐다는데. 그것도 무사히.

테스는 거기 남아 옛친구들과 대화를 나누는 것이 좋은 것 같았다. 그래디는 테스가 아기배낭에서 꺼내주자 다른 꼬마를 뒤쫓아 뛰어다니며 깔깔거렸다. 나는 지쳐 있었고, 피터가 준 약의 효과도 떨어지고 있었다. 한 알이 더 필요했고, 그보다는 맛좋은 와인 한 잔이 더더욱 필요했다. 딱 한 잔이. 테스에게 집으로 돌아가서 할 일이 있다고 말했다. "나중에 네 차를 가지러 올 때 친구 아무한테나 우리집까지 태워다달라고 할래?" 내가 말했다.

"아니요, 저도 집에 가서 저녁 준비를 해야 해요." 테스가 대답한 뒤 친구들에게 작별인사를 했다. 우리는 그래디를 다시 차에 태웠다.

반시간 뒤, 나는 집 진입로에 서서 테스와 그래디에게 손을 흔들어주었다. 그리고 그들이 시야에서 사라지기도 전에 피터가 준 약 한 알을 삼켰다. 약도 먹고 와인도 마신다 한들 뭐 어때서? 오늘밤은 축하할 일도 있는데 정말로 기분좋은 시간을 보낸다 한들 뭐 어때서?

약을 먹은 것이 다행이었다. 그로부터 한 시간도 못 되어 프랭크가 나를 찾아와 피터의 소식을 전했기 때문이다. 진입로에 픽업트럭이 들어오는 소리가 들려서, 나는 프랭크가 사과를 하러 왔다고 생각했다. 피터의 약과 조금의 와인이 기분을 풀어준 뒤라, 그가 다가올 때 나는 미소를 지어주고 심지어 그를 끌어안기까지 했다. "정말 다행이야, 제이크가 무사해서." 내가 말했다.

"안으로 들어가, 힐." 프랭크가 대답했다.

매니는 해안에 닿자마자 프랭크에게 전화해서 바다에서 피터의 시신을 건져낸 이야기를 해주었다. 프랭크는 내가 뉴스에서 그 소식을 듣기 전에 미리 알려주려고 온 것이었다.

　"수영을 하다가 역조 수역에 들어갔을 거야. 노스비치 바다의 그곳은 사악한 살인마나 다름없어." 프랭크가 말했다. 하지만 피터는 웬도버 토박이이니 강한 급류에서 빠져나오려면 물살의 흐름을 타야 한다는 것, 겁을 먹고 버둥거리지 말아야 한다는 것을 잘 알고 있었을 것이다.

　"피터를 살려냈어?" 내가 외쳐 물었다. "피터는 괜찮아?"

　"아니, 힐. 검시관이 죽은 지 하루는 지난 것 같다고 했어."

　"그 검시관의 말은 틀렸어. 피터가 간밤에 여기 왔었는걸. 나하고 같이 있었어."

　"언제?"

　"여기 들렀었어. 잘 모르겠는데, 아마 자정이었을 거야. 더 늦은 시간이었을 수도 있고. 그냥 내가 어떻게 지내는지 궁금했다고 했어." 지하실에 내려간 것과 술을 마신 이야기는 일부러 뺐다.

　"아니, 힐디. 피터의 차가 어제 아침부터 노스비치 주차장에 세워져 있었대. 슬리피는 그 차가 뉴볼드의 것인 줄 알면서도 딱지를 떼려고 했는데, 제이크 때문에 워낙 경황이 없어서 그러지 못했대. 피터가 거기 주차해놓은 이유를 알아볼 겨를도 없었고. 어제 그 차 앞을 대여섯 번은 지나갔다던데. 차는 오늘 아침에도 거기에 있었고, 피터가 발견된 뒤에도 그 자리에 세워져 있었어."

　"말도 안 돼. 그렇다면 지난밤엔 다른 사람 차를 빌려 탔겠지. 아니면…… 모르겠어."

그 순간 프랭크가 나를 유심히 바라보았다. 우리 둘 다 무슨 말을 해야 할지 알지 못했다.

"피터가 왔었다니까." 내가 흐느끼며 말했다.

프랭크가 나를 바짝 끌어안았고 나도 두 팔로 그를 안았다.

"차 안에 옷이 있었대, 힐디. 어제 아침 여기서 나갈 때 입고 있던 옷이랑 같은 거야. 사람들은 어제부터, 피터가 여기서 나가고 얼마 안 된 시점부터 거기서 피터의 차를 봤어. 틀림없이 피터는 곧장 해변으로 갔을 거야. 수영복 차림으로 수영을 하러 간 거지. 아마 그곳 물살을 자신의 사유지 해변만큼은 잘 몰랐겠지. 자살이라는 소문이 벌써부터 나도는 것 같지만, 내가 아니라고 바로잡아주고 있어. 노스비치 저쪽으로 가면 조류가 무섭게 급해. 올림픽 출전 선수라 해도 그 미친 물살에서 빠져나오지는 못할 거야."

"피터가 어젯밤에 여기 왔었다니까." 내가 말했다.

"당신은 너무 지치고 정신이 쇠약해졌어, 힐디. 아마 피터를 만나는 꿈을 꾸었을 거야."

헤이즐든에 갔을 때 닥터 윌이라는 의사가 있었다. 그랬다. 우리는 거기서 의사들을 성이 아닌 이름으로 불렀지만, 그들은 자아가 강한 사람들이라 면전에서는 '닥터'라는 호칭을 붙여줘야 했다. 닥터 윌은 '알코올중독 교육' 담당이었다. 그는 필름이 끊기는 것은 일반적인 증상이 아니며, 매일 특정한 시간에 술 생각이 간절해지는 것이 알코올중독임을 말해주는 증상이라고 가르쳤다. 또한 내가 듣기에는 상당히 불쾌한 다른 '사실들'도 가르쳤다. 나는 알코올중독이 아니지만 그런 것들을 내가 이미 경험했기 때문이다. 그런 장소에서는 그런 세뇌가 이루어진다. 또한 그는 알코올성 정신병에 대해서도 말했다. 어떤 알코올중독자들은 그 '병'의 말기에 환각을 경험하는데, 당시에 나는 그런 증상이 없었기 때문에 그 사실을 안 것에 대해 기뻐했던 것 같다. 프랭키와 함께 서서 나는 그 의사의 말을 떠올리지 않을 수 없었다. 피터가 나와 함께 지하 저장고에 내려가 있었던 것이 다 내 상상 속에서 일어난 일이었단 말인가? 그건 꿈이 아니었다. 테스가 떠나자마자 나는 의자를 지하 저장고에서 다시 위로 옮겨왔다. 그런데 피터가 거기 없었다고?

그날 밤 프랭크는 내 곁을 지켜주었다. 도저히 나 혼자 있을 수가 없었다. 우리는 그 이야기는 피하면서 그저 앉아서 와인만 마셨다―많이 마시지는 않았고, 그렇다고 너무 조금 마시지도 않았다. 피터가 그런 극단적인 계획을 꾸민 것을 우리가 미리 알았다면 어떤 방도를 취했을지 우리의 생각을 가끔씩 나누면서.

"미리 계획한 건 아니었어. 그냥 사고였어." 우리 생각이 자꾸 그쪽으로 빠질 때마다 나는 프랭크와 나 자신에게 이 말을 되풀이했다.

"고통 없이 죽었을 거야. 그건 확실해." 프랭크가 와인을 마저 비우며 말했다. "수영하기에는 아직 물이 많이 차지. 물이 얼음장처럼 차서 금세 정신이 혼미해졌을 거야. 먼저 의식을 잃고, 그다음엔 혈액이 전부 몸의 중심으로 쏠려. 장기를 보호하기 위해서, 알겠지만……"

"맞아." 그가 와인을 건넬 때 내가 말했다. "피터는 그냥 수영을 하러 갔는데 추워서 정신이 혼미해진 거야." 그리고 덧붙여 물었다. "간밤에 내가 본 건 피터의…… 혼령이었을까?"

"아니, 힐디. 정신 차려. 혼령이라고? 꿈을 꾼 거라니까."

"고모 말이…… 그러니까…… 혼령들이 고모를 찾아왔대. 방금 세상을 떠난 사람들의 혼령이."

"당신의 미친 고모 페그 말이야? 이봐, 힐디. 그 생각은 그만해." 프랭크가 말했다.

그날 밤 프랭크는 에밀리의 방에서 잤고, 우리는 한동안 서로를 멀리했다. 약은 내가 며칠 동안 술에 취하지 않고 버틸 만큼 남아 있었다. 좀더 적당한 수준으로 술을 줄일 수 있을 만큼, 술을 완전히 끊기 전에 마시던 방식대로. 술을 완전히 끊었다가 어느 순간 폭음을 하는 것보다는 적당히 마시는 편이 더 건강한 방식이라는 사실을 나는 깨달았다. 중요한 것은 절제하면서 마시는 것이다.

하지만 나는 환한 대낮에 멀쩡한 정신으로 프랭크의 얼굴을 보기가 힘들었다. 그도 내 얼굴을 보기가 힘들었던 것 같은데, 앞서 말했듯 한동안 그가 거리를 두었기 때문이다. 나는 내 차에 신경써준 것에 대해 그에게 고맙다고 말했지만, 그는 내가 마음의 상처를 입은 것을 알고 있었다. 그가 제이크를 죽인 사람이 나일지도 모른다고 생각했다는 사실에 내가 상처입은 것을. 나를 알코올중독자에 술고래라고 부른 사실에 내가 상처입은 것을. 그는 나에게 그런 말을 해놓고도 사과하지 않았다. 사과를 해야 마땅했다. 그의 비난이 얼마나 터무니없었는지 명백히 밝혀졌으니.

하지만 우리는 뭐든 약간은 흘러가는 대로 내버려두는 나이가 되었다. 그리고 지난 한 해 동안 함께하는 삶에 점점 익숙해졌다. 6월 말의 어느 오후, 우리는 그만큼의 거리를 유지한 채 크로싱 지역에서 마주쳤다. 내가 그에게 어떻게 지냈는지 물었다.

여전했다.

나는 그에게 원하면 저녁 먹으러 와도 좋다고 말했다.

그는 왔다.

하지만 저녁뿐이었다. 이제는 내가 프랭키 게첼과 어쩌다 그렇게 가까운 사이가 되었는지 상상조차 할 수 없었다. 그가 오기로 한 그 첫날 술은 전혀 준비하지 않겠다는 생각도 했지만, 그렇게 하면 그의 말을 인정하는 꼴이었다. 내 음주 습관에 대한 그의 말이 맞았음을 인정하는 것이었다. 나는 마시는 양을 조절할 수 있었다. 쉽게. 그것을 프랭크에게 증명해 보일 것이다. 매일 와인을 즐기겠지만 더 조심할 것이다. 절제하며 마시기. 적당히 마시는 것이 중요하다. 프랭키는 다시는 내 음주 습관에 대해 언급하지 않았다. 이따금 내가 얼마나 마시는지 그가 주시한다고 느꼈지만, 아마 나 혼자만의 생각이었을 것이다. 중독치료는 그 사람의 음주 습관을 영원히 망쳐놓는다. 장담한다. 알코올중독자가 아니더라도 평생 자신의 음주 습관을 의심하게 된다.

엘리스 뉴볼드는 피터의 장례식이 끝나자마자 윈드포인트 로드에 있는 그들의 집에 대한 나와 피터의 계약을 철회하려고 했다. 엘리스는 웬디에게 집을 내놓고 싶어했지만, 이미 계약을 끝낸 뒤라 뜻을 이룰 수는 없었다. 내가 그 집을 파는 데는 그로부터 몇 주밖에 걸리지 않았다.

집은 뉴욕에 살던 어느 부부에게 팔렸다. 그들은 주말을 이용해 이 지역에 나온 집들을 보러 다녔다. 남편은 영화배우였고 어린 자녀가 셋 있었다. 그들을 윈드포인트 로드로 데려가면서 나는 웬도버를 택한 이유를 물었다. 아내는 자신은 옛날부터 뉴잉글랜드 지방의 작은 타운에서 살고 싶었다고 말했다. 어렸을 때 이사를 자주 다녔는데 뉴욕이나 할리우드 같은 곳보다는 평범한 타운에서 자식들을 키우고 싶었다는 것이다.

"뿌리 내리고 살 수 있는 진짜 사람 사는 동네 같은 곳에서 애들을 키우고 싶어요." 그녀는 우리가 어디든 뿌리를 내릴 수 있다는 듯 말했다. 그리고 나에게 이 지역에서 얼마나 오래 살았는지 물었다.

"평생요." 내가 대답했다. "부모님도 웬도버에서 자라셨고, 제 조상은 전부 이 지역 출신이에요. 8대 조모가 세라 굿이에요. 세일럼에서 재판을 받은 그 마녀요."

"설마요. 굉장한데요!" 영화배우가 놀라서 말했다.

"그렇다면 틀림없이 구디굿으로 불렸을 거예요." 아내가 웃으며 말했다. "불쌍한 사람. 결국 마녀로 몰린 것도 놀라운 일은 아니네요."

"그렇죠." 나도 그녀와 함께 웃었다.

그 집 앞에 다다라 차를 세우자, 남편과 아내는 그 아름다움에 감탄했다. "해변이 바로 옆이네요. 얘들아, 봐." 영화배우가 말했고, 우리는 모두 차에서 내렸다. 그들 부부가 나를 따라 앞문으로 가는 동안 아이들은 해변에 남았다.

"저는 옛날 집이 좋더라고요." 집안으로 들어가면서 아내가 말했다. "이곳의 역사가 느껴지는 것 같아요."

"네, 아주 매력적인 집이죠." 우리가 이 방 저 방, 추운 빈방들을 옮겨다닐 때 아이들은 우리 주변을 뛰어다니며 숨바꼭질을 했고, 나는 텅 빈 벽에 부딪혔다 튕겨나오는 아이들의 웃음소리를 애써 무시하며 맞장구를 쳤다. 전날 밤 나는 평소의 그 작은 파티를 즐겼다. 음, 이따금 즐겼다. 지난 두어 주 동안 두어 차례. 숙취에 시달릴 때 나는 뭔가를 듣거나 봤다고 상상했다. 이따금 그것들은 실재하지 않는 것들이었다. 불안이 만들어낸 것들.

"이 집에 혹시…… 유령이 나오나요?" 아내가 숨을 죽이며 물었다.

그들은 피터의 자살에 대해서는 알지 못했고, 내가 그 이야기를 해줄 의무도 없었다. 오래된 집에 들어가면 그런 질문을 하는 사람들이 많다. 유령이 나오느냐는 질문에 구매자들이 어떤 대답을 해야 좋아할지는 종종 가늠하기 어려웠다. 어떤 사람들은 유령이 출몰한다는 집에서 살 생각이 꿈에도 없었다. 또 어떤 사람들은 손님들을 불러놓고 저녁식사를 하면서 이 집에는 유령이 있는데 성가시게 불쑥불쑥 나타난다는 놀라운 이야기를 하고 싶어했다. 하지만 아내의 질문에 나는 깜짝 놀랐다. 그 순간 그 공간이 무척 소란스러웠기 때문이다. 앨리와 피터가 즐겁게 큰 소리로 말하는 소리가 들렸다. 조금 전 아주 잠깐 동안 침실 창문 밖을 흘끗 내다보았을 때는 또다른 유령이 서 있었다. 그녀는 독일종 셰퍼드를 데리고 해변에 서서 바다를 바라보고 있었다. 그녀를 보자마자 심장이 벌렁거렸다. 나는 고객들도 그녀를 봤는지 확인하려고 고개를 홱 돌렸다. 영화배우 남편은 누수로 훼손된 곳은 없는지 천장을 살피고 있었고, 아내는 벽장 안을 들여다보고 있었다. 다시 창밖을 내다보니 내가 본 것은 그저 한쪽에 쌓여 있는 유목에 불과했다.

피터가 죽은 뒤 나는 딱 한 번 리베카를 보았다. 어느 오후 그녀가 내 사무실에 들렀고 우리는 대화를 나누었다. 그녀는 달라 보였다. 침착했다. 이리저리 서성이지도 않았고, 피터가 지나가는지 보려고 내다보는 일도, 피터가 위층에 있는지 알아내려고 천장을 올려다보는 일도 없었다. 아주 차분해 보였다. 그 무렵 그녀는 새 심리치료사를 구했고, 이번에는 여자였다. 그 여자는 피터와의 관계를 브라이언에게 밝히는 것이 좋겠다고 충고했다. 자신이 슬픔을 극복하는 데 도움이 되게 하기 위해서였다고 리베카는 말했다. 마음의 치유를 위해서였다고. 그 충고가 결국 리베카에게 어떤 도움이 되었는지는 잘 모르겠다. 그녀가 그 사실을 털어놓은 바로 다음 날 브라이언이 이혼 서류를 내밀었기 때문이다. 내가 마지막으로 들은 리베카의 소식은 그녀가 버지니아에 있는 어머니 집으로 이사했다는 것이었다. 리베카와 브라이언은 그녀와 피터 뉴볼드의 스캔들에 대해 입을 다물었고 그 일은 결코 밖으로 새어나가지 않았다. 물론 나도 아무에게도 말하지 않았다. 프랭크 말고는. 피터의 죽음은 부검에 의해 사고사로 결론이 났고, 샘과 엘리스는 피터의 보험금을 받았다. 액수가 꽤 컸다고 들었다.

"엘리스와 샘이 살아가는 데 문제가 없도록 해주고 싶어요." 그날 아침 그가 우리 지역의 육지 끝을 떠나 바다로 들어가기 전에 내 부엌에서 말했었다.

첫째, 해치지 마라. 이거였던가? 첫째, 타인을 해치지 마라. 의사들이 하는 선서에 있는 내용이 이거였던가?

나는 리베카를 결코 용서하지 않았고, 앞으로도 용서하지 못할 것 같다. 나는 피터의 죽음이 그녀 탓이라고 생각한다. 평생 어느 누구에게도 상처를 주지 않았던 피터, 살아 있는 마지막 시간을 가족, 그리고 리베카가 살아갈 방편을 마련하는 데 쓴 피터. 그 어처구니없었던 아침에 심지어 내게도 안정제를 챙겨주고 친절한 말을 해주었다. 훌륭한 의사들이 그러듯 미리 치료를 종결했고, 그가 떠난 뒤에도 모두가 보살핌을 받을 수 있도록 신경썼다.

그렇다, 나는 리베카를 결코 용서하지 않을 것이다. 하지만 프랭크는 그녀에게 아무런 유감도 없는 듯했다. 그는 어쩌다 드물게 리베카 이야기를 꺼냈지만, 자연이 일으킨 피할 수 없는 재앙에 대해 이야기하듯 말했다. 우리 지역에 휘몰아쳐 잔해만 남기고 간 파괴적인 폭풍에 대해 이야기하듯이.

"그건 리베카가 있던 겨울 동안의 일이었어." 그 시기에 일어난 사건에 대해 이야기할 때 그는 이렇게 말한다. "그건 리베카가 있던 기간에 일어난 일이야."

캐시 드와이트는 리베카와 연락을 끊지 않았다. 캐시가 이따금 편지를 보내는데, 늘 제이크의 사진을 동봉한다고 했다. 뉴턴의 새 집이나 새 학교에서 찍은 사진들. 최근에는 내게도 가장자리에 진주가 예쁘게 박힌 액자에 사진을 넣어 보내왔다. 나는 그 액자를 침대 옆 테이블에 놓았다. 사진 속에서 제이크는 커다란 오렌지색 고양이를 끌어안은 채 웃고 있었다.

요전날 엘리자베스라는 이름의 젊은 여자가 제이크의 사진을 보고 감탄하며 내 아들인지 물었다. 내가 열 살짜리 아들이 있을 만큼 젊어 보인다는 사실에 약간 으쓱해지기는 했지만, 솔직히 엘리자베스는 메스암페타민을 끊는 중이며 치아도 몇 개밖에 남지 않았다. 사물을 늘 뚜렷이 보는 것도 아니다. 그래도 나는 기분이 좋았다. 나는 제이크에 대해, 내 딸들과 손자 그레디에 대해 조금 말해주었다.

엘리자베스는 내 방에서 방 두 개만큼 떨어져 있는 방을 쓴다. 나는 다시 헤이즐든에 왔다. 8월 말에 내 발로 들어왔다. 정말로 무슨 일이 있어서는 아니다. 음주운전 단속에 걸리지도 않았다. 그래디를 떨어뜨리거나 딸들이 당황할 일을 만들지도 않았다. 내가 여기 다시 들어온 것은 프랭키가 내 음주 습관에 대해 말한 것 때문도 아니고, 제이크를 찾던 시기에 테스 때문에 기분이 비참해져서도 아니었다. 내가 술을 마시기 시작한 때부터 일어난 많은 사건들과 더불어 작은 죽음들, 그 쓰라린 작은 시련들이 너무나 강렬했고 마음이 수치스럽고 비참하기 짝이 없어서, 프랭키가 우리집에서 나간 뒤로 밤마다 점점 더 허겁지겁 지하 저장고로 내려가게 되었다. 솔직히 달리 어디로 갈 수 있었겠는가? 달리 무엇을 할 수 있었겠는가?

그래서 결국 다시 헤이즐든에 오고 만 것이다. 피터가 죽고 세 달 뒤, 나는 그레이 곶에 지어진 그 집을 팔았다. 그리고 전화를 걸었다. 전화를 받은 상담사는 나를 기억하고 있었다. 회복중인 알코올중독자로 이름은 프랜이었다.

"무슨 일이에요, 힐디?" 그녀가 물었다.

"아무 일도 없어요." 내가 말했다. "그냥 다시 들어갈 마음의 준비가 돼서요. 그뿐이에요."

사실 사건이 있긴 있었다. 사소한 일이었다. 정말로 사소한 일, 내 이야기 전체를 놓고 본다면.

그레이 곶에 지어진 그 집의 계약이 마무리되기 전날 밤이었다. 프랭키가 연락도 없이 우리집에 나타났다. 나는 테라스에서 와인을 마시다가, 불쑥 나타난 그에게 싫은 소리를 했다. 그는 일을 마치고 종종 곧장 우리집으로 왔는데, 먼지와 페인트를 뒤집어쓴 모습이라 나는 그것이 거슬렸다.

"노력은 해볼 수 있잖아." 내가 말했다. 프랭키는 나에게 트럭에 타고 어딜 좀 같이 가자고 했다. 뭔가를 보여주고 싶다고.

"와인을 가져가자." 내가 머뭇거리는 것을 보고 그가 말했다.

"와인을 가져갈 필요는 없어." 내가 말했다. 그가 나에게 와인이 필요할 거라고 생각하는 것이 신경쓰였다.

낡은 샌들을 신었다. 무더위가 계속되던 어느 밤이었고, 나는 평소 입던 스커트와 블라우스 대신 반바지와 티셔츠를 입고 있었다. 나는 프랭키가 자신이 구입하고 싶은 집을 보여주려는 거라고 생각했다.

프랭키의 새 관심사가 그것이었다—부동산. 아 참, 드와이트 부부의 집을 구입한 익명의 구매자는 클락슨 부부가 아니라 프랭키로 밝혀졌다. 프랭키는 자신이 집을 구입하는 것은 고쳐서 이윤을 남겨 되팔기 위해서라고 나에게 말했다. 내가 그 사실을 안 것은 드와이트 부부가 이사하고 얼마 되지 않았을 때였다. 지금은 스컬리 화이트를 그 집에서 지내게 했다. 스컬리가 너무 늙어서 쓰레기를 운반할 수 없게 되어, 거기 살게 하면서 집세를 내는 대신 그 집 수리를 시킨다고 프랭키는 말했다. 나는 프랭키가 자신이 벌어들인 돈을 모두 은행에(혹은 매트리스 속에—프랭키가 그 많은 현금을 어떻게 보관하는지 누가 알겠는가) 넣어두는 대신 마침내 지혜롭게 투자할 마음을 먹은 거라고 생각해, 그와 함께 집을 보러 간다는 사실이 무엇보다 기뻤다.

그는 나를 차에 태워 게첼 만으로 데려갔다. 바닷물이 유리처럼 잔잔해지고 수평선 아래로 해가 떨어지기 시작하는 여름날 저녁 무렵이었다. 이울어가는 하루에 바치는 찬란한 헌사처럼 하늘에는 분홍빛과 옅은 푸른빛이 감돌고 있었다. 프랭키가 트럭을 댔다. 우리는 차에서 내렸고, 나는 보았다. 모래밭에 선체를 새로 빨갛게 칠한 위전 한 척이 있었다. 꼭 옛 시절 내 세라 굿호처럼 생긴 배였다. 그 배는 어두워지는 하늘을 배경으로 새로 매단 눈부시게 하얀 돛을 따뜻한 바람에 한가로이 펄럭이고 있었다. 나는 그 배로 다가가 오래된 나무 키 손잡이와 햇볕에 바랜, 목재로 된 앉는 자리를 살펴보았다.

세라 굿이었다. 지난 시절에 프랭키가 선체를 때운 자국도 보였다.

"어디서 찾았어?" 마침내 내가 물었다. 그 말을 꺼내기가 힘들었다. 그 모든 사실을 받아들이기가 힘들었다.

"그동안 내 헛간에 뒀어. 당신 아버지가 이걸 뒷마당에 두는 게 지긋지긋해졌던가봐. 어느 날 쓰레기장에 내다버리셨더라고. 오래전 어느 날 내가 거기서 찾았어. 집에 가져갔고, 결국 고쳤어."

"그러니까 당신은 언젠가 내가 다시 원할지도 모른다고 생각해서 이걸 살려냈다는 거네?" 내가 물었다. 이제 우리는 배를 모래밭에서 바다로 밀고 있었다.

"아니. 알겠지만 나는 뭐든 내다버리는 걸 싫어하잖아, 힐. 계획 같은 건 없었어. 그냥 이 배가 거기 버려진 걸 그냥 보고 있을 수가 없었던 거지. 완전 멀쩡했거든."

나는 쉽게 향수에 젖는 사람이 아니다. 나는 사람들이 사물에 정서를 결부시키는 것을 싫어한다. 또 많은 사람들과 달리 역사라든가 옛날에 쓰던 물건에 대해 정말로 관심이 없다. 하지만 세라 굿호를 파도치는 바다에 띄울 때 다리에 힘이 풀리며 후들거렸다. 그 이유는 나도 모르겠다. 그건 그저 낡은 배였지만, 배에 올라탔을 때 나는 프랭키에게 눈물을 들키지 않도록 뱃머리를 바라보아야 했다. 나는 서두르라고 그에게 소리를 질렀다.

"곧 날이 저물겠어." 내가 투덜거렸다.

"아직 빛은 충분한데." 프랭크가 웃었다. "시간이 있어." 그가 몇 걸음 크게 뛰며 배를 밀다가 펄쩍 뛰어 올라탔다. 나는 그의 허벅지에 드러누웠고 우리는 바다로 나아갔다.

프랭키가 그 낡은 배를 살려낸 건 옳은 일이었다. 그가 옳았다. 상태는 완벽했다. 그가 완전 멀쩡하지? 하고 말했을 때 내 눈에 눈물이 차오른 이유는 뭐였을까? 그때 처음으로 다시 헤이즐든에 갈 생각을 했던 것 같다. 하지만 프랭크에게 그런 말은 하지 않았다. 그 저 그의 허벅지에 내 젖은 뺨을 잠시 댔을 뿐이다. 그의 거친 손바닥이 내 이마에 닿자, 나는 고개를 들어 내 입술로 그의 입술을 지그시 눌렀다. 그러고는 다시 그의 허벅지에 얼굴을 댔다. 바보 같은 눈물 때문에 여전히 당혹스러웠지만 내 얼굴은 웃고 있었다.

프랭크는 그 낡고 작은 배가 역풍이 불어오는 쪽으로 기울어질 때까지 돛을 만졌고, 배는 마침내 속도를 냈다. 골든아워였다. 우리는 만을 빠져나와 곧장 앞으로 나아갔고, 잔잔한 바다가 저멀리까지 펼쳐져 있었다. 해안가를 따라, 그리고 언덕 위 웬도버의 집집마다 불이 켜질 때까지 우리는 배를 탔다. 마침내 프랭키가 뱃머리를 돌렸다. 우리가 들어선 곳은 어느 방향으로도 배를 돌릴 수 없는 고요한 바다였고, 돛은 바람이 불어오는 쪽으로 움직였다. 우리는 잠자코 기다렸다. 다시 때가 온다는 것을 우리는 알고 있었다. 우리에게 필요한 것은 그저 서쪽에서 불어오는 상쾌한 바람이었고, 그 바람은 갑자기 불어왔다. 돌연 거센 바람이 불어오자 돛이 잔뜩 부풀었고, 우리는 다시 떠밀려갔다. 어두운 물살을 타고, 켈프 해초가 출렁이는 검고 수심이 얕은 곳을 지나, 하얀 물거품을 문 채 연거푸 밀려오는 파도를 타고, 바위가 많은 익숙한 계첼 만 기슭에 마침내 우리의 뱃머리를 쉬게 할 때까지.

나의 에이전트이자 친구인 마리아 매시에게 감사의 말을 전하고 싶다. 마리아는 집필 기간 중 여러 단계에서 이 소설을 읽으며 소중한 격려와 비평을 아끼지 않았다.

편집자에게도 깊은 감사의 말을 전한다. 사랑스럽고 명석한 브렌다 코플런드와 세인트 마틴스 프레스에서 근무하는 멋진 사람들 로라 체이슨, 샐리 리처드슨, 조지 위트, 메그 드리스레인, 캐럴 에드워즈, 스티브 스나이더, 스테퍼니 하거던, 로라 클라크에게 감사한다.

친구들과 친척들에게도 깊은 감사의 마음을 전한다. 이유는 알고 있을 것이다. 데이비드 앨버트, 캔더스 부슈널, 젠 캐럴린, 마샤 드생티스, 앨리스 호프먼, 주디 하우, 헤더 킹, 줄리 클램, 메그 세미나러, 제인 리슬리, 칼라와 앤토니오 서세일 부부, 셰리 웨스틴, 로라 지그먼이 그들이다.

그리고 사랑하는 가족 데빈, 잭, 데니스 리어리에게 영원한 사랑
과 감사를 바친다.

결핍이 부르는 말, 더!

결핍과 욕망. 서로 다르나 많이 닮은 단어들. 하나는 뭔가 부족한 상태이고 하나는 뭔가 바라는 상태이다. 어느 것이 먼저이고 어느 것이 나중인지 결국에는 알 수 없어진다. 그리고 서로가 서로에 대한 설명이 된다. 이 소설 『굿 하우스』를 읽고 번역하는 과정은 내게는 결핍과 욕망이 우리를 어떻게 부추기고 우리를 어디로 데려가는지에 대해 생각해보는 시간이었다. 결핍과 욕망은 마음의 불균형을 낳고 그것은 필연적으로 우리의 행동을 한쪽으로 치우치게 한다. 그렇게 조금씩 기울고 기울다 결국 빠져들고 허우적거리고 벗어날 수 없게 되는 것, 그것이 중독 아닐까. 『굿 하우스』의 주인공들을 통해 바라보는 결핍과 욕망의 모습, 그리고 그 결과인 중독은 거의 모든 소설 속 주인공들과 거의 모든 현실 속 사람들, 그리고 거의 모든 우리의 모습을 떠올리게 한다.

『굿 하우스』는 앤 리어리가 2013년에 발표한 두번째 소설이다. 앤 리어리는 여러 인터뷰를 통해 자신도 이 소설의 주인공 힐디 굿처럼 알코올중독이었다고 고백했다. "중독이었다고." 하지만 중독은 과거형으로 단정하기에는 늘 미심쩍다. 한번 시작된 이상 일 년이 지났다고, 육 년이 지났다고, 십 년이 지났다고 두 번 다시 재발하지 않는 확고한 과거의 일이 되지는 않는다. 결핍과 욕망은 어떤 계기만 주어지면, 정신적 면역력이 떨어진 어느 순간에 조금만 자극을 받으면 다시 슬그머니 동요하기 시작할 테니 중독은 영원한 잠복기에 있는 셈이다. '완전히'라는 단어를 쓰기에는 늘 불안불안하여 죽을 때까지 회복중이라고밖에 말할 수 없는 중독. 필름만 끊어지지 않으면 아마 지금도 술을 마시고 있을 거라고 말하는 앤 리어리는 지금은 술을 마시지 않지만 여전히 술을 좋아한다고 한다.

그녀는 어렸을 때 매사추세츠 주 마블헤드에 정착하기까지 이사를 자주한 탓에 우정이 짧았고 책에 푹 빠져 지냈다. 지금은 개 네 마리, 말 네 마리를 키우고, 작중 스니커즈라는 이름의 고양이는 그녀가 실제로 키우는 고양이 이름이다. 그리고 한 가지 더 덧붙이면, '누군가의 무엇'이라는 수식어를 붙일 때 당사자의 진짜 자아를 '누군가'의 그림자 속에 가두는 것 같은 약간의 죄책감이 들지만, 그녀는 우리나라에서도 지명도가 있는 배우 데니스 리어리의 아내이다. 그녀는 이렇게 말한다. "어떤 사람들은 이 소설을 진지하게 생각하지 않을 거라는 걸 알아요. 나는 유명인의 아내니까요―맙소사. 나라도 유명인의 아내가 쓴 소설은 읽고 싶지 않을 거예요."

하지만 그녀의 소설은 매력과 진정성이 넘쳐 진지하게 읽을 수밖에 없다. 다음 이야기가 기다려지는 드라마를 보듯 궁금증을 유발하는 전개, 자신이 존재함을 절실히 호소하는 인물들, 그냥 지나쳐갈 수 없는 길 잃은 마음들, 읽자마자 솔깃해지는 첫 문단, 오래되고 고풍스러운 집들과 "하늘거리는 거머리말의 잎사귀 끝을 따라 풍선처럼 까불까불 굴러가는" 오렌지색 달과 고즈넉한 어스름에 출렁거리는 요트들이 그림처럼 묘사되는 뉴잉글랜드 지방 보스턴 북서부 어느 작은 타운의 아름다운 풍경, 그 풍경 속에 모여 사는 사람들이 만들어내는 복잡다단하고 애잔하고 인간적인 이야기들. 그리고 무엇보다 강렬한 존재감을 드러내며 우리를 유혹하는 와인과 보드카. 그것들을 배경으로 주인공 힐디의 생각과 감정은 우리가 흔히 긋는 이쪽과 저쪽의 경계들을 지우며 굽이굽이 흘러간다.

그 흐름을 따라가다보면 우리는 힐디가 혼자 술 마시는 것을 좋아하는지 아닌지, 정말로 알코올중독인지 아닌지, 감상적인 사람인지 아닌지, 사람들과 포옹하는 것을 싫어하는지 좋아하는지, 술로 만들어지는 마음 풍경이 아름다운 것인지 추한 것인지 판단하기 어려워진다. 그런 사실들에 대한 부인과 인정이 동시에 가능한 것인 듯 느껴진다. 진심과 둘러대기, 다짐과 허물어짐, 이해와 오해가 동시에 존재할 수 있는 뭔가로 다가온다. 세상에 대해 쌓아온 그녀의 연륜과 지혜와 통찰은 정작 자신에게는 잘 적용되지 않는다. 내가 보는 대상은 타인이 보는 대상과 물리적으로는 동일하나 전혀 다른 대상이 된다. 전남편에게 "상냥하고 웃는 얼굴을 한" 개가 힐디에게는 "뭔가에 절박하게 굶주린" 개로 보이는 것이다. 그러니 뭐든 확실하고 고정된 것은 없다는 것이 어쩌면 세상의 진실일 것이다.

작중 화자이자 주인공인 힐디는 웬도버 토박이인 유능한 부동산 중개인이다. 두 딸의 어머니이며 남편이 동성애자임을 밝히기 전까지는 누군가의 아내였다. 힐디가 가진 비밀 아닌 비밀은 이 년 전 딸들에게 떠밀려 알코올중독을 치료하러 헤이즐든에 가 한 달 지내고 돌아온 경험이 있다는 것이다. 스스로는 그 사실이 좀 억울하다. 마녀재판에서 마녀로 억울하게 판정을 받은 선조 세라 굿처럼 말이다. 그녀가 가진 능력은 누군가의 집에 들어갔을 때 그 집 주인은 어떤 사람이었는지 알 수 있고 독심술사처럼 상대의 마음을 읽을 수 있다는 것이다. 그리고 특히 술을 마실 때 상대가 자기와 같은 족속인지 아닌지 잘 알아본다. 그런 힐디가 타인이 보여주는 반응에서 가장 솔깃해하는 것이 하나 있는데, 그들이 바로 '더'를 요구할 때다. 심지어 자기처럼 '더'를 요구하는 사람은 피붙이처럼 느낀다.

"그 순간 나는 그녀가 내 자식처럼 사랑스러웠다. 더. 더. 그녀는 더 원했다."(168쪽)

"그래디에게는 타고난 리듬감이 있다. 음악에 맞춰 고개를 까딱거리고, 내가 노래를 끝낼 때마다 '더, 더' 하고 소리친다.
어쩜, 이 아이는 정말 사랑스럽다. 테스가 그러는데 이 아이가

처음 말한 단어가 그거였다. 더."(152쪽)

　그런 힐디와, 웬도버에 새로 이사 와 힐디와 친구가 되는 리베카와, 힐디의 사무실 위층에 세를 낸 정신과의사 피터에게는 공통점이 있다. 결핍. 우리 삶에 영향을 미치는 요소들이 어린 시절에 한정되어 형성되는 것은 아니겠으나 세 사람 모두 어린 시절 어머니 그리고 아마도 아버지의 사랑을 제대로 받지 못했다는 것이 그 공통점이다. 자살한 어머니, 베이비시터에게 양육을 맡긴 어머니, 데면데면한 어머니. 그러니 누구는 한 시간에 10달러어치의 사랑이라도 갈구할 수밖에 없다. 그리고 먹을 것이 없었던 힐디 가족의 냉장고도(힐디의 손자 그레디도 끊임없이 먹고 싶은 것으로부터 거절당하니 훗날 어떻게 될지 알 수 없는 일이다) 그 결핍에 한몫했을 것이다. 결핍은 중요한 것을 받지 못한 사실에서 비롯하니 그 원인은 비슷한 것 같지만 드러나는 양상은 사람마다 좀 다른 것 같다. 면역력이 약해졌을 때 우리 몸에 일어나는 이상이 누구는 두통, 누구는 탈모, 누구는 알레르기, 누구는 실명 등등 다 다른 것처럼. "알코올중독자, 뭐든 쟁여놓는 사람, 폭식하는 사람, 중독자, 성도착자, 바람둥이, 우울증 환자." 그래서 힐디는 힐디대로, 리베카는 리베카대로, 피터는 피터대로 각기 다른 방식으로 각자의 결핍을 호소하고 자신이 의식하건 그러지 않건 각자의 방법으로 그것을 해결하려 한다.

　중독을 극복하는 것은 자기 성찰의 문제이자 의지의 문제이자 결핍을 채우는 문제일 것이다. "그 순간 아주 이상한 일이 일어났다. 내가 나 자신을 다른 관점에서 보게 된 것이다. 나 자신을 피터가 봤음직한 관점에서 보게 되었다. 어쩌면 모두가 봤음직한 관점에서." 내가 보는 내 모습은 여전히 중요하지만, 나를 보는 타인의 관점은 나에 대한 균형을 잡아주는 역할을 한다. 하지만 의지를 만들어내는 것은 무엇인가? 결핍이 또다른 형태의 욕망을 낳았다면, 그 욕망의 표면은 계속 채워지기를 바라며 '더!'를 외친다. 한편으로 '더!'는 자기를 보호하는 방법이기도 할 텐데, 고슴도치처럼 날을 세우거나 벽을 치고 돌아앉는 것 모두 자기를 보호하는 방법이 아니던가. 하지만 이런 자기 보호 방법들은 어느 정도 파괴성을 가지고 있다. 그렇다면 '더'를 잠재우고 '자기 파괴'의 방향성을 건강한 쪽으로 돌리려면 무엇이 필요한가?

아마도 '더!' 이면의 뭔가가 있을 것이다. 그것이 채워져야 한다. 그것은 '더'의 이면, '더'의 투사된 대상이 아닌 직접적인 대상일 것이며, 그야말로 욕망의 진정한 대상일 것이다. 힐디는 젊은 시절의 자신과 프랭키에 대해 이렇게 회상한다. "'더.' 가끔은 그에게 이렇게 속삭였다. '더.' 프랭키와 함께 있으면 언제나 충분한 것이 주어질 것 같은 기분이 들었다." 그리고 이제 육십대로 접어들어 프랭키는 그녀에게 뜻밖의 선물을 준다. "그러니까 당신은 언젠가 내가 다시 원할지도 모른다고 생각해서 이걸 살려냈다는 거네?" 진부한 이야기겠지만, 인간이 진정으로 욕망하는 것은 결국 사랑과 관심이며 그것이 의지와 변화를 만들어내는 자원이 된다는 것을 생각하게 된다. 우리가 변화를 꿈꾸고 그 꿈을 위해 노력할 수 있다면 그건 내 옆에 나를 따뜻하게 바라봐주는 사람이 있기 때문일 것이다. 인생의 어느 시기에, 특히 힘들고 외로운 시기에 결핍된 자신을 채워줄 누군가를 만날 수 있다면 그것이야말로 어마어마한 행운 아니겠는가. 작가가 말하고 싶었던 것이 그것 아니었을까?

힐디는 부동산 중개인이다. 집을 볼 때 그 집에 살았던 혹은 살고 있는 사람을 읽어낸다. 하지만 내가 읽히는 입장이 된다면 그것은 그리 마음 편한 일이 아닌 것 같다. 우리에게 집이 필요하다는 것은 어쩌면 우리에게 뭔가를 숨길 수 있는 공간이 필요하다는 말인지도 모르겠다. 숨기는 것에는, 다른 모두에게는 수치스러운 것이 아니더라도 당사자에게만큼은 수치스럽게 느껴지는 것도 포함되어 있을 것이다. 그러니 한편으로 내가 사는 집에서 내가 읽힌다는 것을 내 수치심을 읽히는 것과 같다고 말해도 괜찮을까? 수치스러움에 빠져 있어도 괜찮은 공간. 그것이 어쩌면 집의 정신적인 기능일 것이다. 우리는 누군가를 초대하면 집을 청소하고 치운다. 있는 그대로 보여주지 않는다. 작가의 말처럼 "사람들이 우리에 대해 너무 많이 아는 건 원치 않"는다. 그래서 누가 보지 않도록 수치심을 집 어딘가에 감춘다. 우리가 수치심을 있는 그대로 드러낼 때는 절박할 때뿐이다. 캐시 드와이트 부부가 그랬던 것처럼.
우리 영혼이 투영된 거주지로써의 집이 그렇듯 우리 각자가 지은 영혼의 집도 우리가 살아온 시간만큼 오래되고 여러 감정에 시달렸을 것이다. 오래된 집에는 유령이 떠돈다고 하듯 우리 영혼의 집에도 그 집이 오래될수록 더 많은 감정의 유령이 떠돌고 있을 것이다. 그러니 영혼의 오픈하우스는 영원히 불가능한 이야기일 것이다. 그럼에도 우리가 타인의 영혼에 가닿기 위해서는 힐디의 고

모가 그러듯 "응시를 통해" 허공에 길을 내야 하지 않을까? 응시
는 결국 관심의 다른 말이라 할 수 있을 테니.

정연희

옮긴이 **정연희**
서울대학교 영어교육과를 졸업하고 미국 펜실베이니아 대학에서 석사학위를 받았다. 옮긴
책으로 『운명과 분노』 『내 이름은 루시 바턴』 『버지스 형제』 『디어 라이프』 『헬프』 『그 겨울
의 일주일』 『에이미와 이저벨』 『비둘기 재앙』 『사랑의 묘약』 『라운드 하우스』 『인문학의 즐
거움』 등이 있다.

문학동네 세계문학
굿 하우스

초판인쇄 2018년 1월 16일 | 초판발행 2018년 1월 26일

지은이 앤 리어리 | 옮긴이 정연희 | 펴낸이 염현숙
기획·책임편집 윤정민 | 편집 이현자 최정수
디자인 강혜림 이원경 | 저작권 한문숙 김지영
마케팅 정민호 정진아 함유지 김혜연 강하린 | 홍보 김희숙 긴상만 이천희
제작 강신은 김동욱 임현식 | 제작처 영신사

펴낸곳 (주)문학동네
출판등록 1993년 10월 22일 제406-2003-000045호
주소 10881 경기도 파주시 회동길 210
전자우편 editor@munhak.com | 대표전화 031) 955-8888 | 팩스 031) 955-8855
문의전화 031) 955-8896(마케팅) 031) 955-2634(편집)
문학동네카페 http://cafe.naver.com/mhdn | 트위터 @munhakdongne

ISBN 978-89-546-5006-9 03840

www.munhak.com